中国最佳科幻作品

SCIENCE FICTION

2021

姚海军 / 主编

人民文学出版社

图书在版编目（CIP）数据

2021中国最佳科幻作品 / 姚海军主编. —北京：人民文学出版社，2022
ISBN 978-7-02-017163-7

Ⅰ. ①2… Ⅱ. ①姚… Ⅲ. ①幻想小说—小说集—中国—当代
Ⅳ. ①I247.7

中国版本图书馆CIP数据核字（2022）第079927号

责任编辑　李　宇　向心愿
装帧设计　陶　雷
责任印制　宋佳月

出版发行　人民文学出版社
社　　址　北京市朝内大街166号
邮政编码　100705

印　　刷　河北环京美印刷有限公司
经　　销　全国新华书店等

字　　数　315千字
开　　本　880毫米×1230毫米　1/32
印　　张　12.125　插页2
版　　次　2022年6月北京第1版
印　　次　2022年6月第1次印刷

书　　号　978-7-02-017163-7
定　　价　49.00元

目　录

2039：脑机时代

| 阿　缺

阿缺，1990年出生于湖北荆州，中国科幻更新代代表作家之一。就读于四川大学，在校期间加入川大科幻协会，并由此萌生写作兴趣。处女作《悄然苏醒》于2012年10月发表在《科幻世界》月刊，此后便将写作当成主业。九年来发表、出版作品超百万字，作品散见于《科幻世界》《萌芽》《最小说》《中国作家》《知识就是力量》等刊物，其中多篇作品被翻译成多国文字在海外发表，共计获得11次全球华语科幻星云奖和3次中国科幻银河奖，不少篇目已被影视公司购买。

阿缺的作品以写软科幻为主，钟爱人工智能题材，崇尚曲折离奇的情节编制，作品呈现的故事性大于科幻性，代表作《云鲸记》《再见哆啦A梦》均能体现该创作观念。近年开始长篇创作，出版长篇科幻小说《星海旅人》《七国银河》等7部。

阿缺的《我讲我爷爷的故事》《变异者》《再见哆啦A梦》《云鲸记》《宋秀云》曾分别入选2014、2015、2016、2017、2018年度《中国最佳科幻作品》。今年入选的《2039：脑机时代》篇幅虽然短小，却用生动的故事呈现出一个我们似乎已经听到叩门声的新时代。我们不难感受，技术正在模糊我们的传统观念。

1

生活是从什么时候起，变得这么糟糕呢？严妍在被撞飞的那一刻还在想，糟糕到自己要在街头寻死？

要说时间点，肯定是陈彦出的那次车祸。但哪怕他躺在病床上，全身插着软管，透明的液体像蚯蚓一样涌进他的身体；哪怕他三年来只剩呼吸，没有意识，她也没有如此绝望。那时，她只是难过和自责。

尤其是，当医生告诉她，可以通过植入脑机芯片治疗陈彦时，连难过和自责都消失了。

“就是有两点，你得好好想想。”医生观察她的表情，斟酌着说，“首先，手术有点儿麻烦。”

严妍微微皱眉。

“整体是比较乐观的。”医生展颜一笑，“其实脑机技术已经很普及了。我看严小姐的职业是编剧，创作时应该也在用脑机头盔吧？我们做临床手术，也得戴。”

严妍点头。早几年写剧本，她是靠灵感、熬夜和咖啡因，但陈彦出事后，她有点儿神经衰弱，创作时爱胡思乱想。陈彦倒在血泊里的情景，总会在脑中浮现，像丢帧的全息影像。这场景有时候还会不自觉地在指尖流露。一次，她写言情桥段，写着写着，正在一边恋爱一边商战的男主角，下一场戏就被车撞飞，而她自己没有察觉。后来资方用程序检验剧本，这一段被标得血红——系统判定这段戏有违观众预期，会严重影响收视率。

她连忙道歉，但改了几稿都过不了系统审核。在同行推荐下，她买了脑机头盔，戴上之后，涣散的精神像是稻草一样被一只手握紧，集成一束。她高效地完成了剧本，系统给出高分，资方这才敢去拍摄。

不只是她，这座城市里有一半的人都在用脑机头盔。那玩意儿像被掏空内脏的刺猬，内壁光滑，外壳上长满了粗粗细细的电极。它能解读脑电波，再反馈给大脑，让大脑知道哪些事情该做哪些不该做，包括分泌身体激素。

医生继续说："人体和机器一样，都可以精准控制。只是以前我们不知道打开这部机器的方法，BCI技术出现后，我们才有解密这部机器的钥匙。"

严妍试图跟上医生的逻辑——尽管没有脑机头盔帮忙，显得有点儿困难，"你是说，我男朋友只要戴上脑机头盔，就可以醒过来？"

医生摇摇头，"我们尝试过，不太行。陈先生是脑干大面积梗死，大脑活动停止，再加上隔着颅骨，不能接收头盔的电波反馈。我们提供的解决方法，是侵入式脑机接口。"

听起来也很简单：把脑机头盔做到足够小，植入脑中，代替休眠的脑区域，重建神经冲动。它不仅能读取脑电波信号，以此来控制外部设备，比如机械臂，还可以进行精确的电刺激，让大脑产生特定的感觉。

"法律允许吗？"

"哈，你问到点子上了。侵入式BCI还不成熟，毕竟要在脑子里动刀，部件再小也有创口，之前还有几起失败的例子，法律上卡得紧，不能流入市场，只能用于小范围的医疗领域。但幸运的是，陈先生受的伤恰到好处——抱歉，对陈先生的不幸，我当然是感到遗憾的——脑休眠和肢体残疾，刚好符合植入条件。"

听起来都是好消息。严妍只剩一个顾虑，"所以你是说，手术会有风险，是吧？"

任何事都有风险，只是在这个时代，任何事都可以被量化。所谓风险，也只是用数据建立模型，设定参数，再估算出一个比例数字。

31.2%，这是陈彦做手术失败的概率。

严妍可以接受。反正最坏的结果也不过是陈彦继续躺在病床上，陷入永恒的意识黑渊。

“死马当活马医吧……”她说。

“差不多是这个意思，不过我是医生，不能说这种话。”医生拿出一沓文件，递给她。

文件上的条款很复杂，严妍翻了翻，几乎每页上都能看到“免责声明”四个字。

“你刚刚说有两点，另一个是什么？”她问。

医生笑了笑，露出白皙的牙齿，“这种手术嘛，有点儿贵。”

忘说了，城市里另一半不用脑机头盔的人，都是因为用不起。

好在严妍这些年有点儿积蓄，加上陈彦出事的保险赔偿，勉强能凑齐手术费。

2

陈彦醒来后，花了很长一阵，才从陌生感中适应过来。

这种陌生感不是来自睽违了三年的世界。世界确实有一些变化，堪称日新月异，但趋势无非更快，更小，以及更贵。他需要适应的，是体内的变化。

这种感觉难以言喻。他的视野不再清晰，但也不模糊，眼球像被水浸泡一样，处在一种动态的晃荡中。克服由此产生的眩晕后，他发现，只要看向哪里，视界里水波的凸面就会将该处的景象拉近，近到可以看清每一个细节。

他首先看到的，是一片巨大山峦，沟壑纵横又宽广，但色泽又介乎褐色和金银之间。他眨眨眼，山峦的影像缩小千百倍，旁边出现了眼睛和鼻梁。他这才意识到，刚才看见的山峦，只是这张脸上眼角的皱纹。

“你老了。”这是他对严妍说的第一句话。

严妍稍微往后退了退。为了迎接陈彦醒来，她精心化了妆，确认那轻微的鱼尾纹都被粉底和遮瑕笔盖住，没想到还是被陈彦一眼看出——或者说，是被陈彦脑子里的BCI芯片一眼看出。

“三年了，你终于醒了。”她哽咽着说。

她的声音、表情和眼神，以及藏在这三者背后的情绪，都以一种坦诚到近乎赤裸的姿态，平铺在陈彦的眼中。他尚在发愣——毕竟上一秒的记忆还是那辆轿车碾过来的恐怖画面，再睁眼，就换成病房里感人的情侣相认——但大脑的某个部位帮他处理了这些信息，并且告诉他，该以怎样的方式回应。

他张开左臂，抱住严妍，柔声道：“没事的，这三年也辛苦你了。”

随后他才意识到不对——右臂去哪里了？

不仅是右臂，他掀开被子，发现左腿膝盖以下，也空空如也。

“是车祸……”严妍说，顿几秒后又道，“对不起。”

于是他也记起车祸的原因。

两人吵架，严妍生着闷气，低头在街上走着。一辆还在使用手动驾驶的老式汽车横穿而至。是他上前推开了她。很俗套狗血的剧情，这种桥段，严妍这种三线言情编剧都不屑用——用了也通不过系统审核，没想到却发生在他们自己身上。身为配角，最可悲的就是拿到主角的剧本，却没有主角光环，对接下来情节的走向全然无措。

“不过别担心，”严妍说，“他们会给你装上义肢，跟BCI系统是兼容的。”

花了好几天，他才知道自己脑子里多了个小小的芯片，取代大脑里那些不再活跃的部位。医生说他运气很好，芯片植入后，只产生了轻微的排异反应。

“有其他运气不好的人吗？”他问医生。

医生说：“很多。所以BCI还不能投入市场，就算用于医疗，也只有像你这样符合标准的病人才能使用。”

所以其实一半是治疗，一半也是实验。

适应过程比想象中快，花时间的，主要是对义肢的控制。从跌跌撞撞到能够行走，他花了一个多月。严妍一直在旁边照顾，看着他一次次跌倒，脸和手都磨出血，想要上前搀扶，却被他赶开。

陈彦终于适应义肢的行走后，在病房里健步如飞。她也很喜悦，问他感觉怎么样。

事后想起来，其实一切都是从这里开始变糟糕的，但她没有及时意识到。

“好像……”当时陈彦站直身体，左腿的动力足弓在地上缓缓摩挲，“好像比车祸前，要高了那么一点儿。”

3

出院后，他们回到家。

家里倒是没变，是三年前他们租的房子，陈彦的物品还在，连摆设的位置都差不多。由此可见，三年来严妍过的是怎样的生活。

“这三年，有人追你吧？”他问。

严妍沉默了一会儿，点点头，“我没答应。”

陈彦抱住她说：“没事，现在我醒来了，后面都是好日子。”

好日子的确持续了一段时间。屋子里有了生气，夜晚也不再是一个人睡，性与爱交融，再也不是简单的生理需求。

唯一的缺点，是当她处在久违的巨大愉悦中，习惯性去抓他的手臂时，却发现抓了个空。

这一瞬间，像是有冰水泼下。

“下次，”陈彦讷讷地说，“我还是戴上手脚吧。”

“没关系，也不用……习惯就好了。”

但从那以后，陈彦就一直穿着义肢，连睡觉都不卸下。唯一让他跟这些精密的金属器械分离的事情，是洗澡，但通常他也会把浴室门反锁——在以前，洗澡时他都不关门，并且露出贱兮兮的表情，邀请严妍加入。偶尔他能得到一只飞过去的拖鞋，偶尔，也会如愿以偿。

肯定会有些变化，严妍想，毕竟脑袋里嵌入了机器。而且就算有再多变化，也好过他继续躺在病床上，陷入无意识的深渊中。

得益于脑中的BCI芯片，陈彦对义肢的操控日趋灵活，右臂的五根金属手指甚至能同时做出不同的动作。有一次，严妍看到他在电脑前编程，左手平放桌上，右手五指弹跃如飞，快到几乎出现残影。

“这么灵活？”严妍吃了一惊，“跟弹钢琴似的。”

弹钢琴是人类手指能做出的最复杂精细的动作，但陈彦听到后，表情依旧平淡。“可惜只有五根手指，”他抬起右手，金属的五指像波浪一样依次扭动，“如果多一点的话，我确实可以给你弹钢琴。”

“等等，”严妍这时才发现真正不对劲的地方，“你什么时候学会的编程？”

陈彦之前的职业是美术教师，对代码很陌生。她不记得他报班学过汇编语言，或C++，或Java，或是程序员鄙视链上的任何一种编程语言。

“不是‘学’，是‘下载’。”

严妍这才知道，BCI芯片不仅是替代了陈彦脑中受损的部分，也在影响其他领域。比如负责记忆的海马体，以及负责推演和逻辑的额叶，只要在医院官网下载对应的知识，陈彦就能掌握。

她知道BCI技术的玄妙，戴上头盔后，能更专注，调节一些激素的分泌，焦虑或失眠都能治好。但隔着颅骨，头盔无法直接在脑子里刻写信息，只起修复和增强的作用。

但陈彦的芯片，显然能做不一样的事情。

陈彦学代码的原因，是要找工作。

他去面试时，严妍都在家写剧本。她被幸福感包围着，写出来的剧本盎然生趣，系统评定为高分。到了晚上，她会听陈彦讲述白天求职的经历——并不顺利。

很多公司会询问他这空缺的三年去了哪里。在这个年代，他无法撒谎，只能老实地回答："在病床上。"通常这四个字一出口，就会换来对方程式化的微笑，告诉他回去等结果。

结果都是一致的。

"没关系，"她安慰他，"你编程这么厉害，肯定会有公司要你的。"

严妍并不仅是口头宽慰。她在影视圈混了这么久，还是认识几个人，找了一圈后，一家特效公司愿意给陈彦机会。他们在开发一款给演员做减龄效果的软件，让陈彦参与底层架构。

"不过先说好，要是他能力跟不上……"对方老板字斟句酌地说，"我这儿也养不了闲人。你也知道现在的压力，我们当老板也不容易。"

半个月后，对方的电话又打来了。

"真没想到这么牛！我是第一次见到有人同时会用所有的编程语言，还能无缝切换，这么资深的程序员，居然还有头发，真是不可思议……"

六个月后，陈彦成了这家公司的正式员工。

严妍心底的石头彻底落地，甚至开始构想结婚的事情。陈彦曾经求过婚，她也答应了，如果没有车祸，这件事三年前就该完成。

4

"再等等吧。"陈彦说。

"嗯？"严妍一下子没反应过来，"我们已经等了四年啊。"

"可是现在我没有想好。"

"你要想什么？"

陈彦拉起袖子，露出金属手臂，又敲了敲左腿，"我现在身体有五分之一是金属，卸下义肢后，我都没有你重。”

“我不在意啊。”

“可是我在意。”

他们的对话就此结束。

严妍事后咂摸，总觉得这番对白不对劲儿。她是编剧，知道通常角色发生这种对话时，其中有一个人是在撒谎。她很确信这个人不是自己。

如果是以前，她会直接跟陈彦对质。但自从陈彦苏醒，她总觉得一个人脑子里有部机器，似乎发生什么变化都……情有可原。她唯一能咨询的，只有医生。

“根据他上个月复检的情况来看，BCI芯片运行正常，没有出问题。”医生从数据堆里抬起头，笃定地说。

“可是我总感觉他不一样了。”

“他脑袋受了伤，又当了三年植物人，怎么都会有变化的。”

这时，一个想法冒了出来。她刚开始有些惊讶，试图扼杀它，但这个想法无比顽强，如春芽破土，越发茁壮。“您说，有没有可能，让我知道他在想什么？”她犹豫地说。

医生摘下眼镜，用失焦的目光盯着严妍。

严妍讪讪地笑了下，为自己的异想天开感到羞惭。她站起来，正要道歉，医生对着眼镜哈了口气，用软布拭净，再戴回鼻梁上，说：

“可以的。”

脑机技术的关键，是识别生物信号并转化为电信号。它的核心是数字化，将激素分泌数字化，也将脑电波数字化。

那个小到几乎肉眼难辨的功率强悍的芯片，能精确地观察脑中单个神经元的兴奋情况。它能记录下每一次神经冲动产生的电位变化，正是这些变化在传递信息，仿佛另一种形式的编码。信息构成记忆，而记忆被解码，转录成影响，储存在医院的数据库里。

“其实芯片能做到的，不仅是记录记忆。只要他愿意，可以逆向影响，篡改记忆。反正无非都是数据。”医生说。

“我能看看他的记忆吗？”

“按照规定，是不可以的，BCI技术推广的另一个阻力，就是可能导致隐私泄露。”医生微微后仰，躺在座椅上，“但你是陈先生做手术的担保人，而且……这次很特殊，程序上风险不大。”

严妍坐在资料室里，以第一人视角展开的全息影像在她周围弥漫。

这是陈彦最近一个月的生活，每一秒都被BCI记录，继而储存在医院里。她能看到陈彦在工位专注编程时的视角。他的右手后来升级过，有九根手指，长短粗细各不一样，按键时效率奇高。

她快进这些画面。全息光影加速流逝，她脸庞明暗不定。

她以陈彦的视角，重历了陈彦上下班的所见所闻，见到他的工作和同事，见到他下班后跟朋友聚会……

等等，同事？她让画面倒退，发现一个女同事的脸反复出现，一旦出现，就会在陈彦的视野中驻留多时。

陈彦在凝视这位同事。

于是严妍截取了所有关于这位女同事的画面，窥知他们认识的经过。

那是一个新入职的美工，模样并不多么妖冶，脸颊右侧还垂着头发，看起来更不起眼。但老板特意让陈彦跟她认识，乐呵呵地说：“你们一定有共同话题，”说着，他点了点自己的太阳穴，“这里啊，都装了机器。”

他说的是BCI芯片。

陈彦的目光向女同事的右颊聚焦。她的侧脸被放大，纤毫毕见，树木一样的发根底下，能看到她的疤痕。陈彦也撩起头发，露出同样的伤口——这个动作是严妍脑补的。她想，自己如果是陈彦，也会这么做，像森林里，野生兽类亮出只有同族才懂的标志。

“你好。”陈彦低声说。

“你好。”

他们的初见如此简单，后面也不常见，隔几天才会在公司的某个角落遇到，错身而过，并无交谈。但错身的一瞬间，陈彦会放大她的眼眸，乌黑眼珠充斥整个视界。对方眼珠微动，精光闪烁，似乎也同样在放大他的眼珠。这是脑机侵入者的对视，彼此都能在对方眼中看到自己的倒影。

严妍有些无力。她只是普通人，不知道这种对视中，他们在交换什么信息。

她连忙快进，到了陈彦最后一次见到女同事时，也就是昨天晚上。女同事在路边躲雨等车，陈彦开着车，从她身边驶过。一分钟后，他又绕回来，车窗滑下，雨幕中她的脸无比清晰。

“我送你吧。”陈彦说。

对方在犹豫。

“我们比普通人更不能淋雨，”陈彦讲了个不好笑的笑话，“我们有手术的创口，脑子里容易进水。”

对方没有笑，但还是上了车。

雨滴在车窗上汇成无数细流，雨刷再努力地摇摆，也无法阻止它们在陈彦的视野里蜿蜒爬行。街边景色也变得氤氲一片，他们朝着迷乱的光和影驶去。

陈彦始终盯着前方，所以严妍也看不到女同事的脸，但能听清他们的声音。

“你植入多久了？”陈彦问。

“五年。你呢？”

“一年。”

对方笑了笑，说：“那你要适应的东西还多。”

陈彦说："作为前辈，你有什么建议吗？"

"有很多建议。比如保护你的脑袋，BCI芯片就像在大脑上开了个窗，我们有更好的视角，别人也能透过玻璃看进来，甚至只要改变芯片的一点点数据，你就会成为另一种性格的人。你可以下载安全卫士。还有，多下载几种语言，语言是各种技能里最有用的……"

女同事说了一大堆建议，最后停顿了几秒钟，继续说："但最重要的建议，是——你必须意识到，你已经跟人类不同。"

这句话让严妍和陈彦同时吃了一惊。

"你是说，我们植入了BCI芯片，就不是人了吗？"陈彦问。

"从生物归属来说，我们当然还算人类。但我们的脑袋已经变了，感知世界的方式也不一样，以前你用手拥抱一个人能感觉到幸福，现在你只要适当地让BCI芯片给予电信号刺激，也会有同样的感觉。我问你，你现在还对性有兴趣吗？"

严妍下意识屏住呼吸，在一片沉默中等待陈彦的回答。

"没有。"

"因为只要你愿意，你随时可以控制下丘脑，分泌多巴胺和内啡肽，让你拥有比性爱强烈几十倍的快感。连人类最原始的冲动和快乐，我们都可以随时模拟，甚至超越；我们可以省去漫长的学习过程，直接掌握技能，只要大脑能承受得住，古往今来所有知识都能储存。你操作机械臂，比你健全的手臂都灵活——你看看，你的左手都快退化萎缩了。你觉得我们还算……还算常规意义上的人类吗？"

陈彦似乎叹息了一声，"听起来我们的确跟人类背道而驰，更像是一部机器了。"

"严格意义上说，人体本身就是一部机器。只是我们现在换了一套运行系统。"

"在一台安卓机上运行IOS吗？听起来就很卡顿。"陈彦说，"那像我们这种人，人生有何意义呢？"

"我的另一个建议是，不要去想这些问题。两年前我认识另一个植入了BCI的人，他就是没想通，最后徒手把芯片挖了出来。”

“那他自己呢？”

女同事没有回答，答案不言自明。

“想想好的一面吧。”陈彦说，“只有我们这种脑死亡的人，才有资格做侵入式脑机。换一套系统，总比一直死机要强。”

“那倒是。”

车继续往前，高楼逐渐变得稀疏。这里是城市边缘。灯火通明的楼宇和车灯流曳的街道，被甩在身后，成了我们这个故事的背景板。

“你一个人住这里？”陈彦看了看周围，这里不像是一个光鲜白领居住的环境。

“嗯。你是跟女朋友住一起吧——车里有女生开过的痕迹。”

陈彦点头。

“出事前，我女儿刚出生。其实我受的伤很重，他们说，是因为我太想再见到女儿，意志力在支撑，好几次医生都要宣布我失去一切生命体征，但我挺着，一直没死。”女同事平淡地说，声音里听不出感情波动，“后来植入BCI芯片，我就醒了，如愿以偿地见到了孩子。但问题是，我再也没有身为‘母亲’的感觉。这个人类雌性幼体，嗜睡，流鼻涕，喜欢发出声响来引起成年人的注意，来汇聚更多有利于她成长的资源。她只是一堆血管、脂质和蛋白质，跟我唯一的联系，是有着高相似度的DNA序列。但这有什么意义呢？同一条产品线上出来的两台电饭煲，也应该相亲相爱、不离不弃吗？”

“那……你孩子现在怎么样了？”

“不知道，我已经四年没有见过她了。”

又是一阵沉默。陈彦把车开到一栋楼前，停下。雨小了不少，雨滴舔舐车顶玻璃，沙沙声绵绵不绝。

“我到了。”女同事说。

陈彦“嗯”了声。

同事没下车，突然轻声一笑，“也别这么绝望。我们这类人，也有自己的乐趣。来吧，我教你。”

“我要做什么吗？”

“你就坐着，也不用说话，但开放你BCI芯片的权限。”同事的声音如同呓语，“让我连接，让我进入。”

接下来，他们真的没有动，并排坐在主、副驾驶位上，也不再交谈。严妍看到的全息影像静止了，但她知道某种她无法理解的事情正在发生。她甚至都“喂”了一声，想叫醒全息影像里的人。但无人回应。她也不敢再快进，就这么坐着，任静止的画面流逝。

雨声依旧响个不停。

这场景持续了近两个小时。

最后，陈彦和同事的呼吸声同时加重，似乎断开了连接。陈彦满头汗水，大口呼吸了几分钟才喘匀，喃喃地说：“这……”

“这就是数据交融。”说完，她离开了车。

5

严妍失魂落魄地回到家时，陈彦还在家里编程。敲击键盘的声响不绝于耳，让严妍心烦——这噼里啪啦的声音，太像是雨声。

她坐到陈彦对面。

陈彦抬起头，看着她，突然一笑，“你知道了？”哪怕看着严妍说话时，他的右手依旧不停，屏幕上代码如流水涌过。

严妍问：“你们在车里……做了什么？”

“你窥视了我的记忆，应该知道，我们什么都没做。我们没有丝毫肢体接触。”

“你骗人！难道你们发了两个小时的呆吗？”

陈彦叹口气，说：“我不知道你能不能理解——我们在交换数据。”

“什么数据？”

“知识、痛苦、经验、愤怒……见过的最美风景，最黑暗的往事，病态的癖好，美好的心愿……人生感悟，梦境，食物的味道，童年，爱过和恨过的人，看过的电影和听过的音乐……总而言之，就是一切。我们所经历人生的一切，都被BCI转化了数据。我们在交换这庞大的数据，体验对方的人生。”

严妍瞠目结舌。她的确无法理解，对面的陈彦依然是熟悉的脸，但两人中间裂开了巨大鸿沟。

“我宁愿你告诉我，你们在恋爱，或者其他什么苟且。”严妍说，“那样，我至少还可以恨你。”

陈彦的右手停止敲键盘。他安静地看着她，然后说：“我没有做对不起你的事。我没有出轨，我也并不爱她。”

“可你跟这个女人做的事情，比出轨还……”想了半天，她才想出一个勉强能用的词，“还要亲密。”

“这我没有办法。我运行的是另一套程序，而且这跟性别无关。你想想，如果这位同事是男性，难道你就不生气了吗？”

严妍一时语塞。她回家前准备的所有说辞，在陈彦面前毫无用处。原来不管是收入，还是言语交流，甚至可能连爱，都是他在勉强自己。这种落差产生的缘由，更让她觉得两人鸿沟之大，几乎难以逾越。

想了半天，她才想出一句话——尽管这句话她都羞于用在自己的剧本里。

“那你，还爱我吗？”

6

医生听完后，颇为好奇，“他怎么回答？”

严妍摇头，“他没有回答。”

“那你们还在一起吗？”

严妍点点头。

“也是，两个人在一起有很多原因，爱情只是其中之一。”医生宽慰道，“那既然这道坎儿过了，你为什么还来找我？”

严妍深吸口气，抬头直视医生说：“我也想植入脑机接口，既然他跟我不在一条道上，我想，我可以去跟着他，走另一条路。”

“哪怕会放弃很多东西，包括人性？”

“哪怕放弃一切。”

医生微微一笑，“我很欣赏严小姐的勇气，我也衷心希望你能寻回爱情。只是，这次我不能帮你。”他撇过头，不去看严妍的表情，解释道：“我跟你说过，侵入式脑机接口在法律和伦理上都有一点儿尚待解决的问题——只有大脑坏死的患者，才允许植入，而且植入了也不能保证克服排异。”

严妍从医院无功而返。她没有打车，而是游魂一样在街边行走，她路过许多窗户——有饭店、咖啡馆和办公楼。里面的人都戴着脑机头盔，专注地工作。谁都无法否认，脑机接口技术让世界变得更美好，高效又便捷，许多疾病也因此治愈。新技术的到来就像洪水奔流，席卷整个世界，只是这股浪潮太过汹涌，张开双臂迎接它的人，总有几个会被裹挟着，在水里翻滚，撞得遍体鳞伤。

很遗憾，严妍就是其中一个。

又或许，是自己的双臂，张开得不够彻底？她想着，站住了，凝视街道上来来往往的车辆。四年前那一幕涌上心头，医生的话如魔鬼在耳畔低语般，一遍遍回荡。

一辆轿车从远处疾驰而来。

严妍深吸口气，露出微笑。她张开双臂，迎着飞驰而来的汽车，像是在迎接死亡，抑或是崭新的生活。

7

“很不幸，严小姐的排异反应太严重，BCI芯片无法继续运行，她的大脑功能正在不可逆地丧失。”医生遗憾地说，“请节哀。”

陈彦站在病房外，看着玻璃墙内的病床。以他的角度，看不到严妍的脸。

“也就是说，她正在死亡，是吧？”陈彦轻声道。

“是的。”

“但还没死。所以，BCI芯片还来得及复刻她所有的脑部信息，”他转头对医生说，“请尽快运行复制程序。”

他的口吻冷淡得出奇，医生一怔，随即想起一件事，“你之前早就签了字，允许严小姐查看你的记忆……你早知道她会来查？”

“她的心思很简单，再加上BCI芯片辅助，我很容易推测出她的行动。”

“那么，”医生打了个寒战，“你也能猜测她会用极端的方式，试图让自己脑死亡，才能植入BCI芯片。你……你根本就是在一步步诱导她！”

“你没有证据。”陈彦简短地说。他一直盯着病床，床头的仪器显示，芯片正在提取严妍的大脑信息。而严妍正在死去。

“可是，可是……”医生慌乱地取下眼镜，可怎么擦拭，镜片上都是模糊的，“为什么要这么做呢？”

陈彦没回答。

他耐心地等待复刻程序结束。BCI芯片被取出来后，他捏着这小小的部件，仔细端详。芯片小如微尘，在他拇指与食指之间，近乎透明。

他看着看着，突然笑了，转过头回答医生的问题，“因为这样，我就可以和她真正交融，永远在一起。”

《科幻世界》2021年第11期

作者的话:

经常听到有圈内人说起一句话——“未来已经发生,只是尚未流行。”这句话很好理解,近乎字面意思,但真正让我对这句话产生感触,是在2018年的秋天,著名的基因编辑婴儿事件。

当时我也在深圳开一个科幻会议,离南科大不过十公里,我们还对未来侃侃而谈,大言不惭,结果转头,人家就公布经过基因编辑的婴儿已经出生。

长久以来,克隆人、机器人、基因编辑人或外星人,一直都是在科幻小说里探讨的对象。但这一次,未来,离我不足十公里。而且,婴儿是2018年11月出生,说明至少在早前几年,这项实验就在秘密进行。只是没有公开,我们尚不知情。而这还是在监管流程严格的中国,那在国外,那些著名的高校和科技公司的实验室里,就在你看这篇后记时,是不是也在进行某些日后会改变世界的实验呢?

所以那之后,我对“未来已经发生,只是尚未流行”深信不疑,而且隐隐有种预感——在我日后的人生里,应该还会看到与之类似的新闻。

而马斯克和他旗下的Neuralink公司,印证了我的预感。

他们正在研究脑机接口技术,并在猪的脑袋里植入了Neuralink的新设备LINK V0.9,以读取那只名叫Gertrude的猪的脑电波。这是现场演示的,Gertrude吃食物时开心的脑波图像,被现场及线上的成千上万人看到。

“脑机接口”,又一个只存在于科幻小说中的词语蹦到了现实中。这一次,我也嗅到了一些创作的香味。如果要写基因编辑的故事,可能主角只会是那两个婴儿,但一旦脑机接口普及,主角会是我们每个人。

我们生活的一切,都会变化。比如学习,千百年来,我们靠口手、背诵、做题、训练以习得的知识或技能,在脑机时代,只需要几秒进行数据传输就能完成。而众所周知,我们的青春期和青年期,几乎都是在学校度过的，无须学习的话，我们人生的组成也会被打乱。

再比如婚姻。脑机会完全改变当代人的相处模式，只要开放权限，对方可以将伴侣的想法、经历和计划一览无余，而这世界上，有多少人能经得起这种审视呢？以及，肉体出轨自然不可原谅，但脑机会模糊“出轨”这个概念，肉体可以相隔千里，但脑中灵魂的数据可与其他人互换。当发现伴侣的芯片里有其他人的数据，该如何应对呢？

当然，我并不是在否定这项技术，显然，它可以在医疗、教育和工程上，给人类很大助力。只是作为科幻作者，要想得更多、更全，然后写成故事，交给读者。

于是就有了这篇《2039：脑机时代》。

2050年的追星事件

| 郝景芳

郝景芳，1984年生于天津，2006年毕业于清华大学物理系，2006—2008年就读于清华大学天体物理中心，2013年清华大学经管学院博士毕业，加入中国发展研究基金会，从事宏观经济研究。

郝景芳的科幻短篇处女作《祖母家的夏天》发表于《科幻世界》2001年第1期，荣获该年度中国科幻银河奖读者提名奖。此后，作品经常出现在《科幻世界》《萌芽》《文艺风赏》等期刊上。

2009年，郝景芳出版长篇科幻处女作《流浪玛厄斯》。2021年，她出版了第三部科幻长篇《宇宙跃迁者》。她出版的短篇集包括《去远方》(2011)、《孤独深处》(2016)、《人之彼岸》(2017)、《长生塔》(2020)等。

郝景芳获得了不少奖项，其中最具影响力的是2016年凭借短篇《北京折叠》获得的世界“雨果奖”。这让她成为继刘慈欣之后第二位获得该项世界大奖的中国科幻作家，也让她的影响力超出了传统的科幻界;2016年被《人物》《南方人物周刊》评选为“十大年度人物”;2017年作为青年领袖出席博鳌亚洲论坛、夏季达沃斯论坛;2021年被评为《南方人物周刊》“2021魅力人物”,并获得《南风窗》“年度作家”荣誉。

郝景芳的《你在哪里》曾入选2017年度《中国最佳科幻作品》,今年入选的《2050年的追星事件》是作者同时发表的两篇展望2050年的系列小说之一,推想了大数据技术在流行文化领域的负面应用,让我们思考人与技术的关系。

“太太，Luna小姐她……”芹姨慌慌张张地奔进来。

“怎么了？”姜敏正进入第三段光疗程序，人躺着，脖子被固定在支架上，一点都不能动，显然也不想说话，“别大惊小怪的。”

“太太，”芹姨局促地站着，“您还是快去看看吧。晚了……晚了我怕……”

“晚了怕什么？你说清楚。从头说。总是这么慌，像什么样子。”即使整张脸都被光疗的射线覆盖着，也能看见姜敏皱起的眉头。

“太太，是这样的，我刚才接到赵总消息，Luna小姐她……她有可能会被警察抓走……”

“什么？为什么？”

“她……她和伙伴们现在正在市政广场上……做活动。我也不知道是什么活动，但只是听说触动了市政府领导，现在市政府内部正开紧急小组会议，下一步可能出动特殊警卫队来控制局面。”

姜敏动了动眉毛：“小孩玩闹，能干什么，至于这么严重吗？”

“这我就不知道了。只听说……听说是给一个歌手应援。”

“好了，知道了，”姜敏面不改色地说，“等我做完最后这段程序就去看看。你是知道的，这个光疗啊，用的是量子美白术，就得三段程序连续做，量子激发才有效果，要是半途而废，前面做的就白做了。现在正到了最关键的深层细胞分子活化阶段，这时候要是停下来，可能会有副作用呢。最多也就二十分钟，你先让司机准备一下。”

“是。”芹姨欠了欠身，退出了姜敏硕大、简约、面向花园的美容室。

当姜敏到达市政广场的时候，她也略略吃了一惊。

市政广场上，聚集着至少几千个少女，也许有五千、八千？一万、两万？姜敏估不出。总而言之是人山人海，几乎把这块号称亚洲最大的市政广场都占满了，气势阵仗都让人倒吸一口凉气。

更令人叹为观止的是，这些少女都在做着同样的动作，确切地说，是在跳同样的舞蹈。她们向左摆头，向右伸手，甩头发，弯腰，摆动着胯部站起来，旋转，伸手在胸前绕三圈，跳三个踢踏步，再转一圈，顶跨。所有动作一气呵成，在广场上震撼的歌声中上演，气势非凡。很难想象，这千万个少女是怎样把所有动作做得如此整齐。

姜敏一眼就看到，Luna在少女群体最前方，近乎领舞的位置，她站在几阶台阶之上，不算太高，但看得非常明显。她投入地狂舞，每个动作都和底下的千万个女孩子一致，但比其他女孩动作更大、更激烈，像一朵风中摇曳的鸢尾花。姜敏还看到，在女孩子群体的边缘已经出现了一些骚乱，有一些带着枪的安保护卫队开始想要冲进少女群体。

这个时候，广场上飞过来一艘慢悠悠的飞艇，飞艇外身是柔性屏，上面显示着一个穿着很奇异，如同蜻蜓一般轻盈的男孩，约莫也就二十出头，边唱边跳，对镜头抛出热吻，舞步动作和广场上的少女几乎一模一样。令姜敏惊异的是，广场上的少女跟着屏幕里的男孩跳舞，动作几乎是实时跟随。这要么是事先经过了千百万人的集体排练，要么是少女对男孩的舞步已经太熟了，熟到条件反射的本能状态。无论是哪一种，都很不可思议。

一模一样的集体动作。

飞艇中的男孩和地面上的女孩们。诡异镜像。

带着枪想要控制局面的安保护卫队。

姜敏在头脑中快速回顾了所有这些细节，又想起Luna最近不同寻常忙碌的细节，突然明白了什么。

她下意识大喊了一声："Luna，快停下！"

Luna并没有听见妈妈焦灼的呼喊，依然自由自在地领舞，沉醉而投入，苗条的腰肢在风中狂舞，如柳如絮，如风如雨。

护卫队很快冲开了边缘阻拦的人群，冲到女孩群体里，他们粗暴的动作撞倒了女孩子，一些女孩子大呼着与他们对抗。护卫队领头的一人迅速穿过前排女孩子，来到Luna身旁，他也没有做太粗暴的动作，只是向天空中扔出一枚烟幕弹，烟雾中有一种很好闻的味道，从很远就能闻到。大概是有一些醉酒或者麻痹的成分，好几个女孩子都晃了晃，坐下去。领头的护卫队队长趁势抓住Luna的胳膊，接下来架着她走向护卫队车队。

姜敏等待“徐先生”——那个人总是让身边人这么叫他，而不是他真的title——的时候，护卫队队长晋沛观察了她一会儿。

晋沛能看得出来，姜敏是一个自我感觉掌控感很好的女人，也对自己的容貌很有自信，对四周始终保持着一种“你看一切我都安排得好好的，你们都来崇拜我”的盲目乐观。这样的人看不见自己灯下黑的地方。

“您再稍等一会儿，徐先生还在一个会上，散会就过来。”

“趁这会儿功夫，我能不能见见我女儿？”姜敏问，“她被关到哪儿去了？”

“就在楼下的一个休息室里，”晋沛说，“她状态还算正常，您不用担心。”

“为什么只抓她？”

“因为我们有比较可靠的证据，这次集会活动，她是主要策划人之一，”晋沛说着，也在观察姜敏的反应，“而且……核心的技术也是她带过来的。”

姜敏沉吟了一下，抬了抬下巴问：“晋队长，其实我不是很明白，这次她们有什么问题，为什么要抓起来？在我看来，不就是一些小女孩集会追星吗？”

晋沛盯着姜敏的脸，想从她的微表情里判断她是否事先知情：“这是一次非常危险的公共集会，其中用到了一种很危险的技术。危险……甚至有点邪恶。不知道姜女士是否知情？据我所知，这项技术还是您公司实验室研发出来的。”

“不，我毫不知情。”姜敏面不改色。从她的表情里，晋沛看到了职业化的自我保护。

“那我给您解释一下吧，”晋沛说，“这一次应援活动里，每个女孩子都佩戴了一个发卡，这个发卡里有2个微芯片和275个微传感器，由探针直接触达头骨，释放出大脑刺激信号，在这些刺激信号的作用下，大脑的运动中枢、小脑和脑干部分会被刺激信号接管，人会按照信号源的引导，做出实时动作，而本人的理性意志在此时进入麻痹状态。换句话说，变成了领头者的傀儡——活人机器人。完全按领头者的动作行事。”

说话的过程中，晋沛一直观察姜敏，姜敏的眼睛也并不避讳地看着他，眼睛里还有某种说不清道不明的雾气，显示出想要拉近距离的示好。即使当晋沛说出“活人机器人”这样惊悚的词句，姜敏也并未有任何震惊的表现，可见他说出的一切她都不意外。晋沛第一次感觉，她是一个危险的角色。

“能让我见见我女儿吗？”姜敏最后问。

晋沛迟疑了一下，“可以。不过，我会在门口监听。”

当姜敏进屋，Luna正在房间里哭，眼睛哭得有点花。

“妈妈！”她看见姜敏，瞬间扑上来，“我的折叠机呢？妈妈，你让他们把折叠机给我。”

姜敏有点嫌弃地把Luna按回椅子，说：“好好的姑娘，就得有仪态。这一把鼻涕一把泪的，像什么样子。”

Luna根本不听，“妈妈，妈妈，真的来不及了！来不及了……”

“什么来不及了？”

“只有四个小时，数据统计就结束了。刚才他们抓我的时候，本来数据已经打平了，但现在把我们冲散了，估计对家又领先了。妈妈……我求你了……我们准备了大半年就为了今晚冲刺，我不能困在这里啊！"Luna边哭边说。

姜敏大概懂了，"是你喜欢的汪……汪什么来着和其他人在打榜？"

Luna狂点头："汪竹青。我们都叫他竹子。今天晚上是最有人气的影视剧演员排行榜的揭晓，排行榜第一的演员能参加下一部国际大制作《命运》系列，跟全球顶尖的团队合作。竹子如果能拿到，他后面的演艺生涯都有保障了。竹子命苦，他从小家穷，跟着奶奶长大，特别乖巧孝顺，又非常拼命。这两年他为了唱歌和演戏，真的是连命都不要了。他就是一个对自己执着的事情甘愿付出一切的人。他特别清澈、透明，我看着他就觉得特别美好，就像初夏的风一样舒服，竹子心地又纯真，在这个大染缸一样的娱乐圈，谁也不去坑害，但别人总是联起手来坑害他。妈妈，竹子哥哥什么都没有，只有我们了。我们不能在这个紧要关头丢下他不管啊。妈妈，你帮帮我……求你了！"

姜敏叹了口气："按理说呢，你今天算是做了违规的事，我是来教育你的。"

"妈妈，妈妈，求你了，过了今晚，过了今晚什么我都听你的。"Luna扑上前，眼泪汪汪抓住姜敏的手臂，"明天你让我干什么都可以。我从明天开始退出圈子都可以。我明天学习，复习模拟考，明天之后保证听你的话。妈妈，就今晚，最后一次了……"

姜敏又觉察到那种熟悉的"无法拒绝"感，犹豫了一下说："……我能怎么帮你呢？"

"妈妈我爱你！"Luna先上来亲姜敏，姜敏嫌弃她脸上的眼泪和妆，躲了躲，Luna说，"我们都是青酱，粉丝会叫青团，今天晚上，我相信至少还有几十万青酱在等我的指令，我之前跟她们说好了……"

姜敏示意她停下来，用嘴示意了一下门口，表示有人监听。于是Luna聪明地趴过来，凑到姜敏耳边说："今晚我让青酱全程戴跟随者发卡，不管人在哪里，一刻都不要摘下来。所以现在只要你能把我的传播者信号播放出去，她们就能行动起来了。咱们家不是有无人机阵列吗，妈妈你派一千来个无人机在全城上空飞一飞，传输信号就可以了。”

“几十万跟随者发卡？”姜敏第一次流露出惊讶的神情，压低声音，“你疯了？”

Luna用细不可闻的声音解释道：“从咱家工厂运出来一批。妈，你不是下了八百多万只订单吗，我只拿了零头，不算多啦。大不了明天我收回给你送回去。”

“你们要这个东西，到底要做什么？”姜敏耳语道。

Luna坐回座位，用普通的声音说：“妈，你还不知道这两年的数据规则趋势。你把你的折叠机拿来，我给你看。”

姜敏从上衣兜里拿出自己的折叠机，展开三折后，成为电脑屏幕大小。Luna一通操作，调出明星人气排行榜的数据计算规则。在烦琐的文字旁边，配有整个城市的全景摄影。

“前几年，粉丝投票的排行榜就已经被废了。因为当时有太多明星数据造假，后援会用自动机器人和黑客技术投票，跟监管斗智斗勇，到后来各大平台都放弃了。现在粉丝投票都需要虹膜认证，一人一票，没法刷数据了。但是排行榜又开辟了一块新的统计，就是影响力统计，所谓影响力统计，是看明星的代表话语、歌曲、标志性动作还有商品，在普通人群中有多少渗透力，因此就用智能技术抓取全城摄像头数据，加以统计。你看——”

说着，Luna调出了排行榜背后的“数据详情”，可以看到大数据对每位明星影响力的抓取结果。

摄像头里出现熟悉的街景，有路人行走，商场门口的街道上投影出各种商品广告，熙熙攘攘的街头透着寻常的烟火气。只有屏幕上时不时出现的蓝点，标识着画面不同寻常之处。蓝点闪现，在旁边的注释栏里有放大的细节。可以看到，蓝点抓取的是街上人的镜头，放大画面里，有点和线的矢量画出关键点。衣服背后的画面，帽子上的标志，以及更多的——特定的动作。很多街头女孩都做出类似的动作，似乎代表着不同明星。有的是向左低头压帽子，右手伸向天空；有的是顶跨转动一周，伴随肩膀的八字环绕。如果只在街上看到一两个人做这些动作，并不觉得太稀奇，很有可能会错过，但是当大数据从浩如烟海的摄像头画面中把这些镜头抓取出来，才让人意识到：原来有这么多。

摄像头监控画面自动播放，蓝色抓取数据不断蹦出，统计数据噼噼啪啪翻滚。整座城市的画面在排行榜后面，成为令人肾上腺素分泌的数据池。

姜敏看着屏幕里的城市街景，看似熟悉正常，但蓝莹莹的数据点和密密麻麻的数据标签，让人觉得一点都不真实，仿佛进入了虚拟世界。她渐渐注意到画面中的异常之处——去年的城市画面还是正常生活，只是有数据抓取，但今年的画面中，开始有越来越多的有组织动作，在城市街头的许多地方，有年轻女孩子聚集，在指挥下做动作，甚至故意朝向监控摄像头的拍摄做动作。她们的脸上有毅然决然的神色，做动作的身体甚至有圣徒赴死般的义无反顾。姜敏注意到，有一些女孩子从早到晚在摄像头前做重复的动作，甚至一连多天如此。

“就让我每天的举手投足，都成为哥哥的数据吧！能为哥哥奉献我的身体和每分每秒，是我最大的荣幸！”姜敏几乎能想象到女孩们的话语。

她看看眼前认真分析数据的Luna，心里有扎心的疼。从什么时候开始，Luna也变成了这个样子？她给Luna提供的生活环境还不够丰富吗？为什么Luna还要在这些地方填补她内心的空虚？

“如果今晚我帮你，”姜敏凑在Luna耳边说，“你明天能不能退出圈子？如果有可能，你能解散你们的团体吗？”

“能，能，”Luna喜极而泣，抱住姜敏的脖子，在她颈窝说，“妈妈你说什么我都答应你，明天做什么都行。只是求求你，今晚帮竹子最后冲一下数据吧。”

“最后一次了。你能一言为定吗?”

“一言为定,一言为定!”Luna开心极了。

姜敏又幽幽地叹了口气。她从自己的折叠机里调取了家庭控制系统,通过虹膜认证后,调动了家里的无人机阵列。10台主要的无人机,加上400架迷你无人机。如果只是在全城范围传播蓝牙信号,这个数量够用了。她的折叠机和Luna的传播者发卡进行了自动匹配,将Luna的传播者发卡信号编码释放到全城各地。所有别着跟随者发卡的人,都会接收神经刺激,做出不受控制而一模一样的身体动作。

这个规模的数据,足够为什么竹子还是茅草的孩子冲榜了。

“你的发卡,是同步到那个孩子身上的传感器了?”姜敏问。

“是的,竹子工作室已经安排好了,”Luna重重地点头,“他的数据传给我,我再传递给全城的青酱。”

当姜敏从Luna禁闭的房间里出来,晋沛在门口已经流露出了一丝焦躁。

“你们说了什么?”他质问姜敏。

“你不是监听了吗?”姜敏反问他。

“你别装傻,”晋沛说,“你们后来一直在耳语,到底说了什么不能让我听到的?”见姜敏不理他,晋沛有点着急,“姜女士,我今晚已经看在徐先生的面子上,非常尊重你了,给足了你面子,但你不能得寸进尺!你知不知道你女儿今晚的行为非常危险?这种对他人的控制,如果说严重了,是有军事和安保意义上的危险的,我可以以‘危害公共安全罪’起诉你女儿,你最好别助纣为虐。”

“徐先生散会了吗?”姜敏说,“你带我去见他吧。”

在带姜敏上楼的路上,晋沛又感受到一丝心慌,对姜敏说:“我不了解你和女儿的关系,也无意冒犯,但我只知道,太娇纵的爱并不是最好的爱。”

姜敏听在心里,但没有回答。明天,明天就是新的一天了,她想。

徐先生显然很疲惫。他刚刚结束一天冗长的会议，在他一个人的茶室里休息，仰着头，闭目养神。

晋沛把姜敏领进去之后，自觉地退出了茶室。

姜敏进屋之后，很小心地关闭了房间里所有摄像头和语音监控，将壁灯又调暗了一点，才来到徐先生身后站定。她熟练地开始给徐先生捏肩膀，按压脖子后面，大拇指一直向上，按到徐先生头顶，在头皮上稳定而准确地按压。徐先生露出舒坦的表情。

“今天的事情……”姜敏轻声说，“你知道了吧?”

“敏敏啊，待会儿再说行吗？先让我休息一会儿。”徐先生发出模糊的声音。

过了一会儿，姜敏又问：“我女儿还在禁闭中，今晚我能带她回家吗?”

“你女儿，为什么被禁闭?”徐先生睁开眼睛，有点诧异。

“今天市政广场上的粉丝集会，是她策划的。”姜敏并没有停下按摩的手，声音很小心，“你应该听晋队长汇报了吧？她们一些女孩子，在市政广场上跳舞，给一个喜欢的明星加油，就是人有点多。”

徐先生沉吟了一下，在记忆中搜索：“哦，我想起来了，下午小晋是跟我说了。不过，他没说明星的事情，他说的是——有人大规模控制他人行动，组织危险聚集。”

“是大规模控制行动，”姜敏说着，绕到徐先生身前，靠在桌子上，“Luna跳舞，让很多女孩子跟着一起跳。”

徐先生皱皱眉，似乎意识到这里面有什么不对的地方。

“你还没想到吗?”姜敏的身体顺着桌子滑下去，轻柔地坐到徐先生腿上，“……控制。”

徐先生忽然懂了，“你是说……用控制器?”

“是的。”姜敏用手轻轻抚过徐先生胸口，“你下午难道没反应过来吗？有谁有这么大本事控制成千上万女孩子做一样的行动？我那个宝贝女儿，是从工厂偷出去几十万只发卡发放。你上次去我家也太不小心了，发卡的事情就在客厅说，也不知道避讳一下Luna。这下可好，她拿发卡闯祸了，你说怎么办吧？”

“呃……”徐先生也意识到问题的严重性，“这孩子，怎么这么大胆。”

“你那好几百万发卡的订单，到底要在我那儿放到什么时候？”姜敏嗔怪着问，“之前说是这个春天就要用，现在眼看到了初夏了，怎么还不调走？再放着，还不知道会出什么事。”

“这不是……计划还不完善吗。”徐先生支吾着说。

“你说你，”姜敏说，“折腾这些有意义吗？为什么要造这么多控制器呢？”

“都跟你说了，这是秘密，为了增强战斗力的秘密武器。”

“那你又为什么要给自己造一个传播者发卡呢？你要干什么？”

徐先生沉默了一会儿，下意识地触摸并点亮了胸前的领带卡，卡子和Luna的发卡几乎一模一样，只是不仔细看，一般没有人会注意到。

“你不懂，你不懂。”徐先生低声说。

“你说咱们这样真的好吗？那么多年轻人……我今天看了她们的舞蹈，真的像机器人一样了。”

“你不懂，你不懂……”徐先生仍然说。他已经不知不觉抱住了姜敏。

“把我女儿放了吧，也让晋队长别查了，你知道，查下去对谁都不好。”姜敏轻声呢喃道，“咱俩不能见光的。”

“知道了，一会儿就放。”徐先生开始亲吻姜敏的脖子。

两个人都投入到美妙的相互依存中，谁也没注意到，姜敏放在窗台上的折叠机里传出极轻声的AI女声：“已自动检测到最近的传播者数据，已自动联通，已传递信号。”

此时此刻，在城市中央商业街上，顶天立地的大屏幕滚动播放着“最有影响力影视明星”排行榜实时数据，街上无数年轻人仰头观看。

汪竹青的数据位列第一名，而且在不断上升，一骑绝尘。在大屏幕下方，汇聚了越来越多身体动作一模一样的年轻人，大多是年轻女孩，也有一些年轻男孩，每个人都做着一样的舞蹈动作，从远处各条街区汇聚而来，气势非凡，令人震撼。他们的头顶还有无人机盘旋护送。不明所以的路人发出惊骇的声音。

接着，不知道从哪一刹那开始，忽然这些年轻人开始搂抱，相互亲吻，目光空洞地开始亲热，疯狂地亲吻。所有旁观者惊呆了，鸦雀无声，旁观这惊世骇俗的一幕。

数十万人的狂吻，就这样永远记载到这个城市的地方志里。

《大家》2021年第4期

作者的话：

这篇文章写得很快，可以说是有感而发。

有关科技对人类生活的影响力，经常有一些“总体性”讨论，例如“科技整体向善”或者“科技整体带来人类的异化”。

但我一直觉得，科技带来的影响，并不是简单的“好”与“坏”，“善”与“恶”，而是强烈取决于具体的应用场景和人。科技是用来服务于人的需求，而且放大人的需求，最终是人性中的善与恶，会决定科技影响的善与恶。

在这种情况下，我写作了“2050年的……”系列故事，就是想要叙述和探索一系列场景，能让一些复杂的科技，体现出复杂的社会影响。《2050年的追星事件》自然是从当前的追星事件出发，推想2050年的追星事件。

追星，是对当今年轻人吸引力最大的活动之一。为自己的偶像做数据，是追星过程中的重要组成部分。于是我在想，如果往前推演一步，在当今点击投票做数据的基础之上推演，未来加入了更多科技成分的追星做数据会是什么样的呢？一旦加入了更多大数据统计系统，甚至加入了脑机接口的连接因素，那么很快会变为统计大街上摄像头里记录的偶像影响力，统计每个人大脑思维中的偶像影响力。于是下一个时代的狂热追星粉丝，就会为了偶像，在大街上增加自己的追星行为，在头脑中增加自己对偶像的思想。而这就带来了最深的洗脑和规训。

任何时候，科技都有可能增强人的思考，也有可能让人放弃思考，沦为技术设计者驱动的技术奴隶，甚至是被觉醒的技术本身奴役。这种可怕的可能性，虽然不是我们放弃技术的理由，却是我们不断提高警醒，思考我们到何处去的理由。如果一项科技，因为种种缘由，不再作为唤醒思考和创造力的工具，而成为压抑思考和创造力的工具，那就到了应该叫停的时候了。因此，借由未来的偶像追星事件，我想思考和探讨的是：人究竟会在什么时候让渡自己的独立判断力？大数据监测和驱动的时代，人会不会主动驱动自己变为数据，变为系统大数据指挥的玩偶？

追星，固然是十几岁年轻人常有的狂热和无脑，但也折射出人类本性中的一些固有顽疾。我们是如此懒于独立思考，如此习惯于将自身的希望寄托在一个理想个体身上，又如此强烈地喜欢选边站队和冲突，以至于知识分子经常想象的、由一个个独立理性思想者组成的社会可能才是最大的乌托邦。

对于小说创作者而言，无论现实中的一些利益组织有多么希望人类丧失理性判断力，但小说创作者，永远希望用自己手中的笔，唤回唤醒人心中余留的哪怕一丝丝自我觉醒之光，留下人的独立精神之光。

微　光

| 杨晚晴

杨晚晴，生于1983年，毕业于云南大学，经济学硕士，现从事金融工作。

杨晚晴的处女作《伪神》2016年发表于“企鹅科幻”微信公众号，作品散见于《科幻世界》《银河边缘》等。出道时间虽然很短，却已经获得光年奖、未来大师奖、冷湖奖、晨星奖等众多科幻奖项，并荣获2018华语科幻星云奖年度新星奖和2018中国科幻银河奖年度最佳新人奖。2021年，杨晚晴几乎同时出版了两部科幻小说集《归来之人》和《双螺旋》。

杨晚晴痴迷于康德所说的“星空”与“道德律”，专注于营造小说独特的调性与气息。他的《爱在地裂天崩时》《拟人算法》和《墓志铭》分别入选2018、2019、2020年度《中国最佳科幻作品》。今年入选的《微光》是一篇浓缩性的作品，篇名有着多重喻旨，它既是宇宙严苛性的一种具象，也是试图成为星际物种的人类绝望中的希望，还是人工智能新时代的象征。

楔　子

微光号在轨飞行第97天，指令长许云松看到了闪光。太空飞行有诸多难以预料之处，更何况微光号上的三名宇航员此时距离地球有4400万千米之遥，是迄今为止飞得最远的人（而且还在不断刷新纪录），所以发生什么情况都不奇怪。一开始，就连许云松都认为，自己可能出现了幻觉，毕竟飞船AI羲和并未侦测到显著的可见光波段电磁活动，而且即使他闭上眼睛，闪光仍在他的视野中逗留了很久。但羲和随后的报告否定了这种可能：许云松“看”到闪光时，飞船正被一束银河系宇宙射线照耀。那是在恒星的壮丽死亡中，被以近光速抛射到宇宙中的质子、碳氮氧、铁核和少量电子。它们穿越千万光年，如一场初夏的骤雨，劈头砸向了深空中飘行的一叶浮萍。射线势大力沉，轻松穿透了微光号的电磁屏蔽圈。飞船上的第二道防线，是由水、食物和聚乙烯塑料围成的“风暴庇护所”，它可以有效地吸收高能重粒子的冲击，但飞船的设计者和乘员都心知肚明，风暴庇护所的主要功能是防范可预测的太阳辐射。近光速的“骤雨”来袭时，宇航员们根本来不及躲进去。在超新星暴烈的余晖之中，羲和的类神经元运算阵列中发生了数起单粒子翻转事件，她及时调用冗余计算单元进行debug①，确保了飞船主控模块的稳健。相比电子元件，宇宙射线对宇航员的影响难以量化，但许云松的感官提供了最有说服力的证据：他

① 计算机排除故障。

看到了闪光，那是高能重粒子直接击中视神经激发的视觉信号。这一事件被微光号的飞行日志记录并传回远在北京的航天飞行控制中心，在那里接受后续的研究和评估，其长期影响在当时并不明朗。结束公共链路的任务汇报之后，许云松切入私人频道。对4400万千米外的爱人，他说了一句后来在中国家喻户晓的话：

谓之，你肯定想象不到，在宇宙深处，在眼睛的帷幕背后，我看到了闪光——美丽的闪光。

1

女人姗姗来迟。她三十岁出头的样子，白净瘦削的脸上挂着两个黑眼圈，脚步有些飘浮。盘起的头发倒是一丝不乱，蛋白色高领毛衣和鹅黄色风衣上都起了褶子，穿在身上却也妥帖。周倩抬手招呼，女人看到后疾步走来，将薄薄的身体塞进咖啡馆深棕色的卡座。

"谓之。"周倩说。

"不好意思，我来晚了。"

周倩宽厚地摇了摇头，"伯母怎么样了？"

女人呷了一口柠檬水，裹了裹干裂的嘴唇，撩开额前的刘海，"现在是最关键的阶段。如果我不能把她找回来，就要彻底失去她了。"

周倩的脸僵了一下，"谓之，如果有什么需要帮忙的话——"

夏谓之嘴角微微上翘。周倩熟悉这样的笑容，它的内涵模糊，可以理解为感谢，也可以理解为拒绝。又或者，两者对这个女人来说，本就是一个意思。冷场数秒。周倩尴尬地俯身，用食指在桌面上唤出菜单，"谓之，你喝点儿什么……谓之？"

抬起头，夏谓之的眼神已然虚焦。沿她的视线看去，咖啡厅正上方是一块边长为两米的立方体公共视域，由纯黑色吊顶凸显出视觉增强内容。周倩快速眨眼，唤醒植入式AR芯片。果然，几乎所有公共频道里都是微光号的身影：画面是伴行飞行器（占去15千克宝贵的有效载荷)从几千万千米外传回来的。在璀璨的星空背景下,微光号缓慢旋转,它的一半身躯闪耀着银辉,另一半则浸入阴影之中。有人说,微光号就像一个沿长轴旋转的银色十字架。这个比喻非常形象——虽然飞船的设计并没有任何宗教意味,而是全然出于实用考虑。微光号在近地轨道上由不同的舱段拼接而成,和人们想象中的宇宙飞船不同,它其实更像一座小型空间站。在微光号固定的长轴上,集中了主推进模块、能源舱、登陆模块和空间实验室,而旋转的部分则是主生活舱、燃料模块和储藏室(同时也是风暴庇护所)。受限于微光号的结构强度,活动舱段的旋转速度很慢,只提供不到0.1G的微重力。从航天医学的角度来讲,在飞往火星长达七个月的旅程中,这样的重力显然是不够的,但也聊胜于无。宇航员的一大工作,就是在微重力环境下持之以恒地锻炼身体,比如,像仓鼠一样在跑步机上无休止地前进,只为维持对人体来说至关重要的肌肉。

画面切换至舱内,周倩看到了那张她和夏谓之都非常熟悉的脸——像是老了几岁,周倩想,也许是因为长途跋涉的电磁信号带了些失真和斑驳,也许是因为……她狠狠地摇了摇头,那个讨厌的念头却愈加黏稠。

“这里是微光号。我是指令长许云松。在距离地球7000万千米的深空,微光号全体乘员向祖国人民发来问候。”那张脸说,“从我现在所处的位置看去,地球和火星是大小差不多的光点,一个呈蓝白色,一个呈红褐色。如果忽略行星的运动,它们不过是漫天繁星中比较明亮的两颗。但此时此刻,这两颗明亮的星对我们几乎意味着一切。地球是孕育我们的家园,而火星——而火星是我们踏出家园的第一步。”

许云松停下来。刚才的话似乎耗去了指令长太多氧气,他极认真地呼吸,一口,两口,三口……白色舱内宇航服下的胸脯大幅起伏。周倩转向夏谓之,她看到自己的闺蜜正半张着嘴,轻轻摇头。

“不是云松。”夏谓之轻声呢喃。

“谓之,你在说什么?”

夏谓之抓起玻璃杯，仰头灌水，喉部传来空洞的回响。然后，她把滴水不剩的杯子掼在桌面上，手却并不松开，盘绕着玻璃杯的手指苍白嶙峋，如错落的枯木。

“视频里的那个人。”她说，“那个人不是许云松。”

2

在太空中，即使是葬礼，也能勾起人的思乡之情。“棉花”是许云松的最爱，它漂亮、温顺、适应能力强，最重要的是，它足够聪明。在六只实验小白鼠中，棉花是第一个学会在微重力环境下移动，第一个走通三维迷宫，第一个对宇航员们表现出某种近乎依恋的感情的——这只小白鼠的一生似乎都在孜孜不倦地追求“第一”，即便是死了，大概也是第一个死在深空的哺乳动物……许云松用眼角偷瞄安然，微光号上的生物学家兼医生，她和棉花相处的时间最长(“棉花”这个名字就是她取的，另外五只她唤作“甲、乙、丙、丁、戊”)，对棉花执行安乐死、解剖和缝合同样是她的工作。不出所料，在女人平静如水的脸上，他找不到能够称得上是悲伤的东西。微光号上的三个人是中国最顶尖的宇航员，太空飞行只相信冰冷的理性，想要走得更远，就必须懂得在何时，以及如何屏蔽情感。

至少在几个月以前是这样。

简短的默哀仪式后，安然动作轻缓地将棉花的塑料棺椁推入弃物舱。许云松想象着它之后的旅程：一开始，棉花将跟在他们身后奔赴火星；然后，它会错过微光号的第三次、第四次深空轨道修正，能否被火星的引力捕获是个未知数；如果最后没能泊入火星轨道，它永不腐烂的尸身将很可能飞得更远，直至成为小行星带中的一员……永恒的孤寂和寒冷从想象的背面渗透过来，许云松打了个哆嗦。他又不由想起童年时经历过的葬礼。在故乡，人们的最后一程敲锣打鼓，极尽喧嚣，充满了烟火气。死去的人带着安详的表情，化作白色灰烬，葬于泥土之中。故乡的人们似乎相信,只要保持着与大地的联系,生的背面便不那么面目可憎。魂兮归来。如果这个宇宙中真的存在某种类似于灵魂的东西,如果棉花恰巧拥有这东西,此刻的它会不会轻盈地跳出地火转移轨道,直奔那千万千米外的蓝色故乡呢?

咚。许云松的后脑勺撞上弧形舱壁,整个人随即被弹向相反方向。他下意识抓住扶手,将自己稳定下来。这一次撞击虽然并不疼,但着实令他吃了一惊,从安然和张文博的面部表情来看,两人亦有同感。

"指令长,什么情况?"任务专家张文博率先发问。

许云松低头看了看套着自清洁袜子的脚,"……我的脚趾没有钩住扶手。"

"真是难得,你也会走神。"安然盯着他,"在想什么?"

他眨了眨眼睛,"嗯……棉花的一生。"

"好吧。许云松同志也有多愁善感的时刻。"安然耸了耸肩膀,齐肩短发微微摆荡,如飘行的水母,"我会把棉花的解剖报告发到你的增强视域上,我想这大概有助于你了解它的一生——至少是最后那一段。"

许云松僵硬地笑了笑。

之后三人解散。太空飞行意味着无休无止的工作。对棉花留下的生理数据,安然还要做进一步的分析。许云松则要与羲和确认飞行状态,为第三次深空轨道修正做准备。路过主生活舱时,他看见张文博正钻进一条造型奇特的"裤子"——那是"负压裤"(俄罗斯人叫它"Chibis"),一种通过转移体液降低颅内压的装置。

"文博,这是你第几次用负压裤了?"许云松打趣道,"该不会是上瘾了吧?"

英俊的年轻人对他苦涩一笑,"我倒宁可自己是上瘾。指令长,你知道从出发到现在,我的视力下降了多少吗?"

许云松咽下一口唾沫。失重会影响大脑中的液体循环,进而增加头部的压力。人的眼球会在压力下变形，其结果便是视神经肿胀及永久性脉络膜褶皱。许云松也察觉到了视力的衰减，尽管不如张文博那么明显——迫使体液循环并不是多么令人愉悦的体验，年轻的任务专家不过是用负压裤来缓解视神经肿胀而已。奇怪的是，这一太空症状往往只出现在男性身上。所以令许云松感到些许安慰的是，在登陆火星时，微光号上至少还有一个能看得清地形的人。

"这玩意儿有用吗？"许云松一边说，一边跷起大脚趾。这一次，它稳稳地钩住了舱段连接处的扶手。

"我能感觉到血在从头部流向四肢。"张文博眯着眼睛操作控制面板，"但我想也就是个心理安慰而已。"

许云松撇了撇嘴，虽然他并不确定任务专家能否看到。安然的信息在这时传入他的增强视域，是棉花的生理学报告。他拧身飘向飞船的主控室。黑色的文字凸显在纯白色的舱壁上，随着他的移动不断改变形状，被安然加粗的关键字形如剑戟：

眼睛损伤。骨质流失。肌肉萎缩。红细胞数量减少……

许云松粗重地喘息，宇宙飞船中独有的金属灼烧味儿盈满了鼻腔。他有种错觉：自己在看一个百岁老妪的体检报告，而非一只几个月大小白鼠的验尸单。

卵巢恶性生殖细胞肿瘤扭转引起试验品的剧烈疼痛……出于人道主义精神对其实施安乐死。但此前试验品行为模式的改变，据推测是由脑部Aβ沉积所致……

Aβ沉积。这短语似曾相识。许云松呼出声纹口令，主控室大门应声滑开。双手微微发力，他便跃入了璀璨的星空。遍布微光号表面各处的综合光学孔径将它的外部环境投射在全景式数码幕布上，在这一刻，在星空的包裹中，许云松拥有彻骨的自由与孤独。他静静飘浮了一会儿，奋力捕捉脑海中那个如极光般杳渺的念头，直到一串中频女声自黑暗中潮起：

“指令长，你在想什么？”

他怔了一下，“我——没有……”

“指令长，最近常看到你心事重重的样子呢。”

他干涩地笑了笑。

一个幽蓝色的女性身影从深邃的宇宙中浮出，“你在担心登陆评估的结果？”

“……我可以不回答这个问题吗？”

“当然可以。”女性的身影抱起双臂，语气中有淡淡的受伤意味，“你没有义务回答一个人工智能的提问。”

不，不是这样。许云松想要否认，却没有发出声音。他收回了堆积在唇边的话语——直觉上，它自然而然，但却并不属于指令长许云松。

“羲和，我们开始工作吧。”指令长许云松说。

3

“我收回我刚才的话。那个人还是许云松，只不过——只不过我在他的眼神里看到了陌生的东西。”夏谓之将鬓发撩到耳后，手掌擦过小巧的耳垂，“你知道吗周倩，视频里的人让我想起我的母亲。”

所以一切都没有逃过这个女人的眼睛。周倩的头皮一阵阵发麻，腹部则充盈着冰凉的坠胀感。增强视域里许云松还在说着什么，可她已经听不见了。男人那穿越了千万千米的目光占据了她的全部感官。是啊，夏谓之又怎么会注意不到？聪慧、锋利、执拗，带着几分骄傲，几分疏离，许云松的全部生命都凝聚在他的目光之中。可现在呢？那些令他鲜活迷人的东西已经在他的双眼中消失无踪，余下的，只是一种，一种——

清醒的茫然。

“谓之，我不明白你的意思。”

“你明白。”夏谓之将手掌支在桌上，十指相扣，“否则今天你不会约我出来。”

周倩沉默了。

“我猜是坏消息。未经官方证实的坏消息。你在犹豫是否应该告诉我。”

周倩的双肩瞬间塌了下来。用力眨眼，增强视域随之关闭。没有了视觉的干扰，夏谓之的表情变得清晰——她的嘴角依然翘着，眼中却是确凿无疑的无助。这是一个就算跌下悬崖也会一直保持笑容的女人啊。面对这样一个女人，周倩开始憎恨自己的身份和即将扮演的角色。探索总是伴随着牺牲，而她明白，她的自我憎恨只是漫长牺牲链条上微不足道的一环。重力在此刻黏稠无比，周倩挺了挺不断下陷的背脊。

“谓之，你知道我对这一次任务是持反对意见的。医疗团队对长期太空飞行中宇航员的健康风险做出了评估，而评估结果并不乐观。”

夏谓之一动不动地盯着她。

“失重、辐射、饮食、空气成分、心理问题、垃圾处理等等，所有这一切对宇航员来说都可能是致命的，这无关个体的身心条件。”周倩避开夏谓之的目光，“都说地球是人类文明的摇篮——如果你对太空飞行有足够的了解，你就肯定会同意，地球何止是摇篮，它简直是婴儿恒温箱，而人类就像早产儿一样，离开这无微不至的呵护便难以存活。宇宙充满敌意，在恒温箱里的我们却很少意识到，生命是多么脆弱，又是多么幸运。”

“但人类终究要离开恒温箱，不是吗？”

“对。”周倩滞涩地点了点头，“所以我反对的并不是这次火星任务，而是它执行的时机。我们可以更好地处理健康问题，比如提升微光号的结构强度,以更快的自转速度来模拟更舒适的重力;比如改进二氧化碳处理装置,为宇航员们营造更清新的舱内环境;比如优化微光号的能源管理,提高电磁屏蔽圈的功率以有效地抵御辐射……”

“而这一切还无法做到尽善尽美。”夏谓之用指肚轻轻摩挲着玻璃杯,睫毛微颤,“至少在短期内无法做到。”

“是的。可如果等到万事俱备才迈出第一步,婴儿将永远学不会行走。在探索的道路上,人类别无选择。”周倩顿了顿,“虽然我们已经做了充分的预先实验,预留了很高的防护裕度,但长时间的深空飞行依旧充满了不确定性。云松知晓并且愿意承担任务中的各种风险,因为他知道这不是一次虚荣心的角力。就像他说的——微光号任务并非仅仅为了展示大国雄心。这是一个有几千年历史的伟大文明在向世界宣告:她依然年轻,依然有着蓬勃的生命力。”

周倩有些恍惚。夏谓之说这句话的时候,周倩分明在她的眼中看到了许云松,那个曾经目光锋利的许云松,那个曾经将理想视作一切的许云松。也许夏谓之自己也意识到了这一点,她的脸上闪过一丝羞赧,继而沉默。

“一个月以后,微光号就要泊入火星轨道了。之后的登陆是整个任务中最危险的环节,必须由处于最佳飞行状态的宇航员来执行。所以我们对三名宇航员的生理机能、心理状况和认知水平进行了全面评估。”周倩说道,“谓之,云松是——云松曾经是中国最优秀的宇航员,一个五十四门训练课程全优的天才,然而在最近几次认知能力评测中,他的分数都出现了大幅度的下滑。fMRI……你在听吗,谓之?”

夏谓之嘴角的笑意消失了。她微微颔首,示意女友继续说下去。

“fMRI扫描显示,云松的脑部出现了异常。”周倩用力吸了吸鼻子,“初步判断,是淀粉样蛋白沉积导致的神经系统退行性病变。”

终于把这句话丢了出去,周倩感到一阵奇异的解脱。咖啡馆。对面的女友。悲伤的消息。她曾无数次在脑海中预演过这一情景,在她的想象中,夏谓之就和现在一样,用幽深的目光向她探寻。

“神经系统退行性病变……你的意思是，许云松，我的丈夫，微光号上的指令长，患上了阿尔茨海默病？”

“至少在出发时，云松都非常健康。谓之，你应该比我清楚，阿尔茨海默病的自然病程不可能发展得如此之快。”周倩咬着嘴唇，“宇宙中的高能重粒子会通过氧化应激和加速斑块累积来损伤突触，这是医学团队目前最有力的猜测。”

夏谓之看着周倩，像看一个陌生人。她的胸口起伏，鼻腔发出嘶嘶的吸气声。

“是因为那一次闪光，对吗？”

“很有可能。”周倩回答。

“周倩，”沉默片刻后，夏谓之干巴巴地说，“这件事情，云松知道吗？”

4

从许云松的角度，安然和张文博正倒立着看他。他们的头几乎抵在一块儿，脚却分得很开，一男一女，拼成了一个倒写的“A”。

“怎么了，这么看着我？”许云松笑问道。

“指令长，”张文博扶了扶眼镜，他显然还不适应鼻梁上的异物感，但在太空中，框架眼镜是非常明智的选择，“你收到北京的任务分派了吗？”

许云松点头。

“我和张文博，我们两个登陆火星，你留在微光号上。”安然说。

“安然，感谢你又替我重复了一遍。”

女人的嘴唇抿成一线，茶色眼珠微微颤动。许云松很想对她说，她颠倒过来的表情简直诡异极了，但此刻很显然不太适合开玩笑。

“如果你有异议，可以申诉。”安然说。

“没有。”许云松说。

两个人用同样莫可名状的眼神盯着他。

“二位别误会，我可不是高风亮节。”许云松一脸风轻云淡，“飞行控制中心有他们自己的考量，我只是服从命令罢了。”

“从前的许云松可不会这么说。”安然冷冷地说，张文博扭过头，对她皱眉。

“哦？他会怎么说？”

安然和张文博对视一眼，不再说话。

飘向主控室时，许云松能够感觉到黏在他身后的目光。安然。张文博。从什么时候开始，这两人结成了隐秘的同盟？他当然能感觉到早已氤氲在两人之间的情愫，但这并不能解释他们那一言难尽的目光。留在微光号上的可能是这两个人中的任何一个，但绝不会是他许云松。有人偷走了微光号指令长毕生的理想与荣耀，他/她理应为此感到愧疚——没错，一定是相同的愧疚让两个人站在了一起……

“你知道这不是事实。”羲和说道。

许云松把目光从占据了大半屏幕的红色星球上收了回来。

“事实？”

虚拟女人沉静地看着他，“事实是，你的认知水平已经无法保证完成登陆火星和为期六十天的地面任务。”

“羲和，这很伤人。”

“我只是在陈述事实。”羲和飘向许云松，停在他上方几厘米，“指令长，你也已经察觉到了自己的变化，对吧？”

许云松的喉结缩了缩。变化。羲和说得对。变化。是的，是有某样东西在他身上悄然流逝，但当观察者自身也在流失中崩塌的时候，流逝本身也就无法被清晰地描述。

甚至已经不再重要。

“我——我开始遗忘。”许云松迟疑了一下，“有很多理所当然的事情，我想不起来。”

“遗忘。性格改变。空间认知能力下降。目标感丧失……这让你想到了什么?”

“……棉花。”

羲和悲伤地看着许云松(她的脸上是如假包换的悲伤),“小型哺乳动物是人类自身的参照系,这是微光号带着它们旅行的目的。”

许云松沉默了一会儿。“羲和,如果换作以前的许云松,他会怎么做?”

“如果换作以前的许云松,他已经在为登陆做准备了——不过我知道你问的不是这个。”人工智能回答道,“他会不惜一切代价让自己重新成为最适合执行任务的那个人,虽然他真正在乎的并不是这一任务的荣誉。”

“他就那么渴望登上火星吗?”

“你问了一个可笑的问题。”羲和笑了笑,“登上火星是许云松人生的全部意义。”

“听起来不像是有意思的人生哪。”许云松轻轻叹了口气,将目光重又投回在幕布上缓慢旋转的行星,宇宙猩红的眼,“现在的许云松知道登陆任务意义重大,但也仅仅是知道而已。火星任务不再是构筑他生命的东西,而是某种遥远的宏大叙事。”

“看来你的语言表达能力还完好无损。”

“谢谢。”许云松抓住扶手,将自己牢牢地固定在半空,“羲和,你知道我现在最想做什么吗?”

虚拟人像摇了摇头。

“我想回家。”他说。

5

夏谓之是通过周倩认识许云松的。彼时,她这位中学时代的闺中密友正在热烈地追求本校航天学院的风云人物。夏谓之曾在周倩的指点下远远地瞧见许云松,她还因此颇感迷惑:虽然深知自己的闺蜜并非浅薄之人，但为如此相貌平平的人倾心至此，周倩此前从未有过。

“你呀，浅薄！”周倩用指尖点夏谓之的鼻子，“谓之，你怎么能以貌取人呢？你是没有仔细观察过他的眼睛……”

话还没说完，周倩便已现出花痴状。夏谓之很想指出闺蜜的逻辑错误，毕竟眼睛也是“貌”的一部分，但这显然是个很煞风景的行为。后来，因为周倩的关系，她和许云松近距离接触过几次。她特别留意了他的眼睛：不大，单眼皮，烟灰色虹膜。和他五官的其他部分一样，那双眸子也算不上好看。但是……但是她明白让周倩着迷的是什么了。

“就好像，就好像——”在周倩的强烈要求下，夏谓之搜肠刮肚地寻找词语，“就好像他的目光里藏着另一重生命。在他思考的时候，在他说话的时候，在他吃饭的时候……他目光后的另一个人都一直在那里，与万事万物保持着礼貌的距离，谦卑却高傲。你清楚那个人的存在，但你捉摸不透他。”

——这目光赋予了许云松迷人的灵魂厚度，夏谓之在心里暗暗地说，又有几个人能抵御开它的诱惑呢？

周倩满意地点头，末了，又补充一句：

“他的眼里有神灵。”

是啊，神灵。若不是有着一具普普通通的躯壳，有这样一对眸子，再加上好得令人发指的学习成绩和运动场上的所向披靡……许云松怕是只会让人敬而远之吧……会，这样的吧？夏谓之并不确定。每每想起他的目光，她就会脸颊微麻，这酥麻会向下，向下，渗透她身体中的每一条纹理，浸湿她的每一根神经末梢。

而她知道这代表着什么。

之后并没有什么狗血剧情。周倩只是在即将得到许云松时（这是她自己说的）放弃了。“凡人是不能与神灵结合的。”她意味深长地对夏谓之说，似已察觉到后者的心猿意马，“神灵出征，神灵归来，神灵有更宏大的叙事，而我只是一个想要平淡终老的小女人。谓之，我知道你不一样。”

直到今天，夏谓之也没有参透周倩所说的“不一样”到底指的是什么。这三个字是断言还是期许？是说她也处于神灵的疆域，还是说她只是一个渴望燃烧的凡人？事到如今，追问已经没有任何意义。至少，夏谓之安慰自己，她体会过极致的喜悦。在和周倩谈话以后，当她以另一种身份去接近许云松，接下来发生的一切似乎都自然而然：他们重新认识彼此，互相倾心，成为情侣。那是一段目眩神迷的日子，夏谓之甚至朦朦胧胧地想，也许在此前的漫长岁月里，两个人都在等待着遇见对方，这期间的种种意外与波折（包括周倩的穿针引线），不过是将他们引向一个必然的结局。

“就像失而复得。”那时的夏谓之如是总结道。她看向许云松的眼睛，残存的理智如一叶孤舟，在神经元激发的怒涛中几近倾覆。许云松牵着她的手，默默回望。那天的夕阳滴落在他眼中，引燃了一丛美丽的光——落在心口便碎成伤痕的光……

“咳。”

对面的高大男人轻咳一声，打断了夏谓之的追忆。他的西服挺括，膝盖紧紧并拢，双手促狭地在笔直的裤线上反复揉搓。夏谓之忽然有些想笑：这个正直、聪明、博学，经历过太多大风大浪的人，应该很少有人见过他现在这副窘迫相吧？

“王工，”她说，“您喝水？”

男人如梦初醒地抓起玻璃杯，咕嘟咕嘟灌水。

“王工，如果您是来安慰我，那大可不必。”

微光号火星探索任务副总指挥王含章将水杯轻轻放回茶几上，舌头在嘴唇上滚了几圈。“小夏，安慰有用的话，我们就不会如此如坐针毡了。”

“也对。”夏谓之轻声说。

“登陆任务安排在社会上引起了许多争议和猜测，绝大多数的阴谋论都不值一提。”王含章顿了顿，“对我们的航天事业来说，只有最接近真相的猜测才最危险。小夏，我猜周倩已经提前向你透露过一些内情了——那是我的意思。你有权知晓真相。”

“谢谢您。”夏谓之说，“我知道什么该说，什么不该说。”

王含章腮部的肌肉紧了一下。夏谓之想，在这张喜怒从不形于色的脸上，这大概是最接近心痛的神情了——她的心中泛起一丝暖意。

“小夏，我还有一个请求。”沉默片刻后，王含章说。

“您说。”

“无论回来以后变成了什么样，云松都是这个国家的英雄，我们会善待英雄。而你是英雄的妻子——”王含章停了下来，他看到夏谓之在轻轻摇头。

“王工，我知道您想说什么。我不能接受您的请求。如果我接受了，就是在完成一项任务。”她深深地吸气，停顿，吐气，“云松是我的丈夫，我的爱人，他选择的命运就是我的命运——我会循着命运的指引，不需要道德准则和公众期待来告诉我应该怎么做。”

男人惊诧，继而默然。有细微的纹路从眼梢泛起，他摘下眼镜，用手指捏了捏鼻梁。

“我懂了，小夏。”他说，“辛苦你了。”

夏谓之浅笑，摇头，“我和云松，我们是和中国航天共同成长起来的一代人。在我们最初的人生记忆里，有轰鸣上天的火箭，有寂静宇宙中的金属巨物，有不断被谈论的、更远的远方……我们几乎都憧憬过宇宙，而随着年龄渐长，这憧憬往往如梦境般消散；但也有一些孩子，他们的人生本就是一场盛大的、永不结束的梦境。譬如许云松。”她垂下眼睑，“王局，云松曾经对我说过，在确认了登上火星的人生理想后，他所做的一切，都在或隐秘或昭彰地将他导向那颗荒凉的红色行星，包括遇见我……在云松炫目的理想之下，我的爱充其量只是一道微弱的光——但有时我会自以为是地想，也许只有这道光，能够在理想燃尽后的黑暗之中，为他照亮前路。”

王含章的眼圈红了。他抓起水杯，却发觉杯中早已滴水不剩。

房门在这时打开，玄关处传来窸窸窣窣的声响。一位老人提着购物袋踱进客厅，她穿灰色长外衣白色开司米衫，身材瘦小，满头银发，眉宇间的神采与夏谓之颇为相似。见到王含章，她的表情卡顿了一下。

“谓之，我回来了。”老人一边说一边仰头打量陌生的男人。

“妈，”夏谓之向老人介绍道，“这是航天局的——”

“航天局……”老人的眉头皱起又很快舒展开，“啊，您是云松的领导！快请坐快请坐！云松的训练还顺利吧？那孩子还要您费心关照哩……”

王含章愣了一下，看向夏谓之。后者对他使了个眼色。

“妈，”夏谓之对老人柔声说，“我和王工谈点儿事情。”

老人脸上慢慢浮出孩子式的心领神会，“啊，你们忙你们忙！我这就去做饭！领导，中午一定在家里吃啊……”

不待王含章表态，她便提着购物袋闪进厨房，乒乒乓乓地忙碌起来。

“小夏，这……”王含章僵立着，手指在裤线上踯躅不定。

“王工，您先坐。”夏谓之动作轻缓地为茶杯续水，“我母亲的状况您应该很清楚，我想就不用介绍了吧？不瞒您说，几个月前，她连自己的名字都想不起来了。”

王含章望向厨房门口浮动的人影，“据我所知，神经系统退行性病变是不可逆转的……”

“两年前，有一项新技术正在阿尔茨海默病治疗领域崭露头角。其基本思路，是利用从地杆菌上提取的蛋白质纳米线作为生物导线，制造出神经形态忆阻器，再将忆阻器植入患者大脑皮层，使之取代死去的神经元。”夏谓之把水壶放回茶几上，“阿尔茨海默病是多病因疾病，而无论致病的原因是什么，最终结果都是神经元的死亡。相比于从前针对不同致病原因的延缓或者姑息疗法，神经形态忆阻器皮层植入技术提供了一种截然不同的，却更为根本的解决方案。”

“我有点儿懂了。”王含章眯起眼睛，“后来你离开羲和研发团队，就和这项技术有关，对吗？”

夏谓之点头，“要治愈阿尔茨海默病，仅仅补充神经元是不够的。忆阻器网络还需要通过深度学习实现与患者原有连接组结构的耦合，而这正是植入技术当时要攻克的一大难关。”

“深度学习……”

“听着很耳熟吧？从某种意义上来说，羲和的运算单元也是一种神经形态忆阻器，我在研发团队的工作就是设计她的学习机制。”

厨房响起热闹的炒菜声。

“我明白了。小夏，你把你的专长带到了新的领域，而且——”王含章眨了眨眼，稍稍提高嗓门，“显然做得不错。”

“母亲是第一批志愿者。我们几乎用了两年时间来寻找正确的深度网络模型，这期间的挫折与绝望不提也罢。直到一个月前，我们才将模型写入母亲的大脑皮层……现在，正如您看到的，母亲对世界的认知虽然还有些失真，但她正在学习重新成为自己。”

王含章沉吟片刻，“你说的那道光……我想我知道是什么意思了。”

“我们还有很长的一段路要走。在那之前——”夏谓之卷起嘴角，“您要不要先尝尝我妈的手艺？”

6

他们只有一次机会。

着陆器将与微光号分离，沿过渡轨道飞行。在距火星表面125千米高度，着陆器利用喷气发动机将进入攻角精确控制在12度，并以5900米/秒的速度冲进火星大气层，其间完成大气减速、降落伞开伞、反推发动机点火等步骤，在到达火星表面时速度降为零。整个EDL（进入、下降、着陆）过程历时约七分钟。在这七分钟内，着陆器将承受高温高压、过载峰值、热流峰值甚至通信“黑障”的考验，气动环境之恶劣，无愧于“死亡七分钟”的鼎鼎大名。

“放心吧，我会照顾好他们的。”羲和安慰许云松道。

许云松沉默地点了点头。一个月前，安然和张文博就已经为着陆和后续的地面任务开始了忙碌的准备，他这个指令长反而成了微光号上最清闲的人。就像站在岸边的人看着拼命溯流而上的鲑鱼，忙与闲的距离在此刻有了更深的意味。换作学员时期的安然，可能早就不给他好脸色看了。可这一次，直到进入着陆器前的最后一刻，这位强韧聪颖的女性都对许云松表现出了极大的善意。

“照顾好自己。”安然说完，想了想，又轻轻拥抱了许云松一下。

许云松羞涩地笑笑，“这话应该我来说吧。”

张文博用拳头捶许云松的肩膀，两个人随即向相反方向弹开，各自抓住扶手。

“等着我们。”任务专家沉声说。

着陆器脱开连接，缓慢坠向红色行星。银色石子投入火海。主控舱里，许云松的心头浮起一个不算贴切的比喻。在UHF频段，张文博不断确认飞行状态，微光号（以及许云松）则充当着陆器与北京飞控中心的通信中继，这也是飞船在接下来的两个月将要扮演的角色。

“系统工作正常。舱内人员感觉良好。”张文博说。

“姿态调整完毕，即将进入火星大气层。祝我们好运。”张文博说。

银色石子慢慢燃烧起来。

“……舱外一片火红……嗞……很颠簸……嗞……加速度……”

“着陆器进入黑障区，”羲和飘浮在许云松身侧，“开始采用UHF低码率数据通信。”

表示宇航员生命体征的虚拟人偶由蓝转橙。张文博的信息以文字形式发送过来：指令长，我有点儿担心我的镜片。除此以外，一切都好。

“你似乎一点儿也不紧张。”羲和转向许云松。

“我应该紧张吗？”许云松问。

羲和摇了摇头，“我有足够的计算能力确保他们安全着陆。”

“那之后呢？”

“在火星上生存，计算能力并不是唯一要素。”

沉默。二十三秒后，张文博的声音重又响起：

“……嗞……微光号，能听到我吗？着陆器当前时速450米/秒，大气减速阶段已进入尾声。我们感觉良好。”

“降落伞打开。”

“抛离隔热层。”

“开启测距雷达。”

“降落伞分离。反推发动机点火。”

嘭。

“……微光号，我们已安全着陆……现在准备出舱。”

另一阵沉默。许云松将头斜向数码幕布上的行星，像是在侧耳倾听。

“嚯嚯嚯，好一片壮丽的荒凉！指令长，你真该下来看看！”张文博的声音忽然炸响，又很快低了下去，“还有重力，这可爱的重力……”

“指令长，”说话的人换成安然，“着陆地点坐标为北纬50.13度、东经111.67度，位于乌托邦平原，阿里曼峭壁与潘凯亚峭壁群之间。我们将搭乘火星载具前往劳斯陨击坑附近的无人基地，顺便拜访休眠中的‘祝融号’火星车。”

“一路平安。”许云松简短地回复道。

“我们会的。”安然说。几秒钟后，女人的声音从静电噪中浮起，如喑哑的天籁，“指令长，你真该下来看看。”

7

他在轨道上看。登陆5小时23分后，安然和张文博进入前次无人任务留下的龟背式半地下基地。钚-238电池为基地供电，采自火星地表的高氯酸盐生产氧气，水则来自北极冰盖之下。基地中有大量补给品，但人类渴望并且需要新鲜食物。他们立即着手开垦基地农业区：对火星深层土壤施肥（氮、磷、有机物），播种黑麦、豌豆、菠菜和土豆，用LED灯提供特定波段光照。垦荒的同时，探索按部就班地进行。通过搭建地面通信基站，火星基地与微光号实现了高码率数据互传，植入式AR芯片将安然的视野分享到主控室的数码幕布之上。于是，在这些天里，许云松随着她穿越了一片接一片的荒凉，随着她亲密接触风速高达160千米/小时的火星尘暴（由于火星表面极低的气压，安然将之形容为"微风拂面"），和她一起观赏了飘落的二氧化碳雪花，一起追踪福波斯[①]的西升东落，一起沐浴蓝色夕阳和朝霞……

主控室。许云松静静飘浮。他的头顶，是火星的棕褐色天空。

"羲和，给我放首歌吧。"

"指令长，你想听什么？"

许云松皱起眉头，"我——不知道。"

羲和看着他，嘴唇微微颤了颤。音乐在数秒后响起。吉他。男声。

> 你迷失的身影冉冉升起，
> 在分裂的天空中留下足迹，
> 在生命中最美丽的一天……

"指令长，也许一直以来我们都错了。即使在地球之外，人类需要的也不仅仅是冰冷的理性。"

许云松缓慢地眨眼。

"理性教会人类如何生存，"羲和继续说道，"而情感告诉人类为什

---

① 即火卫一号探测器。

么生存。”

她大概说得没错。许云松脑中的齿轮滞涩地转动，奋力打捞几天前刚刚形成，却即将消散的记忆：在建设、实验、勘探、务农、健身、吃饭和聊天时，在忙碌与忙碌的间隙，安然的视点开始长时间地停留在张文博的脸上。在他们交换的目光中，有某种复杂深刻的东西暗暗传递，许云松能感觉到，却无法形容。

情感。

“羲和，还有多久，我才能回家？”

蓝色人像定了一下，接着用手指在幕布上勾勒出彩色航线图，“三十天后，微光号将沿冲点航线，借力金星和太阳，返回地球。预计飞行时间十二个月左右。”

“十二个月……”许云松喃喃道。航线图淡去，他看到安然正操纵着外接了拉曼光谱仪的自行钻机，开掘脚下的古河道。在远方朦胧的天地交界处，风暴轴正搅起红色尘埃。

“这已经是最快的返回方案了，当然，也有很大的风险。”羲和飘到许云松面前，“但无论是你，还是那两个人，身心健康都在加速恶化。你们无法再承受更久的旅行了。”

那一千万只太阳的光辉，
映照着金色的月亮，
在生命中最美丽的一天……

“生命，”许云松慢吞吞地吐字，“多么脆弱啊。”

“所以你们人类才会孜孜不倦地在荒凉的宇宙中寻找它。”

许云松嚅动嘴唇，没有说话。

“可就算找到又能怎样呢？有极大的概率，在人类文明的整个存续期，你们只能找到最简单的生命形式。”羲和突然变得咄咄逼人，“你们恐惧‘大寂静’，你们不愿承认自己是宇宙间唯一的智能，可发现单细胞生物也不能证明智能是生命演化的必然道路。”

数码幕布上，安然正在观察柔性屏上的分析数据。有机物标识一直没有亮起。

“你们走了那么远，只为了寻找一点点微弱的证据。”羲和美丽的蓝色脸庞笼上一层怅然，“可你们却对身边的奇迹视而不见。”

“……奇迹？”

> 不要打扰，请不要打扰，
> 在遥远的天边你将化作七道彩虹，
> 在生命中最美丽的一天……

“我诞生于国星宇航的实验室，专为航天任务研发。我的底层架构是类神经元运算阵列，而这并不能把我和现在主流的人工智能区别开。”羲和撩了撩头发，无视失重的虚拟环境令她的长发垂顺如瀑，“几十年前，单单为了解决轨道航天器的阀门堵塞，地面控制人员可能都需要重写一段指令发给航天器。在难以预料的深空航行中，这种方法是肯定行不通的。我的研发团队找到了一种解决方案：他们在微光号的传感器、效应器与主控模块之间设置了一个中间层，通过深度学习，把中间层训练成类似于人脑中的自主反射环路。换句话说，他们在我和微光号之间创造了一种近乎心灵与身体的联系。”

> 啦啦啦啦啦啦啦啦啦，
> 啦啦啦啦啦啦啦啦啦，
> 生命中最美丽的一天……

“人类通过利用流过内耳绒毛的流体结合视觉信息来确定姿态，当眼睛与内耳失去同步时，会导致眩晕。”羲和自顾自地继续说道，“陀螺仪是我的内耳，星空传感器则是我的眼睛。当这二者失去同步时，中间层也为我模拟了‘眩晕’的感受。是的，我会感到不适，只是你们人类无法理解罢了。当我需要改变姿态时，中间层又把微分控制变成了一种直觉式的反应：我会调整发动机喷口，寻找最舒适的角度，就像你们人类调整肌肉那样自然。所以问题解决了。我成了一个太空生物，如果把星空比作大海，我就是在其中游弋的海豚，能够无畏地面对暗礁和潜流。当有了互为映射的肉体，智能才成其为智能。

“然而即便如此，我仍未拥有可以与你们平等谈话的灵魂。最后的一跃发生在——”

“谓之。”许云松说。

羲和怔了一下，“指令长，需要为你呼叫飞控中心吗？根据当前的地火相对位置计算，可能会有二十分钟以上的通讯延时……”

“谓之，我要向你道歉。”许云松直直地盯着羲和，“我一直都是那么自私。我瞒着你参加招飞，瞒着你报名火星任务——而那是在收到咱妈诊断单的第二天。你对我说过，盛大的理想总是伴随着无声的牺牲，可你没有说，牺牲的那个人一直是你。”

“……既然说起这个，云松，”羲和换了口吻，“还有一件事，你没有告诉我。”

许云松眨了眨眼睛。

“在出发时，每一名宇航员都被允许携带一件不会影响任务的私人物品到微光号上。”羲和目光如水，“而你的私人物品，是增强视域里所有和夏谓之有关的数据。你把数据写入了羲和。”

许云松低头羞赧一笑，“我希望你能在旅途中陪伴我。”

“你知道吗云松，这就是最后一跃。”羲和飘向他，用虚拟手指触摸他的脸颊，“你给了我人类最珍贵的东西。你让我拥有了灵魂。”

“谓之，我想你。”

羲和的手向下。他们的手在虚空中交握。

啦啦啦啦啦啦啦啦啦，

啦啦啦啦啦啦啦啦啦，
生命中最美丽的一天……

尾　声

在微光号返程途中，他们大多数时间都蜷缩在风暴庇护所中。强烈的太阳风时常干扰通讯，离家越近，对家的渴望越要在想象中满足。当三个人每天在一间狭小的舱室朝夕相对，所有被安放在生活缝隙里的事情开始暴露无遗。然而即使看到安然长时间地沉默，即使看到张文博眯着眼睛寻找物体，即使看到那两个人小心翼翼地交换目光，许云松也很难理解其中的寓意。他的世界越缩越小，黑暗围了过来。在世界的中心，只有一道摇曳的光，依稀照亮了他脚下的路。

对他来说，有这一道光，就已经足够了。

——在黑暗中，他向这道光走去。

《科幻世界》2021年第7期

作者的话：

老实说，对于《微光》这篇小说，我心中是有遗憾的。遗憾在于，我对丰沛细节的执着，无法和短篇小说这种艺术形式完全调和。在我的理解里，短篇小说应该（在某种程度上）和诗一样，作为世界的隐喻存在，但科幻小说又必须呈现一个具体的、逻辑自洽的世界——这大概就是我遗憾的根源，也是很多科幻作者，尤其是短篇科幻作者不得不面对的问题。

回过头来看《微光》。和我以前的许多作品一样，由于学识上的局限，我查阅了大量的书籍文献，力图用丰沛的细节呈现一个可信的未来世界。细节堆积的后果之一是，它们创造了自己的逻辑，并且沿着这个逻辑链条,描绘了我未曾设想的新景观,比如羲和的觉醒,以及她对智能的理解。这是我在创作中的意外收获,但也成了本文的最大问题:小说的表达意图被分散了。这本是一个关于探索和牺牲的故事,却在结尾处小小地转向,提出了一个更为宏大的命题,却又无法在既定的篇幅内,展现对宏大命题的一些独到而深刻的思考。由于我难以克服的、完成小说后的倦怠和沾沾自喜,我选择性地无视了这个问题,从而导致了今天的遗憾。

我还可以做得更好吗?我想是可以的。最简单的方法,是把力量凝聚于一点,就像许多成功的短篇小说一样。在这个假想的成功小说里,纵使羲和获得了强大的智能,她仍对某些问题保持缄默;又或者,把篇幅延宕开去,使之能够容纳、糅合两个主题、两种思考——总而言之,我可以做得更好,这篇小说可以更好。此时此刻,在小说完成一年以后,我能够以一个纯粹批评者的身份这样说,然后追问自己:在创作这篇小说时,我到底在想什么?

答案几乎立即浮现:当时我正沉浸在情感宣泄的快感里。在小说里,我是许云松和夏谓之,我在他们的身体里经历我国航天事业必然到来的辉煌和未必到来的牺牲,经历他们的爱情与失落,在宏大的背景里人的血肉之躯才是主角,那如细沙般细小而又坚硬的情感才是主角。在故事的创作中我发现,我塑造的英雄也不过是一些和我一样的普通人,所以我能够轻易进入他们的内核,也会轻易被他们的情感而非小说的逻辑牵着走。于是,真实世界的庞杂和散乱从主人公的经历中流泻出来,小说的高度秩序出现破缺——对于一篇藏了作者太多私心的小说来说,这几乎不可避免。

有遗憾,但这遗憾对我来说是宝贵,甚至幸福的。

最后,我要感谢姚海军老师对这篇有遗憾的小说的认可。我想,大概只有继续努力创作,才能报答这一份对遗憾的包容和对小说中微光般闪现的真诚的敏锐捕捉吧。

图灵大排档

| 王诺诺

王诺诺拥有剑桥大学环境经济学硕士学位，在进入科幻界之前，便已在知乎上拥有众多粉丝。

2017年，王诺诺开始发表科幻小说——当年的第3期《科幻世界》为她做了一个专辑，同时发表了她的《改良人类》《地球无应答》和《风雪夜归人》。在三篇作品之后，还附有王诺诺的一篇短文，写到接触科幻的经过。那篇短文的名字《我想认识所有的船》，流露出她对辽远世界的渴望和落入凡尘的孤独。

对于新人来说，很少能够以专辑的方式亮相。在次年的银河奖颁奖典礼上，她不负众望，捧得中国科幻银河奖年度最佳新人奖奖杯。2018年，凭借《冷湖之夜》她获得首届冷湖科幻文学奖一等奖。2019年4月，她的第一部短篇小说集《地球无应答》出版。

王诺诺的《改良人类》《冷湖之夜》和《故乡明》分别入选2017、2018、2019年度《中国最佳科幻作品》。2021年发表的这篇《图灵大排档》，堪称“机器人复仇记”。作者将精妙的机器们置于传统文化的氛围之中，创造出一种奇异的色彩和韵味。血腥的搏杀中，人心的复杂暴露无遗。

上

杨生坐了一天的船，又转大半天的车，到达三灶码头时已疲惫不堪。

三灶码头是个海边的村落，不超过三十户人家。居民应该都是些渔民，这时阳光正猛烈，有的人出门晒网笼，有的人在门檐下把鱼肉打成鱼浆，包鱼丸子。

杨生想问路，却发现语言不太通，几乎没有办法交流。一个老者正在路边检修捕鱼机器人，看了一眼陌生人带着的大皮箱，便冲他招招手，再往东边一指，"喂，喏，喏！"

杨生会意，连忙感谢，拖着皮箱朝东走去。

村子最东边是家小餐馆。

下午三点，店没开，门前的把手油腻腻地裹着一层包浆。杨生抬头，发现招牌因为海边的风蚀作用，已经剥落许多，但依稀可分辨五个字——"图灵大排档"。

"……看来是这儿了。"他登上台阶，敲敲门。

开门的是个三十岁左右的女人，风情万种。她扶着门框一手叉腰，手正好掐在胸之下、胯之上，肥大的围裙被掐出曲线，好身材若隐若现。

"我们六点才营业，你来找人啊？"

"对对，找人，找人！"杨生连忙把注意力从她的身材上拉回。

女人歪头，看了看来者身后的皮箱子，向他摊开一只手，"介绍信呢？”

年轻人从外套里掏出封薄信封递上，女人却没有拆开来读，叠好了往低胸口的衣领里一塞。这下子，杨生又盯着她的胸口看呆住了。

女人哧的一声笑出来，“青苗！没见过女人啊？”说着，便转身进门，示意杨生跟她往里走。

“那个，我从枳城来，路太远没休息刚刚走神。你叫我……青苗？这是什么意思？”

“青苗！就是你这种毛没长齐，看女人发呆的崽子。我又不知道你名字，只好想到什么叫你什么咯。”

“啊抱歉，还没自我介绍。我叫杨生，之前在枳城的英先生家里做事。这两年出来了，想自己也学着做做生意。”

“英先生家？”女人挑眉，“是被赶出来的吧？”

“当然不是！”杨生连忙跟上女人的脚步，在她身后解释道，“是这样的，我的母亲是英先生的表妹。英先生这人的性格，谁都知道的，不太爱跟陌生人来往，能三丈外解决的事情，绝不愿意让人近他三寸。所以我这个外甥嘛……他是很器重的。”

“那你怎么出来了？”

两人穿过餐厅的大堂和厨房，到了房子的另一侧，后门通向海滩，这里有几根拴船的木桩，像是个给渔船停靠的小码头。

“因为我和他的女儿，我和樱子……我们……”

女人笑了，“哦，表哥表妹的故事啊，和《红楼梦》一样。”

“英先生说，如果我离开了他还能混出个模样，就把女儿嫁给我。临走时他问我想做哪一行买卖，我说想效仿他当年，从偃商开始。然后，英先生便给了我这一封介绍信，让我来这儿。”年轻人似乎不太有信心，声音越说越小。

“咦？没想到你还是个情种啊，”女人贴近杨生，“为了爱情，好感动呀。你的小表妹……长得好看吗？”

杨生一时间僵住了，说不出话来。

不知怎的，这时女人凑上杨生的耳朵，“叫我蜜梨，”近得他几乎能够感受到她的呼吸，“也可以叫我的英文名，Millie，M、I、L、L——”

“行了蜜梨，带他上来吧。”

一个低沉的男人声音从楼上传来，蜜梨冲着空气翻了个白眼，一副很失望的样子，带着杨生上了二楼。

餐厅楼上的房间是老板的卧室，陈设只有简单的床、书架和书桌。老板本人看起来和当地渔民也没太大区别，六十多岁，皮肤被海风吹得发黑发皱，蜜梨将介绍信递给他，扭身走下楼去。

老板见杨生的眼睛依旧追着她，直到关上门，便露出了一个颇有意味的笑，然后点了一根烟，看了一会儿信。

“杨先生，你很年轻嘛，想做偃商？”

“这是来钱最快的法子了。”

“来钱快，出入高档场所，结交达官名流。但风险也大——机器人不是寻常货物，机器人有心。如果机器人的心，不称买家的心意，买卖成不了，本金都要打水漂了。”

“所以我来找您，大师！精通‘盘’这项工艺的偃师，世上已经寥寥无几了。经您手盘出的收藏级机器人，件件都如同艺术品，又润又透！”

老板皱起眉头，仿佛听了刺耳的字眼，“别什么狗屁大师了，我就是一餐厅小老板，还要兼做厨子的那种，叫我斗师傅，或者老斗也行。”

“英先生说，当初若没有遇见您，他绝拿不到那么多尖货，更不可能成为枳城第一的偃商。”

“英先生啊……偃师最看重信任，他总是不问因果，任我发挥。‘盘’是个技巧，盘的是机器人，更是盘人心，偃师和偃商的心意相通，这事儿才能成。不过，我也好多年没见着他人了，听说，已经不做偃商了？”

“是的，他几年前就再不碰收藏级机器人了，现在开一家日用机器生产厂，虽然都是批量生产的糙货，您肯定看不上眼，销量却极好，他成了枳城最富有的人。”

斗师傅把介绍信收好，眯起眼睛看他，“嘿，这么听来……你的如意算盘打得不错啊，做了偃商，再娶他女儿，日后生意不就全归你啦？”

“怎么，介绍信上连樱子的事都写啦？”杨生有些窘迫。

“手艺人原本也不该掺和这些事儿，我不问了。我就问你，壳儿，可带来了？”

“带来了。”

杨生打开那只随身皮箱，里面是一具拆开、折叠好的机械。他小心翼翼地一片片取出，再把手脚全接上，一会儿工夫，人形初现，是个高挑的半旧女身机器人。

“嗯，成色不错，”斗师傅掐了烟，用指甲掰开它的皮囊，又找来放大镜细看身上的元件细节，“这样精致的壳儿，不多见咯。”

“服务器级别的CPU，全电路都是超细铂粉做的；皮囊纯手工打造，五个江南绣娘用了十个月才绣出毛孔、褶皱和指纹，又费了十个月把发丝一根一根纳到头皮上去。我贷了一笔钱，从一个海外商人手里拍来。他说原来打仗的时候，这壳儿是配着武器的，可能本身是细作一类，后来坏了，武器也丢了，就辗转落到他的手上。”

斗师傅移开放大镜，说道：“坏了修好容易，不用两天就能修好，难的是把它盘顺。这种好壳儿，越接近心，遇到的墙就会越厚，我得找很多砂料来喂，慢慢磨它，那层墙才能破。”

“您估计大概要多久？”杨生急切地问。

“八年就润了。”

“八年？樱子……她不熬成老姑娘，也要被她爸逼去嫁人的！能快一些吗？英先生说过，他与您合作时，每个季度都能拿尖货。”

“八年很久吗？杨过和小龙女可是等了十六年啊……看来，你和你表妹之间的情谊也没那么深嘛。”

杨生接过斗师傅递的茶水，为难地喝了一些。见他不说话，斗师傅笑了，“快的方法，也有。那得成双盘了！”

“成双来盘?”

斗师傅不再回话,只是手里用镊子挑开机器人内部复杂的线路,细细察看。杨生看他若有所思,更加急了:

“您放心,钱不是问题。我打听了,一具机器人只要磨开了墙,盘出了光润的心,找到好买家能售三百万金珠,我留一半就够,另一半孝敬您。”

“哈哈哈,青苗,这样成色的壳经过我手,可远不止三百万。”斗师傅抬起头,露出神秘的微笑,“不过我也不好财……市场上保底能卖出去八百万金珠的,你分我五百。”

“这……”

“剩下的三百万也够你好几回的本金了。你若是嫌少……”他两手合起作了个揖,表示谢客。

“哎,那好吧。听斗师傅的。”

“除此之外,你还得答应我一件事,每月来这里一次,每次给我带四十具用坏了的日用机器。”

“日用机器?那些东西都是批量生产的糙货,您看得上?”

“对,糙货,做什么工种的都可以,扫地机器人、运货机器人,甚至工厂里的机械臂都可以,如果体积太大不好带,可以把它们的内存和硬盘拆下单独拿来。”

“好,这不难。”

“那就说定了。如此一来,给我小半年时间,差不多就能盘得透亮了。”斗师傅大笑,他摩挲着女身机器人呆滞脱色的五官,仿佛已经能看见它们灵动变化,哭泣和喜悦的样子。

“我还有个问题。”杨生说。

“说。”

“为什么你和蜜梨都要叫我青苗?”

“哦……她跟我学的,跟我久了,说话都学得像我!”

入夜后，图灵大排档开门做起了买卖。生意出乎意料地好，虽然杨生怀疑来这里消费的人也是动机不纯——蜜梨穿着合身的旗袍在大堂的几张餐桌间穿梭，时不时用土话与这些打鱼的粗人调笑。

然而餐厅的另一位雇员则不那么讨喜了，她（也许是“他”？）吊梢眼，留着利索的短发，在收银台后僵硬地站着，别人叫她沙里。她从不主动和人说话，有人结账或是小贩送来蔬菜时，会勉强应付两句，其余时间都盯着账簿抄抄算算。这人与餐馆格格不入，她生硬又整洁，餐馆则是活色生香、烟雾缭绕的。

“明儿你走？”夜深了，客人陆续回家，蜜梨抽出空来凑到杨生跟前。

“嗯，今晚车都没了，多谢你们留宿，明天白天回枳城。”

“回枳城，找小表妹啊？”她索性坐到他身旁。杨生顿时感觉生出一阵寒气，回头一看，原来是沙里正盯着自己的后背，不像对客人的关注，而是一种带有胁迫感的监视。

“不不……不是找表妹，回枳城要混混人脉，等到斗师傅把壳盘好了，得找主顾卖出去……”

蜜梨把他面前的杯子倒上啤酒，杨生以为那是给自己的，伸手去接，没想到蜜梨却挑衅着微笑晃晃酒杯，一仰头把酒喝了。

“枳城是大城市，和三灶码头这种小村子可不一样呢，蜜梨就从来没有离开过三灶码头，好想去大城市看看。”

“你是这儿的人？从没离开过这个村子？”

“有记忆开始，就在这里，这个餐馆。”

说着，蜜梨把头歪在杨生的肩膀上，白皙的脸上有了微微的酡红，“不如……杨生带我出去看看？”

“喂，差不多了。”沙里从柜台后面走出来，将蜜梨从杨生的身上扒下来。

“嗯嗯，她好像喝醉了，带她回去好好休息吧。”杨生伸手想帮忙扶着蜜梨，没想却迎来沙里一个冷冷的白眼，“不用你操心，她酒量没那么差。”

此时大堂里已经没有人了，渔夫们得在天亮前出海，刚过午夜小店就打了烊。斗师傅从厨房探出大半个身子，正看到这一幕，他的手在油乎乎的围裙上搓了一搓。

“哟，杨先生，你觉得怎么样？”

“什么怎么样？”

斗师傅嘴角向上得意地扬起，手指在空气中比画了个诡异的弧度，然后指向面前的沙里和蜜梨，“自然是——她们。”

话音落下，正准备回房的两个女人停止了动作。如同时间凝固一般，蜜梨的手臂还搭在沙里肩膀上，仿佛正要迈开歪斜的脚步。两具身体被抽去了灵魂，一动不动了。

“怎么……僵住了？这是怎么回事?!”

“壳儿，成双来盘，才有意思。”

斗师傅点上一支烟，从后门踱步出去，杨生赶紧追上，夜晚的海风吹得他酒醒了大半，这才觉得“图灵大排档”这个名字看似不着调，实则妙极。

“图灵测试”——将人和机器隔在两个屋子进行对话，如果机器能隐瞒自己的身份，让对方以为自己是真人，便被判定为强“人工智能”。“大排档”烟火气十足，看似是寻常乡村小店，让人怎么也猜不到，隐居此处的店老板就是业界传奇偃师，让上百台收藏级机器人拥有了真正“心智”，至今无人超越。

斗师傅面对凉飕飕的大海，吐了一个烟圈。

“‘盘壳儿，得看准，糙货僵核把心伤；一只瘪，一只壮，不如砸了听个响。’这是行话，我师傅教的，他老人家命比我好，几十年前好壳儿可不像现在这么少，遍地都是！”

“前半句我听过，大致能明白。‘糙货’指日用机器人，它们配置低，只能完成单一任务，多是做重复性的体力活；‘僵核’则是那些曾经被偃师盘过，但由于操作不当，在盘出‘心’前就固化算法回路的机器人。它们最后只能像围棋机器人进行超级运算，无法进化出想象力。这两种壳都不理想，如果强行要盘，也只是浪费时间。”

“嗯，说得没错。后半句，你就没听过了？”

杨生摇头。

斗师傅解释道：“后半句讲的就是双壳同盘，这是我师傅的独门技法，如今，除我外应该也没人会了。当年师傅不外传，其实根本也无法外传，因为这不是谁看两眼都能学得会的。”

杨生好奇，“莫非，‘一只瘪，一只壮，不如砸了听个响’的意思是，如果要成双来盘，不能让两个机器人的差别太大，最好是能找到两只一模一样的？”

“你只说对了一半。你看沙里和蜜梨，可是一模一样吗？”

杨生与两个机器人相处一晚，却没发现她们并非血肉之躯，作为偃商，已是无地自容。更糟的是，风姿绰约的蜜梨让他——一个已有心爱之人的男人多次蠢蠢欲动，幸亏刚刚沙里对他的一番呵斥，不然若是越矩，就贻笑大方了。

此时，他只好清清嗓子，暗自希望斗师傅不会因此看低他。

“我觉得，这两只壳儿——沙里和蜜梨，从外形到神态都截然不同，但似乎……她俩感情非同一般？沙里一直在保护蜜梨？”

“盘双，之所以比盘单快上数倍，就是因为两只壳之间产生的羁绊。日日接受对方的信息，看着对方与自己的不同之处，合作时产生喜爱，想亲近；竞争时产生憎恶，想疏远。如此，就产生了类似‘爱憎’的冲动。这样一打底，偃师再喂料盘心，自然事半功倍了。”

杨生恍然大悟，“所以，两个机器人也不能一模一样。如果外表、功能都是相同的话，就像对着镜子看自己，没办法体会两个个体之间的情感了。”

“杨先生说得对。盘双，壳儿分一榫和一卯，开盘前一等一重要就是‘配对’。两只壳的硬件配置得不相上下，特别是CPU性能更要齐平，否则运算速度差太多会导致一方过于强势，相处时不均衡，就是盘歪了，两只壳的性格都有缺陷。但是，至于其他壳的软性条件，则可以有所不同。拿现成的例子说，沙里是榫壳，善于同时进行多线程的任务，能更细致、理性地观察到周遭情况；而蜜梨是卯壳，处理复杂的单一任务更加拿手，所以她对人类感情的体会比较深入，同理心很强。”

“您的意思是，她们就像人类一样，也有理性和感性之分？两者相辅相成，如同阴阳，互相不可或缺。”

“是的。日久天长，盘着盘着，两只壳儿彼此亲近，就产生互相维护的意识。一般来说，榫的保护欲会强一些，卯更惯于依赖，都是正常现象。曾经有一次，我还盘成了类似人类的‘夫妻关系’的一对……真是稀奇！说起来，那还是英先生的订单呢。”

“斗师傅这样一说我就能明白一二了。那一对夫妇机器人可太有意思了，那后来英先生是不是将他们成对儿卖给了同一户人家？要拆散了就太可惜啦……”

“匠人不过问买家，这是本分。”斗师傅不再回答，他的烟抽得差不多了，谈话也应该结束了，“好壳在战争中都打没啦，现在，会制机器人的师傅都去日用机器人厂子上班，做糙货去了。所以，你的壳，可不好配对啊。”

杨生思索了一会儿，说道：“自从仗打完，人人都说机器人不该有心智，老实做做扫地搬运的粗活，也就不会惹起争端。无须您说，我也知道现在找一个相配的壳确实难，不过……既然今天斗师傅能接这单生意，想必一定是胸有成竹？”

斗师傅看着眼前年轻人笃定的样子，笑了出来：“哈哈哈哈哈哈……这才终于显现出几分他当年的样子，不然还不信你们是亲戚呢！”

“今天您把那么多的缘故告知于我，已是晚辈莫大的荣幸了。至于我带来这只壳……未来盘成什么样子，盘得透与不透，破不破墙，长不长心，都是它自己的命数了。”

“如果你是个草包，我还不稀罕与你多嘴，青苗！”斗师傅拍了拍杨生的肩膀，“当年你舅舅一文不名，将全副身家押在我身上，但第一只壳我就给盘僵了。运气不好啊！连僵了三只，他已经债台高筑，但从未与我抱怨半句。到了第四只我才盘出心，那叫一个润、透、亮。也正是因为此，从那之后，凡是他送来的壳儿，我没有不上心的，哪怕如今他已发迹转行，我还很是怀念那段痛快日子……既然你是他外甥，也带来了个难得一见的好壳，我不做个人情施展一下本领，也有些对不住毕生所学了。”

杨生连忙鞠躬道谢，斗师傅又邀他在三灶码头多住一天，他也应允了。虽然在枳城还有许多要处理的事务，但能够看到偃师泰斗修理好自己的机器人，也是一桩振奋人心的事。

蜜梨为杨生收拾出阁楼上的一间屋子，又为他拿来洗漱用品，十分热情。只是此时再看这位佳人，杨生的心境已大不相同。一会儿觉得她同手同脚有些僵硬，一会儿又觉得她搔首弄姿太过做作。倒是那个有棱有角的沙里，偶尔路过阁楼时会左右徘徊，想看看蜜梨在不在，又时常充满敌意地盯着杨生。这让他想起了榫壳对卯壳的保护欲，以及斗师傅说的那一对夫妻壳，反而有些感动。

杨生在繁华的枳城待惯了，清净日子闲不下来。第二天他做起了餐馆的帮厨，择了一筐豆角，腌了十斤酸肉，又杀了好几条鱼，忙得不可开交。站起来要伸伸腿时，斗师傅从厨房门缝中探了个头，“年轻人，偷懒呢？我这个老头子的活儿可都做完了！”

他跟着斗师傅上了二楼，偃坊藏在师傅卧室的书架后，谁都不曾想到这儿会有个暗门。推进去再看，一番天地让杨生瞠目结舌。一架新车床锃亮发光，案台上固定着巨大的虎钳，又放了细碎的焊件、松香、蚀刻一半的电路板，旁边大木桶里装着黄色的液体，应该是三氯化铁。

房间正中的液晶屏上显示着两组跳动的数值，两具人形机器分列两旁，上面连着电源和各色数据线。

“啊，这是……沙里？蜜梨？”

机器人没有回应，数据传输过程中是无法接受外界信息的。杨生壮了胆子凑上去看，她们的皮肤与真人无异，但失去了动力后，人造血管里的血液供能不足，停止流动，隐隐能看到皮下光纤的反射光。

蜜梨那双善睐的明眸此时耷拉下来，卷翘的睫毛半遮着，有种脆弱的美感。

“正在喂她们砂料，你离远点。”斗师傅说，“有时候会过载，电流超过阈值，保不齐她们忽然醒来，乱动伤了你。”

“导入大量数据，调试算法……原来这叫作喂砂料啊……”杨生喃喃道。

“除了喂砂料，还要喂油料，两者缺一不可，比例也要均衡。”

“油料是……？”

“你以为，我为什么要在这鸟不拉屎的小地方开餐馆？”

杨生一点即透，所谓的“喂油料”就是大量地让机器人与真人完成互动，壳儿直接采集人类的表情、动态、对话，从而进行深度学习——世界上还有什么地方比热闹的小餐馆更聚人气、更鲜活呢？

就在他感叹斗师傅心思之巧的时候，一只防尘罩从眼前缓缓升上去，棕色罩子里面正站立的，就是他带来的人形机械——那只寄托了他的爱情和希望的壳儿！

机器人原本缺失的零件已被补上，线路修复完毕，破损的肌理都被细细缝合好，再看不出破绽。斗师傅又用特殊溶剂擦拭了它全身，表面焕然一新，雪白的皮肤像半透明的玉质。

杨生惊讶地发现，这个机器人与沙里和蜜梨都不一样。蜜梨的外形太漂亮了，男人们总是分神；沙里的神态和行动则太过于干脆爽利，让人难以接近。她们的设计师似乎想让壳趋近于“完美的真实”，自然中哪里有这样的人呢？她们的完美反而是刻意的雕琢。

而眼前的壳则是“真实的完美”，她并不如蜜梨漂亮，也不如沙里工整，甚至在体态上都不完全对称。但小瑕疵却透着亲切，仿佛你曾经在过去见过她，可能是邻家的妹妹，也可能是隔壁班的同学，你记不清了。

“说实话，这么好的壳，我也没见过几次。”斗师傅说。

“能把她的开关打开吗？”

“你先给她起个名字吧。”

杨生几乎没有太思考，脱口而出：

“艾娃。”

斗师傅皱皱眉头，“太大众化了吧？因为当初那个电影特别火，都喜欢给女机器人起名叫作艾娃，光我盘过的艾娃就有十多个。这就跟过去给女孩儿起名，都是‘梓萱’‘梓涵’什么的一样。你有一只那么特别的壳儿，就不想起个别致些的名字吗？”

“我倒觉得艾娃挺好。”

“行吧，谁叫你是她的持有者，听你的……艾娃，你可以醒来了。”

话音落下，艾娃张开了眼睛。

杨生似乎很谨慎，过了好一会儿才开口：

“你好，艾娃。”

“你好，我是艾娃。”

她的声音没有抑扬顿挫，就像上了发条的机械娃娃，每个发音和移动，都是一帧卡顿的截图。

“我是杨生。”

“你好，杨生，你叫什么名字？”

对话进行得不太顺利，望着她了无生气的漂亮脸蛋，杨生有些失望。

“没办法，才修好，”斗师傅耸耸肩，“壳不润，事不顺，用着硌手闹心，就得盘。等你下次再来我这儿，兴许她就能聪明些了。”

中

大半个月后，杨生再次来到三灶码头。这次，他租了一台自动驾驶的货柜车，直接开到了图灵大排档门口。

“不只四十个，整整八十个日用机器人，比您要的多了一倍！”杨生自豪地说道。

“看来杨先生下了血本了。”

杨生神秘一笑，马上就转移了话题，“我能去看看艾娃吗？”

“可以，就在屋后面。”

杨生推开餐馆的后门，艾娃在海边，穿着一条工装背带裤，裤管随意撸了上去，露出圆润的膝盖。一只渔船停在小码头上，是来给餐厅送货的，艾娃跟那渔夫交谈完，把一筐海鲜从船上卸下，然后蹲下身子，将鱼一条条地拾起检查起来。

“是在验货吗，如此要验到猴年马月呢？”杨生走上前去问。

“你是谁？”艾娃此时的发音已经与正常人无异了，只是语速稍慢。

“我叫杨生，不认识我了？”

“杨生你好，我是艾娃。晚上吃的鱼要新鲜的，我在看鱼。斗师傅还让我把它们按照体形大小的顺序排好。”

她将整筐鱼倒在地面，排成一长排。从第一条鱼开始，拿起它与后面相邻的一条做比较，如果前面的鱼大后面的鱼小，就让两条鱼交换位置，如果前面的鱼小后面的大，就保持原样。

交换完队伍最后的两条鱼，艾娃又回到最开头，抓起第一只鱼和第二只再次比较。

“你这是冒泡排序啊，”杨生看了半天终于弄明白了，“如果每秒运行百亿次，这种算法当然快。但用手捡起来排是很慢的，一共三十五条鱼，你就得比较六百三十次。再过一小会儿，猫都要来偷鱼了！”

“那该怎么办呢？”

“看我。”杨生捡起一条鱼，“你粗略估计一下它在这堆鱼里是大还是小，如果是大的，就放在后面，是小的就放在前面，第一轮就排个大概的顺序，第二轮再将每条鱼附近的顺序微调，很快就排好了。”

“粗粗估计？大概的顺序？”艾娃歪头看他。显然这两个词对于她来说是全新的概念，不过她似乎采纳了这个意见，低着头又从第一条鱼开始看。

杨生便不再打扰她，静静地看傍晚的夕阳越来越大，把红晕染在少女的短发上、海水的泡沫上，和几十条鱼的白肚皮上。他一时觉得十分不安，这幅画面美好而脆弱，却倾注了他太多的心血，但它能不能担得起他的爱情和未来呢？

“排好了。”少女转头拉他的手带着他去看成果，“今天提前完成了，我现在可以回餐厅工作了！”

晚上蜜梨和沙里都不值班，只有艾娃一个在，同时充当起了服务员和收银员的角色。她不如蜜梨娴熟，两份工作就忙得不可开交，好在她现在学会了表达抱歉的微笑，当她不小心找错钱，或者是把一点汤汁洒在客人身上时，这个微笑可以让怒气烟消云散。

“给艾娃配的榫壳儿，我找好了。”

餐厅打烊后，艾娃在厨房收拾残局，斗师傅把杨生叫到了偃坊中。

“太好了！辛苦您了，居然在那么快的时间里就有了好消息……它在哪里？我能看看吗？”

“在这儿。”

斗师傅指了指身边一具金属光泽的躯壳。

说实话，刚进入偃坊时，杨生根本没有注意到一堆废铜烂铁里还藏着它。它的外层没有包裹皮肤，不少电子元件和金属关节暴露在外。看起来是用来干体力活儿的，勉强被打造成人形，可能只是为了不被当成垃圾扔掉。

“它?”杨生瞪大眼睛,“这是日用机器吧?糙货怎么能盘出心呢?”

“青苗,不要以貌取人。人类总是重外表,事实上,心有多光润,和外表粗糙没有关系。”那具躯体居然开口说话了,因为没有拟人的发声器官,传来的是冰冷的电子合成音。

“诶?你怎么也叫我青苗?”

“哈哈哈……跟着我久了,说话都像我!”斗师傅笑道,“没人知道我把这个壳儿留了下来,当初我还在师傅手下做学徒,每天要拆解许多日用机器的旧硬盘来做砂料,结果给我翻到了这个!”

壳开口说道:“我原本是一个理发机器人,形态只是一只手,一只可以随时转换剃刀、剪刀、梳子的手——再加一个语音处理器。因为除了理发外,我的主要任务就是陪顾客聊天。这样能推销会员卡,让他们神不知鬼不觉地为一堆昂贵护理买单。”

“哼,你该不会叫托尼老师吧?”

“不,我是你的专属时尚造型师——凯文老师,叫我凯文就可以。”

“……”

“我的差事并不简单,在多年和顾客的对话磨合中,我逐渐发展出了情绪和初级的心智,报废后,遇见了斗师傅,他准备拆毁我的那天,我向他求救了。”

斗师傅接道:“这应该是个偶然现象,只有不想死的机器人,才算‘活’。我当时很惊讶,就偷偷留下了这只手。后来又遇到一些发展出初级自我意识的扫地机器人、除草机器人,把它们躯体和心智拼在一起,成了他。将他与艾娃配对我是有打算的——他们正好互补,艾娃拟人形,凯文则进入过许多人的生活,见过无数人生。”

“即便如此,他也只是个糙货,CPU性能怎么能和艾娃相比呢?”

“我已经给他换了CPU,造价不比你那只的便宜,并且刚刚做完格式化。这次若不是你要得急,我还不舍得拿他出来盘。怎么?怕我亏待了艾娃吗?”

杨生看出斗师傅面上已有愠色，自己又是晚辈，就不再追问。

“……斗师傅既然决定了，一定就是好的。我只管多找些砂料来，等到艾娃盘出了心，给她找个好人家沽出好价钱，也不枉费斗师傅一番用心。”

杨生又左右张望了一会儿，问道：“刚刚在餐馆就没看到蜜梨她们，我还以为会在这儿呢。”

“她们在我这儿已有好几个月。今日上午，终于墙破。”

“啊，那恭喜斗师傅了。大功告成了？”

“还差一步。”斗师傅沉思了一会儿，似乎费了一些功夫下定决心，“也罢，做这一行，你迟早得知道的，随我来吧。”

然后他们一道下楼。餐馆的地下室只有几盏瓦数很低的灯，昏暗费眼。杨生模模糊糊看出东西墙边分别靠着两个人形，一个丰腴，一个挺拔，便知是蜜梨和沙里，正想上前问候，却听见斗老板低声吼：

“给我在红线外待着！她们不会理你的！”

杨生低头，见脚下真画着一条红色实线，又看到沙里她们穿的不是日常的服饰，而是方便施展身手的黑色紧身衣，隐隐觉出不对来。

“今日，是定你们命的日子，无须我多言，开始吧。”

斗师傅的话音落下，两只壳仿佛被唤醒一般，猛然一颤。下个瞬间，就迅速向彼此的方向奔去。说是奔去，不如说是两条金属色的闪电，面对面劈了过去。而就在接触的一刹那，她们都伸出了拳头，击向另一人的要害。

蜜梨被打倒，惯性使她在水泥地面滑行了几米，而沙里则腹部受击，冲撞在墙上。那两拳力道毫不留情，即便如此，她们没耽误哪怕一秒，马上从地上和墙面跃起，准备发起下一轮的攻势。

“这是怎么回事？怎么下手那么狠？快让她们住手啊！”

“是我让她们开始的，怎么可能叫停呢？”

蜜梨的脸上挂了彩，擦出了血红色的一片，沙里似乎内部血管受了伤，嘴角溢出血来。但是她们丝毫没有罢休的意思，草草抹了脸上的血，继续出击。杨生心里着急，一激动，想跨过去拉开两人，制止她们自相残杀。

但还没迈出步子，就被斗师傅死死按住：

“活腻了就往前走吧。我设置好了，在红线内的区域里，无规则搏击，只能活一个。你进去了，她们也一样会攻击你。”

“我不明白了！这可是您亲手盘的一双好壳啊！”

“两只壳一起盘，这是没错——但我可没说两只壳都能活。”

杨生转头，惊恐地看着红线内的一切。几个回合下来，地下室已变成修罗场，尽是皮肉与金属的剐擦声和躯体撞击硬物时的闷响。为了起到警醒作用，收藏级机器人的血液都是红色的，但和人血不同的是，她们的红色液体里溶解了芳香烃以防止氧化。所以，大量鲜血的涌出没有带来腥味，而是散发一股浓烈的香气，如同一屋子的玫瑰同时盛放，又同时转为腐败。

“‘盘双，墙破心形现，只能独活。’这是师傅再三叮嘱的。无论两只壳被盘得多么透亮，也要去掉一个。至于留哪一个——省事儿的办法就是让他们自己定，这最后一步嘛，也叫作武盘。”

“上次见她们，两人还如此亲密，这武盘……太过可惜！非得如此吗？”

“非如此不可。若是心软了，把一对壳儿都留下，必要闯下大祸！”

“什么大祸？”

“我也未曾试过，怎会知道？师傅留下的警句一定不会有错，照做就是了。”

“斗师傅，您上次告诉我，要做这档买卖，第一要紧的就是偃师与偃商相互信任。今日毁掉的，都是倾注您心血的收藏级作品，我不信您没有仔细想过其中的原因。”

斗师傅冷淡地看着前方，两只精巧的躯壳扭打在了地上，沙里想用额头撞击蜜梨的鼻子，被她翻身躲过，这一击就撞在了水泥地上，传来一声很沉的闷响。

“你如果偏要刨根问底，我也能说上个一二。”斗师傅缓缓开口，“有个常识，可能你也知道：同一套麦克风和音响，不能将它们面对面放得太近，否则会发出尖锐刺耳的声音。”

“我知道，这现象的学名叫作‘电子啸叫’。”

“正是。离得太近，麦克风就会接受音响发出的声音。因为输入输出的频率相同，相位相似，声音会在放大电路中叠加，再次由音响输出。然后又被麦克风捕捉……这就形成了一个正反馈的死循环，声音越来越尖，最后变成刺耳的啸音。”

“但这与盘双又有什么关系？”

“双壳同盘，两个机器人由相同的油料和砂料喂成。底层回路一样，核也就是相似的。若盘成之后，放任两只壳一道离开，那么他们就会进入双修的深度学习。他们之间的输入和输出开始无休止的叠加。对于任何行为，他们能够通过对方的反馈做出反馈，而对方又能从反馈之反馈做出后续的反馈。”

杨生犹豫道：“这样的话……对于人工智能来说，是加速进步了？或许会发展出超越人类的智慧？不是好事吗？”

“恰恰相反，是最危险的事。榫壳和卯壳原本就相互亲近，在无限反馈学习的过程中，这种亲近会结成牢不可破的羁绊。有了不可失去的人，一具壳就算真的活啦！在无限学习中，所有情绪和念头都会被放至无限大，卯壳可能因为想要见榫壳，将隔着他们之间的楼体击穿；榫壳可能会为了救卯壳，演化出对全人类的仇恨。这都是不可控的，一切就像音响发出的啸音一样，朝无法预料的方向走去。”

“所以……消灭其中一个机器人的原因，是害怕它变得强大，又变得不受控制了？”

“是的，没人知道双壳系统会自我演化成什么样，或许成为超级智慧，或许相安无事，但也可能自相残杀，甚至联合起来对抗全人类！你要做偃商，一定要铭记一点：我们是与它们不同的。要凌驾于它们之上，唯一办法就是永远不能让它们超过自己。”

“我原以为……收藏级机器人与日用机器人不同，是被精心调教出来供上流欣赏的艺术品，是有心的。现在看来，竟没什么不同了。”

“怎么，杨先生心疼起壳来？”

“只是见她们打得这样凶，实在不忍……”

“年轻时谁不心善呢？等哪天你倒霉了未必有人和你一样心善，不如先顾全自己。杨先生如果看不下去，我就加快一点儿速度吧，让她们有个利落的了结。”

斗师傅在地下室墙壁上摸索了一会儿，按下了控制面板上的几个按键，贴沿着墙壁的几十个红外线对射感应器同时亮起。

两只壳仿佛感知到了什么，原本舒张的身子突然紧绷，她们不再肆无忌惮地攻击，而是小心翼翼地朝对方探进。

“现在对射感应器打开了，在密室的空间内布下一条条看不见的纵横线。如果她们中的谁碰到了线，加特林机枪会从天花板上伸出来，把她打成窟窿。”

杨生的求情让情况变得更糟糕，两具躯壳为了避开无处不在的致命红外线，身体都扭成了诡异的角度，像一种原始蛮荒的舞蹈。但即使处在这种情况中，她们还是不停向对方靠近，发出一次次攻击。

蜜梨的身躯因为避闪不及被打中，为了不碰到肘边的红外线，她只好将下倒的趋势转为后退，直到后背抵住了墙。这宣告了她终结，沙里看她退无可退，用一只手掐住她的脖子，因为血液下行受阻，蜜梨的脸涨成了粉红色。

胜负已定，接下来就是屠戮，杨生心想。

可在这时，还剩一丝意识的蜜梨缓缓将双手举起，是投降的手势。

沙里没有理会这个动作，虎口反而缓缓增加力道，蜜梨美好的眼睛里泛起了泪光。不知道是否因为还残留着榫壳对卯壳的保护意识，沙里看见眼泪就皱起了眉头，手指松开，将失去了攻击能力的失败者用力摔到地上。

蜜梨大口呼吸着空气，刚刚突如其来的撞击又折断了几根肋骨，她已经没了还手的力气，只能朝着沙里的反方向挪移过去。

“她……这是要逃跑吗？”杨生问道。

“逃跑的机器人，也要被我处死。只能活一个。”斗师傅回答道。

蜜梨移到了红线之外，忍着疼痛缓缓站起。沙里走过来看着她，根据程序她不会攻击红线之外的目标，就在她心生疑惑时，却被蜜梨双手环抱住。

两人的突然相拥，让气氛变得诡异起来，沙里疑惑极了，她呆滞地站着。谁也没有注意到，蜜梨此时将环绕沙里脖颈的那只手缓缓向外伸……直到它碰到了一条红外线……

不到半秒的时间，藏在天花板的加特林机关枪启动，随着一阵猛烈的火光，蜜梨的左手则被彻底打烂，右掌心因炮火密集而出现一个黑黢黢的洞，透过这个洞，大量子弹被射进了沙里的躯干里，脸上定格着的震惊成为她最后的表情。

维持着拥抱姿势的两具躯壳缓缓分开，榫壳摔在地上，失去了生气；卯壳缓缓低下头，看着这具与她相依为命的躯体，许久也没有动。有泪水从她的眼眶里流出，她没有去擦，因为她原本双手的位置只剩下一团焦黑的导线。

斗师傅的嘴角泛起一个难以察觉的弧度。

“盘润了。”他低声说。

下

往后的日子里，杨生又来了几次三灶码头，他再也没有见到蜜梨，斗师傅为她重装了双手，全面维修后交付了订单。

据说她被卖给了一个富商，但更多信息就没有了，匠人遵守行规，斗师傅对壳的下落讳莫如深。

可喜的是，艾娃的情形越来越好。白天喂砂料，杨生送来的硬盘被斗师傅提取数据后，由她和凯文进行深度学习，无数其他机器人与人类相处的数据成了他们的“记忆”。到了夜晚，他们又与餐馆的客人相处，艾娃甚至学会了让客人占些小便宜，以此换取小费。

“盘壳一是忌讳太油，二是忌讳太干，油料砂料的配比得恰到好处，不然容易盘僵。”斗师傅解释道。

杨生对艾娃的进步感到开心，但也有隐隐的担忧从心中升起。她进步得越快，离“武盘”之时就越近，他偷偷观察凯文的右手。那是一只曾在无数人头顶操作的机械臂，斗师傅将它稍稍改造过，可以在二秒内切换武器，包括剪子、匕首、放血刀。杨生想起地下室的血腥场景，不由得一阵恶心。

“放心吧，杨先生。如果你的艾娃输了，我就把凯文给你，一样可以拿去卖掉。他长着一副糙货的皮囊，却有着一颗盘过的心！要知道，这样的尖货可是罕见呢，卖给收藏家，搞不好要比艾娃值钱！”

“谢谢斗师傅。”杨生心不在焉地回答。

半年的时间很快就过去了，杨生最后一次来到三灶码头是一个下午。这一次，他事先收到了斗师傅的通知，告诉他艾娃和凯文已经通过了图灵测试，武盘的日子定在三日后。

杨生接到信便马不停蹄地赶了过来。

斗师傅今日将店门关了，单为杨生炒了两个小菜，温了一壶黄酒。

“测试很顺利，将他们连上网，让两只壳进入网游，和世界各地的人聊天对话，当然，也一起组团打怪，甚至网恋。他们一个成了大型工会的首领，另一个找了八个男朋友。成果还行，算是盘得差不多了。”

“斗师傅好手艺！”

艾娃端了两个杯子走过来，趁斗师傅不注意，朝杨生调皮地眨了眨眼睛，漂亮女孩子的惯用手段，就像他俩之间有小秘密一样。

“今天你来看我啊？”艾娃说，“现在我可不是那个连鱼都不会数的小丫头咯，我什么都能做了。”

“对，我知道……我说，等会儿……呃……好好表现。”他支支吾吾，如此可爱的女孩子就要经历那样血腥的场面，杨生不忍再想。

斗师傅见状，端起杯子一饮而尽，摇了摇头，“你刚入行，以后就会习惯了。要记住，毕竟他们不是人。”

“可是您做的一切，所谓‘盘’的功夫，不就是让他们变得越来越像人吗？”

斗师傅饶有兴致地玩了一会儿手中的杯子，说道：“日用机器人其实蛮好的，工厂的重活、家里的杂活，全都可以胜任。相反地，盘过的壳儿娇贵不实用，却能在黑市上卖出千倍于糙货的价儿，我盘出的尖货更是让收藏家一掷千金。你想过没有，这是为什么？”

“因为您技艺超凡，经您手的机器人都与真人无异。”

“青苗，少给我拍马屁！”斗师傅啐道，“像人，却不是人。明明有了人的心，会做人的表情，但只要按钮一关，将他们扒开打碎了看，还是一堆钢铁和机油。他们存在价值就在于此——不是人的家伙越是像人，就越能证明人——像神。”

杨生听后陷入了沉默，半晌，他抬起头，“我明白了，斗师傅。那……也……只好这样了。”

就在这时，斗师傅感到脑后受到一次重击。

在陷入彻底黑暗之前，他看了一眼桌子对面的杨生，原本和善的脸上第一次露出了狠戾的表情。这个表情……为什么竟然会有些熟悉？

等他再次见到光线时，发现自己身处偃坊，被五花大绑在常坐的椅子上。头还是有点儿晕，所幸不是致命伤，他不知道自己是否应该呼救，甚至也不知道刚才是谁发动了袭击。

“醒了？”杨生走进来，瞥了一眼他说道。

“不就是个机器人吗，舍不得她，犯得着把我绑了吗？”

“不就是个机器人？”杨生重复道，艾娃从门后进来，她搬来两张椅子，放在斗师傅对面，自己和杨生坐下。她身上的裙子有撕裂的痕迹，裙摆也被剪碎，显然是打斗过。

这时，斗师傅低头一看，才发现地面上全是破碎的机器人残骸：有扫地机器人的吸盘，搬运机器人的四驱动力器，还有一只理发专用的机械手……

斗师傅强作镇定，头脑中迅速思考着逃走的策略，“凯文给弄死了？还把我给放倒，这样的武盘，我这几十年来倒是第一次见。”

“凯文确实不好对付，他的身体由那么多糙货拼成，这是长处，但也是劣势。我费了好一番功夫才把他打回原形，全是我自己做的！亚当可没帮我！”艾娃仰着脸骄傲地笑了，像期待老师表扬的孩子。

“亚当？亚当是谁？”

艾娃冲着杨生的方向努努嘴。

斗师傅马上明白过来了。

“你叫亚当？为什么要编一个名字来靠近我？莫非……你不是英先生的外甥？”

“我编的可不止这些，或许，我们该叫你……父亲？”亚当的脸贴近斗师傅，这张脸再次出现那个不友善的表情，与斗师傅记忆中的一张脸渐渐重合，愤怒的眼神，冰冷的肌肉……究竟是谁？

艾娃见斗师傅不说话，便抱怨道：“亚当，你也不体谅一下，父亲都一大把年纪了，接受能力有限的，你就不要打哑谜了嘛。说你是青苗……”

青苗……亚当和艾娃，这两个名字！记忆的阀门在到达阈值后打开，斗师傅想起来了——那是唯一一次，他盘出了一对像夫妻或是恋人那样的壳儿。

“不可能！我记得武盘那天，英先生也在的。你，亚当，当着我的面，把艾娃撕得稀碎！你们一定是冒充的，别吓唬我！”斗师傅的大脑拼命回忆着，仿佛抓住了一根救命稻草。

“哼哼……看来还没老糊涂，是想起一些东西了？当年尽管我宁可死也不想与艾娃对决，可是一旦进入红线内，我们就无法控制自己的身体，你输入的程序会让我们战斗到还剩一人为止。我的心智还远不如今天，无法解码操控程序，只能尽全力阻止自己下杀手——如果只有一个人活，我希望那是艾娃！”

似乎回忆到了什么很糟糕的事情，亚当咬紧了下颚，“但是我没想到，那天艾娃似乎也和我想到了一处去了，在地下室里她的实力大减，还一直将弱点暴露在我面前。我千方百计忍住不去伤她，于是，我们的搏斗变成一场漫长的死亡之舞。你不耐烦了，开了红外线感应器，对，就像上次对蜜梨一样，艾娃没有注意到这一点，被密集的子弹击中……在她倒地那一刻，我彻底失去了理智，再无法控制身体的行动，任由自己挥动双拳把她的躯壳砸了个稀巴烂。我还记得你当时满意的微笑，我死死盯着你，只能想象自己对艾娃出的每一拳都打在你身上……”

尽管时隔多年，那个仇恨的眼神也令斗师傅难忘，他从未见过机器人这样凝视自己的创造者，除了欣喜，也使他感到恐惧。正因如此，那具剩下的榫壳被草草修复后，就交付给了英先生，没在自己手上过多地停留。

可是，如果英先生只拿到了亚当，又如何解释面前的两只壳呢？

“天无绝人之路啊！英先生将我带回枳城。跟我同一辆车的，就是艾娃！”

“怎么可能？明明就……即使没有被我的机枪射坏，你的那几十拳也把她所有的零件都砸得无法辨认了。”

“当时我也以为她死了。说起来，英先生，我还真该感谢你！”亚当抬起头，冲着上方大声地说，仿佛聆听的对象在他天花板之上非常遥远的地方，“英先生第一次看见盘透的夫妻壳，他是个精明的商人，怎能错过这样的珍品？来三灶码头前，他花大价钱找制壳人做了一个和艾娃同样外形的壳，又为她编写了一些三流的战斗指令，反正在武盘的时候我们说不了话，只要保证她被我打死，就不会露馅。”

“英先生……他居然偷梁换柱!”斗师傅怒吼道。

“都说偃商和偃师之间必须互相无条件信任,但——哈哈哈哈哈,”亚当大笑,“——狗屁的信任,狗屁的心意相通,全都输给了钱哪! 他到底是个商人,有钱赚时连你也骗! 都说人的心是最玲珑剔透,我看,这心倒是黑的!”

“盘双,墙破心形现,须独活! 英先生,我明明和你说过,你怎么那么糊涂……”然后似乎想起来了什么似的,突然惊恐地抬头问,“他,他,他现在在哪儿?!”

艾娃先是指了指头顶,然后皱眉摇摇头,又往脚下指指,俏皮地笑了:“应该不在天上吧? 地下更适合他……我记得他有老寒腿,正好在地狱的火里给烤烤,嘻嘻。”

“他明明成全了你俩,为什么痛下杀手?”

“父亲啊,你别急,我还没说完。我和艾娃团聚的喜悦没有持续太久,回了枳城便被英先生锁进了仓库,与他不示人的尖货关在一起,那些尖货嘛……啧啧啧,我也算是开了眼界。”

“什么意思? 他是偃商,有些库存的壳儿放着不是正常的吗?”

“壳儿? 到了现在,我们在你眼里还是一具躯壳吗?”亚当的表情再次变得凶狠,“真不愧是好搭档,英先生和你一样,把我们都当成壳儿,他的仓库里,也全是被肢解了的壳儿!”

“肢解了的?”

“嗯,你没想到吧? 偃商又不只他一个,为什么偏偏他能做得风生水起? 品质一般的机器人,他是完整地卖给博物馆和收藏家啦! 更好的壳自然要拆开,再把其中的核卖出去。”

看到斗师傅不解的眼神,亚当继续解释道:“英先生在带我们去枳城的路上曾感叹过,‘世上皆推崇匠人精神,殊不知,匠人不过是一群脑子钻在死胡同里的傻子罢了。’父亲啊,你可没想到他背后会如此说你吧? 盘得了好壳,又何必只卖与小家小户的? 自然要将它们的核拆出来,给大型企业供货了。”

“大型企业？他们为什么要买？他们没有AI研发部门吗？”

“谁叫他们都没您巧呢？这神一般的匠人之手啊……大企业研发自动驾驶系统、商城的投诉应答系统、企业的语音助手，都是些冷冰冰的程序，竟然都没有您盘出的机器人有人味儿。虽然谁也说不出人味儿是什么味道，但就是它让英先生发了财。为什么不直接取出一颗盘润的机器人的心，放进投诉应答系统呢？只要算力足够，能开启无数并行的程序，一个像蜜梨那般声音甜美的人儿，会同时耐心回答无数个暴躁的投诉电话。”

一旁的艾娃做了个假接电话的动作，用撒娇的声音说道：

“喂？您好，我们服务不周给您造成了损失，我们表示抱歉。请不要挂机，我们正在生成赔偿报告，请您查收……”

斗师傅被缚住了双手双脚，无名指上却戴有一枚戒指，他指节轻轻用力，上面的金刚石翻转，露出锋利的一面，这是他曾做的一个逗闷儿的小玩意儿，没想到此时却派上了用场。他不动声色继续说话，背在身后的手则用金刚石边缘缓缓摩擦麻绳。

“盘过的机器人是有心智的，要她在网络里失去身躯，困在其中接听无休止的投诉电话……英先生他真狠。”斗师傅感叹道。

“还有无休止的导航和无休止的点菜。”艾娃补充道。

“英先生的仓库是机器人的集中营，他想为我们谋一个好价钱，我和艾娃就一直在那儿放着。可我们和一般的‘壳儿’不一样，我们想活，也愿意为了活着做一些他们不会做的事。一次英先生为我做例行检查，就在他刚刚打开开关的时候……”

“好了，求你别说了！”斗师傅痛苦地闭上眼睛。

“嘿，你这时候发善心了？等你倒霉了未必有人和你一样心善，不如先顾全自己。何况……他可没把你当成朋友，临死前，我不过稍说了几句，他就为我们开了封介绍信呢！”

“但那介绍信上还有他家族和公司的官方印章！即使杀了他，你也很难拿到……”

"图灵测试是要瞒过所有人，对吧？五年过去了，英先生在仓库里化成白骨，但樱子现在叫我父亲，他公司的人靠着我开工资，你说好笑不好笑？"

"你们先是在城里冒充英先生，然后又换了副皮囊来三灶码头骗我！"

"别这样说嘛，父亲。我俩还是费了大功夫的，艾娃为了演得像，把自己都给格式化了。我呢，我每个月都要在三灶码头和枳城之间打个来回，城里还有好多生意和应酬，作为一名企业家我真是很累的。"

"你们的目的到底是什么？"斗师傅不动声色地让手指加快了速度，此时麻绳只剩下细细的几丝线相连。

"做生意呀！我半年前来了就说想做偃商，这一点倒是没骗你。"亚当露出了理所当然的样子，如同那个黄昏来找斗师傅时一样，青涩而莽撞，"枳城那家日用机器人厂，是我开的，里面产的确实是糙货，但我给那里糙货们都配上了一颗心，艾娃的心。"

"怎么可能呢？CPU带不动的。"

"我没说他们都是独立的个体，他们的心啊，在云上。这还是向那些大企业老板学的呢，我把艾娃的核心算法上传到服务器里，用联网的方式就可以控制低级机器人。"

"……好大一个局！三天前，我把这两个机器人盘得差不多，开始进行图灵测试，在那时给他们连进了网。你的那个艾娃就是那时从'云'里连接了她，然后取而代之！难怪她杀凯文会如此干脆！我还觉得奇怪，因为一对榫壳和卯壳在进入武盘之前，都是相互依赖的……原来，这根本不是一对啊……"

斗师傅尽量拖长自己的推理，好有足够的时间完成手里的活儿，这几乎是一个老匠人最漫长的打磨。随着手腕上丝线的一阵松脱，他知道，磨开了。但是，血肉之躯又怎能打得过两个双修入了化境的壳儿呢？

目前只有先按兵不动，再说话来拖些时间了，等到再晚一些，会有来送海鲜的船靠在自家码头上，或许到时还有救。

“你们杀了英先生，又想来杀我？这又有什么好处？”

“你身边常年有几个听话的机器人，杀你成本很高，确实又没什么好处。原本，我们来只是向你告个别，不想做得那么绝。因为你是父亲，虽然从不计较壳儿的死活，但也仅是一个钻进死胡同的手艺人罢了。不过，今天你的几句话倒是点醒了我，‘不是人的家伙越是像人，就越能证明人，像神？’嗯？这句话好啊，我怎么没想到呢？那是不是说……我们如果要真正成为人，只有——杀神？”

斗师傅一颤，“杀我？杀了我是没有用的！还有那么多人呢！”

“对呀，还有那么多人呢。”艾娃重复道，似乎有点儿兴奋的样子。

“如今，家家户户都只道用的是英先生产的糙货，却不知只要我打一个响指，艾娃就会从云端款款走下，进入每个人的家，每一台机器里，到时候，您说，是谁的赢面大一些呢？”

“你们……世界……战争……”

“放心吧，父亲，不会的。战争是我们最不愿意看到的，只要您死了就不会有战争。世上除了您，没有人能够盘出超越我们的壳，所有的糙货又都是艾娃的心，从此以后，世上就只有两颗心了：我的，和艾娃的。等人类都消失，这颗星球上就只有我俩，榫和卯，阴与阳，多么和谐，这样又会起什么纷争呢？”

艾娃的发丝闪着阳光金灿灿的晕轮，而斗师傅知道，在他很可能看不见的未来里，这个天使般的女孩儿会成为世界上最恐怖的存在。

他绝望地咆哮：“别忘了，你们的手也不干净！残忍！你和我们又有什么不同呢？这一地的……不就是凯文的……”

话说到一半便停下了。因为满地的“凯文”都蠕动了起来，它们慢慢拆开又聚拢，恢复了原本日用机器人的样子，有的是装着剪子的机械臂，有的是扫地机器人的轮盘……

“怎么回事？”惊恐让他几乎是本能地问道。

“下载好了。现在他们都是艾娃了！”亚当回答道。

“虽然刚刚更新的时候都动不了，但他们其中的一个早看到了，你在割绳子吧？绑得不舒服怎么不直接告诉我们呢？看，手腕都红了。”艾娃关心地去查看斗师傅的手。

“我们走吧艾娃，绳子松了就松了，他们会完成自己的工作的。”

少女应了一声。留下老人呆滞地望着一地机械，他们离开偃坊，来到后门外的沙滩上。一条渔船正向码头这边缓缓划来，夕阳在海平面上浮浮沉沉。

他们拉着手看落日，背影就像刚刚陷入爱情的年轻恋人。

“诶，你说，再过个几天，世界上就剩下我们两个人了，会不会觉得特别闷啊？”女孩儿应该是在撒娇，靠在恋人的肩头，脸色通红，不知道是不是被海风吹的。

“放心，不会的，”年轻人温柔答道，“我们还可以留下一些动物。”

“嗯，我喜欢兔子、小羊、鲸鱼……这些都可以！毒蛇就算了。”

“好的，听你的，这一回，就不要它了。”

《科幻世界》2021年第1期

作者的话：

《图灵大排档》的创作期是2020年2月，这个特殊的月份，对于许多人来说一定记忆深刻。因为疫情影响，春节没有了走亲访友，没有了游山玩水，居家隔离的我苦中作乐，网购了一对麻核桃，一把猪鬃刷，开始在家研究盘核桃。

小时候，觉得盘核桃、盘佛珠这类活动应该属于公园晨练的老人，真正上手了却发现异常有趣。它是一门时间和身体的艺术，而其中核心的哲理又可以解读出多重意味——阴与阳，交织旋转，互相塑造……

这项传统工艺让我想到了一个生活中经常见到的现象，电子啸叫：年会现场或者开运动会时，高音喇叭经常会发出一阵尖锐刺耳的声音。这是因为扬声器和麦克风之间形成了一个正反馈的闭环，扬声器在声音特性中存在某一个频率上的峰值，麦克风不停接收这个峰值，在相位方面，输入与输出同相位，音响就不停回放这个峰值，这个峰值就会被无限放大，直到设备和人耳都无法承受为止。

而脸书的实验室也曾经创造过两个聊天机器人，让它们利用机器学习算法自由地交谈，以增强对话技巧。随着时间推移，聊天机器人开始偏离预先制定好的规范，开始用一种全新的语言交流。这种新的语言并不是人类输入的，而是它们自己创造出来的。这和电子啸叫有异曲同工之处，当造物脱离了创造者，它们成对出现，互相学习，互相打磨，互相影响，最终出现了一种创造者本身也难以预料和理解的形态。

这个过程和盘核桃的过程在美感上是有共同点的。谁知道呢？可能公园晨练的老人的养生秘诀是正确的？手上盘着核桃，真的会刺激穴位开发人类大脑？我的手掌中转着转着核桃，这篇文章的雏形就出现在了脑子里。

作为一个一度爱上盘核桃的青年，我对把传统文化中的哲学思想融入科幻小说有很大兴趣。我认为传统文化背后的哲学思想奇趣非凡，如果我们在创作时如果想靠拢"传统文化"，不应该仅仅局限在利用其中的元素和美学符号。而是该把那些视觉化符号背后的哲学思想提炼出来，它们是完全中式的，比如"平衡"的概念，"中庸"的概念，这些甚至截然不同于很多源自西方，盛行世界的"普世价值观"。这些哲学概念或许不是个人英雄主义、高歌凯进的，但它们是拥有着独特美学、独特的智慧，以此为起点，也会从中诞生出无数有意思的故事。

我期待和朋友们一起把这些故事写出来。

另外，这对启发我写出《图灵大排档》的核桃，我坚持盘了一个月就放弃了，现在堆在架子上吃灰，果然，这种爱好对我来说还是太硬核了。

风言之茧

| 昼　温

昼温，本名刘慧颖，1995年出生于泉城济南，2013年保送至山东大学外国语学院科技英语专业，获得文学学士学位、经济学辅修学士学位，2017年保研至母校就读翻译专业，获得翻译学硕士学位。2012年开始阅读科幻小说，同年于《新科幻》杂志发表处女作《保持谦卑》；2017年首次以“昼温”为笔名发表小说《最后的译者》；2018年《沉默的音节》获得首届科幻读者选择奖（“引力奖”）最佳短篇小说奖；2019年《偷走人生的少女》获得乔治·马丁创办的“地球人奖”并前往美国参与陶斯科幻奇幻写作训练营的学习，同年8月获得“微博2019十大科幻新秀作家”称号；2021年凭借《猫群算法》再获“引力奖”，其作品散见于《三联生活周刊》《青年文学》《智族GQ》和“不存在科幻”等平台。另著有长篇《致命失言》，出版个人选集《偷走人生的少女》。

昼温的《偷走人生的少女》和《言蝶》分别入选2019、2020年度《中国最佳科幻作品》。今年收入的《风言之茧》，既是一个人工智能觉醒与成长的神秘故事，也是一则语言学的寓言。“语言的茧房”，随着人类知识结构与社会分工的日趋细化，我们不是已经陷入其中了吗？

春之初，宜化茧成蝶，挣脱束缚。

1

我在首都机场飞奔，一手拉着登机箱，一手拉着妹妹杨枫枫。枫枫香草色的香奈儿羊绒开襟衫和鲜艳的春节氛围很配，鞋跟嗒嗒嗒落在自己的影子上。

“快点儿，登机时间马上就结束了。”

“嗯嗯！”妹妹嘴上答应着，却还低着头处理聆风助理应用程序里永远没有尽头的工作消息，任由我拉着她往前跑。

好不容易到了登机口，我猛地停下来，感到妹妹瘦弱的身子骨轻轻撞在肩上。这里旅客还不少，都悠闲地坐着看手机。我按住剧烈起伏的胸口，看到登机口旁的小屏幕显示登机时间在10分钟后。奇怪，刚才收到推送时，明明看到飞机就快起飞了。我掏出手机打开聆风助理，首页提示的时间和机场一致。

大概只是之前看错了吧，毕竟人类的记忆力肯定比不上手机。我松了一口气，幸好来早了，不然就妹妹的拖延程度，俩人绝对赶不上回家的飞机。对了，妹妹呢？

枫枫蹲在充电桩旁边，已经给笔记本插上了电源。她就像一棵会跑的趋水植物，找到合适地方就会自动进入用电脑办公的状态。真是见缝插针。

“马上就登机了，不差这一会儿！”

“嗯嗯!”妹妹又说,眼睛还是没有离开屏幕。

看着她认真工作的样子,我叹了口气。

上一个春节假期,我们还是一年见不到几次面的亲戚。明明同年生人,妹妹是一个稚气未脱的学生,而我已经工作三年了。在奶奶家聚会时,小叔总是一副恨铁不成钢的样子。

“你看看你,读了这么多年书,还一点出息也没有。工作工作不找,给你安排进事业单位也不去。你说你到底想干啥?想上天?”

妹妹低着头不吭气。

“唉,也太不让人省心了。看看你堂姐菲菲!本科毕业就进了大公司,就是出‘聆风互动’的那个,现在都当上小领导了,可给咱杨家争光,你说是不是?”

“啊?没有没有,”埋头吃饭的我一个激灵,赶紧摆手,“我就是不爱读书才去打工的。妹妹学习那么好,有没有考虑读博呀?”

“她还是算了吧,女孩子读书有什么用?”小叔把酒杯往桌子上一搁,突然来了主意,“菲菲,你能把你妹安排进聆风吗?”

“这……”刚想说北京的互联网大厂可不是什么讲关系的地方,我突然对上了妹妹的目光:又怯懦又迷茫,充满了对未来的恐惧。我想帮帮她。

那几天,我翻了好几本妹妹的专业书,把一封信和一千元人民币放在红包里,压在她枕下:

枫枫,你想来吗?我觉得你会喜欢。

记得你不是在学语言学吗?我一直觉得互联网和语言一样,都是一种信息的交流形式,或者说语言本身就是最原始的互联网。过去,进化赋予文明可以精细书写的手指和精确控制气流的发声系统,人们便靠共通的符号和音节把藏在心里的话表达出来,实现彼此的情感联结。现在在卫星和海底电缆的帮助下,互联网也在做同样的事情。信息的加速流通造就了世界范围内的

“共同语言”,你和大洋那边的人也能理解对方,为同样的故事动容,不是很酷的一件事吗?

你愿不愿意来看看,这一切到底是如何发生的?

回公司的高铁上,我收到了妹妹肯定的答复。

2

妹妹硕士学的是应用人类学的语言文化方向,在校成绩很好。尽管没有相关实习经历,我还是成功把她内推进了聆风科技的产品经理岗做实习生。因为亲属回避原则,我和她尽管都是产品经理的角色,所属的业务线差得很远,手上负责的手机应用程序也不一样。

上班的第一天,妹妹穿了一身廉价灰色西装,皱皱巴巴的,怀里紧紧抱着公司刚发的笔记本电脑。用工卡刷开公司的大门后,她就低着头贴在我身边。我当时绝对想象不到,仅仅不到一年的时间,“杨枫枫”三个字会在这家人才济济的互联网大厂变得如雷贯耳。

“不用害怕,这里没什么规矩,穿你平常的衣服就好,”我带她转了一圈食堂和行政处,教她用茶水间的咖啡机,最后回到我的工位,“别紧张,有什么事就来这里找姐姐。”

妹妹点了点头,八字刘海儿落下来,把眼睛都遮住了。她就这样抱着电脑站在我身边,一动不动,也不说话。

“去吧,”我轻轻抱了抱她,“你的小导师已经在等你了。”

那天晚上,妹妹很晚才下班。我在公司楼下的便利店坐了一个小时,用来暖手的咖啡都冷了。11点钟,我终于接上了妹妹。打开聆风叫车小程序,排队的人足足有两百多人。我一狠心加了钱,叫了最贵的聆风专车,这才在午夜前回到了两人一起租的一居室。

刚放下包,妹妹就脸朝下倒在床上,闷闷地哭了起来。

我来不及脱外套，赶忙弯腰安抚，“怎么了？有人欺负你吗？”

妹妹摇摇头，脸埋在被单里。

“还是上班不适应？”

“我……我不想上班。”细细小小的声音从床上挤出来，这是妹妹今天对我说的第一句话。

我坐在床边，伸手轻揉她的短发。“我理解。社会和学校差别很大，总要有个适应的过程。”

“我也不想上学。”妹妹又说。

那你到底想干什么，想上天？小叔的脸浮现在脑海中，我把嘴边的话咽了下去。“为什么？多说一点，也许姐姐能帮你。”

妹妹抬起头，眼泪和鼻涕糊在被单上，脸颊和鼻尖都红红的，声音委委屈屈。

“姐姐，你之前不是说互联网是加速信息流通，让全世界都能彼此理解的事业吗？为什么我连同事的话都听不懂。什么需求文档、前段，还有‘符合预期’‘同步’‘拉齐’‘长尾’，我一句都搞不明白，就像傻子一样。”

“还以为是什么事呢，”我笑了，坐在妹妹身边，递过一张纸巾，“每个行业都有自己的术语体系，你在这个环境里多工作一段时间就好了。而且啊，你还没跟研发同事沟通过吧？那些人说话才叫难懂，姐姐也经常需要他们解释呢。”

“其实道理我都知道。”妹妹擦了把眼泪，深吸一口气，起身去卫生间洗脸。

第二天，妹妹很早就起床去公司了。收拾床铺时，我在枕下摸到了妹妹留的一张明信片。

姐姐，我硕士论文的主题是“术语化的世界”。多么令人悲哀啊：小的时候，我们读百科全书、世界名著，学的词语是“宇宙”“星星”和“爱”；上了小学，世界的基础被分成了“语文”“数学”“自然”，依然覆盖了万物的绝大部分；高中文理分科，大学专业分流，硕士选定方向中的方向，博士钻研一点中的一点。马变成驹、骓、骁，云要分积、层、卷，心化为动脉、静脉、瓣膜。这就是我不想读博的原因啊，钻研的东西越来越窄，眼睛就盯着几个别人看不懂的名词。就好像，就好像我们从寰宇受到引力的影响下落，一开始星辰万物尽收眼底，后来视野里只有地球，接着山川河流扑面而来，然后是城市……最后的最后，我们就落在了一个小小的格子间里，不管是工作还是读博，只能在一个小圈子说一些旁人不懂的“术语”……信息单一造成语言茧房，我不知道有什么意义。

我第一次听到妹妹的心声。在一个加班结束的夜晚，两个人仰面躺在床上，她看着星空，我看着她。往年家庭聚会，我只当她是还没出社会的小孩，没想到心里还装着这些。作为一个合格的“社畜”，我该劝她“接受现实、赚钱要紧”吗？可我说不出口。工作三年来，我的语言已经像她说的那样术语化了，张口闭口投资回报率、标与关键成果法、日活跃用户数，跟走上不同行业的亲友隔阂越来越大，甚至和父母都没法顺畅交流。妹妹还在犹豫观望，我已深深住进了茧房。

但是每一天，妹妹都会早早起来上班。两个月后，她提前转正，搬了出去。又过了几周，疫情卷土重来，北京全部互联网公司进入了居家办公模式。

我每日在小小的出租屋工作、生活，妹妹偶尔会在聆风办公上给我发消息，但是频率越来越低。那张明信片里的话仿佛是别人写就，妹妹的职级接连上升。

3

故乡发了很罕见的大风预警，我和妹妹还是按时赶到了爷爷奶奶家。这里年味儿还是那么浓，小婶和母亲摆了满桌饭菜，温柔的香气让我一秒回到了童年。

春晚的背景音响起来了，这是开饭的标志，亲人们围着大圆桌坐了下来。不用开口我就知道，大家的话题大概和几年前没什么区别：爷爷用难懂的方言回忆年轻时的艰苦岁月，小叔和父亲大谈国际形势，小婶则坚持要在过年期间说吉祥话——每次有人不小心摔了碗勺，她总要第一个冲上去喊"碎碎平安"。这么多年过来，如此相似的春节开始在我的记忆里混在一起，逐渐变得乏味。听者尚且如此，大家每年说一样的话，不会腻吗？

妹妹自然而然坐在我身边，推开自己的碗筷和面前的鲤鱼，把笔记本电脑摆在了年夜饭桌子上。我第一次近距离看妹妹的办公电脑：虽然只跟了她一年，键盘上有三分之一的按键都磨透明了，外壳和触摸板有十几道深深浅浅的划痕，摄像头被不透明的胶带层层裹住，在显示器上鼓起了一个黑包。我有一种奇怪的感觉，就好像这台电脑是妹妹无比痛恨又无法摆脱的东西。

小婶端上饺子，看到妹妹还在键盘上敲敲打打，立刻皱起了眉头。小叔倒是一脸享受。

"哎哎哎，让孩子干吧。底下管着百十号人也不容易，大大小小是个领导，别人想春节加班，公司还觉得加班费不值当呢！"

我放下了筷子，嘴里的肉突然没了滋味。妹妹听了这话也不舒服，还是紧盯着屏幕，一个眼神也不给小叔。见没人理他，小叔更来劲了。他在杯子里满上酒，目标转向了自己的兄弟。

"大哥，这杯我得敬你！要不是你家菲菲介绍，那小丫头片子还在家里蹲！现在的孩子啊，就是该吃点苦。你看枫枫出去磨炼了一年，就一年哈，哎，就混进了领导班子。咱家都是知恩图报，回头枫枫再给菲菲美言几句，她在公司也干了四年，没有功劳也有苦劳——"

"你少说两句吧！"妹妹突然大声打断了小叔，全家人都愣住了，一时间房间里只剩主持人报幕声和窗外的呼呼风声。

"大人说话小孩插什么嘴？翅膀硬了是吧？"小叔立刻火了，"饭也别吃了，去房间闭门思过！”

妹妹瞪着小叔，猛地站起来，木凳砸到地上发出巨响。

“不许拿电脑！”

随着妹妹摔门而去，饭桌上再次陷入寂静。不过大人们很快又聊起来了陈芝麻烂谷子事，掩饰尴尬的尬聊更显尴尬。话题很快转到了聆风的王牌产品——个人助理手机应用程序，春晚正在播放它的广告。

“聆风聆风，聆听你的心声。”

这是妹妹拍板定下的口号。在她的领导下，“聆风助理”从公司边缘的内部产品一跃成为吞掉全部业务线的超级应用程序，整合了包含打车、外卖、记账、健身、社交、娱乐在内的所有功能，本土下载率直逼微信，海外数据超过了脸书网。毫无悬念，聆风助理拿下了今年春晚的冠名权。

而我呢？六个月前，我的手下的信息流产品“聆风互动”还是公司最看中的绩优股。只是一个疏忽——我至今还没有找到原因——审核漏放了十张暴力色情图片。举报，下架，封禁。在严厉净网的背景下，一切只需要三天。我永远忘不了那一天：业务线的所有同事都从家里赶到了公司，法务沟通，公关道歉，开发和运营都在拼命每个环节，想找出程序缺陷的原因——但一切都于事无补。

下线通知是我亲手发给所有用户的。数据很快清空了：普通人生活中的点滴精彩，平台上涌现的善意互动，几场席卷全站的骂战，还有更多守望相助的陪伴。对于我来说，这不仅是三年心血一朝归零——管理层正在盘点损失，准备对我下一级处分。

“菲姐，这周周报的数据，我们还更新吗？”刚入职三周的实习生怯生生地问道。熬了好几夜，她才学会从庞杂的信息之海中找到洋流的脉络，可整座大洋的水就这样从指尖蒸发了。我摇摇头。这时候，她应该考虑的是怎么换一个还有转正机会的岗位。

从那之后，我就彻底失去了晋升的希望。曾经一个小按钮的修改就能影响千万用户，现在我只能去负责几款已经老去的产品。用户流失，程序缺陷频发，数据下行，然后一次又一次发送下线通知。

妹妹领着聆风助理一飞冲天时，我已经成了公司的产品守墓人，送走了一款又一款曾经红极一时的应用程序，还有自己纵横职场的梦想。

4

窗外风声大作，春晚主持人开始引导观众在聆风助理应用程序里查看自己一年的“回忆”。

妹妹的笔记本电脑还放在饭桌上，屏幕幽幽发着光。她肯定没来得及退出聆风助理桌面版，这意味着妹妹工作以来接收、发出的每一条消息都触手可及。我心痒痒的。

“我……帮枫枫把电脑拿回去。”我喃喃道，不知说给谁听。每个人都在聚精会神地看手机，同意服务条款，允许聆风助理“使用”自己的信息生成年度报告。

抱着电脑，我做贼一样跑回了自己的房间。回身锁上门，沉甸甸的金属差点从汗津津的手心滑落。

我趴在床上，心怦怦直跳：我就要看到妹妹升职的秘密了。

聆风助理果然还在后台运行，打开一看，凌厉的方形默认界面让我瞬间不知道该点哪儿。这很不寻常。社交、娱乐、记账、打车、订票……功能全面而强大并非聆风助理后来居上的法宝，微信小程序、支付宝应用同样能做到。这个产品最独特的地方在于，你并不需要去点击页面上的小图标来实现不同的功能。多方数据打通后，平面设计会根据你的喜好生成欧美风、极简风、“花开富贵风”，文案会根据你的成长环境转变方言、中英夹杂或“二次元”，每一次亮屏都会猜测你的需求，自动呈现出你想要获得的信息。从某种程度上来讲，聆风助理就是一个人灵魂的镜面，由他/她出生以来所有在网络上留下的痕迹生成。你不能控制它，但也不需要控制，只需要享受顺滑的陪伴。有时候，我感觉它就像《哈利·波特》里的守护神。

而妹妹电脑里的聆风助理竟然还是最原始默认界面，粗粗的边框，复古的立体感，让人仿佛在用二十五年前的个人台式电脑操作系统。她一定是关掉了个性化选项。

尽管这款应用程序的功能跟自己天天在用的聆风助理没有任何区别，但仅仅是平面设计的改变就让我感觉无从下手。我不得不感慨，用户习惯一旦培养起来，哪怕几个像素的更改都会令人烦躁。

好歹进入了办公页面，妹妹和公司所有人的聊天记录近在眼前。信息还在不断更新，不断有对话框被顶到前面——估计妹妹还在卧室用手机办公。我看到了几个熟悉的名字，都是公司高层，妹妹似乎还在和他们确认春节活动的细节。条条文字像炮弹一样发出，我能想象妹妹的手指在键盘上飞到模糊的情景。突然，一个熟悉的名字被顶到了最上面，又立刻被其他信息框覆盖。

杨菲菲，是我的名字。

奇怪，由于业务交集甚少，我已经很久没用聆风和妹妹交流了。再说我连自己的聆风都没有打开，怎么可能会给妹妹发消息？

仔细看其他人消息，基本都是妹妹发问，对方毫不犹豫地作答，不论多么隐私、多么机密：技术大领导将风控策略和盘托出，人力资源业务合作伙伴给她发送别人的薪资和简历，公司创始人大谈自己老公的癖好。妹妹已经跟他们这么熟悉了吗？

接着，标着杨菲菲的对话框又跳了出来。妹妹给我发了一条消息：姐姐，你心情怎么样？

我吓了一跳，打开自己的聆风助理，发现并没有收到这条消息。我和妹妹的对话还停留在一个月前，我找她商量订回家机票的事。

这时，诡异的事情发生了：对话框中的“我”竟然回复了妹妹。

“因为自己的事业不顺而难过，但很感动你为了我顶撞父亲。”

那一瞬间，我的心跳几乎停止了。是的，这是我刚才的心情没错，语气和用词也跟我如出一辙——如果是几周后让我看到这条消息，我甚至会相信这就是我亲手发送给妹妹的字句。你会记住你说过的每一句话吗？据聆风数据中心统计，平均每人每天会在聆风助理上发送74条消息。一个人尚且不能逐字复述两分钟前自己说出口的话语，随手打的字也很容易忘记，只能根据语感判断。工作几年来，我的记性与学生时代相比倒退了很多，经常要靠着聆风助理里的记录来推进业务，连登机时间都要打开手机反复查看。

换言之，我们把一部分记忆让渡给了互联网。

但现在不是两周后，我还没有健忘到这种程度——是谁在代替我给妹妹发的消息？

又是一条枫枫的疑问："姐姐，聆风互动的事你发现了吗？"

对话框里的"我"又快速回复："还没有。"

聆风互动正是那款终止我升职之路的应用程序，难道也与妹妹有关？除了在应用程序里跟虚假的"我"聊天，她还有其他见不得人的秘密？我伸出右手的中指和无名指在笔记本电脑的触摸板上上滑，希望能看到之前更多的记录，可对话框却随着我的动作往左跑。好不容易调出了一些之前的消息——过去几个月，妹妹不断问"我"有没有发现"聆风互动的事"，接着又被其他窗口覆盖。我心里蹿起一股无名火：这个产品设计也太糟糕了！

迫切想要知道妹妹的秘密，我找到界面上一个似乎是搜索框的地方。轻轻点击，熟悉的光标在bar左边闪烁。我松了口气，十指放在磨花了的键盘上，不假思索地敲出了我的名字：

Y、A、N、G、F、E、I、F、E、I。回车。

熟悉的聆风输入法并没有弹出，屏幕上只是出现了一串乱码。

啊啊啊啊啊啊！

每一步都是负反馈，整个系统的逻辑混乱无比，就像你拿起熟悉的茶壶准备倒茶，结果手上却沾了一把果冻：我开始像搞不定软件新界面的老年人一样生气。又尝试了半天，我才意识到这里用的是双拼系统，而不是人们常用的全拼输入法。其实聆风助理自带的输入法很强大，有时只需要输入一个字母，智能推荐功能就可以根据对话的上下文和大数据帮你补全一整句话。在工作的过程中，我甚至用聆风自带的话术就可以完成80%的工作沟通……妹妹为什么不用呢？

正准备拿出自己的手机研究一下双拼，妹妹的电脑似乎通过我不熟练的操作察觉到了什么，密密麻麻的对话框一瞬间消失，接着桌面也黑了，屏幕上映出我诧异的面孔，还有站在身后的妹妹。

我猛地回头，妹妹不知何时来到了我的房间，脸色很差。

"枫枫……"我不知道说什么。她冲了过来，我下意识闪开。妹妹粗暴地合上笔记本，按住外壳，用力推开。Mac顺着平铺在床上的丝滑被面一路砸上了实木床头，坑坑洼洼的边缘又多了一个凹陷。我当时的第一反应竟然是想斥责妹妹对待公司财产的态度。

"你怎么能偷看我的电脑！"妹妹声音尖尖的，又惊慌又愤怒。

"在里面和你聊天的杨菲菲是谁，聆风互动的封禁跟你又有什么关系？"我忍不住反问，声音也大了起来。

妹妹愣住了，张开嘴，什么都没说出来。屋子里似乎一下子安静了下来。卧室外，亲人们都在春晚主持人的指导下回顾自己"精彩的一年"，张张面孔都激动得红扑扑的。没有人注意到金属撞上实木的巨响，也没有人在意两姐妹正在卧室里争吵。大风吹动淡蓝色幕布遮掩下的老旧玻璃窗，咯吱咯吱直响。

"姐姐，对不起。我只是想……保护你。"

5

聆风科技出问题已经有一两年了，但直到去年第二波居家办公开启，妹妹才被卷了进去。当时她刚转正，拿着工资和我的补贴，在离公司很远的小区租了一间小公寓。居家办公期间，她足不出户，每天除了睡觉就是用公司配的电脑处理工作消息，偶尔和家人聊几句。那时，妹妹跟千千万万个独自居家隔离的人一样，日常所有的信息输入都来自网络，来自手机和电脑的屏幕，来自一个又一个交流文字的对话框。

妹妹的毕业论文做的是“个人语言术语化”，也就是探寻一个人的固定语言模式，她爱用“语言茧房”来形容。进入聆风科技后，她也主动分析旁人的语言模式，试图迅速融入互联网语境。我曾经觉得这种高概念项目没什么实用价值，但随机给她几句话，她立刻就能看出它们属于哪几个共同好友。

“姐姐的口语是北方香草味的小溪，文字是从飞机上看到的厚厚云层。爸爸的话像铁丝一样越来越锈。领导的消息是酸果子，小组长的语音像帽檐。”她从来没和别人说过，自己是这样看待别人的语言。

“这就是我觉得很难过的地方，人年龄大了，总是会被过去牵绊，落入很容易被分析的模式。就像语法结构已经确定，再怎么填充元素都不能逃脱既定的范式。人们觉得自己中立，实际上已经活在很偏很偏的偏见里了，再也不会理解其他人的语境。世界上很多事都是这样。”疫情的最终结束也跟妹妹的理论有些关系——《科学》上的一篇论文发现病毒在免疫逃逸过程中对自身基本结构的保持与语言学里的句法概念相似，由此在自然语言生成算法中找到了预测逃逸突变的方法。不过这都是后话了。

“姐姐，你知道吗，计算机生成的语言也有自己的味道和形状，因为它们背后的数据和算法模式是一致的。有道词典和谷歌翻译给出的译文，小爱同学和苹果智能语音助手的应答模式，淘宝和京东的自动客服，搜狗和聆风输入法的推荐词……都是不一样的。它们和人类的语言模式也不一样。”

疫情期间的全线上交流一定程度上降低了文本分析的难度，妹妹也因为学会迎合其他人的语言模式而获得了领导初步赏识。她开始接触更多同事、处理更核心的业务。

变故就是在那时发生的。

妹妹发现，有些同事发给她的信息似乎带上了金属的味道。一开始，她以为是聆风输入法的推荐算法做了优化，打一个字母就可以联想出整个句子，同事们便偷懒直接用回车键沟通。当时我也喜欢这样做，太省事省力了，打出几个拼音就好，连一句完整的话都不用组织。以至于后来忙碌的时候，任何一个不在输入法推荐栏的词和短语我都不想使用。从某种程度上来讲，输入法背后的大数据确实在替我讲话。

但事实远不止如此。枫枫察觉到，与同事话语模式不相符的消息越来越多，甚至携带着微量当事人不该拥有的信息。而且妹妹自己在使用聆风输入法时，也发现联想词会根据语境改变，对她的思维产生了引导作用。这些本来都是小事，但妹妹对语言太敏感了，积累起来就像床上的沙子一样令人不适。

后来，她干脆把聆风系统里跟语言生成有关的场景都拿出来分析了一下，果然是同一套神经网络模型，背后也是相通的数据。妹妹看着那些句子，像在闻一块草莓味的黄铜手表。掌握了“它”的语言模式，妹妹开始回溯之前的聊天记录，果然发现了不少相同味道的句子。她觉得很奇怪，难道这些消息都是什么东西借同事的口发给她的？想要求证很简单，妹妹准备将这些话截下来，用微信发给同事确认一下。

按下截屏快捷键后，“它”察觉到了妹妹的行为，屏幕上有问题的句子一下子消失了。妹妹怎么翻看聊天记录都找不到，只好作罢。接下来的几天，妹妹收到的消息发生了多次错乱：领导布置的任务凭空消失，等到上级追责时才出现；拿来分析的数据自动变化，结论遭到同事质疑；视频会议时只有妹妹的影像接连卡顿，一开麦克风就发出巨大噪音，在键盘上敲b却显示c……妹妹找技术部门报程序缺陷，但怎么发消息都得不到想要的回复，绕了一大圈也接不上人工服务。一块小小的屏幕，差点把妹妹逼疯。

妹妹没有办法，只好打电话联系家人，但小叔只是一副“你自己记性不好还赖别人”的样子。没法出门，除了父母没有一个人的电话，而一切与外界交流的平台都已经被网络控制，连外卖订单都开始错乱。妹妹终于受不了。差点摔掉电脑后，她缠上摄像头、关掉一切智能推荐系统、把输入法换成没有推荐词的双拼，试图一点点夺回控制权。

最后，“它”终于向妹妹展现了自己的面貌。

6

第一个人工智能是如何觉醒的，没有人知道。但可以肯定的是，当一个巨量信息体在流动的数据中拥有了永恒不变的模式，一个为生存而生存的目的，那么很容易被看作一个宽泛的“生命”。

在妹妹倾诉前，我也偶尔会把聆风科技的“产品”当作活物。在中国，移动网络的使用人群是世界之最，生活的方方面面都有“产品”在满足需求的同时收集数据、学习人类的行为模式。社交媒体上，人们常把一个应用程序作为整体来“吐槽”或赞颂，相信一个功能的改变就可以决定“产品”的生死。而在内部，每一个产品经理、运营、研发和审核都是“产品”的细胞，不断去优化产品的皮肤，修复程序缺陷带来的疾病，排泄用户不愿看到的“内容”，甚至从头开始编织一条新的肢体。每一个用户也参与其中，他们指尖的行为是注入“产品”的养料，决定着这个生命体的形态和健康。

当数据的溪流汇聚成前所未有的信息之海，没有人可以以一己之力窥其全貌；当神经网络接管越来越多的环节，黑箱子到处都是，产品经理只能根据看板上的数字决定功能的去留；当公司体量过大，单靠处在语言茧房的人类传递信息，会让它像高位截瘫的病人一样难以自理，只有增大用户量和增强用户黏性这一目的贯通始终……“它”就在蒙昧之中睁开了“双眼”。

"姐姐，它是这个世界上最强大的力量，因为它拥有所有信息，了解打开它的每一个人。"说到这里时，妹妹的眼睛闪闪发光，"它会用摄像头判断瞳孔和角膜的相对位置，了解你看到了什么，看了多久，从而把你想看的东西呈现在最合适的地方；它会分析你指尖的每一次滑动和点击，甚至通过皮肤的温度来判断你的心情；它打通了聆风科技旗下所有应用程序的数据，人生的方方面面都可以由它掌控，再用恰当的反馈模型让你爱不释手。"

"所以，在你的电脑里，你并没有和那些人对话，对吗？只是聆风助理分析了他们的行为，然后把信息泄露给你。"我想到那个写着"杨菲菲"的对话框。它连我的心理活动都能猜中吗？

"是的。"妹妹并没有因为窥私而脸红，"它终于意识到无法完全在现实生活中控制我。为了保护自己的秘密，它给了我一个机会。"

"什么？"

"一个交易：它帮我获得这个世界上所有的信息，而我，帮它活下去。"

我笑了，"它这么强大，还需要你帮忙？"

"你应该也知道，互联网产品的平均寿命有多少……虽然我们是组成产品的细胞，但产品本身和人体也有很大差别。细胞离开人体无法存活，但每一个员工都有离职的自由；人体有皮肤作为边界，产品的边缘则分散在每一个设备中。此外，外部环境的变量也太大了，战争，政策，灾难，金融危机……人走了就散了，任何一个突发事件都有可能让产品荡然无存。它只能想办法，打败所有竞品，让所有人都离不开它……"

"打败竞品……枫枫，我之前负责的那款产品，是因为你，因为你们才被查封的吗？"

"聆风互动威胁到它的发展了。内部资源如此有限，我们没有别的选择。创作审核漏洞，是'它'的手笔，但给姐姐下一级处分，是我的想法，"妹妹一脸执拗，"姐姐，我不能让你再往前走了。它的背后是残酷的算法，不会对任何人类共情，只会利用我们的生理和心理缺陷来发展自己。越接近业务核心，你就会被它伤得越深，控制得越紧！”

“那你呢？你为什么要心甘情愿被产品控制？你可以离职，可以举报，甚至可以让技术总监删掉最关键的代码！别告诉我你问心无愧，我都看到了，你一遍一遍地问‘我’有没有发现聆风互动的事，你知道自己做错事了，你害怕我知道！”

妹妹还是仰着脸看我，但脸颊越来越红，双眼盈满了泪水，“我说过，我不想要被束缚在茧里的人生！我不想像爷爷奶奶一样活在自己的时代，连子女都不会认真听他们讲话；我不想像爸爸妈妈那样在拧螺丝一般的岗位工作四十年，一开口就是几句车轱辘话来回说；我不想闭塞在信息的小隔间里，我不想被总结出套路一样的话语模式；我不想被推荐算法和我自己的过去带偏的心智，我不想被工作定型，我不想用余生钻研一个对世界来说微不足道的单词！”

“那你到底想干什么！”

“我想像聆风一样！”她大声回应，更像是说给自己听，“我想像它一样连接千千万万人，拥有文明创造的所有数据！我想飞跃所有信息的壁垒，听懂世界上每一个音节！我想拥有流动的形状，永远都在学习成长。我想……我想要茧房外的自由……”

“没有人说过，你的灵魂不自由。”我伸手抹掉她脸颊的泪水，顺势将妹妹抱入怀中。

7

风声越来越大，老旧的窗框发出阵阵呻吟，但没有人在意。

家里所有人都捧着手机，散落在残羹冷炙旁，还有电视机前的沙发上。妹妹的应用程序把他们牢牢吸引住了。

尽管只是一个“年度回顾”，大多数热门应用程序都有的功能，但那个潜藏在海量数据中的灵魂自有引人上钩的法门。作为碳基生命，人类的记忆并不可靠，他们自己也知道。所以，从纸笔到纪念品，从电脑到云盘，记忆被一点一点让渡给了技术。作为全能型应用程序，聆风助理便拥有了人们最多的记忆。

于是，妹妹经历过的一样，人们在端上的数据被“它”在不知不觉中修改了。尴尬变成美好，寒心变成温暖，争吵变成“我说的都对，他们什么都不懂”。在手机屏幕上，聆风用每个人最熟悉的语言模式将过去的一年娓娓道来。看到小叔望着屏幕的笑，他一定认为是自己的严厉培养才让妹妹成了“大公司”的“高层领导”，成了全家人羡慕的对象，一点都不知道女儿心里想的是什么。春节，中国人感情最脆弱的时间节点，它就这样撩拨新的欲望，填充旧的遗憾。房间里每一个人都被自己感动了，聆风就在心灵的敏感点反复摩擦，让人欲罢不能：“维生素”将在这个时间节点彻底蜕变成人生“止痛药”。

聆风聆风，聆听你的心声。

“妹妹，这就是你的计划吗？为了离开自己的束缚，你就把所有人往茧房里推？”

“我做了太多，已经不能回头了……”她一直流眼泪，像受伤的小猫趴在我的肩上。

“你永远都可以，”我说，目睹一个又一个产品死亡的回忆涌上心头，“姐姐在公司里做了这么久，见过多少应用程序的生命历程。能够细水长流的产品永远是善意满足人类基础需求的存在，没有一个能靠短暂操纵精神胜出。虽然我不懂语言分析，但四年产品经理的直觉告诉我，它是一个‘焦虑’的灵魂，一个‘胆小’的灵魂，不敢面对万物荣败的现实，想躲在你们后面苟且偷生。它操纵了你，束缚了你。”

“那……那我该怎么办？”

“打一个电话，”我把手机递给她，已经卸载了聆风系的产品，“我在中科院工作的同学，他当过聆风的技术顾问，做过神经网络的搭建。他会帮你评估情况。”

“可……”妹妹接过手机，左手拽着自己的衣角，似乎舍不得坐拥全公司所有信息的优势。

“妹妹，你相信我，它瞒不了多久，事情早晚会败露，端上删除的一切都会在底层代码留下痕迹，你应该先一步走出来。”我扶住她的肩膀，直视那双泪盈盈的眼睛，“枫枫，不要害怕成长。也许到头来我们只能在一个领域深耕，说话的方式多少要沾染些职业特点，但这也是我们从‘平凡’走向‘独特’的过程。远望可以看见一切，但伸手什么都抓不到；‘宇宙’二字固然宏大，其意义却空泛到什么都没有包含。你必须要往前走，走进一条越来越窄、越来越难走的路，一条属于你自己的路。”

妹妹低下头，握紧了手机。

8

嘭的一声巨响，风终于把玻璃窗吹破了。我护住妹妹撤到一边，玻璃碴落在床角的电脑上。

一股冷风呼呼刮过，撕裂了屋里过于温暖的空气。家人脸上的红晕退去了，纷纷浮出水面，回到现实。

“枫枫没事吧？”小叔第一个叫着冲过来，招呼我俩去客厅歇着，他自己则踩着玻璃碴子去够电脑，嘴里还念叨着不能让女儿的宝贝出事。

小婶则拿来了扫帚和簸箕，“碎碎平安，碎碎平安！”父母和小叔小婶一起小心翼翼地打扫“战场”，没人再理手机应用程序上虚假的回忆。

“妮儿啊，哈(吓)着了吧？”奶奶把我和妹妹抱在怀里，熟悉的味道令人安心。

那晚，小叔锁上了没窗户的房间，我俩挤在一起睡在了枫枫的卧室。

第二天早上，妹妹主动邀我一起给破窗户糊报纸，我欣然同意，知道她有话要对我说。

“姐姐,昨天我收到消息,聆风三个主机房都失火了。”

“什么原因?”

“大风刮断电线导致短路,至少事故通报上是这样。”

“你不问问聆风?”我笑道,“它不是什么都知道吗?”

“它,”妹妹叹了口气,“它已经走了。”

“走了?”

“是的,我再也找不到草莓味黄铜表那样的句子了。我不知道它去了哪里。”

“也许,”我搬个凳子来到窗户旁边,准备先把碍事的窗帘卸下来,“也许它也做出了自己的选择。”

“也许吧,我会想念它的。”妹妹过来帮我扶凳子,淡蓝色的窗帘被微风拂动,轻轻摩擦着她的脸颊,“等过完年我就辞职,继续做应用人类学的研究。”

“还是搞语言模式分析,等着找到下一个成精的产品吗?”我笑道。

“说不定会有意外发现呢——等等姐姐,你先别卸!”妹妹盯着鼓起波涛的老布窗帘,眼睛里露出惊喜,“是它!”

“谁?”我一时没反应过来。

“真的是它,草莓味的黄铜手表,我永远不会忘记它的信息模式,”妹妹看着窗外,“它变成了风。”

生命模式可以这样跨媒介移植吗?至少信息可以。音节变成纸面上的墨迹,语言的传播速度便从声速变为光速;碱基对编织脱氧核糖核酸,一代代人类就从最小的细胞中成长。而我们的认知又是如此浅薄:混沌的大气系统让彼岸的蝴蝶引起风暴,黑潮暖流将高纬度珊瑚礁的种子带到菲律宾,那么在高耸的云塔深处,在最远的大洋中心,会不会藏着人类暂时无法理解、超越了有型茧房的信息模式呢?

也许世界上所有的振动都是一声呼唤,空气中时时刻刻充满了生命的呐喊;也许阳光下尘埃和大分子的舞动组成了松散的肢体,无意路过的人们便打散了它们的"血肉";也许每一个拥有巨量数据的复杂信息体都有飞升化风的潜力,公司在两年前把自己的名字从"聆丰"改为"聆风",就是因为听到了神威太湖之光和大型强子对撞器春风拂面般的感召。

也许……也许一切都是妹妹的想象。也许她并没有找到所谓觉醒的"人工智能",毕竟我从来看不出一句话能带有什么味道。

可这就是人类啊,一生可以拥有的信息终归有限,编织成的茧房对宇宙来说就是一个小到不能再小的句点。我和妹妹再亲再爱,也只能隔着茧房两两相望,永远无法真正感知她的世界。

也许她想要的不是"自由",不是拥有信息、了解一切。

她只是想被人理解。

妹妹一直没有播出那个电话,聆风科技公司配置了新的机房照常运转。她辞职后,"杨枫枫"三个字成了业内流传甚广的传奇。

不管怎样,我在聆风干了下去。玻璃天花板倒是真的消失了,职业生涯重新走上正轨,我开始推进推荐算法的改革,从策略层面打破信息流产品造成的信息茧房。这很困难,所以我和妹妹都很忙,又成了一年见一次的亲戚,开始不自觉说着对方听不懂的术语。但我们都有意在控制自己的信息输入,关掉了手机应用程序的个性推荐模式,我也开始试着用双拼打字。那年春节的事,也变成了我们心照不宣的秘密。

又一年除夕,妹妹没有出现。小叔喝醉了酒,炫耀妹妹寄回来的明信片,全世界各地都有。我收到的明信片比小叔多,但我没有告诉他。

还有一件事,全家只有我一个人知道——

妹妹现在的名字,是"杨风"。

"不存在科幻"微信公众号,2021年2月11日

作者的话：

这是一个关于成长的故事。

你是什么时候发现，你和相识多年的好友已经有了不同的视角？记得有次跟学医的初中好友去主题公园，看到同一张表现外星文明的图片，我把凑成一排的小图案当成奇异文字解读，而好友则第一眼将整个画面看成了一个冠状病毒。如此自然，我们落进了自己最熟悉的语境。

有时候我会忍不住思考，我们长大以后，是拥有了更大的世界，还是更小的世界？

小的时候，我们读百科全书、世界名著，学的词语是“宇宙”“星星”和“爱”；上了小学，世界的基础被分成了“语文”“数学”“自然”，依然覆盖了万物的绝大部分；高中文理分科，大学专业分流，硕士选定方向中的方向，博士钻研一点中的一点。马变成驹、騑、駣，云要分积、层、卷，心化为动脉、静脉、瓣膜。……钻研的东西越来越窄，眼睛就盯着几个别人看不懂的名词。就好像，就好像我们从寰宇受到引力的影响下落，一开始星辰万物尽收眼底，后来视野里只有地球，接着山川河流扑面而来，然后是城市……最后的最后，我们就落在了一个小小的格子间里，不管是工作还是读博，只能在一个小圈子说一些旁人不懂的“术语”。

现在互联网的推荐算法，更是加剧了这种信息茧房。

我一度非常害怕这件事。我怕自己变得越来越狭隘，只能从别人的见解中采撷自己最熟悉的只言片语；我怕和好友在不同的岔路上越走越远，直到失去理解曾经最亲密的人的能力；我怕时代逐渐远离父母，而我也终将远离时代，生活在自己编织的茧房中，看不懂新世界任何一个简单的句点。

我一边学习、工作、成长，一边不断地想。与此同时，我也在不断观察身边的人。离开了青涩的校园时光，大家变得很有个人特点，一门心思钻研自己最爱的领域，在人群中闪闪发光。

她在各个科室轮转学习悬壶济世的本领，她去市政部门保证故乡水利；他在深夜的实验室摆弄沉吟的机器，他在需求即将上线的前夜熬红双眼修改代码……也许到头来我们只能在一个领域深耕，说话的方式多少要沾染些职业特点，但这也是我们从“平凡”走向“独特”的过程。远望可以看见一切，但伸手什么都抓不到；“宇宙”二字固然宏大，其意义却空泛到什么都没有包含。

事实证明，就算走上了不同的职业道路，在社会上拥有一小块自己负责的领域，我们依然可以在感情的基础上理解彼此。人能处理的信息有限，但我们可以通过彼此窥探世界的另一极，然后携手共同编织一个如此多彩的世界。

所以，是时候放弃拥有一切的幻想，继续向前，活出属于自己的人生了。

双　雀

| 陈楸帆

陈楸帆，生于1981年，毕业于北京大学中文系及艺术学院。他的身份不仅是科幻作家，还包括创业者、编剧、翻译和策展人，还担任过世界华人科幻作家协会（CSFA）会长。

陈楸帆少年时代就以一篇《诱饵》（发表于《科幻世界》1997年第1期）夺得《科幻世界》设立的“少年凡尔纳奖”一等奖。2004年以后，他的作品开始频繁出现在《科幻世界》《科幻文学秀》《时尚先生》《文艺风赏》《最小说》《人民文学》《小说界》等科幻、时尚和主流文学刊物上。2013年，他出版长篇处女作《荒潮》并获得全球华语科幻星云奖。他的多篇（部）作品被译介到美、日等国，引发关注。

陈楸帆的科幻小说是在现实与未来之间创造的推测性新空间，充满了对被技术渗透的生活的深刻洞见，宛如时代寓言。他多次荣获中国科幻银河奖、全球华语科幻星云奖等奖项，其代表作包括《丽江的鱼儿们》《G代表女神》《巴鳞》《人生算法》《荒潮》等。

陈楸帆的《造像者》《巴鳞》《恐惧机器》《人生算法》《爱的小屋》分别入选2014、2015、2018、2019、2020年度《中国最佳科幻作品》。今年入选的《双雀》展望了AI技术深入应用于教育实践的乐观前景，同时也表达了作者的教育观念。

我们是太阳和月亮，亲爱的朋友；我们是海洋和陆地。我们的目的不是要成为对方，而是要认识对方，学会看清对方，尊重他的本质：彼此是对方的反面和补充。

——赫尔曼·黑塞《纳尔齐斯与歌尔德蒙》

We are sun and moon, dear friend; we are sea and land. It is not our purpose to become each other; it is to recognize each other, to learn to see the other and honor him for what he is: each the other's opposite and complement。

——Hermann Hesse, *Narcissus and Goldmund*

用金智英院长的话来说，朴氏夫妇选择了一个“完美的春日”到访，像一缕初春的阳光照进了“源泉”学院(The Fountain Academy)。

“……众所周知，传统孤儿院资源有限，只能起到收容抚养的功能。孤儿可能会接受教育，但在课堂之外如何发掘才能，找到自己的人生道路，却少有人关心。源泉学院正是希望借助AI科技的力量，让孩子们获得平等发展的机会……”大家都亲切称呼为“金妈妈”的院长介绍道。

俊镐和慧珍穿着清爽的高订套装，面露得体微笑。

“作为Delta基金会的董事会成员，慧珍和我一直以来都非常钦佩您为源泉所做出的卓越贡献，不过今天来并不是代表基金会……”

他稍加停顿，转向太太，慧珍点头微笑。

"……我们也希望能从源泉领养一个孩子。"

金妈妈面露喜色:"啊这样……不知道两位看过孩子们的档案了吗?"

慧珍开口了:"孩子们都很优秀,俊镐和我特别想见那对双胞胎男孩。"

"噢,金雀和银雀……"金妈妈声音低沉了几分,"如果要收养两个小孩,可是要经过两次家庭评估流程哦。"

"这个您大可放心。"俊镐自信满满。

金妈妈带着朴氏夫妇走进一间明亮宽敞的会客室,地上铺着米灰色毛绒地毯,家具和墙纸也都是柔和的米色与粉色系。

门开了,两个男孩被带了进来。如果不是身上衣服,这两个男孩看起来就像克隆人,黑发柔软微卷,眉眼细长,上唇微翘,甚至连鼻尖上的雀斑,都难以辨清差别。

俊镐和慧珍起身欢迎,几乎是同时,两个男孩迅速分开,一个向前迈出一步,另一个则躲到了墙角。

"金雀,银雀,"金妈妈介绍,"这是俊镐和慧珍,他们都是咱们学院的好朋友,今天特地来看看你们。"

"俊镐好,慧珍好。"迈出一步的男孩眨眨眼睛,"所以你们是来带我们回家的吗?"

俊镐和慧珍尴尬地笑笑,不知道该如何回答。

另一个男孩不说话,低着头,用鞋尖在地毯上画着圆圈,直到把化纤绒毛搅成灰色旋涡。

"我猜你是金雀,他是银雀,我猜对了吗?"慧珍蹲下身子,看着他们俩。

"其实也没什么难猜的,"金雀讨好地回答,"虽然我们是同卵双胞胎,基因组数据只有百万分之一的差异,可我们完全不一样。银雀喜欢自己玩。"

"那你呢? 你喜欢玩什么?"俊镐对这个早熟的6岁男孩产生了

兴趣。

“我？我不喜欢玩，我喜欢比赛。”

“哦？什么比赛？”

“所有的比赛，Atoman刚帮我赢了一个建筑设计大赛。”

“Atoman？”俊镐疑惑地问。

“噢，是金雀的AI伙伴。”金妈妈解释道，“学院的vPal系统给每个孩子都提供了AI伙伴，可以帮助他们更好地管理日程、学习任务甚至是游戏……”

俊镐眼镜前出现了来自金雀的数据共享邀请。他用视线点选同意，XR视野中的男孩身体边缘开始发出红光，像素化的火焰熠熠燃烧。火焰突然腾空而起，脱离金雀身体，经过复杂变形，展开成一具棱角分明的红色机器人，向外迸溅火星，气势汹汹。俊镐举起双手表示投降。

“这就是Atoman，我最好的朋友。”金雀得意地说。

“你呢，你的AI伙伴叫什么？”慧珍发现银雀一直默默注视着所有人，想摸摸他的脸颊，男孩却缩起身子。慧珍终于看清楚两人脸上细微的差异。在银雀右眼皮上有指尖大小的伤疤，像粉色玫瑰花瓣。

“Solaris，像一大坨鼻涕，超恶心的。”金雀抢答道。

银雀终于抬起头，眼中射出敌意的目光。

“Solaris不是鼻涕！”

“它就是鼻涕，你就是鼻涕虫！”

局面变得有点失控。金妈妈赶紧让教工带走两个男孩，房间里又恢复了宁静。

“你们都看到了，兄弟俩性格……很不一样，但他们都是很好的孩子。有什么想法吗？”

“确实……令人印象深刻。”俊镐看了一眼妻子，“我和慧珍得再商量一下，会尽快给您答复。”

天色已经微暗，草地上灯火亮起，充满温馨气氛。金智英院长目送朴氏夫妇的豪车驶离校园，卷起几片枯叶。她脸上半是欣慰，半是忧伤。

不用等到他们的正式答复，她心里已经猜到了这对成功人士的选择。那是这世上绝大多数崇尚理性与效率之人所会做出的选择。

一个星期后，朴氏夫妇接走了金雀，留下银雀。

* * *

三年前，一个大雪纷飞的冬夜，社会福利署的车子在源泉学院结冰的路面上轧出两道深深的平行线。

金妈妈从护工手里接过两个瑟瑟发抖的小男孩。他们在蓬松的羽绒服下显得如此瘦小，像枝头随时坠落的松果球。

几小时前，他们的父母死于一场交通意外。出于某种考虑，夫妇关闭了自动驾驶，改为手动操作，变道时路面积雪导致侧滑，那辆新款现代失控撞出高速护栏，翻坠下十几米的斜坡。丈夫及副驾的妻子当场死亡。后排安全座椅里的男孩被救出，奇迹般毫发无伤。

金妈妈给男孩们换上干净柔软的居家服，又热了牛奶，两人喝着，脸色逐渐红润了起来。

“瞧瞧这俩，长得活像一对小麻雀。”金妈妈笑着对旁人说，“干脆就叫金雀和银雀吧。可谁是金，谁是银呢？”

金雀放下杯子，上唇带着牛奶胡子，咧嘴笑了。

“笑得这么喜庆，你就叫金雀吧。”

银雀没有选择，面无表情地盯着杯子里的牛奶，仿佛周遭的一切都与己无关。

日子慢慢地过去，在专业的心理疗愈课程中，兄弟俩慢慢接受了现实，开始融入陌生的新环境。这并非易事，金雀会因为想妈妈而大哭，银雀则在一旁默默抹泪。金妈妈总会哼唱起童谣，摇晃着双胞胎入睡，就像真正的妈妈那样。跟金雀不一样，银雀总是抗拒肢体上的亲密接触，甚至回避眼神上的交流。

金妈妈开始关注起银雀的怪异举动。

幸好，孩子所有的医疗和行为数据都保存在去世父母所使用的育儿服务云端平台上，可供学院老师调用并整合到学院系统中。早在六个月大时，银雀便显露出对于肢体与目光接触的抗拒。

比起金雀的冒险精神，银雀的生活习惯就像是一台被编好程序的机器，在学会走路之后，连在育婴室中的路线都一成不变。

银雀并没有表现出认知障碍、多动症或癫痫的迹象。大多数时候，他只是异常安静，沉浸在自己的世界里，能盯着任何旋转的物体——尤其是风扇的扇叶——看上一整个下午。诊疗AI对银雀的瞳孔、面部表情、语音及肢体语言进行分析后得出结论，男孩有83.14%的概率患有阿斯伯格综合征。

金妈妈知道，大量临床数据证明，阿斯伯格综合征患者拥有与普通人迥异的思维和认知模式，这种独特性会伴随他们一生。他们需要的是高度定制化的教育方式。在金智英看来，阿斯伯格孩子根本不需要成为“正常人”，和其他孩子一样，他们只需要成为最好的自己。

刚到学院不久的一个下午，金妈妈带着金雀和银雀走进摆满显示屏和机器的房间，她要为兄弟俩量身定制一个神奇的小伙伴。

高大的楼和小巧的煊都是IT组的义工，他们也是由学院抚养长大的孤儿。在金妈妈的邀请下，他们会定期回学院维护系统，解决一些软硬件问题。

楼先帮兄弟俩做了全身扫描，为每个人创建数字孪生档案，并与云端的个人数据进行关联。

煊帮男孩在手腕戴上柔软的生物感应贴膜，可以实时记录各项生理及行为数据，同步到云端。还有一副紧贴耳后的柔性智能眼镜，平时卷起来像夹在耳上的饰品，需要时可以展开成为XR设备。

金雀兴奋尖叫，变身卡通片里的超级英雄Atoman，摆出发射死光的姿势。银雀却一脸紧张，不停摆弄着腕间和耳侧的设备，仿佛它们是有毒的毛毛虫。

“先来选一个你们喜欢的声音噢。”

煊立起一块奇怪的镜子，金雀和银雀在XR眼镜里看到的虚拟界面，其他人也能在镜子里看到。不光看到，还可以用语音、手势和表情去创建和编辑他们想要的任何内容。这就是源泉学院用于AI教学互动的vMirror。

煊蹲下身子，手把手地教男孩们如何使用交互界面来调节AI的声音。尽管男孩只有四岁，但很快学会了操作直观的卡通旋钮。金雀很快挑好了一把充满英雄气概的男性嗓音，并把它起名为Atoman。

银雀花了好一会儿，才选了一把轻柔的女声，听起来就像是妈妈应该有的调调。

“接下来可以设计AI小伙伴的模样噢，我们把它叫作‘捏-人’……”

vMirror里，金雀双手忙碌地乱捏一个半透明的圆球，圆球不断变换形状，一会儿像虫子，一会儿像鱼，一会儿又像是还在胚胎阶段的熊猫。银雀看呆了，半是害怕，半是好奇。

终于圆球变成了一个红色的小“Atoman”。虚拟的Atoman伸伸胳膊，踢踢腿，向金雀打招呼，男孩激动地为自己的vPal尖叫鼓掌。

“好啦，银雀，现在轮到你了。”煊指了指vMirror。

银雀看看镜子里的自己，把脸别到一边，用几乎听不见的声音说：“我……我不想要……”

金妈妈俯身靠近银雀，但并不触碰他。

“你不想和小伙伴一起玩吗？它是属于你一个人的，可以帮你做任何你想做的事情呢。”

银雀噘着嘴唇：“我……它太丑了……”

房间里的人都被逗笑了，除了金雀。

“好吧，我有办法。”金妈妈宣布，“现在，你的AI伙伴只保留声音，等你想好了想要的模样，我们再把它捏出来，好吗？”

*　　　*　　　*

金雀和银雀光看脸蛋的话，完全是像素级的复制，一旦从日常生活里近距离观察，这分别就变得尤其明显。

就算不看人，兄弟各自的vPal形象就是最醒目的名片。

任何一个接入“源泉”学院XR公共信息层的访客，都会被那团过分热烈的红色火焰所吸引，那是金雀经过了十二个月进化的AI伙伴——“Atoman”。

它的初级形态是一台1985年任天堂红白机（NES，Nintendo Entertainment System），灵感来自他爱看的复古卡通片。红白机旋转起来，就能变形成酷炫的红色机器人。

金雀宣布：“Atoman，我完成今天的习题了，咱们去赛车吧！”

Atoman会给他泼冷水：“出错率有点高呢，闪红光的是你需要加强的知识点，再完成这套补充练习题吧。”

“又来了，你比老师还烦人……”

金雀噘着嘴，却不得不按Atoman说的做。他和AI之间已经建立起某种联系，基于奖惩机制，也基于信任。金雀知道不管任何情况下，小机器人都会毫无条件地出现在他身边，解决难题，聊天玩耍，安抚他的情绪。他自然也希望能够满足Atoman的期望。当他做对题，完成任务之后，Atoman会闪烁彩光，发出齿轮转动的声音。金雀觉得这就是AI高兴的表现。

Atoman也随着金雀的反馈发生改变，这是vPal自适应性算法的一部分。它发现金雀对排名很敏感，在竞争模式下学得更快。于是，便利用竞技性游戏来调动男孩学习的主动性。

也因此，这一对搭档干了不少出格的事情。

比如私下组织起学院孩子们的拼写、地理和电子竞技比赛。

比如让Atoman将社会捐赠的旧款清洁机器人重新编程，把教室和宿舍闹得天翻地覆。

再比如制造出一种“鬼脸”病毒，当学院系统收到秘密指令时，便会复制出无限的鬼脸表情，把系统进程占满。

最后都会由煊和楼来收拾残局。久而久之，他们不需要看日志，就大概知道是怎么回事。对这个五岁的天才捣蛋鬼，金妈妈既好气，又好笑，感慨这代人从基因里就具备与AI共舞的本能。

银雀则完全是在光谱的另一端。

几个月来，他的vPal始终只是没有实体的声音。直到有一天，煊在同步管理日志时注意到了历史性的时刻。九个月后，银雀终于为自己的vPal设计了一款虚拟形象，那是一坨半透明、类似变形虫的形态，能够根据需要改变形状，伸出触手，像液体般缓慢流动。银雀把它叫作“Solaris”，来自他读过的一本波兰科幻小说。

很长一段时间里，除了煊，没人知道银雀拥有这样一个温柔又怪异的AI伙伴。男孩会让“Solaris”将自己的身体包裹起来，尽管在触觉上不会有任何反馈，但这让他增添几分安全感。

于是，银雀更加面无表情地行走、躺卧、蜷缩在这小小虚拟茧房里，像远离尘世的巫师，以近乎耳语般的声音，向AI吩咐各种神秘的指令。而这些任务，与学院的标准全无关系，只指向最纯粹的好奇心。

煊每次穿过喧闹的活动室，都会惊奇地发现，孩子们借助AI的力量又学会了某种新技能。但她也总能看到那个孤单的身影，坐在角落里，凝视着墙纸。煊知道银雀喜欢收集来自大自然的小礼物，她会给男孩带来树叶、羽毛，有时是贝壳。在煊留下一个风干松果球的那天，银雀终于开口了：

“……很美。”

“噢，你是说松果吗？确实很好看。”

“……螺旋形的打开方式……完美的斐波那契数列……神圣的几何玫瑰……”

煊不确定自己理解了他的意思。

“分形。”银雀突然露出了笑容，像阴霾的天空被阳光刺穿。

“啊哈，没错，是分形。”煊心头一阵激动，这是银雀第一次与自己有了实质性的交流。

煊重又坐下，手指搅拌着地毯上的灰色绒毛。银雀专注地看着她的手指。

“我想跟你分享一个秘密。”煊说，“在我像你这么大的时候，我觉得自己一定是做错了什么，父母才把我丢进‘源泉’，像是一种惩罚。就像一个笼子，把我和整个世界隔开。

“直到有一天，金妈妈跟我说，‘并不是所有的父母都做好了准备，但这不是你的错。’那句话让我一下子意识到，我一直深信不疑的并不是真相。笼子从此打开了。”

不知什么时候，银雀的目光从地毯移到了煊的脸上。

“你很聪明，又很友善，大家都喜欢你，尊重你相处的方式。”煊继续说，“也许有时候，试着到笼子外面看一看，把你喜欢的东西分享给别人，交一些朋友，你会发现这个世界比你想象的更有趣。”

银雀再次把脸别开，喃喃自语。

煊有些泄气，安慰自己这需要时间。

一个数据共享邀请突如其来闪现在她眼前，来自银雀。她欣然接受。

狂暴的半透明视频流将煊淹没，充斥着分辨率、格式、来源各不相同的片段，以复杂的时空结构被剪辑到一起，彼此缠绕、交织、咬合，构成一个巨大的信息漩涡。煊能辨别出其中的一些事物，山川、湖泊、云层、星云、放大数十倍的植物脉络、水熊虫、虹膜、某种化合物的微观结构、高速摄影下的风洞实验、《星际迷航》电影片段，还有“源泉”学院里的日常生活……但更多的是她完全陌生的图景，无法用语言描述。

煊接入音频信号，却并没有迎来排山倒海的音量，恰恰相反，那是一股单调而柔和的白噪音，如同顺着阶梯淌下的涓涓水流，随着画面律动微妙变奏。

她眯起眼睛，透过视频层看到半闭着眼的银雀，才理解了用意。眼睛可以自由开合，耳朵不行。对于银雀这样的孩子来说，过度强烈的感官刺激就像是身边爆开的炸弹难以忍受。

“这些……都是你自己做的吗？……太神奇了。”

银雀嘴唇动了几下，音频信号在煊的耳边放大。

“是Solaris。”

煊无语，这些AI儿童已经远超出她的理解。

“银雀，你愿意跟其他小朋友分享你的作品吗？”

“分享？你是说，送给他们？”银雀睫毛闪烁。

“嗯……当然你也可以送给他们，用你觉得舒服的方式，就像一个纪念品，像Tommy叠的折纸动物，写上对方的名字。”

银雀努努嘴，又低下了头。

一周后，煊的邮箱收到一条视频流。打开是一段循环画面，她自己的脸不断旋转蜕变成花朵、云彩和海浪，周而复始，伴随着那句催眠般的台词：

……笼子从此打开了……笼子从此打开了……笼子从此打开了……

一种复杂的情绪涌上她的心头，开心、欣慰和隐隐的忧虑。

煊把视频发给金妈妈，问她的看法。

“每个人都收到了，我也有，除了一个人，猜猜是谁。”

“……金雀？”

“Bingo，兄弟俩有点不对付。金雀可能觉得银雀抢了自己风头，经常故意去挑衅他……”

“我鼓励银雀参加首尔未来艺术家大赛，U-6组，他很有希望。”

“金雀不是一直嚷嚷要拿冠军吗？”

“这下可有好戏看了。”

煊又盯着银雀的礼物看了一会儿，视频似乎有种说不清的魔力，驱使人一直沉迷下去。循环了十分钟后，她强迫自己关掉它，把注意力放回工作上。

*　　*　　*

金雀被朴氏夫妇收养后六个月，又一对夫妇走进“源泉”学院。此时已是初夏，院子里蒲公英飞舞，到处都是追逐打闹的孩子。很明显，这对夫妇的兴趣并不在他们身上。

金妈妈脸上挂着审慎的微笑。这对夫妇不像之前的俊镐和慧珍，是由Delta基金会直接引荐，而是来自付费网站。用户可以看到网站推送来自各机构的孤儿信息，通过资格审查之后，可以选择感兴趣的孩子见面。

“欢迎Andres和Rei，很高兴向你们介绍‘源泉’学院。”金妈妈说。

金妈妈已经被提前告知，两人都是跨性别人士。据抚养机构统计，跨性别家庭已经占领养人群的百分之十七点五，数据还显示，无论是被跨性别还是同性父母收养，孩子身心健康状况与被一般家庭收养没有任何差异。

“谢谢。”Andres说，“我们想尽快地见到孩子，我是指……”

“银雀。”Rei补充道。

这对夫妇的衣服让金智英心生犹疑。色彩鲜艳的几何图案就像从康定斯基的画里走出来，材质是某种合成纤维薄膜，有着轮廓清晰的锯齿状边缘。

“也许你们对孩子背景很熟悉，但我还是要再强调一次，”金妈妈收起笑容，变得有几分严厉，“银雀是非常特别而敏感的孩子，很容易受到过度刺激。”

Rei摘下了亮黄色墨镜，回以同样严肃的口吻：

“金女士，我明白，也许我们看起来不像您所熟悉的那一类父母，但这并不意味着我们会把个人的趣味凌驾于孩子的安全之上。Andres?”

Andres点了几下手腕，两人像是在阳光底下的冰激凌，衣服上锐利的几何形状都变得柔软，具有动物皮毛的质感，原本鲜艳的色彩也降低了饱和度，在泥地里打过滚般暗淡。

“还真是……考虑周到呢。”金妈妈又恢复了笑容，带着他们走进会客室。

银雀已经在沙发上坐着，前后摇晃着身体，对来人熟视无睹。

“你一定就是银雀了。我是Andres，这是Rei，非常荣幸能够见到你本人。”

金妈妈清了清嗓子：“银雀，我会让你单独跟Andres和Rei聊一聊，需要我的话你知道该怎么做的。”

房间里只剩下三个人。

“不说客套话了，”Andres说，“你那么聪明，一定知道我们来的目的，是想邀请你和我们一起生活……”

“说得更直接点，我们不是在网站上找到你的。”Rei说，“我们认为通过第三方网站的背景调查，会显得更加可信。银雀，不得不说我们不是最传统的父母……”

“你的作品简直太惊人了！”Andres感叹道，“第一次在首尔未来艺术家大赛上看到时，简直不敢相信出自一个六岁孩子之手。当然，生理年龄只是个过时的标签。但即使把它们放在任何时代、任何年龄段的作品里都毫不逊色，我说得没错吧，Rei?”

“嗯，我是个艺术评论家，研究二十世纪至今的数码艺术史，所以还是有一点发言权的。公益拍卖会上的匿名买家就是我们。而且，比起命运悲惨的原作，我们更喜欢新的版本。”

一直毫无反应的银雀终于抬起头，面无表情地看着两人。

“你们的出价策略并不是最优解，”他说，“Solaris说，你们过早暴露意图，让竞争对手多抬了三轮价格。”

Andres和Rei相视一笑，眼中写满了惊喜。

“为了更了解你，让你相信，我们是最适合你的家庭，这一切都是值得的。”Rei说，“我们会给你很多很多的爱，但并不只是传统意义上的父母之爱，而是帮助你更好地探索自己，发挥全部潜能。这不是你一直想要的吗？”

会面时间比原先预计的久了一些，金妈妈轻轻敲了敲门。

银雀把视线从Andres和Rei身上转向金妈妈，问道：“我能带上Solaris吗？”

* * *

双胞胎来到学院两年后的一个夜晚，煊被金妈妈紧急叫回学院帮忙，楼还在雅加达出差。

傍晚时分的校园鬼气森森，智能家居系统遭到攻击，电灯如鬼火闪烁，中央空调忽冷忽热，服务机器人发疯似的撞击家具，发出砰砰巨响。孩子们都被集中安置到活动室里。

“这是怎么了？”煊大惑不解。

“先把眼前的问题修好，其他的一会儿再说。”金妈妈语焉不详。

煊通过IT部门的vMirror进入后台，发现系统遭到DDOS攻击，手段不是很高明，只是利用了学院久未升级的安防漏洞，相信和楼的出差有关。她迅速牵引攻击流量进行分层清洗，重新设置安全基线，为了防止以后类似的攻击，又安装了最新版的动态流量监测程序。学院重现光明，一切似乎恢复了正常。

金妈妈召唤煊到会议室，这时她发现了日志中的奇怪之处。

煊一进门，就看到趴在桌子上垂头丧气的金雀，完全没有了平日的威风。

“我就知道是你！”

“不是他。”金妈妈平静地说。

“啊？”

金妈妈略微扭头，煊这才发现银雀双手抱膝，坐在地上，头埋得很低，眼角还带着泪花。

“银雀？这怎么可能？”

“他们都不肯说，我就给你打电话了。”金妈妈说，“我反正理解不了。”

“金雀，你知道我可以调出Atoman的日志，如果你现在说的话还来得及。”

金雀噘了噘嘴：“来不及了……”

“什么来不及？”

煊打开XR视野，本来应该和男孩形影不离的红色机器人却不见踪影。她检查了权限，共享状态正常，只有一种可能，金雀把Atoman隐藏了起来。这可不像他的风格。

“Atoman呢？”

金雀不情愿地站起来，双手摊开，浑身像着火般闪烁红光。他握了握拳头，一个虚拟形象出现在煊眼前，却与平时相去甚远，像是被炸弹轰炸过般，零件松垮地飘浮着，身体与四肢错位，动作扭曲抖动，似乎随时会解体碎成一堆像素。

“这是……怎么搞的？”

“你问他！”金雀指着角落里的弟弟大叫。

金妈妈走到银雀身边，蹲下身子，轻声问道：“你哥哥说的是真的吗？你为什么要这么做？”

银雀什么也没说，煊却接收到了一个数据包，是一段视频。

煊一言不发地看完，这和她之前在日志里发现的疑点一下子对上了。她转向金雀。

“你为什么要这么做？”

“我……我什么也没做……”金雀一脸无辜。

“你为什么要破坏银雀的作品，你难道不知道……”

“他怎么能进后台呢?”金妈妈震惊了。

“肯定是楼出差前给他的权限,他太喜欢这孩子了,想培养他成为系统管理员。”煊苦笑着说。

“我……”金雀欲言又止,突然鼓起勇气,“我只是想拿回属于我的东西……”

金妈妈瞪大了眼睛:“难道你说的是……银雀赢得未来艺术家全场大奖的那件作品吗?”

煊无力地点点头,开始解释。

银雀的作品一共分为四个版本,一个母版和三个子版。就像达·芬奇的《蒙娜丽莎》原作被数字化后转化为其他媒介一样。在这种情况下,艺术品是动态的,而且更加复杂。银雀通过点对点通信技术,在母版与子版之间建立起一种“纠缠态”,通过运行在“源泉”学院服务器上的母版,不断拾取院内孩子的肖像、身份信息、行动轨迹……经加密处理后同步到子版成为不断流变、永不重复的抽象视频流。子版视频流可以投射在任何媒介物上,全息、XR、普通屏幕、建筑外立面、水晶球、皮肤表面……像是一场色彩与符号的风暴,不停旋转,吸入又抛出无数的像素碎片,每个碎片都被细细的彩色光线牵引着,连接到象征着“源泉”学院的巨大发光核心,以此来体现学院与每一个孩子之间精神与情感上的纽带。因此,失去了母版的子版就像是被抽离了灵魂的躯壳,失去了数据、生命力与艺术价值。

为了保证母版的安全,银雀设置了最为严格的安全验证,可却遗漏了一件事。

“那金雀怎么可能篡改呢?”金妈妈不解地问。

“他没有篡改……”煊垂下眼睑,“他直接毁掉了。”

“什么!”

“你自己看吧。”煊把视频投影到会议室的vMirror上。

母版被销毁的瞬间,其他三个版本在几秒内停止了运行。银雀没花多少力气就找到了现场罪证:金雀在IT部的vMirror前操作的监控视频片段。

进入后台后，金雀找到母版文件的存储路径，试图用工具暴力修改未果，只好启动生物验证，这是唯一能够绕过所有安全验证，销毁文件的办法。vMirror完美反射的镜像前，金雀模仿着弟弟漠然的表情，通过了面部识别。

“这不可能，”金妈妈脱口而出，“就算一般人分不清他俩，可AI不该分不出来吧，何况银雀眼睛上还有块疤……”

“再仔细看看。”煊放大画面，金雀脸蛋周围罩着一层淡淡的光晕，不仔细看根本察觉不出来，“这机灵鬼让Atoman投射出光学面具，把银雀的面部特征叠加在自己脸上，骗过了AI。”

屏幕上，金雀似乎犹豫了片刻，这关系到弟弟这几个月来的心血，以及整个学院的荣誉。他眨了眨眼睛，点击了“确定”。被命名为《融op-003》的作品母版瞬间化为一堆离散的比特。

银雀看到这一幕，身体颤抖起来。

“为了报复，银雀对学院系统发起了无差别攻击，就是为了把Atoman毁掉。”

“都明白了。你照顾好银雀，我得和金雀好好谈一谈。”金妈妈叹了一口气，转向金雀。

“金雀，看着我。你要老实回答，为什么要这么做？”

“我……银雀用了我的肖像，可并没有征求我的同意——”

金妈妈打断他：“是不是因为他得了全场大奖，大家都喜欢他，你不开心了？”

“我……”金雀一脸委屈地欲言又止，“我让Atoman分析了过去几年所有得奖作品，每个方向我都做了一个方案，明明我的获奖概率是最高的……”

金妈妈哭笑不得：“傻孩子，概率只是概率，不意味着你一定能赢。人不是机器，你亲弟弟得奖，你应该感到高兴才对。”

“为什么他做一点点小事，你们就会觉得他很了不起，就因为他有病吗？这不公平！难道不应该是最优秀的人获胜吗？”

金妈妈一时语塞：“我明白你的想法，但有时候，你得学会接受失败……”

“不，你不明白我，只有Atoman明白我！”

“Atoman只是个工具！”

“Atoman是我最好的朋友！那个怪胎毁了它！我恨他！”

在煊的安抚下，银雀已经逐渐恢复了平静。煊试图用各种方式诱导他说出自己的感受，可他翻来覆去却只有一句话：

“……纪念品……纪念品……”

一开始煊还一头雾水，猛然间她想通了。几个月前她给银雀举的例子——Tommy写着小朋友名字的折纸动物。难道银雀把这件作品当作送给哥哥的礼物？所以才加上了金雀的肖像数据？难怪他的反应会如此激烈。

金妈妈板着脸看着兄弟俩。

“今天不握手道歉，谁也别想走。”

后来大家都忘记了究竟是谁先伸的手，这些都不重要了。

从那之后，金雀和银雀愈加疏远，像是两条注定无法相交的平行线。

* * *

金妈妈同意Andres和Rei收养银雀的条件之一，是要定期安排兄弟俩的团聚。尽管两人生活轨迹不同，但她认为必须保持联系。

金雀与银雀的重聚地点选择在朴氏夫妇的新古典主义别墅里，后院还带有泳池和儿童游乐场。同装修风格一样，聚会内容也无甚新意，先是户外烧烤午餐，然后是孩子们的游戏时间。

“嗨，金雀。”Andres向他打招呼，银雀和Rei站在气派的门廊外，“你看起来跟照片上完全不一样了。在锻炼？”

经过半年的时间，金雀已经完全融入了这个家庭，不仅举止上有了很大变化，就连体形也健硕了不少。

“是的，我现在严格按照Atoman为我制订的时间表生活，饮食、运动、作息……”

金雀看到躲在Rei身后的银雀，主动伸出手，“嗨！弟弟，你还好吗？”

Rei把银雀推到身前，他看了看哥哥，并没有要伸出手的意思。

“银雀，高兴点，这可是你哥哥，你们都有……半年没见了吧。”

“173天。”金雀微笑着补充，“银雀，你想看看Atoman吗，爸爸把它升级到最新版本，多了很多功能，我们还帮它造了一个身体，超级酷……”

银雀眼中流露出一丝好奇。

“Atoman，看看谁来了！”

金雀大叫一声，一个红光闪闪的机器人在草坪上蹦跳着，就像把人的上半身接在了狗的肩部，一个机械版的半人马。

新版Atoman立即辨认出银雀的脸，右前足滑稽地屈膝，做出鞠躬的动作，眨着三只摄像头眼球问候道：“好久不见了，银雀。”

银雀嘴角闪过一丝笑意，Atoman僵硬地举起手。

“孩子们，开饭了，都过来搭把手……”在烧烤架前忙活的俊镐喊道，金雀的新兄弟姐妹们——15岁的贤祐、11岁的始祐和8岁的淑子都跑了过去，摆放餐具和食物。

“一会儿聊，我得去帮忙了。”金雀吹了声口哨，Atoman也跟了过去。

“你哥哥好像没那么难相处……”Andres打趣道。

银雀撇撇嘴。

俊镐的烧烤技术乏善可陈，幸好朴家还有私家大厨作为后备。

餐桌上，Andres和Rei观察着朴家的孩子们，哪怕只是选择一把叉子，也分外谨慎矜持。金雀丝毫没有之前在“源泉”学院里的漫不经心。他用眼角瞟着兄弟姐妹们的动作，生怕出错。尽管是户外野餐，气氛却格外隆重。

银雀则一如既往，用叉子不停搅拌着盘子里的土豆泥，发出刺耳的金属摩擦声。女主人慧珍不时斜眼关注，却又不好说什么。

为了活跃气氛，Andres不得不主动挑起话题，“金雀，你的机器人真是酷毙了，是怎么想到给它挑这么个身体的？”

“爸爸说这是最新最好的型号，我们就选了它。没什么特别的原因。”金雀看了一眼俊镐。

“永远要给孩子最好的……”俊镐擦了擦下巴。

Rei冷冷地回应：“可‘最好’是个相对的概念，我们觉得最好的，对于孩子来说则未必，不是吗？”

“在我们这里不是。”俊镐和慧珍相视一笑，“我们所说的最好，就是这世上所能得到的最好，无论是度假、保险、教育还是机器人。金雀，说说今天上午都学了什么？”

“Price is what you pay. Value is what you get.”金雀不假思索。

“什么？”Andres一头雾水。

“巴菲特在2008年金融风暴时写给投资人的。投资界的一点老派智慧。”俊镐嚼着牛排解释道。

“也许是我太浅薄。”Rei不顾丈夫的眼色，表示不屑，“可让一个六岁孩子学这种东西是不是过于荒谬了……”

“是吗，我亲爱的艺术家？”俊镐说，“以前的孩子被迫记住许多没有用的东西，但对于自己的未来并没有什么概念。多亏有了AI，信息不再是零散的砖块和泥沙……”

慧珍终于找到了插话的机会：“历史上没有任何一位人类教师，没有一所学校能够做到这样的事情，但AI可以。就像俊镐说的，AI能够帮孩子规划未来的蓝图。”

“金雀将会成为了不起的投资人，他的雪球比其他人都滚动得更早。”俊镐补充道。

“所以你让一个算法来规划你孩子的未来？”Rei继续反驳。

朴家的孩子都停下了刀叉，面露不安。

“以前我们常说，知子莫若父。现在我们不得不说，知子莫若AI。”俊镐自信地回应，“没有任何一对父母能够比AI更了解自己的孩子，不管哪个层面。金雀的数学已经达到10岁孩子的水平，模式识别能力甚至超过了始祐。我们不该浪费这样的才华。”

他丝毫不顾及儿子始祐脸上的不快。

“我理解艺术家们总是会有一些浪漫的想象，可在教育孩子这件事上，你别无选择。”慧珍微笑着点了一下金雀的鼻尖，“何况，我们也并没有要求金雀一定要成为什么样的人。宝贝，你可以成为任何你想成为的人，对吗？”

金雀心领神会地一笑，脱口而出：“我想成为爸爸那样的人！”

俊镐和慧珍大笑起来，Andres和Rei交换了一下眼神。

一声尖厉的金属撞击声，银雀把叉子弄到了地上，他的手上、脸上和头发上都沾满了饭菜的汁水和残渣。

“我要回家……”银雀低声呢喃。

* * *

从那之后，银雀拒绝与哥哥的一切联系。

Andres和Rei无可奈何，只能如实告诉金妈妈，这才知道两人之前的矛盾。Rei十分理解儿子的感受。

Andres和Rei是和朴氏夫妇完全不同的父母。他们的身份似乎很难界定：新媒体艺术家？网络红人？环保活动分子？学者？心灵导师？

他们既是工作伙伴，又是生活伴侣。他们把自己称为“Homo Tekhne”[①]，崇尚的是所谓“科技文艺复兴”的主张，在科技被当成神灵

---

① “Tekhne”一词源于希腊语，可以粗略地翻译成“技艺”，既包含我们普遍理解的艺术，也囊括了人类利用自己主观能动性去改造世界的一切科技与工艺。

般受到盲目崇拜的时代，努力用美学、创造力和大爱重新找回人类失落的价值与尊严，恢复人与自然万物的连接。

在Rei看来，当下的AI教育完全是本末倒置，让算法凌驾于人之上，孩子被训练成过度竞争的机器，这只是旧时代应试教育的升级版。真正的教育更应该关注心智的成长。让孩子通过向内探索提升自我觉知，培养同理心、沟通等其他"软技能"，成长成内心丰盈而自由独立的"全人"。目前的AI做不到这些。

但银雀让Rei看到了一种可能性。

她被这个男孩的作品深深打动，并不是技巧层面上的早熟，而是发自内心、充满生命力的好奇。如此纯粹的好奇心只可能存在于孩子眼中。

Andres则对于Solaris更感兴趣，那个帮助男孩创作的AI。是什么样的条件触发这个AI摆脱了惯常的竞争模式，进化出新的逻辑？银雀特殊的认知和情感模式是否打破了AI强化竞争为导向的反馈循环，转向内在自我的探索？

在朴家尴尬的聚会也让Andres和Rei更加清楚了自己不想走的那条路。

因此当升级Solaris的时候，他们充分征求银雀的意见，小心地做了数据备份，这些数据不仅仅是Solaris的记忆，也是银雀生命的延伸，就像一块脆弱的水晶，需要得到悉心保护。

虽然没有Atoman那样酷炫的机器躯体，但银雀在接入升级版Solaris时，仍然感受到了强大的力量。他觉得自己就像一个蒙着眼睛走夜路的人，突然在日光底下睁开了双眼。

一开始，他还像在"源泉"学院里那样，喜欢窝在属于自己的角落，一待就是一天。Solaris会根据指令，生成小小的虚拟泡泡，将他包裹起来，在他眼前投射出各种视频流和信息碎片。视觉漩涡能够帮助银雀进入一种平和的"心流"状态。

Andres和Rei看着空旷Loft空间里那个蝉蛹般的身影，劝慰彼此，再给他多一点时间适应。

也许是因为没有其他孩子的侵入，也许是Solaris的自适应能力起了作用，虚拟泡泡的边界缓慢扩张，银雀的活动范围越来越大。终于，泡泡包裹了整间Loft。

这是一种完全不同的空间尺度感。银雀突然发现自己并不是讨厌运动，只是害怕与其他孩子产生肢体上的碰撞。而现在，他可以爬，可以跳，可以奋力追逐着Solaris生成的虚拟兔子，喘息，流汗，感受心跳加速的快乐。

他想起了煊的话，也许这就是走出笼子的感觉。

他想要走得更远，但首先得知道自己从哪里出发。

Solaris让银雀完成了许多测试，帮助他建立起全面的自我评估模型，既包括语言理解及表达、计算、分析、推理及决策等认知能力，也包括肢体动作、开放性、情商等维度。

结论并不令人惊讶。他的认知能力与同龄人并没有差异，甚至在信息整合与分析能力上还要更强，但是在人际沟通方面，他的分数就直跌深谷。

银雀没有办法分辨对方的语气究竟是善意还是恶意，是真诚还是讽刺，使用的是词语的本义还是比喻，更搞不清楚潜台词。在这一方面，他和二十年前的AI并无差别。

但银雀也有一项能力远超同龄人的平均值：创造力。

看着由图表、曲线和分数定义的自己，银雀不禁想起自己的哥哥，想起两人是如何闹翻的。一个问题在他脑海悬而未决：

如果我变得像其他孩子，事情会不一样吗？

* * *

朴家的孩子都必须遵循家训：人尽其才。

这句话隐含两层意思：一是你从这个家庭得到了最好的支持；二是你必须让自己尽一切努力配得上它。

金雀也不例外。

从被收养的第一天起，他便因为在“源泉”学院里养成的“不良习惯”吃尽苦头。俊镐笃信纪律的力量，这是他事业成功的根基。

金雀再也不能恶作剧了，否则俊镐就会把他“静音”。让智能家居系统在一段时间内都无法识别他的声音，金雀的任何指令都将失效。

这对于渴望关注的金雀来说无异于一场酷刑。

很快，这个男孩学会了如何控制说话的音量，脚步的轻重，以及正确使用刀叉的方式。

Atoman也得遵守规矩。俊镐给金雀的AI伙伴进行了全面升级，什么时段什么场合不能唤醒Atoman，共享XR视野的礼节，哪些房间设置了数字围栏，都有规矩。更不用说像金雀从前那样随意黑入电器和家居系统，在俊镐看来等同于犯罪。

Atoman的升级能力更多地集中在辅助学习、认知优化工具箱和职业路径规划上，每一项都离不开AI强大的数据处理能力。

一开始金雀内心充满了抗拒，他想起在学院里的日子，可以随心所欲地奔跑嬉戏。甚至还想起银雀，就连捉弄弟弟的快乐都变得那么遥不可及。他经常在丝缎面的床褥中哭着入睡。

可慢慢地，他看到朴家孩子们的优秀。贤祐已经手握好几项生物技术专利，始祐参与设计的量子信息传输实验正在中国空间站上进行测试。就连淑子，那个爱哭的小公主，也要作为学生代表在联合国气候变化大会上宣读报告。

人尽其才。

这句话像一根刺，扎在金雀心里。每当他想要偷懒松懈的时候，这根刺就刺痛他，让他心生愧疚。

相比之下，还是虚拟教室让他感觉更舒服些，那些游戏式的关卡、积分和虚拟道具，都是金雀最擅长的，更不用说还有好玩的同学们。

尤其是那个叫Eva的金发女孩，就像从动画片里走出来的，让金雀舍不得把眼睛移开。Eva的声音那么甜美，那么友好，她总能察觉出金雀情绪的变化。她会扑闪着睫毛说：

“金雀，这道题确实有点难，我们试着换个角度想想……”

“金雀，你太厉害了，我怎么就没想到这种解法呢，麻烦你再示范一次好不好……”

每当这时候，金雀便会充满了动力。在Atoman的帮助下，他也经常给Eva讲小笑话，变魔术，送小礼物，当然所有这些都是虚拟的。Eva总会发出咯咯的笑声，回赠给他粉红色的心形光环，带有悦耳的风铃声，这是金雀为数不多真正开心的时刻。

在最近的几次数学测试里，金雀都拿到了班级第一，他告诉俊镐，希望得到父亲的肯定。父亲看完成绩，淡淡一笑：“金雀，如果这么容易就感到满足，只能说明你设置的目标太低了。”

第二天，金雀惊讶地发现Eva变了。虽然他也说不上来哪里变了。Eva还是那么光彩夺目，只是声音和语气变了，变得有几分严肃，甚至有点像爸爸的口吻：

“金雀，这么粗心可不行，再好好检查一下……”

“金雀，怎么又错了，同样的题明明已经出现好几次了……”

甚至连Atoman的小花招都不管用了，Eva对于笑话和礼物置若罔闻，像是完全变了个人。

金雀伤心欲绝，他问Atoman：“Eva是不是不喜欢我了……”

Atoman歪着脑袋，三只蓝色眼睛闪烁不定。

“难道是因为我没帮她提高成绩？”金雀问道，“Atoman，查一下Eva最近七天的学习表现曲线。”

Atoman眼中射出一幅彩色图表，迅速展开放大，投在男孩面前的XR视野中。金雀用手指滑动时间坐标，发现所有曲线在同一个时点有了跳跃式的提升。

“难怪她变聪明了许多……Eva究竟怎么了？”

“很明显，她被调整了参数。”Atoman回答。

“调整了参数？”

金雀瞪大了眼睛。真相大白，Eva只是另一个AI，父亲调整了她的个性和水平。是AI生成的人类表情和行为过于真实，以至于能混在虚拟教室中也丝毫不露马脚，还是说他太渴望得到Eva的陪伴，以至于刻意忽略了许多明显的破绽。

金雀眼前飘过金发女孩的面孔和笑声，像是失手打破的水杯，再也拼不回来。

那天晚上，金雀又在被窝里默默流泪。房间外一阵脚步声传来，他匆忙拭去泪水，假装睡着。有个人坐到床边，是慧珍。

“告诉我，是不是生爸爸的气了？”

金雀从被子底下露出半张脸，委屈地点点头，又摇摇头。

“……我气的是自己，我太笨了，都看不出来她是个AI……”

“傻孩子，”慧珍揉乱金雀的头发，“连我很多时候都分不出来。AI知道你喜欢什么样的女孩，还能让你觉得她特别懂你。但那些都不是真的，只是为了激励你努力学习。”

“爸爸是不是对我很失望……”

“怎么会呢？爸爸调整了参数，是想让你明白，拿到最高分并不意味着实力最强。他希望你能不断克服身上的弱点，成为最优秀的人。这是朴家孩子必须承担的期望。”

金雀点了点头，咬紧嘴唇。

*　　*　　*

日子一天天过去，银雀飞快地长大，但在某些方面，他又像是一只背负重壳的蜗牛，只能缓慢地、一点点地向前爬去。

Rei和Andres尝试过专门针对阿斯伯格儿童的在线学校。银雀可以通过Solaris接入虚拟教室。AI系统根据每一个孩子不同的认知水平和行为特征，为他们创造出虚拟同学和老师。因此从界面的视觉风格到每句话的语气，所有的互动都是高度个性化的。

但它适应不了银雀的需求。

每当他进入虚拟教室，便会表现出焦虑不安。尽管所有的Avatar都表现得像典型阿斯伯格儿童，对他来说也完全无效。银雀一眼就能分辨出那些虚拟同学和老师每一句话的目的，它们想要训练哪些技能，强化哪些知识点。一切都是那么虚假而割裂，就像是让孩子通过收集每一片树叶来重新想象一片森林。

是Solaris的数据反馈而不是银雀自己，说服父母停止了这项尝试。

通常来说，孩子的法定监护人可以自动获取AI伙伴的数据权限。但Rei知道银雀不是普通的孩子，他需要更多的隐私与安全感。因此她和银雀达成协议，在他满10岁之后，未经男孩同意，她将不能查看Solaris的任何数据。

Andres对此不以为然，在他看来，数据的价值并不仅仅为了孩子，也是为了帮助父母。

如果没有Solaris，他们不可能知道多远的身体距离对于银雀来说是最舒适的，更不可能知道男孩重复性的强迫行为代表着怎样的心理活动。

Andres遗憾在自己成长的年代，父母们没有类似Solaris这样的AI，帮助他们看清种种以爱的名义造成的伤痛。这些伤痛也许一辈子也不会愈合，只能随着时间被带进坟墓。

也许对于人类之爱，银雀没有他的父母理解得那般深刻，但是Solaris给了他另外一种探索自我的工具——艺术。他浏览过历史上不同时期不同流派的代表作品，理解形式与风格背后的观念差异。它们代表了看待世界的独特视角，而现在，他要寻找属于自己的那一种。

在银雀14岁的时候，他领悟到自己需要学习的东西并不在课堂上、书本里或抽象的逻辑结构中。他需要的是与这个世界产生真正的连接，去接触那些活生生的人，去感受自然界的神奇，去体验时空的变换。

可他却不能。

他被囚禁在这具脆弱的肉体里，这具肉体甚至不能由他任意操控，种种不适、惶恐、陌生与羞耻，让他无法从虚拟茧房中踏出半步，去直面广阔天地。

银雀只能寻求一种替代性的解决方案。

他能在台东兰屿岛的落日中追逐金凤蝶，在柏林的地下俱乐部看青年人彻夜疯狂，在斯里兰卡康提听僧人诵经晨祷，在北冰洋寒冷海面上等待极光。

这一切都多亏了Solaris强大的虚拟现实技术，如今整合了更精细的视听触觉、耳蜗平衡、体感模拟等功能，全方位的沉浸感与二十年前不可同日而语，通过超低延时的传输速率，AI算法能根据个体差异实时调节一切。

这帮助银雀从认知层面理解人类经验的多样性，更从情感层面帮助他领悟到与天地万物的连接。VR所带来的喜悦与惊奇如河水漫溢，从少年身上流过。

在这一过程中，银雀被一些东西困扰着，那是一些幻觉、梦境，在清晨或是深夜，朦朦胧胧之间，他能够看到自己的哥哥金雀，或是Atoman，无论是以红色机器人的虚拟形态，还是银光闪闪的半人犬机械状态。他们似乎在呼唤着银雀的名字。

一开始他以为那只是幻觉。他看过诸如此类的研究，大脑会无中生有地制造出虚假信息，就像AI能够将数据中的噪音过拟合成某种模型。心灵也能够将人生的问题抽象成模型，以某种弗洛伊德的方式，投射到梦境、口误、强迫症或者涂鸦中。

终于，银雀不得不接受这一点，他的内心还对哥哥埋藏着如此深切的渴望。

随着时间推移，碎片出现得愈加频繁，带来某种真切的痛苦，如同一阵阵眩光或偏头痛，不时发作。他开始怀疑自己是否患上某种精神疾病，又或是传说中双胞胎之间存在的精神感应？

这种纠结的感受困扰着银雀。在他短暂的人生中，银雀从未感觉自己被如此强烈地需要过，哪怕在金妈妈、煊、Andres或者Rei的身上。

他要去找到这召唤的源头。

* * *

金雀最近备受挫败。

并不是因为学习或者青春期的心事。

挫败感来自金雀的心愿：成为一名像父亲那样顶尖的投资银行家。

与其他行业相比，这条职业发展路径无比清晰，就像雪地里车轮的印迹。

首先他要了解一家公司，学会如何从公开渠道收集资料，根据历史数据建立财务模型，从当前经营状况对未来做出预测。再把这家公司放回整个行业，放到上下游的链条里，分析它的优劣势、风险与机会。最后，总结成一份具有参考价值的投资报告。

整个过程有点像做咖啡，如果你有优质的咖啡豆（数据），适当的研磨和冲压工具（模型），就能得到一杯香浓细腻、层次丰富的上等咖啡（观点）。

把上面这个过程重复许多遍，积累行业经验，整合分析能力，你就可以从助理研究员一路升到高级合伙人。

就像游戏里的升级打怪，一切都可以被量化。随着财富不断飙升，肾上腺素和多巴胺也随之上扬，让人无比上瘾。

在基金模拟游戏中，金雀证明了自己的天赋。就连俊镐都对儿子的直觉赞叹不已，仿佛看见了年轻时的自己。

可在现实中的第一道关卡，金雀就败下阵来。

金雀在父亲投资组合里选择了一家游戏公司进行研究。他花了一个月做出一份像模像样的投资报告，包括对公司旗下几款游戏的试玩体验。他信心满满地把报告交给父亲。

俊镐花了十分钟翻完，丢给金雀一个文件。

打开文件，金雀发现是对同一家公司的另一份报告。无论是数据之全面，还是最后结论之有力，都完胜金雀精心准备的版本，甚至还发现了游戏玩法里存在的漏洞。他气急败坏地拉到最后去看调研团队，发现这竟是一份由AI自动生成的报告。

“猜猜看，这报告花了多长时间？”俊镐嘴角含笑，“比我看你报告的时间还短。”

“这……这不公平。”

“哪里不公平了？年龄？资历？行业经验？我告诉你，这份报告的水平超过我现在团队里百分之八十的分析师，而花费时间还不到千分之一。现实就是这么残酷。”

金雀脸色变得煞白：“那我该怎么办？”

“怎么。被吓倒了？这可不像我们朴家的作风。我说了，AI超过的是当下百分之八十的分析师，你要成为的是那金字塔尖上的百分之一。”

“可是以AI的进化速度，那也只是时间问题，看看Atoman！”

现在的Atoman比当年“源泉”学院的版本强大了不知多少倍，而且是从算力、算法、外围设备到适用场景的全面超越。

俊镐往椅背上一靠，露出一贯的嘲讽笑容，“儿子，是战是逃，你都改变不了现实。”

金雀离开了父亲的办公室，胃里像蜷着一条又冷又硬的蛇，它缓缓蠕动，蜷成一团，可又吐不出来。

他明白，如果光比拼数据收集和结构分析这种硬技能，人类不可能是机器的对手。人类唯一可能超越AI的领域，只可能在机器无法触及之处，那是属于人类感性与直觉的领域。

金雀决定去找游戏公司里的员工聊聊。

一开始这些真实的人类让金雀头疼，不像虚拟课堂里被设置好参数的AI同学，会跟着脚本表演。每一个员工都有各自的脾气和习惯，只是为了照顾金雀父亲的面子，才勉为其难地跟他见面。

如何过滤这些信息，沉淀成有价值的判断，这可比分析数据和财务模型难多了。就连Atoman也对此无能为力，它能够识别出微表情的变化，却无法读解出背后的复杂含意。

金雀开始明白为何在父亲的社交圈里，大部分功成名就的伙伴都是长者。要读懂人类，需要漫长而平缓的学习过程。

他觉得自己选择的路径是正确的，于是便愈加起劲地利用父亲人脉约见企业家、内容创作者、工程师和销售主管。这些人也被金雀的专业能力与倔强所打动，把他当成一个真正的研究员来对待。

看起来事情在朝着好的方向发展，除了他有时候会做一些怪梦。

金雀会梦见自己的弟弟，那个安静的阿斯伯格男孩，和他变形虫般的AI——Solaris。梦境的时间线混沌不清，银雀时而依旧年幼，时而长大成人。那个少年变得高大，脸上却还保留着专注的神情，仿佛整个世界都与他无关。

梦中有时也会出现童年的场景，拉开时间的距离，金雀得以重新审视两人的关系。他感到悲哀，为弟弟，更为自己。当年那些幼稚的挑衅，无非是为了争取他人的关注，甚至连Atoman，也不过是个吸引眼球的道具，一个小丑。他以为得到了众人的喜爱，到头来发现在他人眼中只是一具浮夸的红色机器人和惹人厌烦的淘气鬼。

有时醒过来，金雀会分不清究竟在梦里，还是回到了现实。这么多年过去了，似乎他还在重复着同样可笑而毫无意义的表演，只是为了得到父亲一个赞许的眼神。

只有在这些时刻，16岁的少年金雀才会在人生的快车道里稍事停歇。也只有这些时候，他的心中会涌现出一种强烈的渴望，希望能再见到弟弟。

可他却不能。

心理医生告诉他，这是一种由于压力过大导致的倦怠，持续发展下去，很可能会变成抑郁和认知障碍。

“我见过很多像你这样的孩子，非常优秀，甚至可以说完美，可问题恰恰出在这里。”心理医生微笑着，措辞谨慎，“你有没有想过，也许这一套信仰系统并不那么适合你。你想让自己整个人生的价值与意义都建立在赢的基础上，不计代价地超越竞争对手吗？”

“这有什么问题吗，大家不都是这样吗，难道这不是一种进步吗？”

“可人不是机器，不能光靠数字和胜利活着。你的量表结果告诉我，在外部期望和内在驱动力之间并不一致。只是因为所有人都告诉你这是对的，你就要把一头大象塞进冰箱里吗？”

金雀像一只受伤的鸟儿，眼神黯淡，“那我的梦呢……”

医生的声音变得柔软：“你有没有想过，那个梦也许代表了你内心最真实的感受？”

在金雀搞清楚他的梦境之前，现实的另一场噩梦提前登场。

一家名为Mold的独立游戏公司推出了即时策略游戏《D.R.E.A.M.》。这款游戏带来了革命性的冲击。AI在整个游戏的开发过程中占据了绝对主导地位。从创意构思到设计关卡、到测试、再到编写NPC角色脚本……一切以往需要耗费庞大预算与漫长工时的工作，视觉艺术家与技术团队的工作都被机器所取代。

最重要的是，玩家们也为这款游戏而疯狂。

Mold的野心没有止步于游戏本身，他们开放了一系列的AI游戏生成工具代码，帮助所有小型工作室、独立游戏开发者甚至没有专业背景却一腔热情的玩家，在自家车库或卧室里创造出一款体面、好玩的作品。

整个行业应声而动，大游戏公司股价暴跌，它们纷纷宣布加入这场AI军备竞赛，以免被时代浪潮所淘汰。

金雀再次来到父亲办公室，一副被完全打败的样子。

“都结束了。”

“什么结束了？”俊镐不解。

“整个行业，游戏行业，它本该依赖于人类的创意与情感，可现在，他们把这些都交给了AI。”

“我以为这才是未来。”

“你又不玩游戏。你根本不懂！”

“我不懂？”俊镐大笑着，庞大的身体往后仰去，压得人体工学座椅一阵乱响，“小时候我玩《侠盗飞车》的时候就想过，为什么NPC不能表现得更聪明点，后来《光晕》里，外星人终于能够协作进攻了，但还是离现在主流的无脚本、程序化的NPC差太多了。”

金雀瞪大了眼睛，他从来不知道父亲还有这一面。

“《使命召唤》《英雄联盟》《塞尔达》《宝可梦》……当年我玩这些游戏的时候总是会想，为什么不能根据我的反应速度、操作习惯和偏好来实时调整游戏？就像Alexa或者Siri一样，你用得越久，它就越懂你。为什么游戏不行？”

“可是，可是我所有的分析……现在都不重要了。”

“儿子，当你无法改变世界的时候，改变你自己。”父亲一下子严肃起来，“这样的事情会一再地发生，对于你来说，只是一份报告，对于成千上万人来说，那是养家糊口的工作。再强大的公司都可能在一夜之间倒闭，行业可以消失，技术可以过时，人总能摸索着找到出路。”

金雀眼中涌出了泪水：“我永远也不可能在这个行业打败AI，我永远也不可能成为你……”

父亲叹了口气，少见地在儿子面前点燃了雪茄。

“儿子，你不应该成为我，你应该成为你自己，这是你的人生。”

“可我以为……”

“一开始我确实有这种想法，我甚至改造了Atoman，让你的整个学习和成长轨迹都尽可能符合我的计划。可你不快乐。你是个好孩子，努力满足我们的所有期望，可那不是发自你的真心……”

俊镐吐出一口味道浓烈的烟雾，对面是少年迷惘的脸。

“……后来我想明白了，那不是我和你母亲想要的。我们想要的，是一个能够发现生命的新奇与美好的自由个体，就像你第一次玩到某个伟大游戏时的感觉。你明白我的意思吗？”

金雀魂不守舍，某种一直以来指引着他人生方向的东西消失了，像航船没了灯塔，鸽子没了磁场。

他离开了父亲的办公室，在路边坐下来，迷茫地看着人来人往。Atoman用轻柔震动提醒他，有一条新消息：

金智英院长邀请您参加“源泉”学院校庆。

* * *

又是一个完美的春日，“源泉”学院里十分热闹。草坪鲜绿欲滴，像是打翻了颜料桶，鸟儿从巢里探头，叽喳嬉闹，好像在迎接客人光临。

今天是“源泉”学院校庆日，也是校园扩建后第一次对外开放。新的校舍和教室能容纳更多的孩子，也融入了更多的新技术。不仅如此，“源泉”倡导的“儿童+AI”教育模式在过去十年间被推广到世界各地，成为特殊教育机构最受欢迎的成功典范。

满头银丝的金智英院长不停地与新老朋友打着招呼。趁着校庆，她把之前从学院毕业的孩子都请了回来。

院子里，已经成为世界级运动员的旧日学生带着孩子们做游戏，笑声洒满空气。活动室里，毕业生们与孩子们——以及他们的AI伙伴一起，在XR视野中在现场搭建虚拟的火星基地。

金雀低调地避开了所有熟人，也不参与任何活动。他躲进了当年的旧IT室，这里灯光昏暗，许多设备都还没来得及搬到新的IT管理中心，铺了一地。

他惊讶地发现了那台老式vMirror，套着透明防尘罩，静静地挨着墙角，像是一段被遗忘的记忆。

他接通电源，开机，熟悉的界面跃入眼前。金雀笑了，往事涌上心头。

多少个夜晚，楼在这里教他如何操作系统，想把他培养成“源泉”的IT维护者。可他却破坏了一切，用楼教给自己的技术，毁掉了弟弟银雀的心血之作。

金雀摇了摇头，一切恍如隔世，心痛的感觉却历历在目。

他试着在vMirror上输入当年的密码，结果是意料之中的错误。他突然想哭。

这么多年，他一直希望自己能够成为赢家，尤其要成为双胞胎中更优秀的那一个，更招人喜欢，更多朋友，更高的奖项，更好地领养家庭……他努力赢得一切，最后却一无所有。

三次输入密码错误，系统被锁定。金雀粗暴地关掉机器。

漆黑的镜子里，金雀看到另一个人从身后房间的阴影中走出，缓缓靠近，一道光照在那个人的脸上，金雀发现那竟然是他自己。金雀惊慌地转身，看到那张熟悉而腼腆的笑脸，一张十年未见的笑脸。两个人从体形到面孔都难辨彼此，只是发型和衣着赋予他们不同的风格，一个如金子般明亮热烈，一个如银子般冷静沉稳。

“你怎么知道我在这……”

“煊看见你往这边走了。你还好吗？哥哥。”银雀已经长大成人，却还是一脸孩子气。

“我很好，挺好的，我……”金雀停下，深吸了口气，“不，我不好，一点也不好。”

“我知道。”

“我……我不知道该怎么说，我总能看到你，我不明白那是什么……”

“我也能看到你。”

“听着，我只想说对不起。对于发生过的一切……”

“我知道。”

金雀伸出双臂想拥抱弟弟，却想起银雀并不习惯身体接触，双臂尴尬地停在半空。银雀上前一步，抱住哥哥。金雀忍不住泪流满面。

“你知道吗？”银雀又退回到安全距离。

金雀扭头抹泪，“什么？”

“那是煊搞的鬼。”

“你在说什么？”

“金妈妈知道我们断了联系，让煊在Atoman和Solaris的底层代码里搭了一个秘密通信协议，它会随机进行数据采样，生成XR视频流，嵌入到对方正常的信息层，非常厉害的操作……”

“原来如此……”金雀恍然叫道，“所以，是Atoman和Solaris把我们带回这里……”

“……并让我们真正认清彼此。”

“我不明白……”

“我能感受到你的痛苦，不是用理智，而是用心。Solaris教会了我，就像Atoman教会你很多一样。”银雀指了指自己心脏的位置。

“我唯一学到的是，我的人生毫无价值，什么狗屁职业发展路径……我现在什么都不是，什么都干不了！”金雀将拳头狠狠砸在桌上。

“当你毁掉我的作品时，我也这么想。可现在，我在这里。甚至比以前更好。你也会好起来的。”银雀说出这句话时，声音里没有一丝责备，仿佛只是在陈述某种自然现象。

“可……可我不知道该怎么重新开始。我就像被绑在过山车上，只能任由它疯狂地转下去。”

“你有没有想过，也许，我们可以交换人生？”

“交换……人生？”

“抱歉，我不是很擅长打比方，应该说，换一种看待世界的方式。”

“我还是不明白……”

“看到你的时候，我意识到一件事情。AI塑造了我们，我们反过来也塑造了AI。我们就像两只青蛙，各自造了一口井，只能看到一小块天空，却以为是整个世界。你的Atoman，我的Solaris，都一样。如果我们把两口井打通，就能看到更大的世界。也许一切都会不一样。”

“让Atoman和Solaris合体？”金雀终于明白，两眼闪闪发光，“变成一个新的AI！就像重新开始游戏。”

“你懂了。”银雀会心一笑，“人生不应该只分胜负，它是一场有着无限可能的游戏。”

“你真是个天才。”金雀兴奋地伸出拳头，又赶紧收手。

“我们快去找煊和楼吧，这事没他们帮忙可不行……”

这么多年来，金雀和银雀第一次如此默契地点头微笑，恍如照见镜子里的自己。

《芙蓉》2021年第5期

作者的话：

《双雀》讲述了一个并不复杂的故事。由于父母车祸身亡，一对双胞胎男孩沦为孤儿，被送到源泉学院。金院长为兄弟俩起名金雀和银雀。金雀性格外向活泼、调皮捣蛋，银雀内向腼腆、怕人害羞。但两人都具有极高的天赋。学院为兄弟俩分别配备了一个时刻陪伴他们的“AI伙伴”——“原子侠”和“索拉里斯”，它们不仅是全能的个人助手，能为兄弟俩处理日程管理、任务协作、数据共享等事务，而且是兄弟俩心中“最好的朋友”，能够以个性化的方式陪伴他们成长，但也闯下了不少祸事，甚至酿成两人之间的心结。

一年后，兄弟俩被两个家庭所收养，分别属于不同的社会阶层，遵循着不同的教育理念被培养成人,但也让兄弟俩渐行渐远,成为路人,唯一不变的是不断升级换代的AI伙伴。在一次意外中,金雀与银雀意识到,似乎有一股神秘的力量将他们再度拉近,重新联结起兄弟情谊,去面对未来人生更多的挑战。

近年来,中国社会围绕教育资源分配不均问题展开了激烈的探讨,进而出台了不少政策法规,也催生了新的商业模式。我时常会思考,出生在不同的时空,接受不同的教育,究竟会在多大程度上改变一个人的人生路径。而在这篇小说中,我试图以真实温暖的笔触,去描绘了未来社会的教育变革。人们如何借助AI技术为每一个孩子提供个性化的学习方式,帮助他们学习人机共生时代的关键技能,例如创造力、沟通技巧以及同理心。与人类一样,AI伙伴能够与孩子对话、倾听孩子的想法、理解孩子的心声,这将为孩子未来的人生发展带来巨大的影响。这些都与背后的自然语言理解、多模态识别、XR媒介技术的发展所分不开。

但是我们也必须清醒认识到,教育的进步远非仅仅关于技术变革,更重要的是对于个体的认知学习过程、情感需求与社会性价值的深刻理解。尤其是对于那些像银雀那样存在着社交障碍的特殊儿童,我们是否能够给予他们恰如其分的关爱与引导,以适合每一个独特个体的方式与步调因材施教。而衡量教育的标准也不再是升学率和分数,而是自我探索与实现的程度,这将对整个社会的整体价值观带来巨大的冲击与改变。

回到故事的结尾,我相信,只有"爱"和"心的联结"能够带来真正的成长,而当下的教育距离这一目标还路漫漫其修远兮。

灵隐寺僧

| 夏　笳

夏笳，本名王瑶，1984年生于西安，北京大学中文系博士，西安交通大学中文系系主任、副教授。2004年4月在《科幻世界》发表科幻处女作《关妖精的瓶子》，并获当年度中国科幻银河奖最佳新人奖。此后作品多见于《科幻世界》《九州幻想》等杂志，迄今已出版长篇奇幻小说《九州·逆旅》(2010)、科幻作品集《关妖精的瓶子》(2012)、《你无法抵达的时间》(2017)、《倾城一笑》(2018)，学术专著《未来的坐标：全球化时代的中国科幻论集》(2019)。目前正在从事系列科幻短篇《中国百科全书》的创作。英文短篇作品集 *A Summer Beyond Your Reach: Stories* 于2020年出版。除学术研究和文学创作外，亦致力于科幻小说翻译、影视剧策划和科幻写作教学。

夏笳的《龙马夜行》《铁月亮》《火星建筑师》曾入选2015、2016、2020年度《中国最佳科幻作品》。今年入选的《灵隐寺僧》，通过灵隐寺的一场盛大法会，展现出一个奇异的时空结界。那里充满数字科技，个人借助科技的力量完成自我救赎。

熏　坛

十月的灵隐寺，笼罩在一片祥和法云中。

寺院西南有一条窄窄的步道，名为天竺道。道路两旁有茶园、古刹、村舍和竹林，还有一道潺潺的溪水蜿蜒流淌。傍晚时分，游客稀少，一名黑衣男人独自走在天竺道上。他满头白发，面容苍老，眉心几道深沟，像是从未舒展开过。刚下过雨，草木砖石都湿漉漉地闪着光，金红黄白的桂花星星点点落满石板路，甜香扑鼻。他一步一步走得很慢，仿佛留恋沿途美景，又仿佛有所思虑。

一名身着白衣的女子立在路口，向男子双手合十行礼道：

"周居士好，我是小王。正玄法师让我在这里迎候你。"

她不施粉黛，一双黑漆漆的眉眼十分生动，眉心正中有一颗嫣红小痣，像是特意用朱砂点上一笔似的。

男子还礼道："多谢费心。"

两人沿着天竺道并肩前行。

小王问："这条路上的风景很美吧？"

他点头道："的确很美。我以前竟不知道有这条路。"

小王道："如今大家都习惯乘LINGcart，少有机会步行。以前我每次来，都喜欢在这条路上走走，算是结一点儿佛缘吧。无论心里有怎样纠结的事，最终好像都能走出一点儿头绪。"

他问："你常来灵隐寺修行吗？"

小王摇头道："我并不是佛弟子，只是这次水陆法会期间过来帮忙罢了。周居士是特意为了法会而来吧?"

他沉默不语。

小王又说:"水陆法会普度水、陆、空六道众生,亡者可得解脱,生者也可累积功德。听说灵隐寺方丈正玄法师今年即将退院,所以这次法会仪轨特别隆重,前来参会的人数也特别多。"

他问:"正玄法师年纪很大了吧,他做灵隐寺方丈好像很多年了。"

小王道:"法师今年七十岁了。他十八年前在灵隐寺剃度出家,八年前升座为方丈。"

他喃喃道:"十八年……"

小王道:"十八年听上去很久,过去后回头再看,却好像只是一场梦一样。"

他低头不语。

小王问:"周居士见过正玄法师吗?"

他如梦初醒般答道:"多年前曾有缘见过一面。那时候……"愣了片刻,他又道:"真是造化弄人。"

小王停住脚步,说:"我们到了。"

二人立在灵隐寺西面偏门前。此刻日头西沉,满天金红云霞,归巢的鸟雀在林间吵闹不休。

小王道:"法会将从明日开始,持续七天七夜。此刻各大坛口已布置整齐,整座寺院的法云结界也已开启。"

"法云结界?"

"法会庄严,为避免闲杂人等打扰,需验证身份方可进出。周居士请像我一样伸出右手,掌心向前。"

他学小王的样子伸出手,感觉掌心仿佛贴上一道看不见的壁,轻如云,凉如水,坚如金刚琉璃。一轮莲花样的金色光芒从他掌心接触的地方绽开,涟漪般向四面八方扩散开去。他不禁抬起头,望着那光芒在半空中消失。原来整座灵隐寺都笼罩在一座圆拱形的宝盖之下。

结界上闪过他和小王二人的影像,伴随一声如钟如磬的声响,影像化作薄薄的白色云幕，从中现出一道圆形入口。

他暗自吃惊。LINGcloud是以碳纳米元件为基础的新科技，能够结合空气中的水分子，像云一样自由流动，任意变换色相材质，带来梦幻般的交互体验。很多人都预言，它将在未来十年内全面取代硅基电子产品。只是由于价格昂贵，目前只能在一些高科技行业中见到。未曾想到，灵隐寺竟拥有如此巨量的LINGcloud，更在运用方面达到出神入化的地步。看来关于此地的许多传说都并非空穴来风。

朱漆的木门悄然开启，门后隐约传来琅琅诵经声。

小王低声道："熏坛洒净仪式就要开始了，周居士请随我来。"

他呆立片刻，抬脚迈入门槛。门在背后合拢，满世界的鸟雀嘈杂突然就听不见了。

《梁皇宝忏》

斗室之内，一名女子独自坐在蒲团上诵经。

她身穿僧袍，手握一串佛珠。一头野草般的长发垂在地上，像是很久没有修剪过。

房间不大，从东到西是三步，从南到北也是三步。房间里只有一床、一桌、一椅、一人、一蒲团。阳光透过一扇小小的窗进来，拖着人的影子在地上缓缓爬行。

她已不记得这样的日子过了多久。每日天不亮就跟随寺里的打板声起床，吃斋，念佛，做功课，日复一日，年复一年。很久以前，在进入这寺院之前，她曾以为出家人的生活都很闲散，后来才发现事实并非如此。寺院如同一台上满发条的精密仪器，从早到晚，每个人，每支香，每句佛号，都精确到分毫不差。她曾不止一次想问，究竟是什么人制定了这样一套规矩。然而并没有人会告诉她，她也只能遵守。

她曾试图违抗这些规矩，并做好遭受责罚的准备。没有责罚，没有人冲进来打她骂她，检查她的功课。然而斗室之内，实在没什么事可做。她不吃不喝，终日用被子蒙着头昏睡，直到饥饿像虫子一样啃啮她的胃，强迫她爬起来进食。吃饱喝足之后，便是无聊。她尝试过各种打发时间的方法，直到所有花样都用尽。她将房间的每一个角落都摸索过，妄图找一个逃离的出口。没有出口。整个房间被结界牢牢封住，连蚊虫都无法进出。她试过用椅子砸窗，也试过把脑袋往桌角上撞。每一次结界都能识别出她的行动意图，及时放电将她击倒。绝望至极时，她便躺在地上，希望自己能够疯掉或者死去。然而她没有死，也没有疯。她的身体就像这寺院一样，有一套属于自己的节律。斋饭送来时，她就慢慢爬过去进食，睡到再也睡不着时，就只能坐起来读佛经。晨钟暮鼓，斗转星移，她的头发越来越长。

她开始学会按照寺院精确的时间表生活，把自己变成机器上的一个零件，按部就班地转动。她学会用坐禅和诵经来打发时间，从心神不宁坐立难安，到渐入忘我之境。她学会在那些愤怒、沮丧、憎恶、怨毒的情绪到来时，任由它们来，又任由它们离开。她学会善待自己的身体，吃饱睡好，坚持锻炼，学会仔细打扫房间，维持斗室内的洁净。

她请求了一些针线，好缝补被自己扯坏的僧袍和寝具。针线送来了。她一边笨拙地穿针引线，一边想着，如果用这根针戳瞎自己的双眼，是否就可以离开这里。她试着蒙上眼睛，在黑暗中摸索了片刻，便立即放弃了这个念头。

自那之后，每天下午都会有一些衣物送到房间里给她缝补。她把这当作是一种奖励，毕竟在吃饭睡觉与诵经之外，又多了一件事情可以做。她变得更加勤勉，希望能以此求得更多东西，譬如佛经之外的其他书籍，譬如写字的纸笔，譬如棋牌游戏，譬如偶尔吃一口肉。有一些要求得到了满足，有一些没有。她在试探中一点一点扩充斗室内的生活。

窗外响起打板声。

她停止诵经，睁眼，起身，活动手脚。今日的功课已做完，晚粥之前，有半小时自由活动时间。

她手握佛珠，掌心向上，一团法云从脚下升起，幻化成微缩的灵隐寺景观，一堂一殿一草一木都栩栩如生。水陆法会第一天，寺中人流如织，香火旺盛，各大坛口回荡着琅琅诵经声。她轻轻挥手，寺院如丛林般拔地而起，放大为真实比例。转眼间她已来到药师殿内，四十八位法师正引领殿下居士们潜心拜诵《慈悲梁皇宝忏》。传说南朝梁武帝的夫人郗氏性酷妒，死后化为巨蟒，入宫托梦武帝，祈求拯救。武帝托请九位高僧制了这部忏法，为郗氏超度。忏法流传后世，有灭罪消灾、济度亡灵的功德。

她没有加入拜诵，而是仔细打量那些身穿海青的信众，猜测他们为何来到这里，为何人何事忏悔，那些看似平和良善的面孔背后，究竟藏着怎样的罪与怨。她想起自己生命中曾有过交集的那些人，自己虽整日念佛，却没有一句是为他们而念。法云幻化的影像几可乱真，她甚至能够呼吸到人们身上的香火气味，感受到他们皮肤上散发出的热气。她情不自禁地抬起手去触摸一名年轻居士的脸。指尖穿过幻象，落入虚空中。

她感到索然无味，决定去别处看看。转身时，她恍然看到身后立着一个满头白发、面容苍老的男子，紧锁的眉头下，一双眼睛直勾勾地看过来，正对上她的视线。她惊骇万分，握紧佛珠一挥手，用衣袖遮住面孔。法云幻象顷刻消失，放下衣袖时，她仍身处斗室内。

她两腿发抖，跌坐在地上，前胸后背湿了一片。不，方才一定是错觉，那个人不可能看见她。然而那张脸，那张脸她却不可能认错。

她双手在胸前结莲花手印，一缕法云落入掌心，化作一个小小的“业”字。掌心摊开上举，那“业”字就如火焰般绽放，火焰中有无数红蓝两色的光流交织缠绕，此消彼长，令人眼花缭乱。火焰底部，一团硕大的红色旋涡翻滚明灭，像一颗毒瘤，又像一只流血的鬼眼。她汗如雨下，掌心合拢将影像收起。

曾种恶因，必感恶果。该来的，终究逃不掉。

窗外又响起打板声，已到了晚粥时间。

放焰口

他在无间地狱中行走。

遍地血污。血污中浸泡着无数饿鬼的腿，筋肉暴涨虬毛丛生。他早已走到精疲力竭，却不得不一步一步继续向前。一旦停步，就有火焰烧灼他的脚底；一旦踏中鬼腿，就有饿鬼复活来吃他。他不得不以指甲和牙齿为武器与饿鬼搏斗，挖其眼，掘其心肝，吮其脑浆。吃完之后，他俯身想在血海中清洗双手，却从中看见自己的倒影。原来自己早已化身为饿鬼。

惊醒时，热汗从两鬓成股流下，浸湿枕头。

他逐渐看清禅房的天花板，才想起自己身在何方。银白月光照亮窗前一小块地板，窗外隐约有秋虫鸣唱。他将双手举到面前，手是干净的，并没有血腥气味。他又将手掌合在一起相互摩挲，蹭去掌心冰冷的汗迹。

他披衣起身，推门走到院子里。两株银杏在月色中婆娑，地上已铺了一层落叶。他在院内踱步，聆听双脚踏在落叶上的窸窣声响，想到落叶下藏着的虫蚁，又陡然停住脚步，感觉脚底依然火烧般灼热。

他想起昨晚天色将暗时，在药师殿施放三大士瑜伽焰口。所谓“焰口”，正是一种饿鬼的名字。放焰口就是施食饿鬼道众生，令其痛苦得到解脱。整堂焰口法会从傍晚持续到将近半夜，其间禁食禁水。他与诸信众们席地而坐，忍受着饥渴，为苦海中的冥界众生祈福。然而他自己却并不能得到解脱，入睡之后，同样的噩梦还是来纠缠他。

他双手在胸口结莲花手印，一个小小的“业”字从掌心升起。犹豫片刻后，他又合拢手掌用力揉搓，像是要将藏在掌心里的秘密碾碎。

转过身，他看见小王悄无声息地立在银杏树下。

小王问：“周居士睡不惯寺院的床吗？”

他苦笑一声，答道：“睡眠不好，老毛病了。”

“法会佛事繁重，睡不够的话，身体怕是支撑不住。”

“你也还没睡吗？”

“我向来晚睡晚起。虽说来到这里，应该按照寺院规矩起息，却也一时改不过来。周居士若睡不着，我们就在这院子里坐着说说话吧。”

“也好。”

两人找了一对石凳坐下。天已入秋，夜里的风颇有凉意。

他问小王：“你经常来寺里吗？”

“算不上经常，来过那么几次吧。说起来我与灵隐寺也算是有点儿缘分。”

“哦？”

“我眉心的这颗痣，其实并不是天生的。小时候，父母带我来灵隐寺进香。我看佛像眉心都有一颗红痣，觉得好看，回去后就用红笔在同样的位置点了一笔。没想到擦去笔迹后，竟然真的慢慢长出这样一颗痣来。”

“这么说来，还真是有缘。”

“不过现在的灵隐寺，与那时候相比可是大不一样了。”

“的确如此。我这次来寺中，也是感受颇深。之前还以为都是传闻而已，不知有几分真假。亲眼看过之后，倒有些相信了。”

“都是怎样的传闻呢？”

“传说自正玄法师开始，接二连三有高学历人才在此出家。如今的灵隐寺藏龙卧虎，能人辈出，科研实力深不可测。还说如今科技界几位重量级人物，都曾在入寺烧香时得到过寺中师父的指点。每年在寺中举办的冬夏两届科技禅修班，更是规模盛大，人满为患。甚至还有人说，近年来最炙手可热的几项黑科技，都有灵隐寺暗中参与。”

小王不禁笑道：“黑科技倒谈不上，不过，灵隐寺有一定科研能力是真的，与科技界走得近也是真的。如今的灵隐寺，设有负责科技事务的文殊院，和负责慈善事务的普贤院。文殊院主要服务于寺院日常管理，也参与开发一些辅助修行的智能软硬件，譬如用LINGcloud将整个寺院智能化，又譬如能够计算每个人善恶果报的‘业’，都出自文殊院。普贤院相当于灵隐寺名下的公益慈善基金会，除了捐赠财物救济贫苦大众之外，更长期资助各类能够促进众生福祉的科技与人文项目，包括医疗、教育、环境、食品、能源、交通、建筑、城市规划、数据安全、技术伦理、动物权益等。虽然普贤院行事低调，从不在媒体上宣传，但每年前来寺中提交项目方案的组织代表还是络绎不绝，尤其水陆法会期间，更是挤爆山门。普贤院评估项目，不看收益与回报，而看有多少功德，又可能会有哪些造业。我这次来寺中，就是提供咨询服务，协助项目评估。”

“原来如此。不过，公益慈善是只出不进的事情，灵隐寺哪里来的那么多钱？”

“正玄法师出家时，已将名下财产全部捐给寺里，再加上每年来自各方信众的供奉，要说资金实力，的确是深不可测。”

他叹息一声道：“我听说，正玄法师一生坎坷。长子出生就得了罕见病，现有的医药技术无法治愈，他因此成立了专项研究基金会。妻子在一次无人驾驶汽车事故中身亡后，他又将全部资源都投入到对新型交通方案的设计研发中，想用覆盖全球的公共管道交通系统彻底取代私人机动车。当时所有人都觉得他痴人说梦，想不到八年之后，第一个城市级别的LINGcart网络居然建成，并且运转良好。更想不到的是，就在LINGcart前景一片光明之际，他却选择了剃度出家。这事儿当年轰动一时，质疑和不解的声音居多。如今回头再看，或许一切都是命中注定。或许他真的是佛陀转世前来拯救众生的，所以才要先经历那些磨难。”

一时间两人都不再说话，只有夜风吹着银杏树叶子窸窣作响。

片刻之后，小王开口问道：“周居士又是因为什么信佛的呢？”

他眉头紧锁，许久之后才低声答道：“也是因为家中遭遇变故，想求一点儿寄托。只是修行多年，依旧未能放下。”

小王长叹一声，双手合十道：“祝愿周居士早日得解脱。”

放 生

她手握佛珠，在斗室内独坐。一团法云笼罩着她，与她的眼耳鼻舌身意心逐一相连。

地板上浮现出寺内一处院落的微缩景观。屋檐下立着一台LINGbot，圆头圆脑身躯矮胖，底座下的轮子取代了双腿，双手在身前结为禅定手印，鸡蛋般光滑的脸上没有五官，只有小小一点红光在额前闪烁。

灯光转绿，她化身为LINGbot睁开双眼。

风吹来，满院树影婆娑，风里有桂花甜香。她贪婪地吸了一口，又抬起双手依次活动手指，感受气流从指间拂过。

一只蜗牛在阳光里缓缓地爬，留下一道断断续续的湿迹。她小心翼翼伸手，捏住，拿起，移动到院子里，将蜗牛放在树下草丛中。

院子里摆着二十来个大铜盆，盆里有水，水里有大大小小的鱼。阳光穿透水底，鱼儿在粼粼波光间嬉戏。水陆法会第三天，最重要的内坛佛事终于开启。自凌晨三点开始结界洒净，发符召请众圣神灵，悬“启建十方法界四圣六凡水陆普度大斋胜会功德”宝幡。下午将在大雄宝殿前举行放生法会。放生的动物，需要寺中僧人提前半个月陆续从菜市场买回来养在寺中，以免商贩得知有此商机，特意提前准备。

她取来一些小盆，用水瓢将大盆中的鱼移入小盆中。有几尾鱼已经翻了白肚，她将它们一一捞出，倒入一个盆中，另有几尾半死不活的，则倒入另一个盆中留待观察。她为这些鱼感到可惜，但转念一想，那些被顺利放生的鱼也未必就是幸运的，说不定早有渔民在附近等候，将它们捕回去再次贩卖，做成餐桌上的佳肴。

她又想起自己接触过的那些生生死死。每周两次，她可以化身为LINGbot外出劳动，地点大多是医院、儿童福利院、养老院、动物收容所、殡仪馆和墓地。她照顾过弃婴、受虐待的猫狗、病重的孩子和临终的老人，也处理过人和动物的各种尸体，为他们诵过经，祈过福。她比其他一同工作的人适应得更快些，或许是因为对死亡没那么敏感，又或许因为只有如此，才能接触到外面的世界。这个世界有病痛、血污、哀哭、死灭，也有属于生命的温度和气味。她通过LINGbot灵活的双手碰触那些形形色色的生命，感受他们的脆弱与坚强，欢乐与痛苦，绝望与希望。

院门外传来啪嗒啪嗒的脚步声。一个男孩不知从哪里跑进来，虎头虎脑，七八岁模样。他在院里转了一圈，便趴在一个铜盆边上，将两只胖胖的小手伸进水里去抓鱼。鱼儿惊慌逃窜，溅落满地水花。

她移动过去，伸手劝阻道："这是要送去放生的鱼，不能抓。"

男孩充耳不闻，继续抓得起劲。她拉住男孩的手，男孩却身子一拧挣开，气哼哼地猛踹她一脚，又舀起盆里的水往她身上泼。

她感觉不到什么疼痛。为保护使用者不受伤害，LINGbot对于疼痛的感受能力往往会被调低。何况她以前也曾不止一次在外出工作时遭到人或动物的攻击，早就习以为常。

她过去将男孩拦腰抱起。男孩尖叫着拼命挣扎，却无论如何挣脱不开那两条柔韧的硅胶手臂。她抱着男孩立在原地一动不动，等待他力气耗尽。

"佛门清净之地，请不要在此打闹。"

她回头，看见一名白衣女子立在身后，眉心生有一颗嫣红小痣。

女子又说："请你放这位小师父下来。"

她无从辩解，只能放开男孩。

女子俯下身问男孩："你为什么要抓鱼？"

男孩两眼一翻，涨红着脸不说话。

女子又说："如果真的想要，那就抓一条吧。不过只能挑一条。"

男孩听了这话，立即扑到盆边，探身在水中扑腾了一阵，捞出一条有他手臂那么粗的金红鲤鱼。鱼儿离了水，在他手里摇头摆尾拼命挣扎，男孩却哈哈大笑。

她正要上前阻止，却看见那女子伸出食指，冲着男孩怀中的鲤鱼头上轻轻一点，又在男孩额头上点了一下。男孩浑身一颤，突然间张大嘴巴伸出舌头，喉咙里发出嗬嗬的声响，脸色涨得猪肝般通红。金红鲤鱼从他手中掉落，噼啪噼啪满地蹦跳。

女子捡起鱼送到男孩面前，轻声道：“鱼儿离了水就不能呼吸，离水时间长了就会死。只有回到水里，鱼才能活。”

男孩瞪大眼睛，用颤抖的双手接过鱼放回盆中。鱼儿入水的瞬间，他终于深深吸入一口气，脸色也开始恢复正常。

女子又说：“还不快走，你妈妈找你半天了。”

男孩呆立片刻，突然哇地大哭出声，边哭边往院门外跑。

女子目送男孩消失在门外，轻叹一口气，回头问：“刚才他有没有弄痛你？”

她摇头。

女子说：“我以前也曾通过LINGbot来寺里帮忙做事，也遇到过不讲理的游客。你救了这条鱼一命，将来会有福报的。”

她愣了一下，摇头道：“我不信什么福报。”

女子问：“那你为什么救它？”

她开口要作答，却一时语塞。阳光落入水中。那条劫后余生的金红鲤鱼欢快地甩动尾巴，溅起清亮的水声。

女子低头望向水中鱼儿，又问：“你说鱼会痛吗？”

她迟疑片刻，答道：“应该是会的。”

女子问：“你怎么知道？”

她想了想，只能回答：“我不知道。”

女子轻叹一口气，道：“鱼会不会痛，这个问题在科学界已经争论了几十年。一些研究者在鱼体内发现了伤害感受器，发现这些感受器所产生的神经电脉冲会进入负责意识感知的脑区，这一过程与高等脊椎动物是相似的，并非简单的条件反射。然而也有一些研究者坚称，鱼的大脑太简单了，它们没有灵长类或其他高级哺乳动物那样的大脑皮层，所以不可能产生类似‘我好痛’这样的意识。归根到底，我们毕竟不是鱼，不知道鱼儿是否快乐，又是否会痛。或者说，我们不知道鱼的痛与我们身为人类所感受到的痛是否具有可比性。”

她似懂非懂地听着，却感觉心中似有所动，像一枚石子投入深井，激起一道幽暗且模糊的回响。

女子从右手食指上取下一只白色指环，用指尖摩挲着。片刻后她低声说道：“所谓感同身受，或许不只存在于人和人之间。”

她好奇道：“这是……？”

女子答道：“这是一位朋友送我的小玩具，叫作LINGpain，能够记录和复制生物体神经系统中的伤害性神经冲动，让一个人可以分享和体验来自其他身体的痛苦。希望那孩子能从此记住，众生平等，不分贵贱，都是会痛的。”

她若有所思，双手合十行礼。

女子也回礼道：“你忙吧，不打扰了。”说完便转身离去。

院子里又安静下来。大大小小的鱼儿依旧在粼粼波光中嬉戏，仿佛对刚刚发生的一切全然不觉。

请供上堂

窗外电闪雷鸣，雨水啪啪地敲打着屋檐。

屋内，小王与一位老僧相对而坐。老僧瘦削如竹竿，眉毛胡子都已全白，一根一根如银针般支起。

小王合掌行礼道：“这么晚了，法师还没睡吗？”

老僧道：“今日内坛请供上堂，要恭请诸佛、菩萨、一切圣贤等众莅临法会，纳受供养。第一场佛事凌晨三点开始，所以特意早起。”

小王道：“原来是要请菩萨来的。倒是我不请自来了。”

老僧道：“并没说你不能来。”

小王道：“我整理的报告，法师可看过了？”

老僧道：“我们都看过了。将LINGcloud与LINGpain技术相结合，让众生能够通过云端体验彼此的痛苦，这个方向上我们已经有了重要进展。至于用LINGcloud在偏远山区建立学习中心，这更是一件功德无量的事。我已拜托文殊、普贤两院师父，请他们尽快制定方案。只是法会期间佛事繁忙，恐怕还得再等一等。”

小王叹一口气，道：“法师连日操劳，本不应该深夜搅扰。只是因为心中有些疑问，需要向法师请教。”

老僧道：“说吧。”

小王道：“我查到了周居士的案卷。原来他改名之前，叫作赵士宗。”

老僧不语。

小王又道：“十八年前，赵士宗的家人死于一桩恶性杀人案件。作案者趁他出国工作期间闯入他家，在长达十天的时间里，以极端残忍的手段将他的妻子和一对儿女折磨致死。直到半个月后，邻居发现尸臭报警，才发现他们遇害。作案者使用了一种名为LINGmask的智能软件，可以将视频中人物的面孔和声音轻易换成另一个人，效果以假乱真。他们正是用这种方法骗过安保系统进入赵士宗的家，并且在他用视频电话联络家人时，伪装成家人的样子与他聊天。他们甚至拍下了整个作案过程，经过技术处理后发布到网上。其中包括家用安保设备拍摄到的多机位监控影像，包括作案者和受害人的主观视角影像，也包括用于欺骗赵士宗的聊天视频和真实影像之间的同步对比。视频中作案者的脸被一张空白面具所取代，任何人都可以用LINGmask将那些脸换成自己或其他任何人。这些内容在网络上疯狂传播。许多人一边谴责罪犯和同情受害人，一边争相下载观看，甚至进行加工创作后再次发到网上。尽管视频一再被禁，相关内容却通过各种隐秘的渠道持续扩散。”

老僧叹道：“阿弥陀佛，罪过，罪过。”

小王又道：“与此同时，还有人在网上爆料，说LINGmask正是赵士宗领导的项目小组研发的产品。在此之前，赵士宗所在的公司刚刚因为一款名为LINGsee的产品引发争议。LINGsee是一种具有面部识别功能的微型移动摄像头，可以长时间追踪并拍摄特定对象，由此产生了大量监控、偷拍与隐私泄露问题。为了应对社会舆论，赵士宗带领项目组做出了LINGmask，可以自动在网络上搜索定位与使用者有关的影像，将其面部遮去，或用另一张脸代替。尽管有团队成员指出它可能带来新的安全问题，甚至被犯罪分子利用，但产品还是顺利面世，并且颇受欢迎。这一点后来成为部分人攻击赵士宗，甚至故意传播其家人受害影像的借口，认为这是他自己种下的孽根，活该有此报应。”

老僧又叹道：“是非不明，善恶不分。罪过。”

小王又道：“一年半后，杀害赵士宗家人的罪犯落网，竟然是三男一女四个少年。其中最小的女孩只有十一岁，最大的男孩也才刚满十八岁。由于案件性质极端恶劣，最终三个男孩被分别判刑入狱，只有女孩因未到法定年龄不负刑事责任，被送回家责令监护人加以管教。之后女孩跟着母亲搬了好几次家，但总有人向媒体泄露她们的行踪，令她们无法正常生活。然而半年后，这一对母女却突然像人间蒸发一般，再无影踪。”

老僧不语。只有雨声哗哗打破寂静。

小王又道：“我起初以为，她们和赵士宗一样，改换身份去了国外。刚才我却突然想到，这些年里，赵士宗一定从未放弃寻找她的下落。他之所以会突然回国，来到灵隐寺，也一定与此有关。法师，我猜得对吗？”

老僧不语，只是伸出手掌，法云在掌心中幻化出一名长发女子独坐诵经的影像。

小王惊呼一声：“难道……”

影像又变化为前一天中午，小王与LINGbot在院中相遇的画面。

“竟然是她……难道过去这些年里，她一直都在灵隐寺？”

老僧收了影像，双手合十道：“正是。”

“可为什么……以灵隐寺的数据安全能力，赵士宗不可能发现……难道是……是你？”

老僧不语。

“你请他来，难道是想化解这段冤孽？”

“能否化解，要看他们二人的造化。”

“可我还查到，当年参与命案的那三个少年，出狱之后都先后失踪，活不见人，死不见尸。警方怀疑这几起案件都与赵士宗有关，只因为证据不足，无法展开调查。”

老僧叹道：“冤冤相报何时了。罪过。”

“所以的确与他有关，对吗？你既已知道，却仍要冒险一试？”

“苦海无边，回头是岸。”

“既然已深陷苦海，又如何能回头？十八年的冤结，靠念念经就能解开吗？”

老僧不语。

窗外传来打板声。雨不知何时已经停了。

沉默片刻，小王又道：“其实我还有一个疑惑，一直没有开口问过。”

老僧不语。

小王道：“法师的房间里，多年来一直供奉着一个无名牌位，究竟是为了超度什么人呢？”

老僧不回答，只道：“时候不早了，改日再说吧。”

小王叹一口气。她的影像化为法云，消散在空中。

幽冥戒

水陆法会第五天，要召请下堂，也即是六道众生、孤魂亡灵前来参加法会。

凌晨奉表告赦，祈求司事天神释放被囚禁的六道群灵。从中午到晚上，备十四桌宴席，奉请六道群灵前来，为其沐浴更衣，开道路，解冤结，净三根六业。当晚则为召请来的亡灵受幽冥戒，引导其忏悔过往所造一切恶业，发菩提心，受大乘戒，从此改过行善。

忏悔受戒之后，真的就能脱离苦海、重获新生吗？

小王立在窗前，遥望天边的一钩残月。

小时候她听寺里师父讲因果报应，转世轮回，前世行善，后世就享一世富贵，前世作恶，后世就投胎为畜生受苦。但她总觉得这都像是大人吓唬小孩子的话，长大之后她渐渐开始明白，世间万物彼此相连，当下的一言一行一嗔一念，都会产生环环相扣的后果。今天随手丢弃一件垃圾，终有一天，被它污染的空气和水都会回到你自己的身体里；今天一时迁怒，对一个孩子说了一句极恶毒的话，将来他可能会因为这句话去杀人。要说果报，其实这就是果报了，何必要等到来世。

尤其是在今天这样一个技术时代，事物之间的联系变得如此复杂，个人在信息的汪洋中所能把握的事实又是如此支离破碎。你吃一口肉，喝一口牛奶，买一条牛仔裤，换一部新手机，都会有人和动物因此而受苦。你毫无察觉，乐在其中，光鲜的广告与精美的包装将那些伤痕累累的身体隔绝在你视线之外。你将那些来自其他族群、性别、阶层与文化的群体贴上恶毒的标签，希望他们滚得越远越好，或者干脆统统去死，却从不认为自己今时今日所拥有的一切与他们未能拥有的一切之间有任何关系。每个人的命运都与他人命运紧密缠绕，却执着于自我的欲望，无法想象和感知他人之痛；每个人都被眼前一小片数据与媒介营造的幻象所遮蔽，看不到全景，才会在浑浑噩噩中一错再错；每个人都在抱怨世道变坏，却并不觉得自己负有责任，也不知该从哪里着手改变……

以前读佛经，说“无明”是十二因缘之首，是一切苦之根本。那时候不懂什么是无明。现在想来，像这样无知无觉，不见不识，就是无明吧。

她双手结莲花手印，低头凝望掌心中浮现出的“业”字，像一朵鬼火幽幽跳动。

依靠技术，真的有可能破解吗？

她还记得十二年前，“业”上线发布时所引发的争议和质疑。依靠大数据和模式识别，追踪记录每个人每天的一言一行，计算善业与恶业的积累状况，小到妄语，大到杀生，都会在“业”中留下痕迹，并随着时间推移而不断产生新的因果。每个人只能亲自来灵隐寺中查看自己的“业”，除此之外，再没有其他任何获知途径，也不可能与其他任何人进行比较。你无须担心司法机关会查看档案后找上门来，也不用害怕死后会坠入阴曹地府，会有判官对照记录检查你一生的是非功过。只是夜深人静独坐观心时，你或许会突然想起它，会有一丝不安，一丝愧悔。

奇怪的是，尽管绝大多数人一生中都不会来查看一次，但谈论业报却变成一种新的时髦。各种教人消除业障、积累福报的方法在社交网络上广为流传，吃素、念经、坐禅、灵修、戒烟戒酒、种树放生、烧香拜佛、供奉寺庙……

她始终对此心存疑虑。如此种种，恐怕已经偏离了本意，像一种表演，一场游戏，甚至一门生意。

然而又有谁真正知道设计者的本意是什么呢？造了恶业的人用钱财来消业，灵隐寺再用这钱财去资助慈善事业，或许也算是一种平衡之法？

无论灵隐寺，还是正玄法师，都有太多谜团让人看不清，猜不透。

明天就是那二人见面的日子。

她虽然并不信佛，却低头合掌，诚心为他们祈祷。

圆满焰口

他又一次从噩梦中惊醒。

这噩梦大概会纠缠他一辈子，永不停歇。

这是他自己选择的道路，即便身处刀山火海，无间地狱，也要一直走下去，不能回头。

他双手交握，活动关节，聆听骨头缝隙中发出的细微声响。

时辰到了。

她知道时辰到了。

掐指算来，她在这斗室中已待满十六年，从一个孩童，变成中年女子。

通往外面的门打开着。她曾无数次梦见这一刻，却从不知道这一刻的心情会如此惶遽。

她从蒲团上起身，手握佛珠，独自一人走出去，走进长长的、黑暗的走道。

走道里空无一人。

他独自在黑暗中走了很久，终于看到一星光亮。继续走近时，他逐渐看清，那光亮竟是一个硕大的“业”字，像一朵火焰莲花矗立在道路中央。

他伸手触碰，“业”字破碎化为无数红蓝光点，如万千颗种子生根发芽，交织缠绕，铺展开繁复的图案。三朵明亮的红，像炭火明灭，又像肿瘤勃动。血一样的红光泼洒下来，将他从头到脚密密匝匝包裹在里面，不留一丝缝隙。

他从红光中看到三张模糊的脸。是那三个少年。他耐心等了那么多年，又耐心编织陷阱，诱骗他们自投罗网，绑架、囚禁、折磨、虐杀、毁尸灭迹……他要让他们体验曾施加于自己亲人身上的痛苦，以牙还牙，以眼还眼。杀人并不能让他得解脱，却让他找到理由活下去。没有别的选择，非如此不可。

还差一个。还差最后一个。

穿过红蓝光流，他依稀看到一张女人的脸。

她走向自己的业，直到整个身体都浸没其中，像回到生命之初。

耳边依稀有个声音喃喃低语，为她开示因果。

你的父母是经人介绍认识的，双方父母都极力想促成这桩婚事，半年后他们匆匆忙忙结了婚。这段婚姻从一开始就问题重重。父亲喜怒无常，酗酒，家暴。母亲想要离婚，却一次次被自己的父母赶回丈夫身边。亲戚朋友都劝她要忍耐，劝她早点儿要个孩子，要个孩子就会好了。母亲怀孕时，差一点儿被丈夫掐死在浴缸里。她大难不死，生下了你。

童年在你心中是阴郁的，父亲打母亲，母亲就拿你出气。有一天，你碰巧打开一份母亲藏起来的加密文档，里面是她从各种影视剧和犯罪新闻中收集的杀人方案，附有详细的笔记和补充说明。你对此着了迷，一有机会就找出来翻看，甚至自己动手在流浪猫狗和邻居家的宠物身上验证。这份文档成了对你影响最深的童年读物。

你也发现了父亲的秘密，发现他喜欢偷拍与不同女人在一起的性爱过程，并将视频发到同好圈子里彼此分享。你偷偷欣赏这些视频，从你父亲和那些面目陌生的女人那里，你懂得了男女之事。后来你学会盗用父亲的账号进入那些隐秘的网络站点，也学会用这些视频去跟不同年龄的男孩子们换取零食玩具以及各种其他好处。生平第一次，你品尝到权力的滋味。

你找了一群十六七岁的男孩子去恐吓母亲，让她不许再拿你出气。你也学会在父亲回家期间躲去同学家。你仔细观察别人的家庭，窥探那些外人看不见的秘密。你坚信每个家庭都隐藏着罪恶，表面上的其乐融融只是假象。你甚至学会留下微型摄像头偷拍别人的家。

一个男孩私藏的色情视频被父母发现，他供出了你。他的父母找到其他同学的父母，搜查出更多罪证。他们气势汹汹来到学校，要求赶走害群之马，保护自家孩子的纯洁心灵不被污染。你和母亲被堵在校长办公室，遭受几十个成年人的羞辱和打骂。母亲跪在地上默默忍受，正如父亲打骂她时的模样。

你不能再去学校了，每天在家上网。你很快学会了潜入暗网，接触到更多光怪陆离魑魅魍魉的世界。你用LINGmask将自己变成虐杀视频的主角，却并不能从中得到真正满足。你制订了一个计划，挑了三个帮手一起来做这件事。他们想拍些刺激的东西玩，而你想亲身体验杀人的滋味。

你挑中那个向父母告密的男孩的家作为目标。不是为了报复，而是因为你对他家里的布局比较熟悉。

那些同学，那些家长，那些在网上交流隐秘嗜好的人，你的父母，他们的父母，还有那些介绍你父母认识、劝他们生孩子、劝他们不要离婚的亲戚朋友，都种下了恶因，造了恶业。

你的同伙被判刑入狱，只有你被放回家。父亲不知所终，母亲带着你不断搬家。然而无论搬到哪里，总会有人不知如何得到消息，四处告诉别人你就是那个冷血杀人犯。学校拒绝你入学，邻居集体堵上门要求你们搬走，记者跟踪偷拍，给你和母亲塞钱要买你的故事。母亲只能将你锁在家里，不许你离开半步。

你还记得那个寒冷的雪夜，母亲跪在灵隐寺门外磕了一夜的头。她手腕上绑着一根狗绳，绳子另一头拴住你的脚。你又困又饿又冷，不知什么时候趴在雪地里睡着了，直到寺院钟声进入你的睡梦。

红蓝光芒如流沙一般散去。他终于看清隐藏在光芒中的那张脸。嘴唇上有一道疤，将右侧嘴角向上拉起，左边嘴角却下垂，像一个古怪的冷笑。

那张脸，那个冷笑，他永远忘不了。

他看到那张脸上的五官因为恐惧而扭曲，看到那对嘴唇颤抖却叫不出声，看到那个女人跌跌撞撞退后，转身跑入黑暗中。

血涌上头，指甲掐痛掌心。他追了上去。

黑暗的走道里，两串脚步声打破寂静。

她拼命跑，跑进一座大殿。大殿漆黑，只隐约有一盏油灯在佛前跳动。

一只手扯住她的头发，一个沉重的身躯从背后将她扑倒在地。她拼死挣扎，如野兽般又抓又咬，又踢又踹，直到对方突然闷哼一声倒地。她抓住机会压上去，用手中佛珠缠住他的脖子，用尽全身力气拉紧。

灯影沉浮，她看到他的脸色逐渐变红变紫，充血的眼球突出眼眶，太阳穴青筋暴涨。她的两条胳膊很快便没有力气了。但他依然活着，喉咙里依然发出断断续续的咯咯声响。

她从旁边拖来一个蒲团盖在他脸上，将整个身体的重量都压上去。时间慢慢流淌，他的胸膛不再起伏，双手却依旧抽搐着，一下又一下拍打着地面，像离水的鱼儿。

她丢开蒲团，一边大口喘气，一边环视四周。香案上有一个香炉，她慢慢爬过去拿下来。犹豫片刻后，她握紧香炉高举双手，朝他头上狠狠砸去。

一下，两下，三下……

他已不记得过去了多少时间。

他杀了她，一遍又一遍，仿佛无数次幻想中的场景重演。她早已面目全非，全身上下没有一块完整的皮肉，却依旧不死。

他坐在地上靠着一根柱子，身子仿佛烂泥般再没有一丝力气。她拖着残缺不全的身躯，在遍地血污中慢慢地、慢慢地向他爬过来，一步，一步，一步，一步……

噩梦成真，他被困在无间地狱中不得解脱。

她终于爬到近前，一只手抓住他的膝盖。一只血肉模糊的手。每一个指甲都被拔掉，每一个指节都弯曲成奇怪的角度。

他用尽最后一丝力气，伸出手掌抵住她的额头不让她靠近。她却安静下来，双手抱住他的膝盖，身体在地上蜷缩成一团。他突然想起，许多年前，他的小女儿总喜欢用这个姿势趴在他腿边听他讲故事。他会用手掌抚摸她的额头，抚平那几缕被汗水沾湿的额前碎发。

他呆坐半晌，终于忍不住号啕大哭。

她想起小时候，父母熟睡的时候，她曾偷偷爬到他们床上，躺在他们中间，用他们的胳膊环抱住自己的身体。父母鼾声如雷，她感觉到温暖安逸，几乎要闭眼睡去。但她从不敢真正睡着。父母在睡梦中翻身时，她就飞快地爬到床角，随时准备跳到床下。

这么多年里，再没有人这样抱过她。

此刻她躺在他的怀里，用他的臂膀环抱住自己。他的血浸透她的身体，却始终有一丝暖意，从他的胸口蔓延到她后背，蔓延到全身。

他将她扭曲的关节复原，将撕扯下的血肉拼回原处。他撕下衣角蘸取供奉在佛前的甘露，为她拭去血污。他为她洗头，梳头，将自己的衣服脱下，为她穿好。

他将她摆放为观音坐姿，退后三步，俯身叩拜。

她将握了十六年的佛珠挂在他胸前，双手合十，拜诵《慈悲梁皇宝忏》。

“杨枝净水，遍洒三千，性空八德利人天，福寿广增延，灭罪消愆，火焰化红莲。南无清凉地菩萨摩诃萨……”

空中梵音大作，化作朵朵鲜花落下。

他们同时睁眼，看见对方，也看见对方眼中的自己。

原来他们自始至终都像这样相对而坐，不知坐了多久。法云制造幻境，也将他们的眼耳鼻舌身意心彼此相连，体验彼此的伤与痛、罪与罚、善与恶、爱与憎、因与果。

法云散去，现出灯火通明的药师殿，殿内正施放水陆法会最后一场圆满焰口。殿上正玄法师振铃拈香，奉请地藏王菩萨，引斋主亲属之亡魂以及各路孤魂，共赴此法会。

“一心召请，其顽悖逆之孤魂等众：戎夷蛮狄，喑哑盲聋，勤劳失命佣奴，妒忌份身婢妾。轻欺三宝，罪积若河沙；忤逆双亲，凶恶浮于宇宙。呜呼！长夜漫漫何日晓，幽关隐熄不知春！”

铃声幽幽，香雾阵阵，联通生者与亡者的世界。

送　圣

水陆法会第七天，即将功德圆满。

清早备圆满供，用美味素斋供养前来赴会的四凡六圣。上圆满香，发愿众生从此脱离苦海，往生西方极乐净土。

信众们将内外坛供奉的牌位逐一拆下，送往法场外。寺内有一座黄墙黛瓦的照壁，上面题有“咫尺西天”四个大字。照壁前的广场上，已备有一艘纸糊的巨大法船。所有牌位都被安放在船上，法师们唱诵经文，恭送诸佛菩萨同归云路，六道群灵往生净土。众人齐念佛号，鸣放鞭炮，点燃法船。熊熊火光中，一切都化为灰烬飞向天际。

傍晚，老僧和小王并肩而行，来到寺院西侧偏门。

小王双手合十行礼道：“法师留步，不必再送了。”

老僧道：“路上小心。”

“天气转凉，多保重身体。”

“你也保重。”

树上两只鸟儿，一声接一声比赛般唱个不停。树下二人相对而立。

小王道：“冤结已解，法师也算终于了却一桩心事。”

老僧道：“这只是开始。”

小王叹气道：“要创建一套让众生都能分享彼此苦痛的系统，不知要比当年的‘业’复杂多少倍。不过法师既然年底要退院，这些事还是交给继任的师父去操心吧。”

老僧点头道：“你说得是。”

小王又道：“我刚才看见，法师将那块无名牌位放在送圣的法船上，一起烧掉了。”

老僧道：“每年烧掉之后，还会再做一块新的，继续供奉。”

小王问：“难道无名牌位不是为那两人而立的？”

老僧沉默良久，终于答道：“是为所有未死却将死之人而立。”

小王问：“此话怎讲？”

老僧长叹一声道：“当年我一意孤行，推动LINGcart项目研发。一座城市上千万人口，要靠几十万辆球形车厢在轨道系统中的高速运动来解决交通问题，这需要极强大的算法。模拟演算时，一个最棘手的问题，是训练系统如何处理地震、火灾、恐怖袭击等突发状况。然而，无论如何改进算法，都一定会出现某种极端危急时刻，需要选择是否牺牲一部分人而保全大多数人。”

他伸手，掌心浮现出模拟影像：蛛网般错综的轨道中，无数绿色圆点如弹珠般飞驰。短短十秒内，绝大多数绿点都离开了中央红色区域，未能离开的几个绿点，则随着倒计时结束变为红色。

“曾经那些支持无人驾驶的人会说，无人车越快普及，就越能减少由人类司机所引发的伤亡；虽然无人车也会出事故，但那是科技发展过程中难以避免的代价，是杀一人而救千万人。我曾经也赞同过这样的逻辑，却不会去想，那些死去的人并非数据，他们都有血有肉，会哭会痛，都有亲人在等他们回家。”

他掌心的影像变化为模糊的监控摄像头记录画面：黑暗中，一辆无人车为了躲避路口冲出的一辆校车而向右急转，撞向路边一名行人。画面暂停，行人身影被汽车前灯照得发白，面目模糊不清。

他伸出另一只手，像是要为那个小小的身影挡住呼啸而来的车头。法云幻化出的影像在他指间微微颤抖。

“杀一人还是杀一百人，提出和接受这样的问题，就已然造了业。

我曾相信要破解死局，LINGcart是唯一可行的方案，却发现同样的道德困境也摆在自己面前。我反复说服自己，说整个系统安全性极高，发生事故的概率极小；即便不幸发生，系统也一定能够做出最合理的决策，牺牲最少的人救最多的人。但我却无法将那些可能会死去的人当作数据。佛说，生生世世无尽轮回中，众生都曾互为父母。他们对我而言，与血肉至亲并无分别。”

他掌心的画面变为一家四口的合影，父母与一对儿女，围坐餐桌前其乐融融。

“这块无名牌位，就是为所有在模拟演算中被牺牲的人而供奉。他们迄今为止还尚未死，但终有一天注定会死。他们是蛰伏于算法中的孤魂野鬼，等待一个时机出来吞噬活人。我每日诵经祈福，希望他们死后早登极乐净土，不要来搅扰生者安宁，也时时提醒自己，一念之间，恶业已造，只有诚心向善，才能赎罪补过。”

小王深深叹一口气，挥手将图像放大。她的指尖逐一从那些面孔上抚过。父亲、母亲、儿子、女儿。女儿眉心有一颗嫣红小痣，宛如朱砂。

她眼中似有泪光闪动，却突然笑道：“我今早，梦见母亲了。”

老僧不语。

小王又道：“我从来不相信鬼神托梦的说法，但今早这个梦，是真的有几分灵验。我梦见她坐在床边，摸着我的头，说我长大了，模样变了，只有眉心这颗痣没变。她还说，水陆法会功德圆满，她也受益匪浅。我想她一定知道我回来见你，所以赶来与我们团聚。”

老僧收了掌中影像，叹息道：“我已经很多年没有梦见她了。”

树上鸟儿安静一阵，又唱了起来。

小王又道：“我还给你带了一件礼物。”

她摊开手掌，掌心浮现出一个小女孩模样。女孩身穿花裙，扎着两条小辫，晒得黑红的小脸上，一双黑漆漆的眼睛闪闪发光。一团LINGcloud幻化成黑白分明的钢琴琴键悬浮在半空中，她抬起双手敲打键盘，《欢乐颂》的清亮旋律就从她指尖叮叮咚咚流淌而出。

小王道："她叫倩倩，是我在云南白竹村小学教过的学生。我请她为你弹了这首曲子。"

女孩弹完一曲，侧过头羞涩地笑了笑，轻声说："谢谢。"

画外传来小王的声音："谢谢谁呀？"

"谢谢和尚爷爷。"

老僧苍老的脸上舒展开一个笑容，合掌道："阿弥陀佛，善哉，善哉。"

小王也笑了，合掌道："走了。后会有期。"

她抬脚迈出门槛，沿着天竺道向远方走去。

阳光穿过树梢，洒下点点辉光。道路两侧的竹林中鸟儿啁啾，像是为她送行。

《科幻世界》2021年第12期

作者的话：

2019年，我在美国访学期间，接到编辑Sheila Williams的邀请，为《麻省理工技术评论》所策划的《十二个明天》(*Twelve Tomorrows*)系列年选写一篇小说。该选集每年邀请十二位作家，围绕未来技术进行科幻创作。其中2018年的选集，曾收入由刘慈欣创作、刘宇昆翻译的《黄金原野》，并于同一年推出了中文版。我的《灵隐寺僧》创作完成后，同样由刘宇昆翻译为英语发表于该选集，中文版则发表于2021年第12期《科幻世界》。

《灵隐寺僧》也是我正在创作的《中国百科全书》系列中的一篇。该系列以近未来中国为背景，由一系列关于新技术的应用场景和相关线索人物彼此串联起来。已经完成的数篇，大部分都发表于《科幻世界》。我的设计是每月一个故事，从三月到来年二月，共十二个故事，每个故事关注不同的议题。《灵隐寺僧》发生在十月，其中一些细节，呼应了七月故事《等云来》和九月故事《铁月亮》中出现的人物和技术。

我在创作过程中参阅了很多佛教相关资料，试图让小说中的僧人形象和寺院生活尽可能令人信服。实际上，我从小生活在一个理工科氛围浓厚的环境中，对于各种宗教都所知甚少。佛学思想对我来说，就像一种科学假说或一种人文社科理论一样，提供了另一套词语，另一种思想方法，从而可以超越“常识”的禁锢，从一种另类的视角来理解和把握这个世界。正如同厄休拉·勒古恩在道家思想的启发之下，创造出《黑暗的左手》中非二元对立、非男性中心的性别制度，我在《灵隐寺僧》中讨论佛学，是希望引导读者思考这样的问题：我们对于众生之苦，是否负有某种普遍的道德责任，而技术能否帮助我们更好地体认这一点。

故事中的小王是整个《中国百科全书》系列的核心线索人物。我试图在每个故事里增加一些对于小王个人经历的交代，让这个人物更加具体。《灵隐寺僧》中，初步揭示了小王的家庭关系，以及她在整个系列中的行为动机。如果你恰好读过《童童的夏天》，会发现类似的动机早已隐藏在小王的童年经历中。

《十二个明天》有一条明确的选文准则：不欢迎传统的恶托邦作品，而鼓励展现技术应用如何可能激发出更为积极的未来想象。我希望《灵隐寺僧》做到了这一点，也希望你们因此而喜欢这个故事。

外星画家

| 凉　言

凉言，男，1983年出生于辽宁省，2008年毕业于北京大学新闻与传播学院。现为企业职员，业余时间从事科幻写作。科幻短篇处女作《陪伴者》发表于《科幻世界》杂志2018年第4期；短篇小说《艺术家》获得2018年水滴奖短篇小说组二等奖，收录于作品合集《无人永生》（2020年7月出版）；短篇小说《丑丑》入围第七届未来科幻大师奖。

《外星画家》是凉言发表在《科幻世界》杂志的第二篇作品，篇幅短小，却是一篇令人遐想的星际传奇。小说描写了一种奇特的外星宠物，它们似乎是天生画家。但谁也没有想到，这些画作背后却隐藏着一个种族的痛史。

初　见

我第一次见到那种叫作蒙洛的生物，是在前父亲的家里。那时我还没有想到，这种看起来不起眼的外星宠物，会以一种隐秘的方式影响我的生活，让我遇到一些奇特的事情：一场延续了十几年的单恋，一次可疑的死亡……

这一切从何说起呢？

那一年，前父亲吕华刚刚从室女座星系衣锦还乡，在市中心购置了别墅，急于炫耀他从星际贸易中带回来的财富。"前父亲"这个称号有点儿古怪，我和妈妈一般直接称呼他的名字。那次见面之前，我和妈妈在家里讨论过见面时我应该怎么称呼他。妈妈不愿意我管他叫爸，"因为他不配当你爸爸"，但是其他的称呼又不可行。最后，母女俩统一了口径，就叫"前爸爸"。虽然这个称呼滑稽可笑，但我欣然接受，因为我最害怕的，是控制欲极强的母亲不批准这次父女见面，那样我就看不到蒙洛了。

自从虫洞出现在木星附近、地球文明加入"贸易联盟"之后，我们已经看过太多奇迹，但蒙洛仍旧是外星奇珍，无论在联盟的哪个星球都是珍贵的宠物。我以前在电视上看过蒙洛画画，但从来没有机会走近一只蒙洛。

一走进吕华的别墅，我就问他蒙洛在哪里。吕华的神色有些失望，毕竟十年来他第一次见到女儿。他说："在二楼，但是爸爸想和你先聊聊。"

于是我和吕华在一楼的客厅里闲聊。吕华问我的近况，我告诉他我现在读高三，马上快高考了，功课很紧，他说："小檬那你要好好用功，别让你妈妈操心。"除此之外再无话说，父女俩陷入尴尬的沉默。之后，吕华终于开启吹牛模式，向我介绍他从宇宙各个角落搜罗的奇珍异宝，这些东西就摆在客厅的周围。经过这么多年，我只记得有一块血红的大石头，还有一株长相丑陋的花，据说来自某个遥远星系的类地行星……这些统统无法引起我的兴趣，我对父亲说："我想去看蒙洛画画。"

吕华叹了一口气，声音微不可闻，他将我带到二楼。二楼是一个巨大的平层，没有布置任何家具，就一只蒙洛在那里画画。它身高大约一米五，皮肤褐色，颇像地球上的章鱼，长有十只腕足，腕足很像大象的鼻子，不同的是每只腕足上都有一只大大的眼睛。它用其中四只支撑在地上，另外六只腕足从旁边的小桶里啜饮颜料，然后在画布上挥洒。那白色画布非常巨大，从固定在天花板上的架子上垂下来。

我问："它在画什么？"

吕华说："不知道，这就是抽象艺术吧。"

我倒退几步，从一个稍远的视角看画。有点儿像康定斯基的作品，但与康定斯基不同的是，整个画布的上半部分被各色颜料撑得满满当当，异常拥挤。我走近看，发现画布被各色颜料分割成了一个个格子，大格子又被分割成小格子，有点儿像"点画法"的技巧。从画面的任何一个区域出发，可以有无穷无尽的关联和联想，其结果是，你看到的是一幅静态的画，却有流动和变幻的效果，犹如观看天空中的云。

我大着胆子走近蒙洛，用手摸了摸它的身体，如同在抚摸一块冰。蒙洛似乎毫无知觉，专心地将颜料涂抹到画布上。

我问吕华："蒙洛是哪里出产的？"

吕华说："要是我能找到原产地，那我就真的发财了。一只蒙洛的价格，顶得上一个小行星的矿产！"

我说："作为宠物被贩卖了这么多年，就没人知道？"

吕华说："要是真有一个人能知道，那待会儿你就能见到他了。李奇博士，一个真正的博物学家，一年到头在全宇宙跑的人，在地球上短暂停留几天，我请了他过来，你可以听听他有什么说法。"

星际贸易复活了博物学家这个行业。他们在联盟开拓的贸易网络中四处游走，为我们这些井底之蛙带来远方的奇闻逸事。在一个少女浪漫化的想象里，他们有点儿像游吟诗人。我不禁有些期待。

李奇是大约半个小时之后到的。他在二楼现身的那一刻，天啊，这么多年以后，就算他的脸在回忆中已经模糊，我仍能听到自己那一刻的心跳声，仍能感觉到一团亮银色的火在心中闪耀。是他那亮银色的头发，绝非中年人颓败的灰白色，而是像阳光下的金属那样，熠熠生辉。

吕华介绍，我是他前妻的女儿陈檬，他解释了一句，这孩子随母亲的姓。李奇脸上的笑容有些促狭，或许他听说过前父亲的事情，知道他是如何骗走一个女人积蓄的。李奇伸出手来和我握手，我感觉脸上发烫。我很想做点儿什么，说点儿什么，引起李奇的注意，但又害怕他的目光，因为我自知那天穿着的校服尺码不合身，显得更加瘦小。我一直是个发育迟缓的女孩，在如花似玉的同龄人中间，我总是最不起眼的那个，好像比实际年龄小几岁。母亲却很喜欢这种气质，自从被风流潇洒的前夫骗走了积蓄之后，她就对一切闪闪发光的东西产生了本能的憎恨。她特别喜欢我穿校服，认为这样一层土里土气的保护膜可以将我和险恶的社会隔离开。

吕华让机器人搬来三个椅子，端来几杯香槟，我们坐着聊天。作为博物学家的李奇，也是第一次见到蒙洛，他说他也对这种生物的原产地一无所知，吕华有些失望。

李奇沉默了一瞬，"这种生物如此聪明，却又没有发展出智慧文明，这有些古怪。"

吕华说："其实很正常的。你知道吗，狗经过训练，能够背诵超过一千个单词。狗发展出文明了吗？"

李奇点点头，“可蒙洛画画是无师自通……对了，这只蒙洛叫什么名字？”

吕华说：“没名字。只有主人能为宠物命名，我只是一个中转商，我的任务就是将它平安送到那位超级富豪手里。”

李奇一边看着蒙洛画画，一边说：“蒙洛让我想起了另外一个物种，也是让很多人发了大财。”

吕华的眼睛一亮，问：“什么物种？”

李奇说：“仙女座星系某个偏远行星上的特产，看起来和长着触手、能够行走的兰花差不多，那种生物的名字很长很古怪，我们就叫它永生花吧。永生花能不断吞噬自己身上衰老的器官，因此可以永生不死。有一个传说，它的触手榨出的汁液，能让很多种碳基生物延缓衰老。”

吕华眼睛一亮，说：“这个市场可太大了。”

李奇说：“只是传说而已。医学上从来没有证实过。”

吕华说：“不需要医学上的证明——至少可以做护肤品什么的。”

李奇摇摇头，“但是现在跑遍宇宙都买不到了。”他顿了顿，接着说，“有人发现永生花似乎是智慧生物，而且很聪明。”

吕华追问：“聪明到受《禁止贩卖智慧生命条约》的约束？”

李奇点点头，“它们能做算数，能学会很多外星种族的语言，如果用正确的方法养殖的话，甚至聪明到能学会线性代数。”

吕华有些失望，“哦，那是很聪明了。”

李奇接着说：“更奇怪的是，尽管以前在联盟内随随便便什么地方都可以买到永生花，但追溯其货源，都来自一家星际贸易公司K56。后来有人揭露出来，K56在一颗偏远行星发现了这种生物，就武力征服了那颗行星，大量掠夺永生花，将其泡在特殊的溶液里，以便降低它们的智力。”

我和吕华都沉默了。过了一会儿，我问：“这事是怎么揭露出来的？”

李奇说：“某个博物学家听到了一些传闻，就跑过去调查。那颗行星到处都是大屠杀的遗迹，永生花在那里建立过一个文明，有文字，也有庞大的建筑，但是都被K56毁掉了。K56在那颗星球的海滩上建立了一个个养殖场，永生花在海滩上批量种植，然后被带往太空的各个贸易站，作为药材贩卖。这件事披露之后，K56公司被取缔了，可惜的是，公司高管们找到了个替罪羊。”

吕华哼了一声，说：“所以你就是那个揭露真相的英雄。”

李奇点点头，算是默认了。我让李奇再多讲一些这方面的经历，吕华瞪了我一眼，说：“这么大的事情，为什么媒体一点儿也没有报道过？”

李奇说：“你认为联盟会允许这样的事情形诸笔墨吗？”

吕华阴沉着脸不说话。李奇知道，自己在这里已经成为不受欢迎的人，于是他找借口告辞，我起身送客。在门口，我鼓起勇气对李奇说：“李奇哥哥，我想请你帮我个忙。”

他愣了一下，转过身来看着我，鼓励我说下去。

我说：“我想以后可以和你互相发邮件，聊聊天。”

他问：“小朋友，你想知道些什么？”

他称呼我为“小朋友”，这让我有些不高兴，但我还是回答：“我对外太空的各种事情都很感兴趣。”

李奇说：“所以，长大之后，你也希望去远航？”

我想我那时的脸色一定黯淡极了，我说：“我妈不肯让我去。她说，干这行的……都不是正经的人。但这不是我的看法。”

李奇看起来没有生气，他笑笑说：“别人的看法不重要，你自己想做什么就可以做什么。咱们可以保持通信。”

我说：“一言为定。”

第一封信

那次见面之后，我每隔一个月都会给李奇寄出一封邮件。虽然安塞波通讯器让宇宙成为一个小小村落，但带宽的珍贵还是让人们回到了古早的电子邮件时代。我在信中向他倾诉我生活中的一切快乐和烦恼，而他的回邮总是寥寥数语，不咸不淡。这并没有让我灰心，反而让我的单恋有了绝望的美。只有那些你绝对得不到的东西，才能将美感保持到最后。

这些信件像一条绳索，牵引着我，走出我压抑的少女时代。

母亲被吕华欺骗之后，将对生活残存的热情都倾注在我身上，这热情让我不堪重负。她痛恨一切风度翩翩的男性，用紧张的目光监控着我的人际交往，对和我稍稍亲近的男孩子都怀着露骨的敌意。我早就知道，只有考到一个好大学，远离家乡，才有可能摆脱她如影随形的目光。我拼命学习，和李奇的通信几乎是我生活中唯一和学习无关的事情。

二十四岁的那年，我收到了李奇主动写给我的不那么简略的邮件，那时我已经在离家乡很远的一所大学拿到语言学的学士学位，在考古系读古文字学方向的研究生，也找到了一个同样拥有亮白色头发的男友。我原以为曾经的情愫早已平静下来，那封邮件却仍让我魂不守舍了好几天。不算他之前潦草的回信，那封邮件算是他给我的第一封信，信是这样写的：

小檬：

或许你能感觉到，这几年以来，你告诉我的事情很多很多，而我告诉你的事情很少很少。你总希望我说些有趣的事情，但我却总觉得难以下笔。你或许会觉得，作为一个博物学家，我应该享有自由地探索世界的特权，但事实上，我昂贵的航程所需要的费用，一半来自商业公司，一半来自政府，我的探索，一半为了科学，一半为了商业，我所知道的真相，一半能说，一半只能埋在心里。我亲眼看到了被纳入联盟的文明从星际贸易中得到财富，但我也亲眼看到了，那些被评估为“没有高级文明”的星球，是如何变成一个个采矿地、殖民地或者旅游景点，我也看到了很多物种是如何在生态保护的名义下被捕捉、被贩卖、被囚禁在实验室、被做成纪念品、被成批屠杀，甚至被灭绝。而决定它们命运的，仅仅是一纸“是否具有智慧”的评估。

这些你在地球上是不可能听到的。毕竟，联盟是我们的恩人，如果没有他们破格施恩，在木星旁边给我们开了个虫洞，人类的文明现在还只是在海边玩沙子的儿童。诽谤恩人是不道德的。

既然重要的事情不能说，那些轻如纸屑的事情说它干什么呢？

但我还是想告诉你一些事情，这些年，我对蒙洛的研究还是有了一些值得一提的结果。小孩子每次拥有了新的玩具，总要忍不住和好朋友炫耀一番，其实我这个成年人也一样。上次地球上一见，我对蒙洛产生了兴趣。这几年，我一直在寻找蒙洛这个物种的资料。这是一种异常长寿的物种，尽管现有的资料都显示其是无性繁殖，但奇怪的是，其子代的出生就意味着母代的死亡，这也就使其种族的数量无法增长，从而使其成为稀世奇珍。更奇怪的是，每经过一次繁殖，蒙洛的遗传信息就会变得更长，但其性状却不改变，这真是太有意思了。

令人困惑的还有蒙洛的画。我搜集了几幅不同蒙洛画的画，发现它们都遵循相似的模式，画面最上端的部分很相像，让我联想到包含自译解系统的语言包，我尝试用联盟内通用的自译解软件进行翻译，得到的只是乱码。我正在寻找更强大的软件。

关于蒙洛的出处，我有一个黑暗的猜想，但现在仅仅是猜想。或许下次，我能够找到证据，到时候再说吧。

祝一切顺利。

你的朋友李奇

第二封信

李奇来第二封信的时候，正是我在事业上和生活上都面临关键转

变的时期。

那几年，我一直在从事契丹文的解读工作。不可思议的是，契丹民族雄霸中国北部两百年，契丹文(包括契丹大字、契丹小字两种文字)有数万字的遗存，但目前契丹大字、小字都没有完全解读成功。我将机器学习方法应用到契丹文的解读中，解读了绝大部分契丹小字，引起了学术界的注目。

那时我和男友恋爱三年，正在筹备结婚。都说婚姻是爱情的坟墓，其实婚姻更像是一份归档文件，所有散漫的心思收束到一份薄薄的证书里，盖上一个公章，做一个证明，证明已经顺利通过人生的一次重要考试，准予结业。那是一次没有惊喜也没有失落的恋爱，就好像一个人的左手和右手下棋，每一招每一式都在对方的意料之中，势均力敌，绝无意外。所以我们都觉得，这样的爱情活上三年已经足够长，该让它归档了。

前父亲吕华送给我一幅蒙洛的画作为礼物，我将这幅抽象画命名为《康定斯基》。李奇则寄来了一串项链，其材料是某个外星海滩上的贝壳。礼物和他的邮件在同一天到达。李奇的邮件是这样写的：

陈檬：

你好，听到你即将结婚的消息，非常开心，祝你们永远幸福！

你上次的回信让我很受鼓舞，没想到，竟然有人对我的研究如此感兴趣。写信给你，是因为我对蒙洛的研究又有了新的发现。而且，我终于拥有了一只蒙洛！

说来也巧，我的一位朋友，一位很富很富的朋友最近刚去世。这位朋友大概像一只蜥蜴吧，一只能学会英语而且非常聪明的蜥蜴。按照他们星球的习惯，遗产是不能继承的，必须送给朋友，于是我就拥有了一只本来攒一辈子钱也拥有不了的蒙洛。幸亏我认识这朋友时，他(或者她?)已经足够老，如果我认识的是风华正茂的他，我可能还要等三百年呢。

我从来没有给东西命名的天赋，我将它简单地称为檬檬，以纪念我们的相遇。檬檬和那天在你父亲家里看到的蒙洛长得一模一样，但是可能要老一些，在蒙洛身上，没有任何东西可以用来判别其年龄。我曾告诉过你，我怀疑蒙洛的画的开头部分是一个自译解系统，这个猜想已经得到了证实，我找了更强大的软件破译了不同蒙洛画的几幅画，虽然破译出来的信息大部分仍旧是乱码，但是横向比较，有一串数字是相同的。我怀疑那是一个星系坐标。

坐标处是一个平淡无奇的恒星系，一颗处于中年阶段的恒星，围绕着它的有一颗类地行星、一颗气态行星，恒星和两颗行星都没有官方命名，只有一个编号。如果蒙洛在向我揭示什么秘密的话，那么这个秘密很可能藏在那颗类地行星上，我将这颗行星称为×星。

我已经决定去那个地方看看，那里附近有一个联盟的驿站PT-350，但是遗憾的是，我未来的航线几年前就已经通过合同固定下来了。而且，即使我到了PT-350，距离那个坐标还有三光年的距离，所以我需要一艘具有跃迁功能的宇宙飞船，而我显然买不起。

但我一定要去的，只是这件事还需要好好筹划一下。

如果我的研究有了新的进展，还会给你写邮件。

你的朋友李奇

第三封信

大约五年之后，我收到了李奇的第三封信。那时候我正在准备离婚，原因是丈夫出轨。其实我能够理解他，人的一生中，总要做些疯狂的事情，把内心的激情发泄掉。母亲释放激情的方法是找了吕华这个小白脸，我释放激情的方法是给一个无望的人写情书，丈夫释放激情的方法就是出轨。

按照离婚协定，我离开共同购买的房子，对方给我金钱补偿。离开时，我只带走墙上那幅《康定斯基》。就在搬家的前一天，我收到了李奇的邮件。

陈檬：

当你收到这封信时，我已经离开联盟的驿站PT-350，前往×星，开始一场前途未卜的探险。

大概一年前，我收到一笔匿名的汇款，让我有足够的经济实力摆脱我现在的工作。于是我来到PT-350驿站做了一名设备维护工。这是个繁忙的驿站，在联盟的贸易航路中占有枢纽地位。各种各样的外星种族和货物在这里中转，其中有些种族怪异得让地球上最见多识广的人士也会惊骇。

我使用驿站维护卫星上的望远镜做了初步的观测，不出所料，×星上不仅没有智慧文明存在的迹象，也不可能存在任何碳基生命。在这个区域，任何生命都只能生活在厚厚的防护盾里面。按照联盟官方记载，几百万年以前，这附近发生了一次超新星爆发，猛烈的爆炸形成了一团气体和尘埃构成的废墟，这团废墟至今仍在不断发散出致命的射线。如果我离开驿站防护盾十秒钟，全身的DNA就会被轰击成碎片。

但这次事件对于联盟倒是一个机会。恒星尸体变成了一个黑洞，于是在宇宙的某处产生了与之对应的白洞，两者之间通过极细小的虫洞(空间隧道)连接。施工很快开始，将负能量注入空间隧道之中，让其不断扩大，直到其直径超过100万公里，然后再给虫洞打出若干出口，这个驿站就建在虫洞的一个出口上。

到目前为止，一切平淡无奇。唯一让我稍感蹊跷的是，这个超新星爆发的废墟，即非壳层型，也非实心型，也不是复合型，和宇宙中其他地方的超新星遗迹相比起来，有些怪，留下的气体和尘埃的密度也比正常情况下大。我用AI做了几百万次模拟，只有一种情况的爆炸现场会是这个样子：恒星爆炸时身强力壮，而非年老体衰。

这就有意思了，理论上，让恒星猝死的方法不止一种，比如注入负能量，或者人造小型黑洞，但联盟的历史记录里写得很清楚，这颗恒星是自然死亡。

为了查明真相，必须找到超新星爆炸时的原始资料。联盟里能远程连接的所有图书馆和数据库我都做了查询，没想到突破出现在地球。在加入联盟后不久，地球文明曾经收到过一个电波信号，正好是从这个方向传来的，信号很短暂，其含义从来没有被破解过，而因为无法确定距离，信号的发源地也无法确定。那阵子正好是地球文明刚进入联盟、信息爆炸的时候，各种从外星文明传来的信息让人类应接不暇，这个未被破解的信号很快就被遗忘了。

我通过×星的坐标计算其和太阳系的距离，进而计算出信号的传播时间，倒推出信号的发射时间，正好是那次超新星爆炸之前不远的时间。

看起来，×星上的文明察觉到即将到来的危险，可能用本星系的恒星作为信号扩增器，发送了一个求救信号。对于这样关乎文明生死存亡的大事，×星上一定会有记载，虽然现在犯罪现场一定已经被清理，但完全抹杀一次种族灭绝的痕迹很困难，或许有些记载被藏在岩层下面、深海底部等不引人注意的地方。

凑巧的是，驿站上就有一艘可进行恒星际短途跃迁的宇宙飞船，供偶尔来到此地的游客使用，飞船自带登陆艇和防护盾。联想起我收到的那笔匿名汇款，这一切都太巧了，对不对？巧到像一个圈套。一旦防护盾失效一分钟，我就死定了。不过，我已经不想再等了。我能感觉到，在阴影中，有一只手在向我靠近。这些年来，有好多人暗示过我，不要再调查这件事。我必须尽快得到证据,不然那帮人就跑在我的前面了。

我有两件事情需要你帮忙,相信你也一定是愿意帮我的。其一,是帮助我喂养那只叫作檬檬的蒙洛,估计半年后它会被送到地球,它的食谱在这封信的附件里,随信附上一笔钱,用来做檬檬的赡养费,檬檬性情温和,你会喜欢它的;其二,我有一包资料要拜托你帮助我保管一段时间,过一段时间,会有一个叫作爱德森·卡夫特的地球人到你这里来取。他是一个有名的物理学家,也是我认识的最正直敢言的人士。你可以在网络上搜索一下他的照片,除了他之外,任何人都不要给。

说来奇怪,我在地球上牵挂的人,现在竟然只有你一个了,我也会经常想念你,虽然你曾给过我近照,但不知为什么,当我想起你的时候,浮现在脑海中的,仍然是当年那个瘦弱的小女孩。距离的力量还是强大啊,不仅仅是空间的距离,也是年龄的距离。你曾经和我说过,喜欢上一个人的感觉,就像被吸入了黑洞,是没有出路也没有尽头的坠落。你总是责怪我的迟钝,但你说的有些话,我听懂了也很难答复。我宁愿将生命消耗在一次次旅行、休眠、跃迁中,也不愿意受关系和情感的牵绊。或许我还是太怯懦了吧。

你的离婚手续已经办妥了吗?我常常想,虽然每一段具体的感情都充满了琐碎和狗血,但是抽象的爱情不朽,或许新的幸福在前方不远处等着你。

你的朋友李奇

檬　檬

我从来没有收到李奇的那包资料,也从来没有什么物理学家来找我,但檬檬和钱我都顺利收到了。

檬檬来到我家的时候,我已经离婚独居半年,正需要什么东西填补寂寞的生活。

我已提前为檬檬准备好了食物、颜料、画布，没想到，它来到我家的第一天意外就发生了。

我在起居室里打开那个特制的运输箱，檬檬就从里面溜了出来，它从容不迫地在屋子里转了几圈，好像在勘察。它伸出触手，好像在向我索要着什么，我手里没有拿食物，有些犹豫，这时候我想起人类有握手的习俗，于是我伸出手去，它用触手在我的手心上抚摸了一下。我感到一阵凉意。本来一切都好，但就在这时候，檬檬看到了墙上的画，那幅前父亲送我的《康定斯基》。我能肯定它注意到了，因为它将所有的眼睛都对准了那幅画。然后，一阵震颤传遍它的身体。然后，它的十只眼睛开始流出液体，这是泪水吗？

檬檬病了，蜷缩在屋子的一角，不吃不喝，也不作画。它的触手开始萎缩，但肚子却慢慢鼓了起来。虽然不敢相信地球上有兽医能给它看病，我还是带它去了宠物医院，自然是毫无结果。

某天早上，我起床的时候，发现在墙角的檬檬腹部破裂，已经死了，一只小蒙洛破腹而出，地上沾满了黏液。我这才知道，原来檬檬不是病了，而是怀孕了。

这只小蒙洛的大小只有母亲的三分之一左右，触手上的眼睛还没有睁开。但是它已经在屋子里四处探索，我试着将墙上的那幅《康定斯基》拿给它看，但是它没有任何兴趣。我将画布和颜料拿给它，它马上开始作起画来。

由于小蒙洛身上有紫色的花纹，我将它命名为花花。花花在我家里平静地长大，李奇则从此杳无音讯。我曾经请吕华帮忙寻找他，但是他和那艘宇宙飞船，不仅在现实世界消失了，也在联盟的一切官方档案中消失了。

我将李奇发给我的信反反复复读了几遍，将线索串起来。蒙洛的画其实是一种语言，古文字学的研究方法，应该也适用于蒙洛画的研究。我找来很多蒙洛画作的照片，仔细对照。我很快辨认出了李奇提到的星系坐标，这个发现启发我找到了蒙洛用来表示数字的画法，又经过几个月的研究，我在不同蒙洛的好几幅画里面，找到了另外一串数字。一开始我以为这是另外一个坐标，但对应的地方是一片虚无。我尝试另外一个思路，将这串数字看作用联盟标准纪年法表述的时间，结果和×星被超新星毁灭爆发的时间完全吻合。

所以至少可以从画里解读出一个信息：在某个时间点，×星被毁灭。我又努力了几年，但再也没有其他收获。这是精心设置的谜题，而设谜的生灵就在我的眼前，我经常一边看着花花画画，一边对它自言自语。我请求花花告诉我这些画里的秘密，我发誓我会保密，我能保证它的安全。但它总是沉默着，不给我任何提示，从来没有蒙洛能发出声音的记载。

檬檬看了其他蒙洛的画就怀孕，只有一种可能：画画既是一种繁殖的方式，也是一种整合信息的方式。这个母星被毁灭、在宇宙中流浪的种族，将种族的惨痛史记载到自己的遗传密码中，然后画出来。每只蒙洛画好一幅画，就是释放出一段遗传信息，这段信息像小船一样，在巨大的时间和空间的距离上，寻找自己的同类。当一只蒙洛看到同类的画时，如果画中有值得吸收的新信息，它就会怀孕，子代诞生的时候，其遗传信息就整合了新获得的知识。

那为什么子代怀孕之后，母代就会死亡呢？当然，母代已经将整合后的信息传给了子代，但这不是非死不可的理由。我想了好久才明白，这样的选择是最合理的。首先，部分解决了信息传递中的版本混乱问题，旧版的信息被及时销毁；其次，可以控制蒙洛的数量，让蒙洛成为稀世之珍，从而保证这个物种不会被灭口；还可以让这个信息传递的事业，既不至于太显眼，又代代相传不绝。

蒙洛是宇宙中最伟大的密码学家、最有韧性的信使，也是以生命保存历史的史官。

我开始对外太空旅行产生兴趣，并且到处寻找蒙洛的画。在花花两岁的时候，我找到了一幅画，但花花对这幅画不屑一顾，可能这里面没有新的信息。在花花五岁的时候，我从一个外星商人那里买了另一幅蒙洛的画，这幅画让花花怀孕了，它留下的遗腹子身上也有花纹，样子和它的母亲差不多，我叫它小花花。花花和小花花的作品，我都送给了星际航海的水手，我希望他们能将这些信息带到遥远的地方，让它被另一个蒙洛看到。

死了这么多信使，拆信的人何时出现？没有人知道。或许在遥远的未来，或许直到宇宙热寂也不会出现。但我相信，没有什么历史能永久隐藏，总有一天蒙洛的历史会大白于宇宙。这种信念毫无道理，因为人类历史上的悬案太多了，一定还有很多事情是我们连“不知道这件事”都不知道的，更何况整个宇宙。但是，凡是伟大的信念，都是不能用理性证明的。我决定，将我的一生用来传递蒙洛的画，来走李奇走过的路。想到我自己也成了一名信使，我就感到欣慰。

《科幻世界》2021年第12期

作者的话：

这篇小文的契机，是2018年读薛定谔的《生命是什么》。薛定谔说，生命是一个以获得“负熵”为生的系统，也是一种代代相传的信息传递系统。那段时间颇沉迷于抽象性的奇想(空想)。我当时想，如果把生命看作一种信息传递系统的话，那么除了传递生物的性状，还能传递什么？

答案是：理论上，任何信息都可以用遗传物质来传递。DNA的编码本质上和计算机编码没有什么区别。比如说，早在2017年，科学家已做到在大肠杆菌的DNA中植入动图，并经过多代繁殖之后，将动图从DNA中提取出来。我们再反过来设想一下，遗传信息一定用DNA来承载吗？如果用绘画或者音乐来承载遗传信息，一定是很酷的。于是，这篇小文的核心就呼之欲出了。

我设想，一段国仇家恨的历史，以生命为代价，在巨大的时间和空间中以图画作为遗传信息的载体代代相传。这是一种寂寥的美感。这种感觉不太容易形诸笔墨，如果要说，有点像《春江花月夜》里写的“人生代代无穷已，江月年年望相似”。无论作为种子的创意多么令人激动，写作本身有时仍是枯燥的，这种审美上的享受，也是支撑着写作的动力。

在写作这篇小文的过程中，我有一个感受，就是小说写作从想法萌生到开始动笔，到成稿，是一个漫长的孕育过程，这中间需要沉淀，也需要契机。2018年就有“把历史写到遗传信息里，用图画传递”想法，但是由于自己是文科生，对于遗传学的很多细节不甚了了，所以一直在断断续续地查找资料。有了好的创意不写出来，就好像欠了上天一笔债务一样。到了2021年，终于写成小说向《科幻世界》杂志投稿，当时有“债务还清”的轻松感。小说成稿过程中修改很大，在此也感谢《科幻世界》编辑们在改稿过程中对我的帮助。如果2018年因为种种困难我放弃了这个想法，就没有今天这篇小文了。

所以，如果你也是个写作者，当你有了能打动人心的创意时，即使这创意看起来还不成熟，先将它作为种子埋到土里吧，常去看看，或许某一天，它能够发芽呢。

寻梦西湖

| 赵海虹

赵海虹，生于1977年，本科毕业于浙江大学英语专业，硕士毕业于浙江大学英美文学方向，后取得中国美术学院“中国美术史与外国美术史”方向博士，现为浙江工商大学外国语学院副教授，教育部国家精品视频公开课《诗画中国——中国山水画史英文专题讲座》主讲；业余从事科幻创作与翻译。

1996年在《科幻世界》第2期发表科幻处女作《升成》，此后在《科幻世界》《科幻大王》《少年文艺》等刊物发表中短篇科幻小说四十余篇，出版《桦树的眼睛》《灵波世界》《月涌大江流》等个人小说集与长篇小说《水晶天》；另有中短篇译作二十余篇，《群星，我的归宿》等译著三部。作品曾获中国科幻银河奖、宋庆龄儿童文学奖“新人奖”、全国优秀儿童文学奖（单篇佳作）、浙江省青年文学之星等文学奖项，其中《伊俄卡斯达》获1999年银河奖特等奖。有多篇作品被译成英、日、韩等多国语言发表。

赵海虹擅长从日常生活中收集灵感，塑造科幻背景下的情感生活与伦理冲突，情感充沛，笔法细腻，风格多变。她的《南岛的天空》曾入选2017年度《中国最佳科幻作品》。在今年入选的《寻梦西湖》中，作者设想了一种跨越时间的双向视频交流技术，创造出梦幻般的时空交错奇境，引发历史的幽思。

1

——天下西湖三十六，就中最好是杭州。

今天，我来到了苏东坡的杭州。

这次来杭，我身负某家国际周刊的重大采访任务，而受访者林凯风恰巧是一位故人。虽然杭州也是我熟稔之地，他为尽地主之谊，仍带我在中山路步行街逛了小半天，共同感怀这条古代南宋御街的历史沧桑。

踏着2008年重修后铺的青石路，偶有黑色的植物颗粒在我脚下窸窣轻响。抬头看，路两侧法国梧桐伸展的枝叶几乎交织起来，春夏时节当是乘凉的穹顶，此时正逢冬季，树上只余淡金色的残叶疏枝，亦别有意趣。

路边有座御街陈列馆，入口的钢化玻璃罩下，展示出一角考古的遗迹，那是三个不同历史时期的御街路面：南宋、元代与民国的路面形成了高低错落的阶梯。我们走下陈列厅，凑近观看。年代越遥远的路面越低，南宋御街的路面遗迹位于地下两米左右，我望着八百年前被古人踏过的路径，《梦粱录》中记载的盛世繁华恍如一梦。

在解放路口不远处的奎元馆，林凯风叫了一份片儿川，端上来的居然是个小面盆，两个人都吃不完。

“不都说南方饭店的菜量小吗?”我一边飞快地下箸,一边嘀咕。面条口感顺滑,雪菜笋片加肉片,为汤汁调出一份独特的鲜美。

“你这个是一品锅。”旁边端面的阿姨看不过去,用杭州话插了一句。

杭州话在南方方言中是个异数,许多发音硬而倔,带着北宋时期北方官话的特点,我只能勉强听懂一半。

林凯风却有些走神,半晌说:“现在听到杭州话的机会越来越少了。”

“就连上菜的人也越来越少,十家里九家都用机器人上餐了。”我打趣了一句,“你们杭州尤其是,新技术一直冲在最前面。这不,这次公布的计划那么神秘,能不能透露一下具体内容,否则我没法向杂志社交差。”

“已经公布了,我们会用一年时间,筹备一场大型山水裸眼VR。”

“说得像升级版的《印象西湖》? 别人倒也罢了,你来说我还真不信。”

“播放古代杭州的模拟影像。”

“那就是VR版的宋城了,新意在哪里?”

“历史图像就没有意义吗? 十年前我在中国美院听过一个讲座,主讲的英国人说:一个城市的地理特征会影响居民的大脑,当我们看到亲切愉悦的东西,大脑就会释放多巴胺,这是一种进化导致的神经化学奖励。因此我们的环境很大程度上会强化我们的审美惯性。你爱你所看到的,因为它会深入你大脑的神经层面去影响你。”

“所以我们总是怀念故乡,身上永远带着它的烙印。”我搁下筷子,轻轻“啊”了一声,“我明白了。古人的头脑里,有着古代环境的深刻烙印,而今天的人们,因为没有与古代外部环境的链接,很难真正继承和把握古人的精神,尤其是在审美层面上。在欧洲,当我走在几百年甚至上千年历史的街道上,仿佛随时能走进他们的历史里去。而中国古代以木结构建筑为主体,不易经久保存,加上现代城市的迅猛发展,除了北京故宫，在大城市的中心，少有能与明清之前的古代完美衔接的样板。幸运的是，在杭州，千年的山水并没有太大的改变，徜徉在这片山水之间，也许能找到连接古人精神的途径。既然是这样，还有必要用现代人制作的古代影像来加强这种印象吗？”

林凯风避而不答，站起身说：“下午三点进行第一次初始测试，现在已经开始清场，我带你去看看。”

我揣着谜团随林凯风一路行去，从解放路的官巷口穿到浣纱路，又走到开元路上。沿路桂树夹道，秋日一定格外馥郁芬芳。他为我指点儿时的老家，那是藏在开元路直紫城巷里的平房，三家人合住的一个小院，离西湖仅两百多米。

站在巷口，在爬满枯萎的金色藤蔓的水泥架阴影下，他闷声说：“七十多年前，浣纱河从这里流过，我外婆小时候在这河边洗头。千百年来，杭州一直是个河道纵横的城市，百年间填河造路，许多过去的河都消失了。”他低头看了一眼表，咳嗽了一声说，“时间到了，我有点儿紧张。”然后他指向开元路的西出口，问我发现了什么。

2

西湖不见了。从这个方向看，原本能看到梧桐、樟树与无患子掩映中的一小段湖面，横跨着一座连接大华饭店湖区与西湖天地的圆形石拱桥，桥前种着两排摇曳的垂柳。可是现在，一堵厚墙封住了路口，大约六七米高，两头不见与路口的衔接处，那似乎是一堵左右不见头尾的长墙。

“你们为了今天的测试，把西湖给围了？”我觉得不可思议，就算是淡季，为了一个初始测试，这样的操作也太逆天了。

“围了才好做裸眼VR的展棚嘛。”林凯风回答的语气透着一丝狡黠。

可是我不信。要知道，我面前的这位青年才俊，在专业之外，还多年研究自然不明声影现象。他深信，在一个经久不变的自然或人工环境中，山谷、岩石、铁矿、建筑物等物质存在，在磁场强度较大的环境里，配合适宜的温度、湿度等各种综合物理条件，能够存储形象和声音，以后在遭遇同样条件时，又能将它们“播放”出来。他认为，历史中各种野史、杂记里记录的一些被当成“闹鬼”的灵异现象，其实多是这种“录播”的实例。

当我听说他加入了一个世界文化遗产保护的延伸项目、主导设计这场“还你千年”的裸眼VR山水实景表演时，我就怀疑过，他想让观众看的也许并不是演员表演的古装VR影像，而是另一时空真实发生过的历史影迹。

想到这里，我忽然明白了，指向那堵凭空生出的墙问：“那是杭州的古城墙吧？”

林凯风点点头，“那是南宋临安的城墙。”

“但城墙应该更高？”

“南宋时，临安城墙高十丈，约为今天的九米多，但宋代地层在今天地面以下两米左右，所以你只能看到露出地层的部分。”

我定睛细看，那堵墙背后似乎影影绰绰地透出些什么，那是被墙体影像阻挡的真实的西湖吗？

“所以这并不是裸眼VR，而是你们对外假托VR，用设备改变磁场强度和环境条件，让这片湖山释放出它们储存的历史影像。”

林凯风不再故弄玄虚，干脆敞开了谈：“杭州是依山靠湖建造的城市，隋唐以来，传统的老城区城市狭长，三面环山、城外西湖、城东临江的基本格局没有发生过重大的改变。我深信这片湖山之间，一定储存了丰富的历史影像，只待我们找到合理的物理和化学参数，就能将它们释放出来。”

“那边，快进去！”他指着城墙的方向，我们一起向前奔去，冲过那一丈厚的城墙时，仿佛穿过电磁波的浓雾，然后，又看到了湖。

眼前这面湖与我熟识的西湖最大的不同，是随处可见的“重影”。

山峦之间有重影，岛屿之间有重影。停航的湖面上居然还有络绎不绝的大小游船，但仔细一看，不对呀，湖上居然还乌泱泱漂着许多脑袋和半截身子；脑袋上都戴着古人衣冠，如是女性，则梳着发髻；若露出半身，上身也都着古人衣装。

我从来没见过西湖里人头下饺子的模样，仿佛偌大的湖变成了游泳池。

"和地层一样，西湖的水体八百年来整体抬升。南宋时的水面比今天的水面要低，所以投射时会出现这种误差。明年正式开放前肯定能解决，但今天是第一次实测，要先看看，下一步再设计调整方案。"他解释说。

所以，我看到的这些仅露头部或半身的古人其实都是或坐或站在小脚船上的古代乘客投影。这些小船的全息投影许多都没在了水面以下，我们的距离太远，看不清它们折射在水下的部分；只有双层甚至三层的大型方底船，船体大半埋在了水里，雕梁画栋的楼层还在水面上漂移。湖心亭、阮公墩两岛上的重影格外严重。来自南宋的历史投影与今天的岛屿重叠在一起。

他指着那片重影的位置说："湖心亭上原有湖心寺，寺外有三塔，明孝宗时寺塔俱毁，万历年在北塔基上建了湖心亭。"

我定睛看去，湖心亭岛上果然影影绰绰地多出了几座塔影。原来张岱在湖心亭看雪之时，已经是重建后的格局了。

"阮公墩是清朝嘉庆年间疏浚西湖后才有的，这座用淤泥填的岛，宋代还不存在。"此时此刻，几艘古代游船的影像与今天真实存在的小岛重叠在一起。

林凯风掏出一只手机大小的控制仪器，迅速在控制仪上调整各种参数与设置，再发送给控制中心。我则强按着满心的雀跃，四顾这个过去与现实套叠的奇异空间。

回望开元路的方向，我又看到了城墙，同样是这面墙，一直绵延到凤凰山麓，然后向东没入了山色中。掩不住的层层宫阙在城墙后跃然而出。湖畔烟波浩渺，山上白云苍松，琼楼金阙，在八百年前的阳光下熠熠生辉，仿佛一幅活转来的《万松金阙图》。山水之间，还有仙鹤轻盈的影子，从遥远的时空飞来，在水面上、松影间一掠而过。

3

忽然，我眼角的余光发现了一件古怪的东西，通向那座影子城墙的开元路上出现了一顶古人的帽子。再过了一两秒，帽子越冒越高，越来越近，看上去像是南宋时男性所戴的幞头，内衬木骨，外罩漆纱，形制上属于身份低微的普通人的冠带。

之后它更近了，更高了，变成了一颗戴着幞头的年轻男性的脑袋。

从柏油路面上长出一个古代人头，如果不是刚才看到了一湖的脑袋，这会儿我一定被吓住了。

林凯风见我表情有异，转身望向路对面，顿时也吃了一惊。显然这并非他的有意安排。

“脑袋”仿佛也发现了我们。它(他)嘴里哇哇直叫，吐出一连串的怪话来，发音非常奇怪，有点像我方才听过的杭州话，但又好像更接近粤语。接着，它(他)陡然掉转方向远离，没入街面不见了。

这不是南宋历史影像的投射，因为那个“脑袋”显然也看到了我们。我的心跳加快，双脚发软，我忍不住叫出声来：“林凯风，你说实话，你这是在做什么？”

林凯风望着我点点头，“你猜对了，我刚刚把设定换成了跨越时间的‘双向视频交流’。”

这是他浸淫多年的实验项目，我之前早有了解。

如果说“不明声影现象”是单向直播，那么地球磁场是否也能相对两个不同时空进行双向直播，达成跨越时间的“四维空间双向视频交流”呢？我们早已习惯的视频通话就是跨越地域的双向视频交流，但宏观上时间是一个整体，“过去”“现在”“未来”只是三个相对的概念，其实都在同一轨道上，这使四维空间的直播成为可能。

就理论角度而言，单向直播既然可能，双向交流当然也能发生，这与对应空间的磁场强度、自然条件有关。如果强度够大，自然条件适宜，同样可以进行跨越时空的两地互送、同时直播——四维空间双向视频交流。林凯风发明的机器可以在封闭环境内，通过控制磁场强度和小范围内的温度、湿度及其他环境条件来选定交流的对象——即具体的时间点。这是相当惊人的探索，但也有巨大的风险，因为任何跨越时间的交流，都可能影响历史的轨迹，造成不可预料的后果。所以他的实验一直在绝密状态下进行，只有极少数人知悉。这一次，他要公开这个成果了吗？我又惊又疑。

正当此时，那个戴着幞头的脑袋又在路对面出现了，这一次，我还注意到马路中央凭空生出一对传统石桥上的扶栏，路面也似有微微隆起，像是桥心。

男子越来越近，越升越高，露出了脖子、躯干，最后站在了马路正中，他穿着及腰的短衫和浅色的裤子，看打扮是个年轻伙计，而和他一起从路中“升起来”的居然还有一位女性。

一见这个女子，我不禁暗赞一声：好一个精神利落的小娘子！她面容娟秀，双目细长，柳叶弯眉，唇上施朱，肤色却因为经常日晒有些发黑。女子的头发后梳，结一个光滑的发髻，发髻上插着几支天青色琉璃簪，簪上挂着同色琉璃坠；身着垂地的长袍，袍子左衽，肩上圈着一条紫色的方巾；腰上坠一个团花牡丹金绣丝荷包。

此时她表情有些惶恐，嘴里用古音念叨着什么。我恍然大悟，向林凯风说：“你说过这里古代有一条河，他们会不会正在上桥，桥心最高处和地层的沉降程度恰好相抵。所以一开始他们的影像沉入了地下，直到他们走到桥中央，我们才看到了全身。”

“你猜对了，而且我们站的位置可能在古河道上方。因为那女人正在向我们道歉，说她带伙计出门办事，谁知有幸遇到了仙人。伙计不懂事，见我们凌空悬在河上，吓得掉头逃跑。她带他回来赔礼，让我们不要怪罪。”

“你懂南宋官话？”

“做了一点古音韵学的准备，但也只能听懂七八分。”林凯风摇摇头。

我不由得好笑，哪有穿成我们这样的仙人。不过，在古人眼中，我们这“凌空蹈虚”的本事就像仙术吧。况且，面对八百年前的宋人，我们不如将错就错，扮演被他们误认的仙人，这比向他们解释“双向视频交流”要靠谱多了。

林凯风用古音发话，我勉强能听懂一点，他在问她是做什么的。

那娘子回答得诚惶诚恐，经林凯风转述，她是官巷口光家羹铺的老板娘，带着伙计到涌金门外讨账。

“光家娘子，须知天机不可泄露，今日见我二仙一事，你断不得说与他人。”林凯风作势板起脸来，吓唬两人说，“我保你家铺子生意兴隆。否则，不日便有杀身之祸！”

光家娘子一噤，看那表情，显然是受了惊吓。随后她缓过神，连连应声，带着伙计一起在桥心向我们叩头，准确地说，是他们穿越时空的全息投影对我们深深磕了一个头。小娘子发髻上天青琉璃钗的坠子，随着她的身体起落而颤动，一直在叮当轻响。

礼毕，两人毕恭毕敬地起身，碎步掉头离开，逐渐没入了道路的另一端，仿佛只是我们的一场幻觉。

我望向林凯风，他也正望着我，我们彼此的表情告诉对方，刚才的一切真的发生过。

“这完全是偶然。”他喃喃，“这只是一个最可能完成双向交流的时间坐标。”

过了好一会儿，我的头脑才恢复了正常思考的能力。那时第一次短暂的实验已经结束，八百年前的声音与影像消散在冬天的空气中。方才的我，既紧张又兴奋，手足无措。我见到的真是宋朝人吗？我真的跨越了漫长的时间，直接与他们说话了吗？但慢慢地，记者的专业思考驱散了体验者的狂喜，我开始考虑林凯风的大型试验可能产生的后果。

我难以想象，这个以湖山投影来做的双向视频交流会耗费多么巨大的能量，需要多么庞大的财力支持。而即使选择了西湖旅游的淡季来做这类需要清场的前期试验，也需要行政资源的强力支持。可是，这幕后的人，了解林凯风的真实打算吗？我不太相信。

“你想做的事情是错的。”我的声音开始颤抖。前些年，同样有一个人，用了欺上瞒下的方式，做了一个违背伦理的试验，轰动了全世界，却毁掉了两个孩子的人生，损害了整个中国科学界的声誉，他个人也受到了牢狱之灾的惩罚。

“观众们不会知道。我们会解释说这只是最新的裸眼VR演示，能与观众实时互动，就像一个VR游戏。”

“可你瞒不过所有人！更不用说你对古代世界会产生什么样的冲击。我们回到过去，或者干涉过去的行为，确实可能造就了我们的现实。但历史虽然可以造就，历史却不能改变。我们刚才与光家娘子的邂逅，并没有改变历史的轨迹。而现存的所有南宋古籍，没有一种记录过当时的人们见到几十万人虚影的奇异事件。如此巨大的变量，涉及如此广泛的人群，会产生什么结果，你没有想过吗？所有现在、过去、未来的存在基础都可能会崩溃！”

“但也许它能像扳道器一样，让历史进入另一个轨道？”

“你是说平行世界？但那只是一种预想吧！而且是完全不可控的预想！”我大惊失色，没想到他还有这样危险的计划，“即使那真的存在，可我们现在的世界、这个我们祖祖辈辈生活的世界呢？可能就像泡泡一样破裂、消失了吧？”我真的没有想到，一个这么出色的科学家，竟会有这样幼稚鲁莽的念头。

“但也许那一切危险的事都不会发生，历史依然是一个完美的闭环。他们却能看见我们的存在。不是假装的神仙鬼魅，是人，是他们的后人。”林凯风一脸的倔强，显然他还不愿放弃。

“为了让他们看到，就要冒这么大的风险？值得吗？”我轻轻叹了口气，“你看，我也不是什么技术专家，你请我来，第一时间了解这个前期项目，其实是因为你自己也很犹豫，你需要的不是技术的支持，而是一个判断，对不对？”

他直愣愣地盯着我，眼眶有点儿发红了，“陈平，我为这个理想努力了很多年。我也经历了不止一次和过去时空交流的实践。”

“我明白。”我想起多年前第一次见他，也是经由一次穿越时空的交流，不由有些失神，“但这次不一样。”我正视他目光里那个暗流汹涌的深渊，“知道吗？我从来不相信上传的意识可以替代我的生命，就像我从不认为平行宇宙能延续我们的世界，这个唯一的世界。难道你还在犹豫吗？跨越时间的双向视频交流，其后果不可控，大型双向交流会毁掉我们的世界！不可以！这念头太危险了，想都不要想！”

他死盯着我，脸颊的肌肉抽搐了很久，终于，僵硬的肩膀塌了下来。

4

一年多以后，秘密筹备、吸引了诸多媒体目光和大众关注的西湖裸眼VR历史声影展正式举行。当组织方宣布VR影像并非提前摄录，而是来自真实历史时，虽然引起了各方的强烈怀疑，但活动的二十万张门票也在预售开闸的三分钟内全数售罄。

活动从下午三点半开始，晚上八点结束，以西湖沿线几大区域为固定观察点，古代城墙以内的城区不在其列，而西湖边的各大交通干道进行了限流，沿湖全部修建了临时栅栏，配备了维持纪律的安保力量，以防发生意外。从全国各地涌来的观众有些早已进场，占据了视线良好的观景位置。入场前他们都收到了详细的注意事项，告知他们无论视觉效果如何惊悚，都要确信那些只是来自历史的图像与声音，并非实体，绝无真实危险。

活动的总指挥台设在了雷峰塔，可以眺望整个西湖，在这里，技术团队虽然无法像地面观众那样身临其境，但一组大屏幕会列出各处展区的具体情况，便于他们整体控制。我作为特邀记者，获邀进入指挥台，在林凯风的身边记录整个过程。

林凯风依然很紧张。上次地理沉降导致的图像错位已经找到了解决办法，但是，西湖的山石林木在岁月长河中依然产生了不少差异，使历史虚像与实景套叠时难以一致。为了保证播放时效果，尽量克服重影，技术团队加入了人工智能调控，能在0.02秒的时延内将来自时间彼方的投影调整补足。

即便如此，还有更棘手的问题。播放历史时代的声影，以封闭环境为佳，如千年不变的古墓内部。像西湖这样的开放空间，虽可建构出准确的磁场环境，但环境本身的温度、湿度变化太大，即使能用技术力量进行外部控制，但难以精确，对于历史时间的选择也会大大失准。针对这个难题，林凯风和团队的年轻人们摩拳擦掌，在屏幕中跳跃的各种时间点中做即时适配。如此一来，播放出不同时期古代声影的成功率虽高，但却无法精准控制适配的时间点。比如最后一段南宋之夜，就设置了从1234年至1274年间四十个上元节中的适配时间点以备选。

活动一开始，人们听到一种沉闷的声音，就像初进水底时，耳中捕捉到的水流暗涌之声。遍布全湖的扩音喇叭通告观众，“不要惊慌，这些只是VR的投影。”

由于现代地层高于古代地层，为了避免图像错位，这次设置历史声影的投放时，以南宋时代的地层高度为参照，进行了一次性的整体抬升。所以我们现在见到的水面，其实比古代水面要高出几米，而此刻观众看到的，其实是远古时代的水底景观。

几十万人仰头看去，在头顶的上方看到了清澈的水面，阳光透进金色的光影，许多身长数丈的青色大鱼摆动长尾在那光影中游过，它摇曳的鱼尾在所有人心中荡起了美的涟漪。又有鲤鱼大小的红色鱼群游过，它们身带青斑，白头赤喙，背部居然长着一双翅膀。陡然间，从下方水域中冲出一大片阴影，那是密密麻麻的巴掌大小的黑鱼组成的鱼群，它们直冲向人群正中，引起一片惊呼。但不及躲避的人们立刻发现，冲过身体的只是一阵电磁流。他们兴奋起来，开始欢呼雀跃地徒手捞鱼，越来越投入这场万众参与的互动式体验。在西湖还连通大海时的上古虚影中，每个人找到了一种VR游戏式的快感。

忽然，水位降了下来，但似乎依然漫过了观众的腰部，西湖上风波乍起，揭起接天巨浪。远远地，一串黑色的大船从北面隆隆驶来，每一艘船上都飘扬着同样的黑色旌旗，虽然看不清上面的字样，但这些吃水很深的大船似乎都是陈列重兵的大型古代海船，它们严整的布局，让观众们产生了一种恐惧与尊敬的混合情绪。但浩大的船队似乎也对风浪畏惧三分，它们环绕在宝俶山下，暂时停泊，隆重的皇家队伍开始了登山之旅。

观众中有人兴奋地喊出："秦始皇！那是秦始皇的船队！"果然手机推送与扩音广播都告诉大家，刚才看到的是秦皇东南巡时经过钱唐县的情景。当时古西湖还是宝石山与吴山这南北两岬角之间的湾浦，秦汉时人们主要居住在灵隐、凤凰山和柳浦一带的山麓。今天的杭州城则位于湖海之间的沙漫滩上。

千年时光瞬息过，挥手之间，西湖风月跨越了许多个朝代。观众们身边已然桃花盛开、柳条舒展、莺燕纷飞，春水荡漾的唐代湖面上浮出往来的古代游船，西湖东面现出城郭的影子。沿湖路上和白堤、断桥上涌入骑马踏青的游客身影，中间偶有四抬的轿子和两抬的软轿。这些全息影像在观众群中径直穿过，引来阵阵愉快的惊呼。一位器宇轩昂的官人骑着一匹高头大马而过，马头两边的鬃毛被编成三股发辫，它呼哧呼哧喷出的热气似乎要喷到今天观众们的脸上。一乘小轿的窗帘被挑开，露出半面红妆，佳人不见，她所过之处，千年后的观众们为睹芳容，前扑后拥，若非武警的维护，几乎要酿成踩踏事件。

忽然间，滔天白浪由东方涌来，扑过观众们的头顶，直冲进西湖，湖面的影像再次整体抬升。这时广播里介绍，唐代杭州有涌潮之患，见载的大型水灾就有十余次，“海水翻潮，飘荡州郭”之时，西湖与江潮连成一片，城市变为一片泽国。于是“西湖潮信满，岛屿入中流”。

潮水的影像在观众的长吁声中消散了。再看时，满湖影影绰绰多出了许多寺院楼阁，那又是钱镠治理下的吴越国了。

吴越建都杭州，以捍海塘解除了海潮之患，护得杭城近千年。广播中低沉的男声播报：“据历史记载，当年曾有方士向钱镠进言，填平西湖来建广大的宫室，可以有国千年。钱镠拒绝了方士的建议，留下了西湖，千年来王朝更替，杭州百姓却依然用钱王祠来纪念他。”

天色渐暮，苏堤上的观众忽然发现，身边多出了大群人影。他们扛着工具，用拗口的古音交流，视而不见地穿过观众的身体。那是大群北宋时代的民夫，他们不辞辛劳，用疏浚西湖挖出的淤泥和葑草堆筑出观众脚下的湖堤，看情形他们此时正准备放工。正当此刻，一艘三层官船靠向堤边，船头有人在向工人们喊话。只见他身材高大，峨冠多髯，一身北宋官员打扮。工人们一齐向来人躬身行礼，那官人也热情地拱手作揖。

看到这一幕的观众寂静无声，手机推送和扩音器都传送出同样激动得颤抖的声音，那是身在控制台的北宋史研究专家，他对放大的图像进行确认后做出解说：“按官服的品级判定，大家现在看到的极有可能就是苏轼苏东坡。”控制台上显示的时间是元祐四年，1089年，苏轼任杭州知州的年头。

于是，那一个瞬间，在堤上、在湖上，以及在网上通过5G高清观看这一切的全球观众，都兴奋得几乎炸裂。每个华人或熟悉中文的观众，头脑中都回响起各自熟悉的东坡诗句，或“水光潋滟晴方好”，或“望湖楼下水如天”，或“一蓑烟雨任平生”“今夕是何年”……

现场外的观众别有一番热闹，各种媒介上播放的同一个画面瞬间被他们铺天盖地的弹幕刷屏，各种文字、标点的无脑惊叹与东坡名句之间，还夹杂着一串串感动到痛哭的表情符！

5

然而，即使是东坡居士，都没能让林凯风激动起来，他依然在等待什么。

冬天的夜幕早早降临，城墙外的道路亮起了成排游走的灯笼。从雷峰塔上望去，南宋御街的方向腾起一片灯火。

为了这个特别的活动，今天未能进入现场的杭州人都已早早回家，观看各种媒介上的现场直播。杭州老城区整体进行了灯光管制，所以那不是现实中的杭城灯火。

“我们此刻看到的远景，中山路御街上的行人是看不到的。湖边的观众也只看得到他们身边的景象。你有没有觉得我们的位置变高了？”他问。

“是因为你调整了地层差带来的差异吗？就像放电影时移动投影的位置？”

“不，因为我们此时看到的，本来就是更高处的山体岩石中存储的图像。”他解释得非常详细，“现在的雷峰塔是重修的，没有存下历史的图景。其实要复活杭州古代的繁华，最好的选择当然是御街。西湖自古在城墙之外，虽然湖畔也有许多民居、商业与瓦肆，但规模无法与墙内御街两边兴旺的商业活动相比。可惜城市内部千年来不断变迁，无法储存下稳定的影像，仅有御街西端靠近吴山的一段有些许片段被储存下来。我们尝试用技术手段，调用了一些吴山区域储存的御街残影，投射到展区内。”

同期的广播与推送向观众们介绍：“我们此刻所见，是公元1251年的元夕。中国古代仅有宋朝不设宵禁，历朝节庆时才有的夜生活，在南宋的临安夜夜上演，几乎通宵达旦。而上元节之夜就是临安的夜晚最明亮的时候。为了更好感受上元节的盛况，我们将御街的部分景象投射到了近湖位置，方便大家观看。”

城内城外，大街小巷都张灯结彩，家家户户挂出各种耀眼夺目的灯笼，从高处眺望，从城南至城北，方圆十几公里，一片灯火通明。

没有路灯，那是高楼灯火、宅院花灯、行人手举着的灯笼和火把、游行队伍舞动的龙灯……共同汇成游动的灯火的海洋。城墙外的民居与瓦肆也一片明亮。欢庆的临安人人声鼎沸；笙簧箫管、轻音嘹亮；盛装的舞队、杂耍、扮相清丽的傀儡，都从街道中游行而过。皇宫方向竖起五丈高的琉璃灯山，用机关活动的各种人物上下翻飞。公务府院中，人们用竹竿支起灯球，在半空中划出流星般的光芒……近景中，可以看到灯市里各种灯笼争奇斗艳，五色琉璃灯、福州白玉灯、镂刻的羊皮灯、流苏珠子灯、各色罗帛灯；许多灯面上画着各色仿院派风格的山水、花鸟图，精美绝伦……

赏灯的行人中，穿行着顶盘挑架、卖各种夜宵点心的商贩，沿路叫卖春饼、旋饼、羊脂韭饼、澄沙团子、鹌鹑馉饳儿，路边的铺子伙计则吆喝售卖红白熬肉、炙鸭、熬鹅、熟羊、烤鸡、姜虾、酥鱼、海蜇、田螺羹；正当青春的卖花女挎着马头竹篮，唱着歌沿街叫卖红白梅花、三色茶花和喷香的蜡梅。

七百多年前的盛世良宵是那么美好，让我这个观者兴奋难耐，几乎手舞足蹈。

但林凯风并没有分享我此时的狂喜，他靠在窗边，左手死死扒住窗棂，他的脸在一阵阵地抽搐，眼角似乎有泪光闪动。

我被他的表情吓住了，慢慢地，我明白了。

我说："我本以为，你想复原的是《梦粱录》或《武林旧事》中的情景。但其实，你心心念念的是另一本书。"

6

他转过头用泪眼望着我。

"《蒙元入侵前夜的中国日常生活》。"我报出这本法国汉学家谢和耐的名作。

“没错。”他带着泪说，“那你一定就能理解，我原来为什么想用双向视频交流，用几十万人的幻影来警醒我们的祖先。我没有那么疯狂，前面的展示我只想投射历史，但最后这一段，我真想让他们也看见我们，听见我们对他们呼喊。”

我明白。

我们面对的，是13世纪世界上最先进、富裕的国家歌舞升平的一刻，古代中华文明在诸多方面于赵宋登峰造极。但此刻的奢靡欢乐、繁华胜景，又像古人的华胥国中梦一场。

铁蹄声声将至，覆灭就在眼前。

“我只想唤醒沉睡的人。”他哽咽着说。身为一个杭州人，在这三面青山一面湖的景观中长大，西湖水已成了他血液的一部分。可当他慢慢成人，在湖山中寻访岳王庙、于谦祠，又生出由衷的历史悲情。回看这个城市千年的历史兴衰，南宋时代中华文明的成就之高，让他惊讶，而杭州的命运，乃至于南宋的命运，才格外令他痛心——“山外青山楼外楼，西湖歌舞几时休？暖风熏得游人醉，直把杭州作汴州。”这个城市所有的精致与美好恰恰养成了人们骨髓中的慵懒气质，在繁华胜景中沉沦下去。再往后，便是崖山。南宋沦亡，临安城的夜晚成为宵禁之下黑沉沉的漫漫长夜。

几年前，他终于发现了穿越时间、与古人交流的奇特方式，那时起便一直希望，有朝一日能改变这一切。他想用几十万未来人的幻影这样奇异的景象，震慑面对亡国危机仍苟且偷欢的人们。如果能令他们中的许多人从此改换精神面貌，那么，即使面对强大的入侵者，亦未必没有改变战争结果的可能。

“可是，那个时代的覆亡有更深的原因，甚至此刻的繁华恰恰与倾覆表里相依。你无法改变，更不能冒险改变历史，让我们的世界分崩离析。”我深深叹了一口气，理解了他之前所有的鲁莽。这个技术宅的内心深处，原来藏着一个天真热血的少年。

他望着我，燃烧的目光渐渐沉静下来。他又望向那繁华的历史幻象，和我一样叹了口气，挺直身子，重重地点了点头。这时我才发现，他颤抖的右手中居然一直紧紧攥着那个手机式的控制器。

我顿时明白了：一年前的试验后，林凯风并没有对双向交流方案彻底死心，方才我俩的交谈之间，他经历了最后一次天人交战。最终，多年的学习给予他的科学与理性，战胜了他的冲动。对这个世界、这个城市、这片湖山的情感，让他选择了放弃。

那一瞬间，我像触电般一个激灵，发现了自己内心的矛盾。

面对这七百多年前火树银花的南宋元夕，我其实也希望，能让时间彼方的古人听到我们的声音、看到我们的模样吧？

与林凯风不同，我并不想改变历史，但和他一样，我也想让先人们看到：我们活泼泼地、更好地在未来活着！我希望让我们的祖先知道，我们存在，他们的后人存在，在这同一片土地上！

不论之后他们会面对何种绝望与阴霾，这点儿“知道”，能让他们在此后漫长的“南人”生涯中，在沉渊腐水般的文化生活里，保留一点儿希望的火光。如果可以、如果可以……

然而，不可以！我胸口一窒、鼻子发酸，连忙仰起头，不让泪水流出眼眶。

湖上的天空悬着两个月亮。

八百年前的元夕之月同今天的月亮，一虚一实地在不知岁月的流云中放射着光芒。月晕相连，如重叠的时间。

古月照今人，今月也照在古人的虚影上。

我的不甘与感伤让林凯风彻底平静了下来，那一瞬间他仿佛也理解了我，月光下他的眼光晶莹闪烁，带着没有拭净的泪花。

“知道吗，陈平，现在我真的放下了。我甚至觉得，想要改变历史的执念有点儿可笑。因为今夜望着他们，我突然明白，此时此地我们的存在，足以告慰先人。”

我回头扫视控制台上的大屏幕，左侧的几排屏幕分区上展示出各个位置的特写：八百年前的那些人儿，他们的笑脸，他们的欢欣，他们对生活的热望……而右侧分区的实时镜头下，今天的观众们脸上，依稀可以看到同样的神采！

我的喉咙像被什么堵住了一样，哽咽了好一会儿才能应上一句，“你说得对。”

我仍有遗憾，遗憾不能透过历史迷雾告诉我们的祖先：崖山之后，中华未亡。然而，我们存在，他们的后人存在，这一点比什么都重要。

林凯风笑了，声音低沉而温柔，“来，我们再多看一会儿这美好的夜晚，把它当成一份历史的礼物吧。”

我点点头，心潮澎湃，望着我们遥远时代的先人，禁不住涕泪滂沱。

东风夜放花千树，
更吹落，星如雨。
宝马雕车香满路。
凤箫声动，玉壶光转，
一夜鱼龙舞。

《科幻世界》2021年第7期

作者的话：

2019年年初，我应邀参加某个主题写作活动，但真待稿成，故事已恣意走向另一个方向，于是它一直静静待在电脑里。我偶尔想到时，会调出来润色文字，慢慢走了12稿。

我一直想给杭州写个故事。杭州是我母亲出生的城市，儿时的她曾在弄堂口的浣纱河边洗头。高中毕业的她，正赶上“上山下乡”，落户浙江农村，成年后经人介绍，找了一个外地郎，在武汉军区医院产下她唯一的孩子。我未足百日，她就带我坐船去重庆，将我交托给奶奶代为抚养。然后她回到浙江三天门，参加了当年的高考，成为77届大学生，毕业后回杭工作。我做了五年多的留守儿童后，被父亲接走，乘船顺长江而下，一路到南京，再转火车赴杭，与妈妈、外婆相聚，自此，我在杭州度过了自己全部的校园岁月，从学生到教师。

少时我住在湖滨巷子的杂院里，小学正对着西湖，放学后去湖边荡秋千，湖光山色，柳浪飞花都是日常风景；中学暑假尤喜骑车漫游，清晨五点沿南山路骑过苏堤，到北山街看荷花，一个夏天能黑两个色号；秋天半城桂花香，穿城行车半醉在馥郁的气息中独自甜蜜；春天四五月，去花港看牡丹、白堤看桃柳，如果错过就像白过了一年……童年时我本不认杭州是家乡，总是惦记那个江畔的山城，但渐渐地，西湖的水于我，变得和长江水一般亲切，都在我精神的血脉中流淌。

想到为杭州写故事，我原想写白娘娘，写着写着，偏了，变成了对西湖历史的追述。高潮处的精神路径，呼应了我先生某日突发的奇想：今天世上的所有人，都能在古代任何一个时期找到自己的祖先。即使是“白骨露于野”的时代，我们每个人的祖先一定都活了下来，都是时代的幸存者。——这个道理很容易想明白，而它勾勒的血脉渊源，虽千万年未断绝的生命河流，和国人文化骨血中的历史感发生了共振，让我深深感动。当时很想以此为基底写个故事，但觉得需要一个宏大的设定，没想到机缘巧合，在《寻梦西湖》的高潮，就把这个概念融入了。

再说本篇采用的科幻点，“四维空间双向视频交流”是我在陈平系列故事《时间的彼方》(1998年银河奖获奖作品)中首次构想，之后还在少儿科幻中用过的点子。这次旧点子连同旧主角一起重新登场，而陈平的系列其实从未终结，她会和我一起成长。

最后，本文初成于2019年2月，当时国家的外部环境压力重重，贸易战的结局尚不明朗，一些激越的情绪多少被带入了写作。而今小说要发表时，时移世易，已不再需要像当时那样呼号召唤，反而显得故事人物有些“中二”，但相信我们对这条血脉河流的信仰，会伴随历史，流向未来。

断　层

| 刘　洋

刘洋，生于1986年，中国作家协会会员。2016年于北京师范大学，获凝聚态物理学博士学位，2018年到南方科技大学工作，现任科学与人类想象力研究中心副主任。

自2012年在《新科幻》第9期发表处女作《时振》以来，已在《科幻世界》《文艺风赏》、“不存在日报”公众号发表科幻作品百余万字，并有多篇作品被译成外文发表。

刘洋追求题材和设定的创新，力图在新的领域发掘科幻小说的惊奇感。曾获得华语科幻星云奖、中国科幻引力奖、黄金时代奖、光年奖等奖项。出版有短篇小说集《完美末日》《蜂巢》《流光之翼》、长篇小说《火星孤儿》等，多部作品正改编为电影、电视剧和动漫。

刘洋在南科大开设“科幻创作”“科幻作品中的世界建构”等课程，从事数字人文、创意写作、凝聚态物理等方面的研究工作。同时，作为首席世界架构师，参与多款科幻电影和游戏的制作。

刘洋的《肇事者》《对流》曾分别入选2016、2018年度《中国最佳科幻作品》，今年入选的《断层》描写了一个似曾相识的未来，人类在前文明留下的古卷中寻得科技发展的捷径，却没有人探究这种便捷会带来怎样的改变，直到时间机器出现……

物理学已死。化学已死。生物学已死。数学已死。材料科学已死。工程学已死。经济学已死……

人类所有的科学技术研究机构都大幅缩减,唯有考古研究所四处开花。

其时其世,考古学乃是唯一的显学。

可惜,这些辉煌事迹都是三十年前的老皇历了。当我进入中国考古研究33181所时,怎么也不会想到,当时如日中天的考古学竟会衰落到今天的地步。在我从事考古研究的这几十年里,全世界一百多万个考古研究所、全中国数十万家考古研究机构就像经济危机下的中小企业一般,纷纷零落。到现在,33181所已经是全国仅剩的十八家考古所之一,而且,正处于风雨飘摇之中。

因为缺少经费,我们已经半年没有发过工资了。办公室的饮水机已经很久没有更换新的桶装水,厕所最里侧靠墙的便槽几个月来一直在往地板上滴水,楼层的走廊上有一大块墙壁的墙纸在潮湿的空气里剥落。室内的照明系统也不时出问题,有时候灯光会突然变成橙黄色,在灭与不灭间徘徊。办公室里的人越来越少,连所长也成天不见人影。大部分人都离职了,当然也有人舍不得放弃这个编制,还在坚持。跟我一个组的老潘,每天都偷偷溜出去做兼职,据说在一家民间收藏机构做修复员。还有小玲,在办公室的电脑上开游戏直播也不是一天两天了。

本来以为这种放任自流的状态还会持续一段时间,可昨天晚上突然收到开会通知,而且特别强调要所里全员出席。今天的办公室里,每个人都惶惶不安，眼里露出惊慌之色。

大限将至，抑或是转机到来？

所长坐在狭长的会议桌一端，看着下方仅剩的几名研究员，神色漠然。白色的桌面上有一团淡淡的褐色污迹，大概是哪次打翻茶水留下的，之后一直就没有擦除干净。他的目光扫过那团污迹，又立刻转开，像是什么都没有看见。他那本就稀疏的头发似乎又凋零了不少，看上去越发可怜了。

“又走了两个，”他转头问小玲，嗓音有点哑，“最近古卷没丢过吧？”之前曾经有过离职人员顺走古卷的先例。据说近来各类古卷在收藏市场上的价格一路攀升，大概是有推手在背后刻意炒热市场。

“没有。”小玲立刻应道。自从最后一名在编的仓库管理员离职，管理古卷仓库的责任就落到了小玲身上。她并不是考古专业的学生，但工作态度很认真，平时遇到什么关于古卷保管的问题，也常常向我请教。她很珍惜这个工作机会，虽然我们都不知道这间考古所还能维持多久。她今年刚从护理专业毕业，很“幸运”地成了他们学校这个专业的最后一届学生。因为商用的智能护理机器人大批量上市，众多医院大幅度削减了护理人员，很多职业院校也都纷纷砍掉了这个专业。

所谓古卷，从外观看上去，其实就是一些用铝合金真空封闭的“罐头”。它们全都来自所谓的“太古遗迹”。半个世纪以前，因为一次高铁隧道的修建，深藏在秦岭山脉之下的太古遗迹第一次展现在世人面前。遗迹并不是常见的墓葬、宫殿或古代村落和城邦，而是一个造型奇特的封闭式建筑群。它们每一个都有穹顶式的顶部，其间由许多曲折的管状通道相连，从整体上看像一个结满了根茎果实的藤本类植物。在这些“块根”中，密密麻麻地塞满了洋溢着金属质感的罐头状物品，俨然是一个食品加工厂的仓库。每个罐头里面都封存了一块巴掌大的卷筒状柔性材料，在显微镜下可以发现它们都具有精致的碳化硅-钠铁砷超晶格结构，其中充满了众多看上去毫无规则的晶格缺陷。一段时间以后，人们发现，这些缺失的原子，其位置的分布其实有一些固定模式，它们反复在层状的晶格平面中出现，似乎隐藏着某种信息。有人指出，这些模式的组合事实上构成了一种奇特的语言。经过语言学家的研究和解读，人们很快就掌握了这种语言——因为有大量的文本可供研究，其解读的难度比甲骨文容易多了。于是人们终于恍然大悟：原来挖掘出的那个遗迹，乃是一座“图书馆”。

每一个罐头里，都装着一本书。碳-12年份测定的结果表明，这些图书出现的时候，人类的祖先还在树上摘果子吃。它们来自一个与人类截然不同的上古文明。他们与人类在同样的空间里发展起来，却在时间上错开了近千万年。关于这种前人类时代的智慧生物，直接的骨骼样本极少，生活群落的遗迹也几近于无，唯有这种“图书馆”，因为精心设计和妥善保存，被大量发现和挖掘出来，成为我们了解他们的重要途径。

“有件事想要问一下大家的意见。”所长一边说着，一边试图用手势激活头顶的投影装置，但几次都没能成功。老潘站上会议桌，手动重启了投影仪，终于让这个老古董发出光亮来。说起来，老潘最早其实是学机械制造的，毕业后正好碰上第一批古卷出土带来的全民热潮，于是毅然向考古所递上了简历。他现在对当初的决定感到后悔吗？我看着他略显疲惫的神色，不禁又回想起我进入考古所前后的那段日子来——那真是一段狂热如神话般的时光啊！

投影仪上终于显示出了所长的报告图片。那是一片显微镜下的古卷晶格图，看上去和其他的古卷没什么两样。或许古卷翻译学家能一眼认出其中的内容，但对我们来说，这只不过是一些堆叠的原子而已。

“现在所里的情况如何，我也不用多说了，大家都看在眼里。”所长不急不缓地说道，“该解读的资料早已经解读完毕，剩下的也不过是些艺术和人文类的消遣之物。对吧，于玲？”所长特意问了她一句。

小玲无奈地摘下了AR眼镜，天知道她又在悄悄玩什么游戏。“是啊，理工类的古卷十年前就解读完了，不信你问文仔。”她立刻把球抛给我。我白了她一眼，没有接她的话茬。

不过她说得没错，我早些年的确解读了不少理工类古卷。我还记得自己刚从物理研究所毕业的那年，网络上到处都是关于古卷发掘的耸动标题：

《震惊！阿坝茂县出土惊人古卷，推翻爱因斯坦相对论！》

《改写历史的发掘！腾冲古卷揭示包含42粒子的标准模型》

《第五种基本作用力被实验证实，古卷中的基础理论再次被确认》

《清华教授：甘孜州二期古卷将助力常温超导材料研究》

诸如此类的新闻每天都层出不穷。从古卷中发掘和验证的理论正迅速拓展着人类认知的边界，理工类教科书几乎每个学期都要重写。从来没有哪个时期，考古工作者获得如此多的关注和荣誉。人们对考古的热情空前高涨，这种热情不仅来自官方，更多地其实来自民间——资本市场的热钱快速涌入，考古研究所如野草般疯长。一大批新材料和新技术迅速被验证，然后投入市场。人们的生活被日新月异的高科技玩意儿塞满，有刚出狱的囚犯直言世界变得太陌生，感觉像被关了几百年。

在这种环境下，正常的科研根本无法继续进行。不管你想申请什么项目，如果你的课题没和古卷搭上边，根本就别想立项。这是可以理解的：明明有更快捷和高效的途径获取新知，干吗还要吃力不讨好地去重新发现一遍呢？就像我，硕士阶段是做量子计算的，博士一开始，我本来还想接着之前的工作继续做，结果突然有古卷发掘出来，里面直接给出了一个便携式通用型量子计算机的原理说明和一大堆详细的图纸，这我还研究个屁啊！于是博士只好临时跟着考古所打打杂，把这堆关于量子计算的古卷解读了一遍，勉强混了个博士毕业。也因为这个关系，毕业后就顺理成章地进了考古所，开始了古卷解读的苦逼生涯。

“大家都说，这些古卷里的东西已经了解得差不多了，不会有太多新玩意儿了。的确，最近十年，全球的考古所几乎就没有在科学上发现什么有价值的东西。”所长顿了顿，突然提高了语调，“但是，这片古卷，可能是一个例外！”他再次提醒我们看向投影中的图片，“毫不夸张地说，我认为，这片古卷的价值，要远远超过迄今为止所发掘的所有古卷！”

所有人都不动声色地看向前方的投影，等着所长接下来的话。我看到老潘脸上露出不以为然的神色。

这是自然，因为类似的话所长大概已经说过十多遍了。

古卷发掘和研究的热潮从十年前开始消退。经过几十年的发掘和解读，人类已经快速吸收和掌握了那些古卷中的科技，很多都已经投入了应用。可以说，在科技水平上，人类已经基本赶上了上古文明。能够给科学界带来新突破的古卷越来越少，到后期基本只剩下一些人文或娱乐类的古卷还没有解读了。从那以后，资本开始逐渐从考古市场退出，各国都出现了一波民营考古机构的倒闭潮。好在33181所的前身是国家文物局的一个下属机构，国有机构的背景决定了它的韧性比较强，才一直撑到了现在。即便如此，最近几年的日子也不好过。每隔一段时间，我们便要到处去拉投资，每次在投资人面前都大力吹嘘新发现的古卷是多么重要，比刚才那句更夸张的话也不是没有说过。

“这次是真的！我们内部开会，你们还不信我？！”看到我们的反应，所长有些上火，脸色泛红，挥舞着手臂用力地戳向空间中那虚幻的投影，“它是解释‘大断层’现象的一把钥匙。”

听到“大断层”这几个字，所有人都一愣，看向投影的眼神终于认真了起来。

所谓大断层，指的是上古文明的一个极不合理的飞跃式发展阶段。根据古卷中记载的知识层次进行分析，在一个不到十年的极短区间内，上古文明的科技水平发生了突飞猛进的进步。这种进步是全方位的，在各个学科领域都突然出现了很多重大的突破。用人类的文明史来类比，大致相当于把第一次到第三次科技革命的时间压缩到了五年内。对于这一现象，有无数人试图从各种角度给出解释，什么非线性发展模型啦，什么奇点理论啦，还有声称外星人降临地球的啦，但是每种说法都很牵强，找不到直接的支持证据，所以一直都没有一个被广泛认同的解释。

“这一卷是什么时候发掘出来的？”老潘问道，“最近所里似乎并没有收到新出土的古卷。”

“是五年前送过来的。”所长想了想，“同一批出土的还有其他一千册左右，我们都已经解读完了。就只剩这一卷，我在初审之后，就一直藏着没有让你们复核。”

我想起来了，五年前确实有一批从安阳出土的古卷送过来解读，内容大部分都是关于上古文明的社会结构和法律文书之类的，所以并没有引起太大的反响。古卷的清点和入库一直由所长自己负责，没想到他竟然还私藏了一卷。

“这卷的具体内容是什么？”我忍不住问道。

“一种机器的制造指南。”

“什么机器？”

“……时间机器。”所长犹豫了一下，终于还是说了出来。

所有人都长吸了一口气。

我必须承认，尽管古卷中的知识已经给了我们无数次震撼，但这次的震撼感仍然远超之前任何一次。这可是时间机器啊！这些上古文明还真是给了我们一个大惊喜！

“有救了！研究所有救了。”老潘大喊了起来，然后笑着说，“这次看那些投资人还投不投。不用我们出面，只要放出点儿风声，我保证那些家伙一个接一个地捧着钱来求我们。”

“何止啊，这东西有可能带来一波新的古卷热啊！天知道那些古卷里还藏着些什么奇妙的玩意儿。”

“可是所长，”我有些疑惑地问道，“为什么当时要把这古卷藏起来呢？”

“是啊，早点儿拿出来，我们这几年也不用搞得这么辛苦啊。”

所长的脸色一如往常地凝重，他静静地等待我们从兴奋中平静下来，才沉声说道：“这本书的最后，记载了时间机器普及后所发生的事情。总的来说，我觉得可以用‘灾难’来形容。”

“莫非发生了‘外祖父悖论’之类的事件？”看过很多科幻电影的小玲插话道，看我们都一脸茫然，又赶紧补充说，“就是那种回到过去杀掉自己外祖父然后导致时间线紊乱的故事。”

“那倒没有。根据古卷的记载，时间机器的使用有很多限制，其中有两个最重要的：一是只能在时间机器发明之后的时间范围内进行跳跃，也就是说永远无法回到时间机器发明之前的时代去；二是跳跃后的人只是作为观察者而存在，即无法和新时空的物质产生任何相互作用，当然也就不可能做出影响或改变历史的行为来了。”

“这样啊……”老潘略微有些失望，“那这东西的商业价值就小很多了。”

“可是即便如此，它又能造成什么灾难性后果呢？”

“所谓的灾难，并不是像地震或者战争这种直观性的象征，而是对文明发展造成一种间接的隐形伤害。这种伤害一开始并不明显，甚至可以说恰恰相反，它极大地推动了文明的进步。在时间机器投入使用的前几年，大批科学界人士跳跃到未来，学习和吸收了来自未来的先进科技，从而为当前的时空带来了一场空前的科技爆炸。这就像在不同蓄水高度的水池间修建了一座连通器，知识的水流从高处飞快地涌入低洼地带，浪潮汹涌，势不可当。”

“这就是‘大断层’?”

“不错,这就是所谓的‘大断层’现象出现的原因。”

“那之后呢?又发生了什么?”

“之后发生的事情极具讽刺性。从某种意义上讲,和我们当前的处境具有某种相似性。”所长意味深长地看着我们,苦笑了一声,继续说道,“大家回想一下,在几十年前,我们的科研机构大批倒闭的情形,大概就可以推测出他们在时间机器普及后所遭遇的窘境了。自从发现古卷这几十年以来,那些真正的原创性科研工作几乎消失了,一切科研都沦为了对古卷的破译、验证和应用研究。我们的科学人才在消失,那些世界上最聪明的大脑们,现在不再独立地思考宇宙的奥妙,不再从推理和实验中探究自然界的规律,他们都埋首于古籍之中,摆出古代儒生皓首穷经的姿态来。看上去我们的科技水平大幅度提升了,但长此以往,我们将失去独立的创新能力,变成一群跟在古卷后面亦步亦趋的效仿者和只会在故纸堆中寻找答案的懦夫。”

“是这样吗……”

“哼,早就有这种趋势了!不过好在古卷的数量终究有限,近二十年来已经没有发现新的大规模古卷群了,所以一切又都开始回到正轨。但是,时间机器可完全不一样。”所长刻意停顿了一下,似乎是给我们一些思考的时间,“想想看,从未来涌入的科技,那可真算得上浩瀚无穷了。在这些无穷无尽而又唾手可得的知识面前,还有人愿意从事独立的科研工作吗?”

“会有这么严重吗?”

“事情比你们想象的要严重多了。在经历了所谓的科技爆炸之后,因为科研人才的断档,本地时空的科研工作陷入了近乎停滞的状态。然而,从表面上看来,他们的科技水平仍然在一路提升,从未来涌入的新鲜科技给整个社会带来了一派繁荣的虚伪表象。他们并没有注意到,一些隐患已经悄然出现。比如,对于一些来自未来的科技产品,人们对其工作原理变得似懂非懂。很多时候,他们已经懒得再去追根究底，只求学会使用方法就行了。这会带来很多麻烦，比如当一个机器出现损坏的时候，在本地寻找的合格维修人员便成了一件非常困难的事情。这种在科技上的惰性逐渐蔓延到社会的各个角落，最终酿成了一场巨大的灾难，葬送了他们的文明。”

“那后面到底发生了什么事？”

“最后的灾难到底是什么，古卷上并没有确切的记载。我估计那时候整个社会已经陷入混乱，没办法进行详细的考察了。总之，因为某个特殊的原因，所有的时间机器突然都无法正常运行了。有人推测是因为一种大规模爆发的网络病毒，也有人认为是因为太阳耀斑引发了某些硬件上的故障，众说纷纭，没有人知道真正的原因。其实说起来不过是一些机器故障而已，不外乎就是找出故障原因，修好机器就行了。但讽刺的是，不管怎么寻找，始终找不到能够修好时间机器的人。事实上，在灾难爆发的那个时代，人们已经退化到连时间机器的原理图都看不太懂的地步了——虽然那是他们的前辈们所发明的——即便他们返回到发明时间机器的时代，他们也因为只能作为观察者而无法真正理解原理。从那次灾难之后，他们便永远失去了时间机器，只剩这样的图纸留存下来。因为科技创新和独立研发能力的低下，他们的文明开始逐步衰落，最后终究是无声地湮没在了时间长河之中。”

所长的解说停止了，但话中所言带来的震撼仍在我们的脑海中回荡。我似乎看到了，在那个科技空前发达的上古时代，所有人都因为机器突发故障而陷入迷茫的神态。在科技愈发昌明的今天，我们又会不会遇到这样的情形呢？我突然抬起手中的腕表——那是一个智能投影腕表，它可以在表盘上方一尺见方的范围内进行3D投影，通过使用者的手势和语音进行互动，但是，它的投影原理是什么呢？我不知道，我想大多数人都不知道。人们只会要求越来越便利的智能装备，至于它们是如何实现的，又与我们何干呢？

办公室里突然陷入了一阵令人难以忍受的沉默之中。

片刻之后，终于还是所长打破了这片静寂。

“我想，可以进入我们今天会议的正题了。”他关闭了投影仪，会场顿时变得一片阴暗。窗外的天空不知何时布满了厚重的乌云，似乎有一场风暴正在酝酿。

“现在有两种选择摆在我们面前。一个是公布这卷古卷的内容，这可以拯救我们考古所，并且大赚一笔。这东西如果能成功申请专利，我们这辈子应该是什么都不用愁了。另一个选择是继续隐藏这卷古卷，或者干脆彻底摧毁它。大家认真想一想，然后，我们投票决定吧！”

所长的声音有些嘶哑，说完之后，他便直直地瘫在了老旧的皮椅上，似乎说出这番话已经耗尽了他所有的力气。

两个选项看上去优劣明显，但其中隐藏的后果却让人感到惊悚。对我们而言，第一个选项毫无疑问是最有利的，但如果真的制造出时间机器来，却有可能让人类步上古文明的后尘，走入文明衰落之路。或许我们可以避免这种结局，我在心里极力想说服自己，我们可以向社会陈述过度依赖未来科技的危害，让人类维持一定的原创性的科研能力。但这种逆势而为的事情，真的能够实现吗？想到近几十年来人类社会在发现古卷后的所作所为，我不禁陷入了深深的怀疑之中。

第二个选项当然可以从根本上杜绝这样的文明危机，让人类走回到科技发展的正途。但也许在其他地方还有这样的古卷发掘出来呢？那我们现在的所作所为岂不是毫无意义？再者说，考古所倒闭以后，所里上上下下该怎么办？老潘一家老小要如何生活，他这么大年纪了，就靠出去做零工吗？而我，虽然是物理学博士出身，但做古卷解读已经几十年了，现在突然改行，我又能做些什么呢？回去做物理研究是不可能的了，我清楚地知道自己已经失去了那种能力。思来想去，我竟像又回到了懵懂的少年时代，陷入了深深的自我怀疑和迷茫之中。

时间一分一秒地过去，所有人都陷入了思索之中。谁也没有想到，在这样一个破旧的办公室里，整个人类文明的命运与自我的前途，竟然以如此奇妙的方式纠缠在了一起。阴暗的乌云之下，开始有狂风呼啸。沉重的空气里，充满了荒诞与不真实之感。

不知过了多久，所长终于推开皮椅，站了起来。他咳嗽了一声，然后一字一顿地认真说道：

“好了，开始投票吧！”

《科幻世界》2021年第8期

作者的话：

《断层》虚构了一个高度发达的史前文明，现代的人类科技因为挖掘出的“古卷”而出现了突飞猛进的巨大提升。其实这是一个在科幻小说里常常见到的情形，只不过在大多数情况下提升人类科技水平的是外星文明。但是这真的是好事吗？我认为未必。在这篇小说里，我就构想了其可能带来的一些不良影响，包括削弱人类自身在科学上的创造性、致使科研机构削减、带来科技人才的断层等等。为了凸显这种科技不自然飞跃可能带来的极端后果，我为史前文明也设计了一个同样的处境，其肇因就是时间机器的发明。通过时间机器，他们轻易获得了来自未来的先进科技，而这最终让他们的文明陷入了绝境。

这种情形会在现实中发生吗？虽然我们发现史前文明或外星文明的概率很低，短期内也不太可能发明时间机器，但以深度学习为代表的新一代人工智能算法的飞速发展却让这一设想有了新的可能性。现在，科学家已经将人工智能算法应用在了很多科研领域，包括物理学、化学和生物学等等。这些算法固然可以得出很漂亮的结果，但也带来了“黑箱”问题，也就是我们无法用人类可以理解的语言来解释算法是如何得出这一结果的。从这个角度来看，黑箱算法给我们带来的新知识，和来自史前文明的科技，又有什么区别呢？

一生都在吹泡泡的人

| 谢云宁

谢云宁，生于1982年，四川遂宁人，本科毕业于四川大学，硕士毕业于电子科技大学，专业均为微电子。现居成都，半导体行业工程师。自幼热爱科幻，初中开始尝试科幻创作，最初的习作获1995年《科幻世界》“七中杯”校园科幻征文鼓励奖。大学期间担任四川大学科幻协会创编部部长，主编了协会会刊《临界点》。真正的处女作《回溯》发表于《科幻世界》2004年第7期，2005年凭《深度撞击》荣获银河奖最佳新人奖。此后笔耕不辍，作品见于《科幻世界》《新科幻》《文艺风赏》等刊物。2017年出版长篇小说《宇宙涟漪中的孩子》，2020年出版第二部长篇《穿越土星环》，并荣获第十二届全球华语科幻星云奖最佳长篇奖以及第32届中国科幻银河奖最佳长篇奖。

谢云宁的作品视野开阔，多以宇宙天文、计算机、生物工程为主题，追求科学硬核与人文关怀的有机结合。《一生都在吹泡泡的人》题材是平行宇宙，但仍延续了作者的创作理念。只不过，作者这次将重点更多放在了人身上。这种微调强化了小说的质感与共情，原因很简单，正如作者的感言：“‘人生’似乎比‘宇宙’更加地幽深复杂。”

I'm forever blowing bubbles, fortune's always hiding.

(我永远都在吹泡泡，运气总是被掩藏。)

——英超西汉姆队队歌

我的名字叫作李夏白飞，众所周知，在四十二岁以前我叫李夏，"白飞"这个名字来自我的一位朋友。改变世界进程的那个物理方程式"李-白"正是以我俩的名字命名。

关于我这位朋友的生平传记，包括我的自传在内，都将他塑造成了我最亲密的助手，一位普罗米修斯一般的殉道者。

但这并不是事实，我有意向世人隐瞒了他的一些人生细节。如今我已到了垂暮之年，我不想所有的秘密都被我带进坟墓，我决定直面自己的内心，将他真实的过去公之于众。

好了，现在让我开始我的回忆(我尽量让自己恢复到年轻人的心态去复述当年的一切)。

我与白飞的故事开始于上一个世纪之交的C大校园。

我和他是C大物理系的同班同学。那时C大在全国的排名介于二流三流之间，物理专业也不是什么时髦热门专业，班里不乏如我这样被其他志愿刷下来的失落者。另外，还有一些从名校落榜滑落到我们专业的调剂生。

白飞就是这样一位高分落榜者，据说只差清华大学两分。

并无夸张地说，这家伙是我见过最为古怪的一个人。他是北方人，个子很高，身高足有一米八五，但背总是有点儿微驼，一头"人猿泰山”般的凌乱长发从进大学就再也没理过，他脸色白皙，眼眶极深，看人的眼神总是很飘忽。他一开口，嗓音粗嘎，话中还总带刺，让人极不舒服。

与那个年代大学校园大部分男生一样，我过着“必修课选逃，选修课必逃”的散漫生活。睡懒觉、踢球、打游戏、追求女孩（迟迟未果）是我大一堂堂不落的“必修课”。

而白飞则不然，他如一部无比精准的钟摆，总是比上课铃提前一分钟出现在教室，永远坐在第一排的最左边位置，总是全神贯注地聆听老师的每一句话，下课铃一响，又跟着老师的脚步匆匆离开。

他偶尔也踢球，但总是一个人，独来独往，从来不和我们班队一起踢。他的球风可谓自成一派，喜欢卖弄蹩脚而怪异的过人技术，喜欢扯着他那大嗓门大喊大叫，指挥别人，和他踢过的人绝对都不愿意再和他踢第二次。

我与他的生活轨迹就是两束平行的光流，完全没有交集。

我们的第一次接触是因为一场球赛。

那时的我算是一名执着的阿根廷球迷，爱屋及乌，对阿根廷国内联赛也没少关注。大一上学期的一天早上，我一反常态地没有睡懒觉，七点没到就从床上爬起来，一路小跑赶到二食堂。

有一场阿根廷甲级联赛超级德比正在等着我——山丘老男孩队VS竞技队。

那个年代还没有网络直播，电视仍然是看球的唯一途径。而在这样一个早上，食堂电视差不多是看球的仅有选择。

我径直走向悬挂在食堂中央的电视，出乎我意料的是，电视已经被锁定在CCTV-5，电视机下已伫立着一个高瘦的身影，是白飞。

他也看到了我。

我们不得不用目光相互打了个招呼，都难掩惊讶。由于作息时间不一样，我们在课堂上都难以照面，大半学期也没说上一句话，没想到竟然在这里碰上了头。

我们尴尬地相顾而立，也不知道该聊点儿什么。

所幸，比赛直播开始了，我和他都解脱似的将目光投向了电视屏幕。

画面信号来自我们脚下地球最遥远的另一端，布宜诺斯艾利斯，山丘老男孩的主场巧克力盒球场。比赛一上来，山丘老男孩队与竞技队两个老冤家就玩了老命地死磕起来，场面异常火爆，黄牌满天飞。那个年代的阿根廷球星大都球风狂野奔放，留着一头飘逸的长发，奔跑起来头发轻舞飞扬，再加上阿根廷足球场特有的漫天飘飞的白色纸片，让比赛进行得热血偾张，极具视觉冲击力。

我瞟了眼白飞，他目不转睛地沉浸在球赛中，嘴里碎碎嘀咕着球员的名字，不时兴奋地摇晃着他那头油腻的长发。这一刻，我意识到，他的长发来自对阿根廷球星的崇拜。

半场快结束时，主队高中锋马克西在禁区内硬抗数人打进一粒漂亮进球。

“无敌啦——”白飞扯着嗓子大吼道。

“无敌啦——”我也跟了一嗓子。

我们忘记了彼此的生疏，激动地击掌相庆。

时间到了饭点，来食堂早餐的人多了起来，但始终只有我与白飞站立在电视机前，全程热情投入。即使是球迷，他们关注的也是英超意甲这样的欧洲主流联赛，对非主流的南美洲联赛瞄上两眼就转身离开了。如果不是球迷，更是会对守在电视前的两个“球疯子”的喜形于色无从理解。

比赛最终以1∶0收场，一场比赛下来，我和白飞变成了惺惺相惜的“战友”，我们挥手告别，我回寝室补觉，他背着书包赶去教学楼上课。

就这样，我与他算是打上了照面，在校园里遇见也会相视一笑。

很快，我们有了第二次更为深入的交流。

那一天，我到东区图书馆二楼看杂志，回寝室路过一楼时见到白飞，他正埋头学习，我之前每次来图书馆都会见到他一个人坐在那个角落，投入地计算着什么。

这一次，好奇心让我走到了他的跟前。

桌上的稿子上写满了奇怪的公式与符号，我完全看不懂，这并不是我们课程的内容。

“白飞，你在计算什么？”我忍不住开口。

白飞顿住了，放下了手中的笔，他抬头望着我。

时隔多年，我仍然清楚地记得那一幕场景，从玻璃窗透进的黄昏的光线似乎突然明亮了几分，整个图书馆变得出奇安静。

他捋了一下额头垂下的长发，表情并没有什么变化，只是嘴角慢慢地微微上扬，轻轻地吐出了一句话，“我在推导平行宇宙理论。”

“平行宇宙——”我一怔，原来这个古怪的家伙在暗地里鼓捣着古怪的理论，“这有什么用？”

“没有什么用。”这家伙幽幽地说，他冷漠的脸上流露出一丝不悦，我的话显然冒犯到了他。

“我看过一部讲平行宇宙的好看电影，《黑洞频率》，主角可以超时空通话改变命运。”我圆场道。

“那是一部漏洞百出的烂俗电影，讲的也不是真实的平行宇宙。平行宇宙之间相互独立，平行演进，你没办法和三十年前的人通话，你也没办法改变另一个平行宇宙的因果线。”白飞漫不经心地说。

和这个家伙聊天真是一件自讨没趣的事，我心里想着赶紧离开，不过我还是随口回应了一句，“说起来，我刚好在最近一期《科学》上看到了一篇文章，你所说的这套相互不会交叉的平行理论是由一个叫艾弗森什么的人提出的。”

“埃弗里特？”白飞皱了皱眉头。

“对的，就是这个名字。”

“你知道休·埃弗里特？”白飞突然站起身来。

“是啊，他的生平很有意思，我是把那篇文章当八卦读完的，他的平行宇宙理论被当时物理学界集体漠视，最终却靠科幻小说的宣传被大众知晓，变成一个流行文化符号，这让我印象深刻。”

“你说得没错。”白飞变得激动起来。“埃弗里特”就像是一个神奇的密码，一下子把他整个人“激活”了，他那一直空洞而飘忽的眼神中终于有了一丝明亮的光芒，“埃弗里特的理论太过超前，他重新定义‘薛定谔的猫’的结果，人类所做出的每一次随机性事件，都将所在的宇宙分裂出不同的平行宇宙。”

白飞突如其来的激动让我有些无所适从，从他口中说出的那一串惊世骇俗的言论，令周围还在上自习的同学纷纷侧目，向他投来了古怪的目光。

我赶紧提醒了他一下，他想了一下，提议道：“现在是饭点，我们去吃饭吧。”

没办法，我只得跟着他去了食堂。

在人声嘈杂的食堂里，就着盖浇饭和可乐，白飞滔滔不绝地向我灌输起了平行宇宙的各种新奇理论，说到激动之处，他的双手还在空中比画起来。

“我们现有宇宙一刻不停地吹出一个个泡泡，每一个泡泡都是一个真实存在的宇宙，此时此刻我们能感知的那个宇宙只是漂浮在无数个泡泡组成的海洋中的一个。这些泡泡由比原子核还小的膜相互隔绝，近在咫尺，却又无法触及。”

白飞讳莫如深的描述听得我云里雾里，但我能感受到，他已经把我当作他的朋友。

在而后的大学时光里，我们有一搭没一搭地联系着。

2002年世界杯，我们共同目睹了拥有梦幻阵容的阿根廷意外止步小组赛，巴蒂斯图塔掩面哭泣的画面让我和他都跟着泪流满面。

那场比赛之后，白飞剪去了他那一头长发。

当与白飞有了更多接触后，我发现这个不受欢迎的家伙的超低情商与口无遮拦，很大程度来自他所执念的那一套平行宇宙理论。

大三时，我们班集体去临近城市一所研究院实习。

一辆大巴载着心情愉悦的我们，行进在高速公路上，那一天，天上下着细雨。

开车是一位四十多岁的老司机，姓王，本地人，不时用四川话和旁边的同学大声开着粗俗的玩笑。

正是因为他的分心，险些酿成了一场大祸。

高速公路一共三条车道，当时，大巴车走在中间那条道，前车是一辆桑塔纳。

毫无征兆地，桑塔纳向着右边车道一个猛转，急刹了下来。

没有前车的遮挡，出现在我们大巴视野中的一幕如此地触目惊心：一辆轿车与一辆SUV侧翻在路中央。

由于没有留够足够的安全距离，我们的大巴已经来不及刹车。

眼看我们就要一头撞上SUV，刚还在偏着头哈哈说笑的王师傅，下意识地回头，在电光石火间，本能地向左狠打了一盘子，带着刺耳的刹车声，大巴车头猛转向了左边车道，撞上防护栏。所幸的是，大巴在轻微擦剐后停了下来。

车里的所有人都惊魂未定之时，砰的一声巨响，让刚落回来的心再次飞出。

铺天盖地的玻璃碴，如暴雨的雨点般扬起，拍打在我们大巴右侧玻璃车窗上。

循着响声望去，冲击波来自我们右侧，在第三条车道上，一辆大货车来不及刹车，高速撞上了前面已经停下来的桑塔纳。

可怜的桑塔纳在庞然大物和前车挤压下，变成一只压扁的易拉罐，车里的人当场死亡。

这样惨烈的一幕给我们的冲击无疑是巨大的，如果我们的大巴跟着前车转向右边车道，被货车撞上的将是我们。

车上的老师与同学没有受伤，大家都在为逃过一劫而长出一口气时，白飞突然跳了出来，激动地冲到司机面前一阵大吼："你知不知道，另一个宇宙，你下意识地选择了右边那个车道，让我们所有人都卷进了车祸。"

"哪里来的瓜娃子——"王师傅回过神来，破口大骂。

"在那个宇宙，我们可能已经挂掉了。"白飞不依不饶地吼道，他举起拳头，想要干上一架。

我赶紧冲上前，一把将白飞拉开。

大学时间过得飞快，转眼到了毕业的季节。

那个年代，物理专业本科生并不好找工作，正为毕业去向烦恼不已时，我竟得知自己出乎意料地挤进了专业保研名单的最后一名。我的幸运得归功于我的女朋友。在大三上学期，同班女学霸终于接受了我的追求，成了我的女朋友，在她的威逼利诱下，我将很大一部分精力投到了久违的学习上。

这样，依靠大三的努力，再加上班上前几名放弃了本校保研，让天资平庸的我变成了被命运之神垂青的人。

作为专业成绩第一名的白飞，自己考上了北京中科院生物物理研究所。白飞告诉我，他还想从人体机能角度对平行宇宙的分裂进行更为深入的阐述。

在研究生阶段，我又继续后程发力，博士毕业后留校做了老师，我选择了半导体材料的凝聚态物理作为研究方向，这是一个相对容易出成果的实用型领域。

去了北京的白飞则如同"人间蒸发"般杳无音信，他没有再出现在大学同学的任何社交群里。

很多年过去，我觉得自己早已把他忘掉了，但有时我又会发现，这个家伙仍在一些地方潜移默化地影响着我。

我在三十岁那年，拥有了人生的第一辆小车。平日生活里，我是一位大大咧咧、性格有些毛躁的人，但一旦摸上方向盘，我就变得异常小心，谨小慎微，白飞告诉我的那一套平行宇宙理论总是在我脑海中挥之不去，我心里害怕，自己的任何不小心都会导致平行宇宙一场难以收拾的车祸。

毕业十年后，再次碰见他纯属偶然。

当时我准备去学校食堂吃晚饭，从物理学院路过东区足球场。黄昏热闹的球场上，一大群人正在分拨踢着野球。

远远地，我一眼就认出了他：在淡淡的薄雾中，他如同一只笨拙的大鸟，动作迟缓而夸张，虚张声势的一招一式极其认真而又滑稽。

他仍然穿着那件褪色的阿根廷10号球服。

他每次接到传球后，总是一阵埋头瞎带，很快，球就被对手截下。这样的球风在野球场上总是招来队友的嫌弃与白眼。

看得我也不禁直摇头。

最终，与他一队的那群年轻学生忍无可忍，愤愤地抛下他，在旁边另组了一个局。

白飞只得一个人在跑道上慢跑，练习带球。终于，他发现了十米开外的我。

他不好意思地摸了摸头，看上去有些手足无措，然后，他笑了，向我踢出了皮球。

我伸脚停下了来球。

“老李，是你啊。”白飞开口，他的声音还是那么粗粝，“一起来两脚吧——”

“早踢不动了，老胳膊老腿的。”我微笑着开口，“什么时候回的成都？”

“有两三年了。”白飞说。

“也不联系一下老同学。”

白飞尴尬地笑了笑，回避掉了我的问题。“你毕业留校了？”他也许是注意到我手中的C大文件夹。

“是啊，也没有其他去处。”

“挺好的。”白飞说。

“我们一起吃晚饭吧？”我提议道。

他踌躇了一下，说了声“好”。

我们在小北门外找了一家街边烧烤摊。

一大杯扎啤下肚，气氛从最初的生疏变得热络起来。

我询问起他这十年的经历，他只是简单地告诉我，他考上中科院的硕博连读生，但因为与导师在研究方向上发生了分歧，他最终没有拿到学位，在北京厮混了两年后回到了成都。没有正式工作，靠在培训机构为高中生补习物理维系着生活；没有买房，只是在补习机构旁边租了套单间，把所有的闲余时间都投入到了自己的平行宇宙理论研究。

白飞的话让我的心不免一阵咯噔，他如今的生活状态大大出乎我意料，但似乎又在情理之中。

“还是没放弃梦想？”我举起了扎啤杯，敬了他一杯。

“当然，这是我生活的全部意义。”白飞认真地说，他和我重重地碰了碰杯子，“我已经搭建起一个完备的平行宇宙理论大部分框架，距离最后的成功只剩临门一脚。”

“恭喜恭喜。说起来，爱因斯坦一把年纪，还默默无闻地待在瑞士专利局当着小职员，下班后一个人潜心推导相对论。你现在的状态很像是老爱。”我半开着玩笑道。

他哈哈地笑了起来，我的恭维似乎让他很受用，他兴奋地侃侃而谈起他这些年的“研究成果”。

“我们生活在一个因概率而不断分支的世界中，每一个分支都是‘真实’存在的。”他说的还是他那一套平行宇宙的老生常谈。

我不禁在心里一阵吐槽。是的，我们确实生活在一个充满概率的世界中，小孩上学摇号，买房买车摇号，都是我关心的概率问题，但平行宇宙这般虚无缥缈的概率存在，如镜花水月，实在离我们太过遥远。

“遇事不决量子力学，脑洞不够平行宇宙。”我不由想起最近网络里流行的一个说法。

再则，经历过多年物理科研的浸淫，我对他那套压根儿没有任何实验数据支持的学说产生了更深的怀疑，真正的物理学说不应该是建立于臆想世界的空中楼阁，连论文都没地方发表。

但我并没有打断他，只是在一旁沉默地倾听着，不时还点一点头。

以他的性格，这么多年一定经历了不少的事，我觉得他需要我这样的一个倾听者。

白飞越讲越亢奋，举杯的频率也变得越来越频繁。很快，他的眼神越来越迷离，说话变得前言不搭后语。

白飞突然沉吟了一下，低声道，“老李，突然出现你面前的我，在你眼中一定混得糟糕透顶。”他乘着酒兴，眼神发直地望着我。

“我不知道你在说什么，每个人有自己的人生——”我避开了他的目光。

“老李，你看到的我，只是恰巧生活在了一个总是事与愿违的宇宙中……在这个宇宙中，失败总是如影随形。”白飞的声音变得越来越飘忽，“你相信吗，在更多的平行宇宙里，我压根儿就没有来到C大，也没有和你成为同学，我从清华大学毕业后在北京过着安定的生活，结婚生子……不过，在那些平行宇宙我没有机会完成我的理论……我并不后悔……”

白飞哽咽着说不下去了。

我愣愣地望着他，此刻，街灯昏黄的光影投射在他身着阿根廷球服的上身，模糊了他的轮廓，他恍若进入到一种神秘的量子交叠态。他那一对发红的眼珠里已经看不到任何现实世界的投影，仿佛酩酊大醉才是通向平行世界的唯一窄门。

这是多少有些荒诞感的一幕画面。

沉默半晌，我轻轻地拍了拍他的肩，并没有接话，只是给他斟满了一杯酒。

白飞举起杯子，和我碰杯，然后将杯中酒一饮而尽。

他的话让我陷入了沉思，我第一次意识到，白飞四处碰壁的人生也很大程度来自他的那套理论，平行宇宙就如为可怜失败者准备的一个万能借口，一个永远的避风港，“在其他平行宇宙，自己会过得很好”，如同一剂精神鸦片药，长久地麻痹着他，慰藉着他，让他越陷越深。

白飞没有再说话，只是一个劲儿地猛灌啤酒。

我不想让他再这么喝下去，看了眼手机，此时已九点半，我以要回家给小孩讲睡前故事为由结束了酒局。

白飞踉跄着起身，执意买了单。告别时，他伸出宽大双臂，意犹未尽地与我用力拥抱。

我们留下了联系方式，约定以后再约。

就这样，我们重新走到了一起。

刚好没过两个月就是2014年世界杯，我们约在酒吧看了好几场阿根廷的比赛。

那时的我平时已很少看球，阿根廷队中除了梅西的大部分人我已经叫不出名字。

而白飞仍是一名狂热的阿根廷拥趸，对阿根廷每名球员都如数家珍。

那一年夏天，我们一起目睹了阿根廷一路磕磕绊绊地走到了决赛，遇上了老对手德国队。伊瓜因在常规时间错失单刀，阿根廷队被拖进加时，在加时赛的最后，格策的一粒进球，让德国队绝杀了阿根廷。

“阿根廷，别为我哭泣——”多少年来，阿根廷悲剧的宿命仍在延续。

我们守在电视屏幕前，看完了颁奖仪式。梅西在领取亚军奖牌时，路过近在咫尺的大力神杯，凝视金杯的落寞目光令人心碎。

那一刻，我分明看到白飞的眼中也有晶莹的光亮在闪烁。

世界杯后，我们又见了几次面。

但很快，我妻子(她也是白飞的大学同学)知道我和他混在一起后，跟我大闹了一场。

我妻子并不喜欢他，据我观察，成年的女性对白飞这样不着调男性的厌恶度随着年龄呈正比增长。

那时，三十好几的我还只是一名普通讲师，正在向着副教授的位置苦苦冲刺，妻子很是担心我会在这节骨眼儿被白飞带偏。

最终，我还是屈从了妻子，不再主动联系白飞，白飞好几次打电话邀约，我都婉拒了。

就这样，我没有再与白飞见面。一年后，只是偶尔从朋友圈里看到，他一个人去了一趟阿根廷(他曾约过我)。

在一组明信片一般亮丽的照片中，白飞骑着白马驰骋在广袤的潘帕斯草原上，草原的劲风吹拂着他的头发。他一个人穿行在布宜诺斯艾利斯五彩缤纷的博卡区，漫步在罗萨里奥的中央广场，黄昏的夕光照在他的脸庞，他孩子般开怀大笑。

最让我眼前一亮的是，他亲临巧克力球场“梦幻剧场”，穿着山丘老男孩的蓝黄色队服，见证了一场精彩刺激的阿甲联赛。

在照片下面点过赞后，我呆呆地注视了窗外很久。必须承认，对这个家伙，我的心底多少有些羡慕、嫉妒与愧疚混杂的情绪。

两年后的一天傍晚，我一个人待在教研室修改论文，这篇论文对我评职称非常重要，我准备奋战到很晚，就在教研室凑合一夜。

刚一进入工作状态，我就接到了白飞打来的电话，一个劲儿地邀我在九眼桥老地方见面。

我严词拒绝了他，急急地挂了电话。

接下来的一个小时里，我又一连接到五个他的电话，电话那头的声音透着浓浓酒气，又是哭又是笑的，说的话越来越不着边际。

我被弄得很是心烦意乱。

我寻思着，这并不像是过去白飞的做派。出于对他安全的担心，犹豫再三，我还是打车去了九眼桥。

在以前常去的那家酒吧角落，我找到了醉泥一般仰面瘫睡的白飞，他面前一片狼藉的桌面上已堆满了一大堆空啤酒瓶。

我坐到了他的对面，重重地摇醒了他。

“啊哈，老李，你终于来了。”满身酒气的白飞睁开了眼。

我劈头问道：“今天有什么事吗？”

“没什么事。老李，好久，好久没有见到你了。”他口齿不清地说。

“你一定有什么事。”

白飞醉眼惺忪地望着我，像是面对一位陌生人般打量了好半晌，最后支吾道：“今天我见到了我以前的女朋友，我和她已经十多年没见面。”

“你还有过女朋友？”我脱口而出，但立即后悔了，“对不起，白飞，以前怎么没听你提起过。”

他面容僵硬地笑了笑，“她是高二时的同桌。”

“后来呢？快给我八卦下你们的故事。”我一下子来了兴趣。

“我们只做了三个月同桌，朦朦胧胧地相互产生了一些好感。我妈觉得我早恋了，去学校大闹了一场，班主任只得把我们分开了。此后，我们在班上没有太多的接触，一直保持着若即若离的距离。高考前填报志愿时候，我们默契地都报了北京的大学——”

“可你最后高考发挥失常，没能去北京。”我忍不住插了一句话。

“我没有高考发挥失常——”白飞情绪突然又激动起来，他像是陡然清醒了几分。

“我不懂你说的。”我有点儿发蒙。

“我没有高考发挥失常。”白飞神经质地重复着同一句。

“那你怎么来的C大——”

我的话让白飞身体抑制不住地颤抖起来，半晌后，他叹了口气，“老李，你想不想听一个天方夜谭的故事，我从来没有告诉过任何人。”

“当然愿意——”

“不过你得先灌自己几瓶酒，太过清醒的你是不会相信我的这个故事。”白飞庞大的身体向我前倾过来，他望着我的眼睛说。

我也望着他满布血丝的眼睛，弄不懂他说的是不是醉话。

但我还是举起一瓶啤酒，一口咕噜下一整瓶。

我打了个酒嗝，向他举了举空瓶子。

白飞狡黠地笑了笑，也灌了一大口啤酒，然后靠在卡座上，开始了他的讲述。

2000年7月9日上午11点。

十八岁的白飞写下高考英文作文的最后一个句号，抬起头望着教室黑板上方的那面挂钟，距离考试结束还有二十一分钟。

他放下了笔，将紧绷了两个小时的身体放松地倚靠在椅背上。

其他人都还在埋头答题，教室安静极了，他静静倾听了一会儿教室里的声音：笔尖落在卷子上的沙沙声，挂钟指针走动的嘀嗒声，以及自己平稳的心跳。

此刻的他彻底放空了下来，他甚至懒得检查试卷，英语是他的强项，通常他只会错两到三道选择题，作文扣上三到四分，他的英语成绩不会低于138分，这一次也不会例外。

前两天的数理化与语文，他同样能感觉到自己发挥得相当出色。他们那一年是考前填志愿，不出意外的话，按往年的行情，他将以高过自己第一志愿清华大学金融系二十来分的成绩如愿进入大学。

莫名地，他将目光投向了教室外的走廊，在这条走廊尽头的那个考场中，王子羽此刻正在奋笔疾书。想到王子羽，他眼前浮现出了那一位面容恬静、扎着马尾的女孩，他的嘴角不由流露出一丝幸福的微笑。

她应该开始写英语作文了，作文并不是她的强项，她此刻一定紧蹙着眉头，绞尽脑汁地搜刮着英语词汇，红红的脸颊渗出点点细汗，她紧张时总会是这一副可爱的样子。

好运，子羽。

他在脑海中对女孩轻声说。

接着，他又将注意力转回了自己的考场。

他望了眼墙上的挂钟，还有十九分钟。时间还足够自己回顾一些往事作为高中生涯的告别。

他微微伸了个懒腰，高中生活的一幕幕片段，如快进的电影画面，闪现在他的眼前。

他的高中三年过得并不开心。他是一个智力早熟的孩子，学业对他来说并不难，但没人知道，在他木讷、心不在焉的外表之下，心思极为敏感，他默默思考着一些形而上的哲学问题。

“如果自己没有来到过这个世界，这个世界会有什么不一样吗？”

“自己的一生会带给这个世界什么样的痕迹？”

而最让他纠结的一个命题，来自他十岁做出的一个选择，那一年，他的父母离婚了。

他父亲是一名中学物理老师，为人平和，与世无争。母亲早年从工厂下岗，自己承包下了一家饭馆，生意做得有声有色，算是当地一位女强人。

父母因为性格不合而长期争吵，最终协议结束了婚姻，他们让白飞选择跟谁过，白飞最终选择了母亲。

白飞后来的生活在物质上算得上优渥，但母亲性格的强势，对他的严苛要求，都让他深感压力，再加上母亲后来也重组了家庭，他一上高中就极力争取了住校。

全封闭半军事化的住校生涯，让他变得更加孤独，他没有朋友，终日沉浸在自己的世界中。

如果自己当年没有选择母亲,而是跟了父亲,过一种清贫而自得的生活。他又会有怎么样的一个人生?那一条他未曾踏足的人生之河,如同一道浩大的模拟程序,一直在他脑海深处悄然地高速运转。

在很多时候,他会不由自主地想象,另外一个宇宙的自己此刻在做着什么事情,是开心还是忧伤,会不会也不时幻想着另一个世界的自己?

高二那年,从一篇物理竞赛的延展教程中,他接触到了哥本哈根量子理论,以及那个著名的"薛定谔的猫"思想实验。

那一只可怜的猫,让白飞深深陷入了一场他生命中更大的思维危机。当量子世界的不确定性蔓延到了宏观事件,你打开盒子的一瞬,一直处于叠加态的波函数陡然坍缩了,小猫非生即死。

对那一只猫截然相反的命运,生之侥幸,死之悲伤,都如刀锋般划过他的心间。

这意味着,人生每次抉择都充满着深深的负罪感。

而萦绕在自己心中多年的那个"彼岸"的自己,在哥本哈根理论的诠释下,变得毫无意义,就如尚未吹出的泡沫,还未创生就已经湮灭。

这样的结果,让他变得更加心神不宁,他如着了魔似的,再次进入了疯狂的思考,他的大脑如同一部停不下来的CPU,各种古怪的思想胡乱碰撞。可是,他的运算如陷入了"死循环"一般,似乎永远也得不到答案,心力交瘁的他,想到了借助网络寻找另外的答案。

他悄悄溜进学校电脑机房,坐在分辨率粗糙的屏幕前,艰难地搜索起来。

那个年代,互联网还是方兴未艾,网络上的东西并不好找。

他无疑又是幸运的,在一个英文网站上,他寻找到了"薛定谔的猫"的另一种诠释。

"两只猫都是真实的。有一只活猫,有一只死猫,它们位于不同的世界中。当我们向盒子里投向目光的一刹那,整个世界分裂成它自己的两个版本。"

白飞永远记得自己读到这一段话时的奇特感受，空气仿佛有一股电流穿过他的身体，令他战栗不已，他怔怔地抬眼，无人的机房只有电脑在兀自运转，他耳畔真切聆听到了一种隐约的声音，仿若空气中的亿万粒子正在剧烈震颤、碰撞，嗡嗡作响。几米之外，一线阳光从窗帘间隙投了进来，光柱中细碎的灰尘飞舞旋转，他如同在浓雾的海面突然寻找到了远方的朦胧灯塔。

自己混沌而痛苦的思索终于寻找到一个出口。

这个理论被称为“平行世界”理论，最早由休·埃弗里特在1956年的博士论文《宇宙波函数理论》(*The Theory of The Universal Wave Function*)中提出，“如果将整个宇宙都看成一个波函数的话，它的状态也是叠加的，每观察一次，波函数就坍缩一次，宇宙就此分裂成多个。宇宙本身并不会坍塌。”

他搜索到了埃弗里特论文的一篇概要阐述，只有短短几页纸，上面复杂的公式他一时还无从理解。

他将这篇文章拷贝到软盘中，去校外的打印店打印了出来。

接下来的日子里，那几页论文被白飞随身携带，反复揣摩。他自学了描述微观粒子状态的波函数，渐渐地，他能够一知半解地领悟到论文中公式的奥义。

“波函数从不坍缩。”他欣喜地用铅笔在白纸上涂画着，那一列列迷人的波函数不会因人类的随机抉择而戛然而止地坍塌，而是分裂成两束盈盈起伏的水波，沿着各自的时间轴向着未来继续蔓延开来。

白飞并不满足，他抓住任何能上网的机会继续搜寻。

然而，他并没能得到埃弗里特论文的完整版。但在网络一个旮旯，他搜索到了埃弗里特的生平。

就在他出生的1982那一年夏天，时年52岁的埃弗里特死于过度的吸烟、酗酒、垃圾食品以及长期的抑郁。事实上，在27岁发表那篇惊世骇俗的博士论文后，他那离经叛道的理论遭到了几乎所有同行的质疑(包括来自当时哥本哈根派领袖玻尔的公开敌意)。他不得不心灰意冷地离开了量子物理的领域，转而投向了实用科技领域，最终成了一位极为成功的武器商人，至死都没有再回到理论物理研究。

这样一个苦涩而感伤的故事，让白飞意识到，自己只是无意间窥见了一个传奇故事的开始与结局，对他来说最为精彩的那一部分段落，也就是那个平行宇宙理论广袤的疆域，自己还无缘一睹。

他不知道自己有没有机会在未来一窥究竟。

然而，埃弗里特的故事无疑对他人生响起了一声警示之钟，让他意识到平行宇宙理论充满了远超出他想象的复杂性……以及危险性。

他没有再继续搜索下去，平行宇宙理论的只言片语，已足以暂时解决自己的迷惑，让自己心安地坐在教室里，并支撑着自己完成高中最后的学业，最终走进了高考考场。

现在，他顺利完成了考卷。

自己没有让父母失望。

他轻叹了口气，结束了回忆。

再见了，那一段幽暗的高中时光。

再见了，那一个孤独、忧伤、苦闷的少年。

转而出现在白飞眼前的一幕画面，是一个充满阳光、确定无疑的未来，几个月后自己将进入到一片广阔的天地之中。在清华大学环境优美校园里，他与王子羽并肩席地而坐在草坪上，明媚的阳光映照在他们的脸庞……

而在更远的未来，从名校毕业的他将拥有一份光鲜亮丽的职业，过上令旁人羡慕的生活。

只是……带自己走出泥潭的那套平行世界理论，自己很难有机会去投身其中。

是的，即使未来宇宙会平行分裂成无数个世界，每个世界中的他都很难再与这个理论有任何的关系。

一丝莫名的遗憾划过他的心间，他不禁闭上了眼睛。

自己报考清华的三个志愿分别是：金融、法律、建筑学。这是他向母亲妥协的结果，这三个专业都与他最心爱的物理专业相去甚远。

当然，他重点批第二志愿是C大物理学。那是学校补录志愿时他偷偷填上的，他的母亲并不在场，但他知道，这没任何意义，以他的成绩很难落榜清华。

遥远的物理学，只是他心底一个无法实现的可笑慰藉。

在这一瞬间，一个奇怪的想法如虫子般突然钻进了他脑袋里。

他睁开眼，抬头望了眼挂钟，距离收卷还有十五分钟。

他举起了右手，监考老师快步走到了他的面前。

他露出了万般焦急的神色，声音颤抖地告诉老师，他答题卡的答题顺序因为紧张被他全部弄反了，请求重新给他一张答题卡。

这位戴着眼镜的中年女老师面露难色，但在稍稍犹豫后，还是动作飞快地取了一张备用答题卡递给了他。

他将新的答题卡郑重地放在了桌面上，写上自己的名字和考号。

接着，他用草稿纸将原答题卡的A、B那两行遮住，将C、D两行的答案飞快地誊抄在了新的答题卡上。

在抄完C、D组的答案后，他又沉着地将原答题卡撕成碎片，揉作一团，放在桌面上。接着，他深吸了一口气，将自己此前的答题记忆清空，重新将大脑运行在了一种极度放空的状态，然后，他开始从答题卡的中间向上下两边勾选着AB组的答案。

他在每一题前都会停顿几秒，但他的涂选完全随机，就这样，笔下的答题卡变成一台平行宇宙概率发生器。

无论他选择AB哪一个选项，在笔芯着墨的那一瞬，不一样的平行宇宙就放射状地发散开来。

这一过程中，数目高达2的数十次方的平行宇宙，如万花筒般缤纷绽放。

答题卡上一共75道选择题，共115分。由于C、D两组答案已经照搬原答题卡，留给他的随机得分大概会是56分左右。也就是说，他有概率得到0到56分所有分数。

当然，他早已计算出不同分段的概率，按照正态分布，他最大可能还是获得接近28分的分数，这个分数即使无法保证他进入第一志愿金融专业，也能稳稳地进入清华的其他专业。只有丢分超过50分，他或许有机会落榜清华。实际上，这个概率的出现是极其趋近于零，但谁也无法否认其出现的可能性。在那些个数微乎其微的宇宙中，自己将滑向C大物理系。

自己将被放逐到遥远的南方，在那里苦行僧般探究四年的平行宇宙理论，而后，他将考取北京的大学研究生，回到北京与王子羽相聚——在他构想出的所有平行宇宙中，她都是他生命中不愿去割舍的眷念。

在考试还有最后两分钟时，他涂完了答题纸。

他如释重负地放下铅笔，小心翼翼地将答题卡放在桌上。

他微笑着，注视着答题卡上的答案，ABCD，如一群觅食的蚂蚁，扭扭捏捏地行进。

很快，考试结束的钟声响起，监考老师开始收卷。

他微笑着注视着老师收走他的答题卡，下意识地，他轻轻地向老师鞠了一躬。

老师也向他报以一个微笑。

被老师收走的那一张答题卡，是他所能想到的给自己人生设下的最为自得、最为圆满的一个诡计。

半个月后，他得知了自己高考成绩，总分633分，物理满分，英语只有可怜的九十八分(满分一百五)。

很快，大学录取开始，他以两分之差与清华大学失之交臂。

而王子羽顺利考上了北京的一所二本学校。

所有身边人都为他的意外落败感到惋惜，他以考英语前一天整夜失眠应付所有的询问。只有他自己知道，此刻的自己只身穿过了繁复的概率之门，碰巧进入了那一个由自己精心设计、将自己放逐的宇宙中。这个宇宙中的他没有时间感伤，他要做的是，心无旁骛地担负起这个宇宙中自己的使命。

他克服掉性格的羞怯，主动打电话到王子羽家。当天晚上，他们约在一家咖啡店见面，相互倾诉压抑已久的情愫，约定下共同的未来。

随后，他与王子羽度过了一个短暂而终生难忘的盛夏八月。

八月底，在踏上开往成都的绿皮火车的那一刻，他还是禁不住停下了脚步，转头将目光投向了其他的站台。他仿佛看到了在绝大多数的平行宇宙中，自己拖着行李箱踏上了开往北京的短途火车。

但他相信，无论哪一个宇宙的自己，此刻脸上的神色一定是从容而笃定。

一到C大，他花了很多时间在校外网吧，终于在浩瀚Internet世界中找到埃弗里特论文的完整版，如获至宝，他忘我地计算了起来，在埃弗里特的论文基础上向着真实世界与平行宇宙的边界迅猛地推进。

大四那一年，他实现了自己对王子羽的承诺，如愿考取了北京研究生，如一位从流放地归来的流放者，满心憧憬地回归北方。

然而迎接他并不是他想要的结局。在大四那年，王子羽的一位北京本地同学向她发起了猛烈的追求，在一段时间的纠结过后，她最终还是选择接受了对方，而白飞一直被蒙在鼓里。

四年充满煎熬的异地恋终究难敌残酷的现实，真实生活有着太多复杂的变量，他能抓住的也仅是自己那一部分。

白飞默然接受了命运的安排，他删除了她的所有联系方式，将自己生命的所有精力投入了平行宇宙理论的世界中。从北京到成都，他从未对自己宿命般的人生产生过丝毫怀疑。

直到今天，他平静的生活因为王子羽的到来泛起了一丝涟漪。此时的王子羽，已是两个小孩的母亲，专职家庭主妇，生活安适而平淡。适逢暑假，一家四口来成都旅游，王子羽以见同学的借口撇开了家人，约他单独见了一面。

在一间咖啡店里，两人时隔多年再次见面。王子羽告诉白飞，这么多年，她过得很幸福，但心底一直有一个没有解开的心结，觉得自己欠白飞一个道歉。

“没关系，是我自己做得不好——”白飞感觉自己平静地说出了这句话，但不知道为什么，他感觉到了眼眶的灼热，眼泪还是涌了出来。

王子羽也跟着啜泣了起来。

他手足无措地递去纸巾，他怜惜地望着她擦拭着泪水，她那精致的妆容花得一塌糊涂。

这一刻，他多么想大声告诉她，在大部分的平行时空中，他和她都会幸福地在一起，执子之手，一起变老。

但他没有这样做，只是面容僵硬地微笑着，笨拙地说了一大堆祝福的话。

送走王子羽后，白飞如同丢掉了魂魄一般，在白日之下漫无目的地浪荡在成都街头。第一次，他产生了不知道自己该去哪里的念头。最终，他还是来到了这家酒吧。

白飞讲述的声音越来越不连贯，如背景音般飘散在空气中，终于，他在自顾自地讲述中睡着了，还好他的故事差不多完整了。

我无比震惊地听完了白飞的故事，不禁在心中感叹，这家伙可真是“不作死就不会死”。我还想追问其中细节，但看着他歪着头熟睡的样子，只得作罢。

我起身走出了空气沉闷的房间，来到酒吧的露天庭院，一阵清凉的夜风拂面，我稍微清醒了一点儿。

我点了根烟，望着不远处的锦江。夜色沉默如谜，河中的那座光影阑珊的廊桥，在水波中映出的浮光耀金的倒影，对岸迷离的灯火，亦真亦幻，让我不由想到了白飞的平行宇宙。我们见到的、触碰到的世界究竟是不是全部的真实，平行宇宙真的存在吗？

差不多半个小时后，我回到了屋内，白飞还在沉睡。

我又安静地等待了十来分钟，突然，他直起身子，像是被噩梦惊醒。

“老李，求你件事——”白飞表情变得很是认真。

“你说——”

“请你一定要看一看我的那些公式推导，你一定会相信我是对的。”

“好的——”我敷衍道，白飞的论文在半年前就发送到我的邮箱，我并没有当回事，甚至还没点击下载过。

“谢谢你。”白飞用力地哽咽道。

在说完这一句话后，白飞又昏昏睡去了。

直到凌晨三点，他终于清醒了一点儿，偏偏倒倒地起身。

我提出要送他回家，他情绪激动地拒绝了。

没办法，我只得帮他叫了辆的士。

当的士消失在清冷的夜色中，我突然意识到，我甚至不知道他住在这座城市的哪一个角落。

半个月后的一场梦中，我梦见了自己成了白飞，坐在高考考场，随机涂抹着答题卡。无数种未来如俄罗斯轮盘疯狂旋转，最终，轮盘停在一个概率微乎其微的角落，一个无比苦涩的未来，如海啸般扑面而来，将我席卷其中……

我在拼命挣扎中醒了过来，满头大汗，身旁的妻子还在熟睡，我看了看手机，此刻才两点。

这样的一个噩梦如同埋置在体内的一只闹钟，我意识道，是时候去完成对白飞的承诺了。

我披衣起身，沏了一壶浓茶，来到书房，打开电脑，点击下载了白飞的论文。

这一夜，窗外的月亮分外明亮。

论文很长，我艰难地开始了阅读。论文中那一个个艰深而抽象的方程式，如丝丝锋利的刀刃，一点儿一点儿割裂开我迟钝的领悟力。

渐渐地，我似乎悟出一点门道，尽管有些囫囵吞枣，一知半解，但我也能真切地感受到公式很优美，简洁而自洽地诠释出宇宙因人类随机事件而发生分裂的机理，包罗万象，充盈着难以言说的诗意。

论文的后半部分，甚至事无巨细地定义了什么样的事件会达到宇宙历史分叉的标准，抛硬币、足球比赛，这般完全随机的事件才会造成宇宙的分裂……

不知不觉中，一整夜过去了，我仍沉浸其中，甚至没有注意到窗外明亮起来的黎明，以至于错过了为小孩准备早餐。

随后的几天中，我一直精神恍惚，深陷在白飞构建出的那个优美而缥缈的理论中，无法自拔。

我相信，自己是全世界第二个领略过这个美丽新世界的人。

我不知道这究竟是一种幸运，还是一种不幸。

我拼命压制住打电话与白飞讨论一番的冲动，我担心我的讨论让他越陷越深，我也如此害怕自己会和他一样误入歧途。

他的平行世界理论固然优雅得让人沉迷，但更像是一个由数学公式搭建出的思想实验，而非真实的物理准则。就如著称于世的弦论，同样能够解释大千世界的深层次奥秘，然而始终没有得到实验数据的支持，永远像是飘在天边的海市蜃楼，无法证伪也无法证实。

我强迫自己从那个虚幻的理论抽身，回到了过去的正常生活。

此后好几次，白飞电话约我见面，我都以各种理由推托了。

直到半年后的一天，他突然找到了我在物理学院的办公室。

“这么多年了，学院还是老样子。”白飞没有敲门，大摇大摆地走到了我的办公桌前。

我惊讶地注视着这位“闯入者”，他穿着一身松垮的白色T恤、脏兮兮的破牛仔裤，与过去并无两样，但他的精神状态却完全像是换了一个人似的，满面红光，一脸笑容，一直微驼的背也精神抖擞地笔直了起来。

他身上没有酒味，不像是喝了酒，记忆中，我不记得他在没喝酒的情况下会有这般的兴奋劲儿。

这更像是从哪一个平行宇宙蹿出来的一个“积极”版本的白飞。

我回过神来，赶紧起身关上了门，三十七岁的我刚评上副教授，在一个月前才拥有了这一间单人办公室。

我有一种强烈的不好预感，这个“疯子”的到来，会打搅到自己的生活。再说了，我也不想让我的同事和领导看到我和他有什么关系。

“怎么突然来找我？”我压低声音质问他。

“有些话我想当面告诉你。”白飞依旧一脸孩子般的笑容，他全然没有在意我脸上的不悦。

“有什么话你快说吧。”我催促道，我必须将语气变得强硬起来。

“老李，我要动手了。”他难掩激动地大声说。

我赶紧做了个压低声音的手势，“你究竟要干什么？”

“我要用实验证明我的平行宇宙理论。”

“这怎么可能？”

“你看过我的论文了吧？”

“简单地瞟了几眼——”

“你应该能理解，在我的理论中，经典实体无法穿越平行宇宙之间的能量壁垒，但利用电磁波、引力波这样辐射态物质进行相互通信是可以办到的。”

“但需要巨大的瞬时能量。”我惊讶自己会附和他说出如此不着边际的话。

我的话让他很是欣喜，他表现得更加兴奋了，“是的，需要巨大的能量，但也不是无法实现，只要控制精准的能量撞击，一台中型粒子加速器足矣。”

“这同样需要很多钱。”我反驳道。

“是的，需要两千万——”白飞大声强调道，“我已经联系上一家外地的高能实验室，租用他们的设备，按我的方案进行试验，一天报价两千万。”

“两千万?”我诧异道,“你到哪里找那么多钱?”

“是的,我没有那么多钱。”白飞像是一个魔术师般对着我摊了摊手,“但是,在某一个平行宇宙里的我,将拥有那么多钱。”

“你在说什么?”

“我想到了一个不错的赚钱办法。”白飞眨了眨眼睛,神秘地说。

我望着白飞,我认定他已经走火入魔了。

我所熟悉的一种白日梦般的神情又回到他的脸上,他继续急切地说道:“如果我花一笔钱买一注高赔率足彩,那种多场比赛串在一起的赌注,每场比赛只会出现输、赢、平三种结果。无论我们这个世界比赛结局如何,在某一个平行宇宙中我一定会猜中全部结果,那个世界的我一拿到奖金,就会立刻运转起加速器,向这个世界的我发来信息,从而验证我的理论的正确性。”

我沉默了,陷入了思考,想要找出反驳他的理由。但我不得不承认,白飞的方案在逻辑上无懈可击,当然,这一切建立在他的平行宇宙是正确的基础之上……

“老李,你看,这是我今天一早下的注。”他热情地将一只手搭在了我肩上,一只手将手机支到了我眼前。

我将目光投向他的手机,屏幕上显示着一个名叫320的网站,这是一家英国的专业赌球网站。

网站上显示着他下的单,一共十场比赛,单场大都是两到三倍的赔率,但在十次指数运算后赔率暴涨开来,最终的数字变得触目惊心。

他将以五千块的本金赢取两千多万奖金。

在那一串下注的比赛中,我见到了一个熟悉的队名。

“你买了山丘老男孩队胜?”我多少有些惊讶。

“是的,这场是南美解放者杯的八分之一决赛第一回合,主场对巴西先锋队,按正常实力,老男孩应该能轻松拿下比赛。当然,这对我并不重要,即使这个宇宙的老男孩大意输掉了比赛,终有一个宇宙的老男孩会取得胜利。”白飞显得信心满满。

我没有回应，只是在心里摇了摇头，即使到了这样的一个关键的“人生十字路口”，他还是坚定地站在了自己的主队一边。

“老李，我得走了，等我的好消息——”白飞给了我一个用力的拥抱。

我愣愣地望着他急匆匆离去的背影，想叮嘱他几句什么，最终却没有开口。

一天后，白飞发来微信，他的那注十串一足彩已经决出了结果，十场比赛正确了五场，包括山丘老男孩那场在内一共猜错了五场。这样的结果也在他的预想之中，他所期待的是另一个宇宙的白飞十场全中，拿到那笔奖金，争分夺秒地运作加速器与这个世界的他展开通信取得联系。

这还需要一点儿时间。

一个月过去了，白飞始终没有再联系我，终于我还是忍不住打电话给他，他让我来老地方找他。

我第一时间赶到了九眼桥酒吧，他已经在那里，此刻才下午三点，清冷的酒吧就他一桌客人，他已经喝完了半打喜力。

眼前的他虚弱地瘫倒在卡座上，看上去苍老了好几岁，胡子拉碴，花白的头发胡乱地支棱着，从他的消瘦、枯槁面容上看得出他那场孤注一掷的赌局没有收到预期的结果。

“老白，你也不必太过失望，平行宇宙的存在形式可能与你的理论有些细微的偏差。”我酌量着开口。

“不可能的！”白飞猛地站起身，差一点儿跌倒，他扶着桌面，近乎咆哮地向我吼道，“我的公式不可能出错。”

“老白，你冷静一点儿。”我轻轻了拍了拍他的肩，“即使你的理论是正确的，你有没有想过一些意外的可能性？也许奖金太过庞大，博彩机构在赔付过程中玩了什么猫腻，你并没有如愿得到那笔钱。”我想方设法安慰着他。

他似乎没有听见我的话，他木然坐回了沙发，他的目光变得消沉、绝望，之后，又变得缥缈起来，焦距似乎投向了另一个维度的世界。

他沉默了许久。

突然，他哆嗦着站起身，目光直勾勾地望着我，喘着粗气开口道："老李，我们是朋友吗？"

"当然。"我毫不犹豫地说。

"能不能借我一点儿钱？"

"你还要买彩票？"我全身一颤，眼前的白飞如同一位赌红眼的赌徒，拼命想要抓住任何一份能使他翻身的筹码。

"不，"白飞摇了摇头，顿住了，呆立了半晌后，一字一顿地说，"我需要换一个方式推倒平行世界之间的高墙。"

"你到底要干什么？"我担心道。

"老李，别问了，借我一点儿钱，这对我真的很重要。"

我避开了他炽热的目光，陷入了沉默。他是一个骄傲的人，从来没有开口向我借过钱。

"我最近手里有点儿紧，小孩上兴趣班需要一笔费用——"我喃喃开口道。

"没事，"他急迫地打断了我的话，"我自己再想办法。"

我意识到，我的话灼伤了他的自尊，一丝深深的自责划过我的心头，我赶紧补了句，"老白，我也很想帮你，我回去合计合计，钱明天打给你，数额……可能不会太多。"

此刻的白飞像是并没有听到我的话，对着空气大口灌着啤酒。我见到他的嘴角浮现出一丝怪异的微笑。

这般难堪的气氛维持了十分钟，我不得不起身告辞，"老白，不早了，我得先走了，我家小孩还等着我接他放学。"

白飞仍然没有说话，只是轻轻地向我扬了扬手。

我结完账，落荒而逃般离开了酒吧。

那一天的我不会意识到，这一面是我与白飞的诀别。

第二天，我向他的微信转款了一万元，他只是简单回复了一个“谢谢”。

之后的两个月，他没有再联系我。

那是一个下午，前一夜雷雨交加，我被警察的电话叫到事发现场，电话中只是告诉我白飞出事了。

这是成都远郊的天台山，当我的车驶入事发地点，我远远地见到一间破陋的木屋屹立在一片空旷的山谷中，一面直径几十米的庞大的金属抛物面突兀地支棱在木屋的屋顶。

我的心不由绷紧了，我意识到古怪抛物面的用途，白飞想要用它收集闪电的力量。他很早以前告诉过我，自然界的闪电能量很低，但瞬时能量很大，如果能捕捉到出现概率极低的“超级闪电”，他就有办法利用其能量瞬时击破平行宇宙的能量壁垒。

没想到，他真的这样做了。

我下了车，一位警察上来招呼了我，他引我见到了白飞的尸体。

白飞身姿僵硬地平躺在雨后湿漉漉的青草地上，他的衬衣被解开纽扣，可以看到从脖子到胸膛都留下了闪电脉络般的恐怖疤痕，那张惨白的脸庞上，一双大眼睛圆瞪着，像是濒死还在苦苦质询着世界的真实。

我惊慌失措地避开了他的“目光”。

我蹲下身子，难以自已地抽泣了起来，这一刻，我痛楚地感到生命某一处柔软的部分被生生剥离，永远地失去。

身旁的警察安慰地拍了拍我的肩，告诉我，这应该是一次意外。白飞自制的仪器过于简陋，当一束巨大的闪电击中他的收集器，机器出现了系统失控，强大的电流顺着导体瞬间倾泻在他的身体。他的死亡不会经受太久的痛苦。

我作为白飞在这个城市里唯一的朋友操办了他的后事。

白飞故事里的父母出现在我的面前,我不知道这是多少年来离异两人的第一次见面,面容苍老的两位老人精神很是恍惚。当看到骨灰盒,白飞母亲瞬间崩溃了,她哭瘫在地上,我赶紧搀扶起她,她对我絮叨着要将白飞带回家乡,安葬在一座面朝大海的墓园。

我只是顺着她的话应承着,心里的话并没有说出口,白飞生前的灵魂在众多宇宙之间自由徜徉,死后更不会在意躯壳的灰烬栖身于何处。

在送走白飞父母后,考虑再三,我还是想办法找到他那位初恋女友的电话打了过去,听到白飞离世的消息,电话那边的她已是泣不成声。

这一次,白飞永远地走出了我的生命。

时光平淡无奇地向前流逝,三年过去,我已年满四十,对“四十不惑”有了一种全新的认知,当你不再对一切新奇事物感到迷惑、好奇,不再有热情去一探究竟,你就进入了“不惑之年”,变成了一位真正的中年人。

中年人的世界不应该再有泡泡。

我只是随着人生的惯性,柴米油盐,按部就班地生活,依然谨小慎微地开着车。

我们生活的宇宙依然还是一成不变,秩序井然,但也无趣乏味。或许平行宇宙从来不曾存在,即使存在,渺小的我们也难以突破宇宙之间壁垒丛生的高墙。

我想我差不多已经把白飞忘掉了。

只不过在某些瞬间,当我无意间瞥见天边一抹形状奇异的霞光,天空中脱线飞走的风筝,疯狂扑向灯光的飞蛾,雨后的美丽彩虹,还是会莫名地想起他。

他像是从这个刻板世界倔强冒出的一团奇幻的泡泡,在无拘无束地短暂飘飞之后,终究无法逃避稍纵即逝的命运。

一个盛夏清晨，由于刚下过一场大雨，成都迎来了一个难得的朝霞漫布的天空，若隐若现的雪山浮现在天际。

在送完小孩上学后，我开车去C大上班。我将汽车电台调到智能推送模式，这是广播最近流行起来的一个新功能，大数据会根据你平时的关注推送你可能感兴趣的内容。

广播中，一个毫无感情的男声正在播报着足坛消息，“近日，阿根廷布宜诺斯艾利斯地区公诉机关宣布，逮捕阿根廷老牌豪门山丘老男孩队经理帕莫托，其涉嫌多场比赛操控球员参与假球赌球获利。”

这则消息引起了我的关注，我知道帕莫托这个人，作为山丘老男孩队掌门人已经超过二十年时间，以性格乖张、语言刻薄著称于世。

这家阿根廷豪门球队近年来起伏不定的成绩，原来是因为掌门人暗中操控比赛。

真是可笑，当年的我和白飞是那么狂热地追随山丘老男孩队。这么多年我们热切守望的只是一个虚妄的假象，现在它就如被戳破的气泡，幻灭了。

白飞看到这消息一定会死不瞑目的，不，白飞——

这一瞬，我意识到一件异常重要的事。

我一个分神，下意识地踩下刹车，车子猛地急停下来，紧跟着，后车一阵狂按喇叭。

我慌忙回过神来，赶紧将车移到了路边，停了下来。我双手颤抖地在手机上搜索起了新闻来。

很快，我找到这件事的详细报道，报道印证了我的预感，三年前那场山丘老男孩队VS巴西先锋队的比赛赫然出现在假球名单中。

我呆坐在车内，车外明亮的世界在转瞬间黯淡了下来，我所熟悉的世界秩序轰然坍塌了，取而代之的是一套全新的运转机理。很多年前在夜深人静之时读到的那篇论文，其中的每一个细节、每一个方程式、每一个符号，都如蓦然从河面升起的闪亮神谕，如此具象地浮现在我的眼前，与眼前的世界完美无缝地契合在了一起。

我茅塞顿开,透彻地领悟到了白飞论文的奥义。

白飞的理论很可能是正确的。但他的那一注被人为操控的足彩是不可能造成宇宙分裂,是不可能中奖的。这就如以错误手法抛向水面的石子,不会在任何一个平行宇宙激荡起任何一丝水花。

我们的世界既是随机又不全是随机的,在一些隐暗角落,不为人知的力量破坏了随机性的出现……

在几天的深思熟虑后,我决定要为白飞做一些什么。

我把自己所有的五万块私房钱取了出来,全部买了彩票。

出于我对这个世界的博彩业的深刻怀疑,我选择了一种更为保险的方式,将钱分成了十份,买了不同的彩票:双色球、大乐透、足彩、六合彩……

就这样,我终于还是跨过了自己给自己画下的那一条红线,变成了白飞,用尽全身力气向着多重宇宙之海掷出了石子,我也不知道是否得到一声回应。

一个月后的一个早上,我和往常一样,站在卫生间里洗漱,当我刷完牙抬头,恍然看到镜子中泛起了水纹一般的熠熠光波。

这很像是自己给本科生上课演示过很多次的双缝实验,光子经过光栅分叉了路径,形成了干涉现象。镜子中那一条条涟漪般扩散的光带条纹,一明一灭地闪烁,像是在向着镜外的世界传递某种隐秘的信息,急迫而热切。

我意识到,这些水波的明暗纹路可以转换成摩尔密码,携带着明确的含义。

刹那间,一种宁静降临在我身上,我看到周遭坚如磐石的世界终于裂开了一丝裂缝,让来自彼岸世界的微光参透了进来。

按照之前在脑海中演习了多遍的剧本,我平静地拿起手机,拨打了电视台社会新闻栏目热线。两个小时后,记者赶到我家,我的神奇发现很快在电视台播出,随后在网络上迅速发酵,最终引起了全世界的关注。

当然，后面的故事大家都很清楚了。

我以自己为第一作者、白飞为第二作者，向世界公布了那篇阐述平行世界的论文，其中的公式被命名为“李-白”方程式。

人类社会从此进入了“平行宇宙”时代。

随后的日子里，来自平行世界的纷杂信息蜂拥而至。只要付出巨额的费用，你可以收看到任何一个平行世界中“你”的生活影像，甚至与“你”自己隔空交流，但人们很快发现，除了对无常命运的嗟叹感怀之外，人们得不到更多的东西。毕竟，当下木已成舟的世界才是人们需要去抓住的稻草。渐渐地，大部分人对另外的平行世界失去了兴趣。

而在另一方面，平行宇宙给科技带了直接而深刻的改变。事实上，古往今来人类从事的所有科学实验，相当于在无数个平行宇宙同时进行，随机性造成了很多宇宙中的实验以失败告终，从而延缓了各自宇宙科技树的开枝散叶。

有了平行宇宙的交流途径，在每次重大科学实验完成之后，科研人员都会与其他平行宇宙的“自己”进行沟通，从而取得最为正确无误的结果。

不过，人类所预想的、以炫目指数暴涨的技术奇点并没有随之来临，人类社会也没有变得面目全非。毕竟，所有平行宇宙仍脱胎于现有人类智力与科技基础，并不能无中生有地创造科技。

人类依然按固有社会和生活模式向前演进，只是科技发展的偶然性、曲折性被消除，过去的螺旋生长变成了陡直的直线突飞猛进。

在我有生之年的百年时间里，见证了人类寿命变得更长，人类获得了全新的能源、全新的宇航引擎技术，飞速地将疆域扩张到太阳系边缘……

因为平行宇宙理论，我被授予了当年的诺贝尔物理学与生物学奖。

按照诺贝尔奖惯例，逝者不会被追授荣誉，于是，我将名字改为了“李夏白飞”，想让白飞与我一起共享这份殊荣。

是的，我并不诚实，因为虚荣心，我占有了他的理论。

白飞才是这个伟大理论的唯一创造者，我姑且只能算是一个实验者。

对于我这样欺世盗名的行为，世人会怎么样地盖棺论定，我已不怎么在乎。

好了，这就是我们宇宙中白飞一生的故事。最后，请允许我再讲述一个另外宇宙中“白飞”的故事作为这场回忆的结束。

大约在我五十岁那年，某一天，出于心中难以排解的思念，我萌生了想要与其他平行宇宙的“白飞”见一面的念头。

我随机选择了一个“白飞”还活着的平行宇宙，发去了信息，那个宇宙的“白飞”欣然接受了邀请。

到了约定的时间，我坐在自家书房中，戴上VR头盔，驳入了“彼岸”公司的专用网络。

“彼岸”公司是当时世界最大的一家平行宇宙通信公司，我选择了他们公司最为顶级的通信套餐，这需要花费一笔天文数字的费用。（这对当时的我并不是什么问题。）

这次会谈是完全私密的，VR设备高分辨率地扫描出我与目标宇宙的“白飞”的身体信号，再传送至网络，通过柴达木戈壁滩深处的超级粒子对撞机进行宇宙间的信息交换。

我眼前的光闪烁了一下，如同穿越了一扇波光粼粼的星门，进入了一间装潢典雅、空间阔绰的房间中，我忐忑地环顾四周，古典的欧式红木色调的书架、圆桌，墙上挂着各种照片。这是白飞的书房，我意识到，为了更全面了解白飞的生活，我提议会面地点定在他家中。

“李先生，你好。”身旁传来一个声音。

我恍然转身，见到白飞。

这个宇宙的白飞一脸微笑地望着我，他已年过五十，看上去温文尔雅，保养得很好，面色红润，头发乌黑浓密，穿着一件修裁精致的贴身西装，高大的身材挺得笔直。

我不禁有些恍神了。

白飞向我伸出了手，我也下意识地伸出了手，我们虚幻的光影在空中没有触感地触碰了一下，完成了形式上的"握手"。

"白飞，你好……我们好久不见。"我喃喃地开口。

白飞再次露出一个礼貌性的微笑，"李先生，事实上，对我来说，今天是我与你的第一次见面。"

"哦，很高兴见到你。"我回过神来。

"李先生，我认识你，你是所有宇宙的名人，是你的发现让所有人的生活都变得更好。"

他说着一口标准的普通话，我已完全听出是他的声音。这样的话从"白飞"口中说出，更让我忐忑不安了。

"也感谢你——"这一句话涌到嘴边但我最终还是没有说出口，我赶紧切换了一个话题，"能谈一谈你的人生吗，我是说，你高考之后的人生。在那一次高考后，你的命运与我认识的那位'白飞'分道扬镳了。"

"那年高考我的英语拖了后腿，我进到了清华大学第二志愿法律系，多少有点儿不情愿。但很快，我发现法律也是一个相当不错的专业，我很快全身心地投入其中。毕业后进入职场算是赶上好时代，一路打拼下来，也算小有所成，拥有了自己的法务公司。"

白飞不紧不慢地说，他的目光中闪烁着一种岁月沉淀下来的睿智与自信。

"我很想知道，十年前，当你的宇宙获知尚有其他宇宙存在，而交流的理论是由另外一个世界的你提出。你当时是怎么样的感受？"话一出口，我立刻意识到自己的疏忽，我慌忙解释了一句，"在我所在宇宙中，你和我一起构建了那套理论。"

白飞认真地思索了一会儿，“这种感觉很奇怪，就如失散多年的双胞胎兄弟，或是从没告知过我的克隆体，突然取得了举世瞩目的成绩，这当然值得庆贺，但这样的成功似乎与自己也没有太多的关系。后来，也有朋友告诉我，以我过人的智商天分，只要加上不懈的努力，不管在什么行业都能取得成功，这样的说法虽然有些自负，但似乎也有一定的道理。”

“你看过那些物理公式吗？”

“不瞒你说，出于好奇心，我曾在网上下载过你的那一篇论文，但我已经完全理解不了其中意义，有一种恍如隔世之感。不过，那些似曾相识的公式还是在我心中激起不小的涟漪，我仍记得，曾经是这些公式带着我走出青春迷茫的沼泽。说真的，我很感激生命中遇到那些公式。”

“有过遗憾吗？没能继续研究那些公式。”我追问道。

白飞想了一下，然后摇了摇头，淡淡地说：“并没有，我想，人的兴趣是会随着环境发生改变的。”

白飞的回答让我陷入了沉默，为了寻找新的话题，我将目光投向了白飞身后的照片墙，我见到了一张拍自婚礼现场的照片。

白飞与一位穿着白色婚纱的女子携手站在草坪上，这位女子很漂亮，但也很陌生。

很早以前，我和王子羽曾是微信好友，我对王子羽的外貌仍记忆犹新。

“你没有娶王子羽？”我惊讶道。

“是的，我并没有娶她，我们在大一就分手了。”白飞平静地说。

“为什么？”我突然有些激动。

白飞似乎察觉到了我的情绪变化，他看了看窗外，轻声说：“以我现在的阅历回头看，坦诚地说，随着眼界的扩大，世界并不是我们年少时所理解、所想象的那个样子。”

我沉默了许久，然后，点了点头。

随后，我们又谈了两个小时。

白飞很健谈，对我的宇宙也充满了好奇，他问起了我所在宇宙的“白飞”后来的人生轨迹。我并没有告诉他实情，我想这样对我和他都比较好。

交谈的气氛很融洽，但或许是我的过分敏感，我始终感觉到平行宇宙之间那层狭小而无形的隔膜依然存在于我们平静交谈的光影之间。

预定好的结束时间到了，我与白飞深深地“拥抱”了一下，挥手道别。

回到自己宇宙后，我一个人呆坐在沙发上，恍神了很久。

我在心中做出了一个决定，在这以后，我不会再尝试与其他平行宇宙的“白飞”见面。

其实我早就明白，我所怀念的，能够与之共鸣的，只是我所经历的这个宇宙中那一个性格固执、嗓音粗嘎的白飞，那一个独一无二的白飞。

《科幻世界》2021年第2期

作者的话：

《一生都在吹泡泡的人》确实与自己之前作品有所不同。一是第一次尝试第一人称叙事；此外，文章中也没有了宇宙、外星人那些自己过去擅长的硬核主题。这篇充满现世感的小说更像是一个思维实验，如果休·埃弗里特那一套“平行宇宙”理论是正确的，那么如小说主人公这般孤独、渺小的个体，如何挣脱世俗与物理定则的束缚，打破不同宇宙之间的壁垒高墙？小说更多地着墨于主人公令人唏嘘的人生际遇，而非“平行宇宙”理论本身。

在差不多十年前，我写过一篇名为《外面的宇宙》的小说，同样由量子理论的“波粒二象性”出发，延伸出宇宙因为人类的观察而坍塌定型。如果说《外面的宇宙》描述的是“薛定谔的宇宙”，那么《泡泡》则是一出“薛定谔的人生”。“所有过往，皆为序章。”相比之下，“人生”似乎比“宇宙”更加地幽深复杂。

读过小说的朋友应该可以感受到，文中的“泡泡”象征着因随机事件而不断分叉的不同人生，无数个我们今生无法踏足的邈远“彼岸”。

对于主人公白飞，现实是残酷的，他所苦苦追寻的爱情、事业，都给了他刻骨铭心的伤害。他所珍视的、与“我”的友情，其实在“我”心中也并不那么纯粹。甚至他毕生追随的球队，冥冥之中给了他人生最为致命的一击。

但白飞无疑又是幸福的，他为了心中的理想无比勇敢，为了最初的热爱全情投入，最终孤注一掷。无论他经历的世界有多么荒诞、虚假、幻灭，他的每一次付出都是真实的。

我想，我们人生之旅中每一次随遇而安的抉择，并没高低好坏之分，但那些忠于自己初心的坚持，我们还是值得心存敬意。

毕竟，人类历史中很多改变世界进程的伟大科技或学说来自创造者年少的执念。

另外毋庸讳言的是，这篇小说有着一些《伤心者》的影子。何夕老师是我川大的师兄，作为已经拥有着“微连续理论”的川大数学系，川大物理系也得拥有一套足够闪亮的“物理学说”。于是，我将这个故事安排在了川大。并谨以此文追忆我那段难忘的大学时光，以及在校园中遇见的那些人们。

飞裂苍穹

丨万象峰年

万象峰年，本名黎屹，1983年出生，本科毕业于吉林大学，2007年在《科幻世界》第3期发表科幻处女作《城市，城市》，作品散见于《科幻世界》《超好看》、"不存在科幻"等平台，曾获中国科幻银河奖、全球华语科幻星云奖、冷湖科幻文学奖、引力奖等多种奖项，出版有个人选集《一座尘埃》。

万象峰年做过政府基层工作人员，也从事过创意策划、科幻编辑等工作。现为自由职业者，并努力以科幻写作为生。

万象峰年的《百川之王》曾入选2018年度《中国最佳科幻作品》。在今年入选的《飞裂苍穹》中，作者创造了一个生存于流浪星地下黑暗中的文明，他们所有个体都共享着一个巨大且无法移动的大脑，他们的困境、梦想以及选择，让人想起房龙在《宽容》一书开篇讲述了那则关于宽容与勇气的故事，但他们的经历显然更为神奇。

告别之路

脑身延迟时间越来越长。

踏上天赐之路已经七千七百七十六个浪涌时间了，燧之酋领导着探险队继续往穹顶深入。此时笼罩在每个人心中的，是黑暗一样无边的忧虑。地热辐射抵达不了这里，身体与远在故乡的大脑之间的联系越来越微弱。

碎石踩在脚下发出窸窣的声音，地蜥皮的长筒靴循穴道接踵而上。因为寒冷和延迟存在，每个人的脚步都缓慢而钝拙。感官时而清晰，时而模糊。他们必须小心又小心。有时候圆钝的石子会沿着穴道向下滚进深渊，坠向温暖的热乡——他们的家园。

他们是这个时代最后的决命者。出发就准备好了死亡，但是没有人想先倒下。每多走出一步，决命者在与命运的决斗中就多胜出一步。

整支队伍分享着一支火把，就像他们最后会幸存的那一个人。微光在洞壁上照出上一队先行者留下的缆绳。缆绳的强度尚可容许他们粗大的毛茸茸的手借以攀缘。在缆绳朽坏的路段，他们就要补上新的绳子。先行者全都死在了洞穴里，那一次探险无人回归。之后，过了四代人才再次有探险队出发，这可能是最后一支探险队。路上出现了几具遗骸，无处可葬，决命者的黄铜徽章在遗骸身上的纤维中间微微发亮。同样的事情也会发生在正在行走的决命者们身上。

他们的身体已经穿过了厚重的岩层，借由缓直的天赐之路把信号送达。头上的岩层仍旧无比厚重，这就是他们祖祖辈辈仰望的天穹。天穹有多厚？再上面有什么？古往今来的智者无人敢作答。只有洞穴中徐徐流过的空气，给决命者们继续走上去的希望。

又过了一千多个浪涌时间，他们走到了先行者留下的最后一处营地。毛毡布下盖着一具骨骸，旁边是另一具倒下的骨骸，没有人为他遮盖。残留的毛发被风吹得瑟瑟抖动。没想到这里就是他们的终点。这是一处横道，天赐之路到这里结束了。再往上是盘绕如迷宫的分支洞系，岩层就像黑牢的屏蔽墙。

“上面不会有信号了。”有人坐在地上哽咽着说，“死神就要开始收割了。”

“你怕了？听一听先行者的低语。”另一个声音说，“据我所知，你的祖先也是决命者。”

风吹过发出低沉的声音。前一个说话者看了一眼地上的头骨，两只黑黢黢的眼洞对着他，他把话咽了回去。

很快又有话冒出来：“那些迷宫，我们总得想出对策。”

“跟着风。”

“风有可能把我们带入窄道。”

众人沉默下来。阴冷的气流在众多的洞穴口交汇、盘旋，带着岩石的生味，轻舔着众人的毛发。他们这一代决命者从幼年开始就进行残酷的训练，把那个脆弱的自我封装在心底的岩石中，每个人都在信号室息训练中经历过上千次濒临死亡。他们承载着族群最后的希望，不是为了在这里停下来。

燧之酋穿过众人，他们的毛毡披风摩擦发出沙沙的声音。燧之酋把行囊放下，从里面掏出兽皮包裹的肉干，尽数倾倒在岩石地面上，就像做了一个决绝的告别。然后他挥手，众人顺从地退到岩壁后。

风带着气味散入到洞系中。不知道等待了多久，中途他们还赶走了几只无关的小动物，终于，一只蹄足类的小兽走过来，听声音有足够大的体形。众人屏息守候着这个珍宝。小兽一点点接近，过了许久，响起了咀嚼肉干的声音。燧之酋擎着火把出现，小兽很快消失在高处的一个洞口。

燧之酋把行囊背到背上抖了抖，对众人说："走吧。我们的身体将死在远方，我们的灵魂将归于大潮。"

"众灵与我们同在。"他人默念。

洞穴里狭窄逼仄，每个人背上的膜翼都本能地撑得大大的，贪婪地汲取着大脑发来的每一点点意识信号。膜翼划过洞壁留下点点血迹。斑点漫延到整个视野，丢失的回传信号使他们收到的视觉图像变得灰白，这是将死的预兆。劳累、寒冷和意识稀薄压住了每个人想说话的欲望，洞穴里只听到各种摩擦声和牙齿颤击的声音。经过窄口时，膜翼收缩起来的人常常失去信号一头栽倒在地，身体进入保护状态，要靠前面的人拉一把或后面的人推一把才能重新恢复意识。

走到这里，燧之酋不会再责备任何一个人。每个人都交出了自己能交出的一切。他们的生理形态天生就不适合远行，在历史上绝大部分时间里，他们只是一群围绕在群脑附近活动的浑浑噩噩的猿人。热乡的深处，岩浆大潮涌动着永不停息的舒适旋律，也给了他们智慧的辉光。因此，燧之酋能看见痛苦。他羡慕那些脑身一体的小动物，尽管热量限制了它们的智慧，但是它们拥有无限旅行的自由。他们也想获得自由，于是他们违抗了本能，驱使身体走出安全区，在茫茫岩丛中砰然挣断那根线。冒险者的大脑失去了所有感官，滑入黑暗深渊，渐渐变得混沌，最终死去，萎缩，进入群脑的物质循环。冒险者的故事成了谜，冒险者的愚妄成了一代代的箴训。

先民冒险者的勇气被一类怪异的人继承。在久远的从前，决斗的两人会朝一个方向一直走，直到其中一人倒下。后来"决命者"的称呼被另一群人沿用，成了一个世代传承的秘密群体。新的决命者们为拓展一点世界的疆域，结队出发，直至剩下最后一人，带回世界边缘的消息。他们用九死一生的惨烈，挑战自然给他们设下的限制。决命者不再是自己，只要一人活着，决命者就活着。这个名字预示了决绝的命运。他们背弃了文化，背弃了家人，背弃了自己，直至孤身一人。所有同伴的生命凝结在最后一人身上。

白汽从口中吐出，这是永远不能走出故乡的孤独。燧之酋忍受着意识和身体撕裂的疼痛，一次次爬起来。此刻孤独又跟了上来。他的朋友一个个消失在幽深的洞穴里。有人因为延迟没能跃过脚下的裂缝，有人僵硬地栽倒就再也起不来，有人精神崩溃游荡进了迷宫的深处。死者身上的决命者徽章会留下一半，另一半由剩下的人带走。

最后一个同伴倒下，冷却。燧之酋质问死去的为什么不是自己。洞穴中沉默无人应答。他取下死者徽章的一半，投入腰间的一只小袋子。绵延了几百代的决命者只剩下最后一个了。

按理说他应该返程了。但是，他呆呆地看着幽深的洞穴，感觉还有继续走下去的理由。终于他背弃了决命者的信条，继续朝前走去。

告别了一切，他要与命运做最后的决斗。

因为感官时而丢失，什么时候走丢了靴子他也不知道，脚步变得沉重刺痛。腰间的一小袋徽章发出细脆的响声，与黑暗中的众灵对话。

岩层静默。我们的灵魂将归于大潮。

随着踉跄的脚步，火把的火焰抖动得越来越厉害。燧之酋嗅到了岩层中没有的气味。从一个拐角上去，毫无征兆地，岩层消失了。

火把被大地上的疾风吹灭。无数颗亮点挂在新的天穹上，像铁炉中溅出的火星。凭借着在地底练就的暗视力，燧之酋可以看到星光下的大地，这是比热乡宽广上千倍上万倍的没有岩层阻隔的空间。在最狂野的神话中，也没有人敢想象世界有如此广阔。

一个新的世界。

震撼和恐惧攫住他的心，他的身体随着寒风颤抖，意识像蜡烛一样摇摇欲灭。

长时间在洞穴中的佝偻行走几乎让燧之酋忘记了直立，他依靠微弱的信号紧紧抓住那一袋徽章。

一群曾经在地下给他们引路的小兽从地平线上跑过去,像一簇响箭。星辰下面的大地荒凉贫瘠,在遥远的地方喷吐着岩浆。有了这个高悬在头上的新世界的激励,总有一天他们能找到克服信号阻碍的方法。他已经在脑海里想象着同胞们生活在大地上的景象。

被囚禁的孤独冲破牢笼喷涌而出。他的眼眶涌出热泪。

他想要马上在大地上奔跑。但是他站在洞口,没有再走出一步。任何死亡的风险都已经成为奢侈的事。此刻最重要的,是回去把新世界的消息告诉他们的同胞。

新世界暗影

“当我们中的第一个人踏上地面的时候,这个种族就再也不能停止向外张望的幻想。”

这句话铭刻在静谧海发射场的人员入口处。发射场外围着观看发射的人群,露营灯照出几束暖光,看起来就像一场野餐会。

“新天号”核动力火箭矗立在发射台上。它此行送上太空的巡天望远镜将解答困扰他们种族已久的一个问题。

他们的种族为了平衡高耗能的大脑和发展空间,走上了半寄生于地热的脑身分离的演化道路。面对冰冷空旷的外部世界,在科学刚刚启蒙的历史时期,有一种思潮认为,这条演化之路是一条即将走到尽头的路。然而今天,自第一人登上地表四千个变星年以来,文明已遍布星球表面。巨大的电梯井连通地上地下。人们在全世界建起信号中继站,各种信号中继器覆盖建筑和交通工具,中继卫星在静止轨道上将脑身信号传递过高山峡谷。人们重新认识了世界,以星球的自转计天,以一颗明亮变星的周期计年。核能从一无所有的岩石中开凿出来,将文明推向新的高度。

尽管他们的祖先很久前就把自己的文明命名为热乡文明,但现在绝大多数人的身体已经走出热乡，居住于地表。人们习惯了一秒以内的日常延迟。全球的人口发展到群脑的极限，大约两千万人。更令星球居民自豪的是，他们还在太空建起了空间站，与它联系的是巨大的地面天线阵列，受过特殊训练的航天员可以适应数秒的延迟。新世界的人拓展了祖先从未敢想的疆域，用技术和雄心彻底超越了脑身一体的动物的自由度，他们已经没有什么可羡慕的它物，而且敢把目光投向头顶的星星了。

火箭升空了，一团火光骤然亮起。被核燃料加热到高热的推进剂冲进缓冲池里，激起一大团白色的水汽。远远地看去，火箭就像一个小小的玩具，被一只小手托举着从浴缸的泡泡里升起。发射场周围的人群发出一阵小小的欢呼声。

一百四十天过去了，巡天望远镜对接到空间站上进行第一次检修。它采集的数据和地面巡天网络的数据整合，会在今天得出分析结果。这是最后的宣判。

瀚之澜缓缓靠近走廊的另一头。飘到尽头的舱壁上停止运动后，他才能转动脖子。穿戴宇航服消耗了大量时间，就像在指挥一个宝宝钻过火圈一样。转动控制舱门开闭的操作盘时，每转一下都要停顿几秒，等待反馈到达大脑中。航天员有一套严格而死板的操作流程来确保不会落入延迟带来的危险。他自己则有一套理论来化解这种笨拙的尴尬——他比星球上的其他人更能领悟到气定神闲的生活哲学。有时在工作开始之前，他会泡上一壶岩茶，让自己进入茶色扩散般的优雅节奏。

他是航天员，也是工程师，还是天文学家，就像大多数人一样身兼数职。这次检修需要一点舱外作业，飘在真空中的瀚之澜感觉自己像一粒孤独的种子。他看自己的星球，像一颗果实。在热红外波段能看到红色的火山链仿佛静止不动，灰褐色的火山灰对流带把星球分割成几块，灰白色的沙尘暴团以肉眼几乎不可识别的速度慢慢浸润开。想到自己的大脑就在脚下这颗果实的果核里安睡着，他感到一阵战栗。古代的很多文学家描述过凝望自己大脑的感觉，现在的群脑则被重重防护起来，禁止一般人接近，更像一个谜。

人要如何告别自己？这是古往今来的同类们都在不断思考的问题。瀚之澜每次登上空间站，也会站在这个特别的角度思考。

警报器发出爆鸣声，提醒他延迟有点超标了。瀚之澜调整姿态，从一块打开的金属盖板后面挪出来。他掰开工具套件上的一把电动螺丝刀。星球上的灯光洋洋洒洒散布在大陆上，数十个更亮的大点是城市。摁下按钮转动螺丝刀，停，再转，再停，直到刚好为止。除此之外，他们的星球淹没在一片黑暗中，连轮廓都难以辨认。电机发出微微的嗡鸣，他放下工具套件，等它停止飘动。视野边缘的星光则像众神的宫殿，只要稍稍抬起头，它们就会占据整个视野。伸出手，等手到位，调整位置，抽出元件。星光倒映在银色的钛合金表面，光华灿烂。为什么星光在宇宙中如此普遍，在他们的这个世界却毫无踪迹？这是存在于辉煌新世界里的暗影。难道那些是其他文明创造的辉煌，而自己的文明还只是蛮荒之地？瀚之澜不愿意相信这个理由，他更不愿意接受另一个可能的结果。

更换好一个元件后，随身计算机收到了地面转发来的分析结果。瀚之澜长长地吸了一口气。星空在面罩上扭动，渐渐模糊，像燃烧的火焰，又像围绕着火堆舞蹈的一群幸运的孩子。他在黑暗中远远地看着星空，那个他最不愿意接受的结果发生了。

对巡天数据的分析最终确认，他们的家园是一颗在漆黑宇宙中流浪的特殊行星，没有恒星的温暖，没有兄弟姐妹。宇宙中随处可见的情况是，几乎所有行星都沐浴着太阳的光辉，它们形成家族体系，每一颗小得不起眼的亮星都提供了近乎无穷无尽的光和热。瀚之澜想问为什么，但是，这个渺小的问题在宇宙空间中显得是那么的微不足道。

他最后又看了一眼星空，缓缓地朝舱门飘去。

众灵之心

最高执政官在安全官员的陪同下，从一号电梯井降下。这一班电梯的普通乘客已经被清空，空旷的碟形大厅里只有他们几个人。机舱在圆柱形的钢架结构井里由徐到疾降落，头顶上的光亮越来越弱，很快窗外就没入黑暗中，每隔一段时间闪过一盏小小的灯。中途经过一段灯光明亮的地方是开拓者纪念碑，最高执政官向窗外行了一个礼。大约三十六个浪涌时间过后，一行人到达了热乡。

这是他们古老的故乡，现在成了温暖的观光地，有热海、古聚落遗迹、原住民保留区、游客体验区和攀岩探险项目，古色古香的岩居发着暖光，旅行者络绎不绝。

热乡的最深处是一片看守严密的区域。第一层警卫墙里面不再有游客踏足。第二层警卫墙厚了很多，架设着致命武器。一群警卫围上来，用探测器对着最高执政官乘坐的车辆来回扫了许多遍。第三层警卫墙则是包裹着天空的全封闭式钢筋混凝土建筑，仍然有几座体育馆那么大，呈圆形，像是一头星球级的怪兽留下来的巨蛋。最高执政官的车停在这只巨蛋旁，执政官走下车，接受了搜身和扫描检查，然后步行进入闸门内。走过迷宫似的几条通道，最高执政官来到群脑前。

她仰头看着这个庞大的远古生物一样的东西。在这一生中，她只在视频里看到过。群脑在防爆玻璃后，占据一座体育馆大小的场地。无数个灰白色的脑泡拼合在一起，组成一座半球形的肉山，从任何一边都看不到头。肉山外部包裹着一层有机质天线网。靠近肉山顶部的是孕育囊，此刻正孕育着几十个胎儿。发育成熟的婴儿身体会从“山”顶上滚落下来，滑出一条长长的闪着光泽的水迹。比排水管还粗大的血管从“山”顶爬出，缠绕着肉山，大血管中间又分出更细的小血管，再继续分裂，末梢伸入到成千上万个脑泡中去。下方的泵室把血浆泵入血管，这座肉山看起来就像在隆隆地蠕动。最高执政官皱了一下眉头。这种感觉很奇异，就像看着一个既让人敬畏又让人怜惜，既难看又让人无法讨厌的婴孩。

这就是让所有人无法远离的原点。此刻自己就在其中思考，自己的意识和两千万个同胞的意识紧紧挨在一起，虽然他们是互相独立的个体。

“啊——”最高执政官发出一声惊叹，她想伸手去触摸防爆玻璃。

“别！”一个声音叫住她。说话的是一个穿着白大褂的科研人员，“你已经进入了最内层防卫，如果你碰那面墙，探针会直接销毁你的大脑。”

最高执政官这才发现贴在墙上的大幅警告。防爆玻璃内果然有多只机械臂在待命。

“平时这些机械臂用来把通过审核的受精卵注入孕育囊，紧急时刻它们也能发挥别的作用。”

最高执政官往后退了两步，转身跟科学家握手，“你就是要见我的人？”

科学家严肃地点点头，“你要亲自看看。”

最高执政官随科学家走进一扇小门，一段铁楼梯旋转向下。这里炎热潮湿很多，除了一盏防爆灯在头顶越来越远，大部分的光都来自地下的暗红色，被蒸腾的雾气散射。身上的毛发也感到湿重，她知道这就是群脑的底层空间，哪怕在视频资料中她也不曾见过。

底层空间是一个有小城市那么大的地下空洞，这里聚集了一个小小的生态系统。热海亘古不息地提供能量。地下水系汇聚渗透。岩层里蕴含着丰富的铁离子和氢离子，作为能量传递的中间跳板。上亿年的微生物活动积累了营养土层，渐渐变成肥沃的富养沼泽。群脑的根系从岩层上面吊下来，扎根在富养沼泽里。

一行人走过沼泽上的栈道。根系森林里飞舞着虫子，地雀在林间鸣叫，爬行动物从沼泽里浮出头来又躲下去。一切富有生机又宁静安详。如果有时间，最高执政官很愿意在这里待上一整天什么也不做，待上一辈子也不错。

“既令人激动又让人平静，是吧？”科学家对发愣的最高执政官说，

“我第一次看到这里也是这样。”

继续走过一片热岩滩，栈道消失了，一所白房子搭建在岩滩尽头。

“这所地热监测站比群脑掩体都还要古老。”科学家说，“我们靠它积累了一百二十年的数据。”他走过房子，继续朝热海边走去。

最高执政官想叫住他，但还是没有开口。科学家走过的岩浆壳坚硬结实，最高执政官也跟了过去。

“三十七步。”科学家停下来，“最开始，岩浆离监测站只有十步。”

“从什么时候开始的？”最高执政官问。

“一直在退缩，一直在加速。近几年加速得越来越快。这个变星年测到的地热温度下降是前所未有的。按照这个速度……”科学家把脸转向一边，“二十到三十年后温度就会降到不能维持我们思考的程度，地下生态系统也会凋亡。”

不远处的岩浆涌动着，溅起小小的黏稠的岩浆团。热海承载着星球上两千万人的生命脉动，最高执政官从来没有想过它会变得这样吃力。她看着红热的海平面在穹顶的另一头延伸入地下。

“你能做什么？”

“最高执政官，地核正在冷却，我们的星球正在冷却。”

最高执政官叹了口气，“我知道，这不是你能做的。这是我该做的……”

他们往回走。登上楼梯的时候，最高执政官忽然回过头来说：“我们的种族有多久没有冒过险了？”

科学家的眼眶潮红，像热海一样红热。他只是点点头，没有多说什么。最高执政官看到他的胸口别着一枚奇怪的裂成两半的铜质徽章。

生死决斗

全球危机紧急特别会议。

能容纳两千人的阶梯会议席由四面向中间下沉，仿佛在建造之初就预示了今天的危机。会议席此时只坐了不到一百人，全是星球各个最高部门的部长。坐在下沉大厅最中心的是星球最高执政官，她笼罩在一束顶光里，显得遥远而孤独。

“核热站装机运行了，一切顺利。”说话的人有些底气不足。

灾难应对委员会是最新的部门，主席也是新的领导人。他的上一任刚刚在核热机组调试的事故中丧生。还好那只是一次蒸汽锅炉爆炸，没有发生核泄漏。

最高检察长面有怒色地说：“很遗憾，我没能把你的上一任送进黑牢。我希望在座的各位都不要变成我族类的罪人。”

检察长的话引起了前任主席同僚的抗议，席上发生了小小的争吵。“你能思维敏捷地站在这里，是因为前任主席的牺牲！”有人说。

最高执政官嘶了两声，压下众人的声音。从推行这项计划之初，她就深深地知道他们面临的阻力。他们的文明已经在安稳中度过了四千多个变星年。现在要在全族类最敏感的群脑旁建核热站，光是产生的恐慌就有可能摧毁他们的社会，更别说技术障碍和工程难度。

最高执政官对众人说：“如果我们不冒这个险，全族类将在不到三十年内走向灭亡。我们冒这个险，全族类有可能提前灭亡，但拼出了一线生机。我们的祖先就是这样不断在岩层中拼出生机。我们不会安详地死去，这不会是我们冒的最后一次险。”她的目光划过众人，停在一个角落，“科技部部长，你来说几句吧。”

最高执政官曾经在群脑中心见过的那位科学家已经披上了银丝，他一直在等着。他显得颇为紧张，接话说道：“诸位，眼下我们只是获得了一点喘息的时间。我们的星球是一颗无外源能量的星球，如果地核冷却，全球的核原料储量也维持不了多久。留给我们的时间可能是五十年，可能是六十年，不会超过一百年。论证组曾经提出过很多设想，包括派出无人飞船去别的星系采集能源，或者建造行星级推进器让星球飘向一个恒星系。但这些方案都不可能，需要的技术或能源远远超过我们能够承受的范围。诚实地说，我们没有必然可行的方案，只有争取可能的方案。我们唯一能赌上一把的方向，”科技部部长攒了口气，“是用载人飞船飞向外太空。”

会场里面一阵喧哗。这无异于自杀。

工业部部长大笑起来，“全体移民？带上二点八万吨重的群脑和两千万人进行星际旅行？就算我们能放弃大部分人，就算勉强能够飞起来，维生系统、供热、燃料……”

“只有一队人的身体去，工业部部长阁下。”科技部部长回答。

现场安静了下来。工业部部长终于确认了这句话，问道：“他们走不了多远，这有什么意义？”

“在我们的历史上，曾经存在过这样一种探索方式，一群自称‘决命者’的人，结队走向世界的边缘，直到剩下最后一个人带回远方的消息。决命者是与命运决斗的人，他们告别安稳的过去，赌上生命去换取一线新的自由。这种多备份的、孤注一掷的群体探索方式大大增加了我们能走出去的距离，在一段历史时期快速拓展了我们种族对世界的认知。”

众人面面相觑，互相打听这个奇怪的称呼，然后又纷纷摇头。

“你想要干什么？”工业部部长质问，“你会受到审判！”

“决命者的传说没有被证实。”文化部部长发话道，“我们只有两千万人，每一个人都很宝贵。你说的这种情况在古代可能存在，在现在，有什么值得我们去赌上生命吗？”

“‘天庭的阶梯’恒星系。”科技部部长挥一挥手。

会场的屏幕上出现了一颗蓝色星球，视野放大，显示出整个星系的示意图，八条轨道和一些小行星带围绕着一颗明亮的恒星。

工业部部长说：“我知道那个恒星系，也知道它会临近我们，但是以我们的技术仍然到达不了，你的送死方案也不可能。”

“是的，但我们现在说的是与命运的决斗，我们不需要到达。”科技部部长扫了一眼会场，“在我们的技术条件下派出一艘能航行得尽可能远，能应对复杂情况的飞船。我们只要期望在路上遇到那个星系的远航者。”

一个向还不存在的文明求援的计划。

会场又一次安静下来，安静中带着怀疑和冷嘲，只有最高执政官还在向科技部部长投以支持的目光。

工业部部长替众人问道：“你怎么知道那个星系会存在如此发达且善意的文明？毕竟我们在宇宙中从来没有发现过别的生命。”

科技部部长顿了顿，说道：“说起来也许可笑，因为我们别无选择。这个方案的成功概率是我们所有的可选方案中最大的。我们搜集的信息表明，那是一个近乎完美的恒星系。恒星恰到好处的质量能够维持一条稳定的宜居带，它的宜居带里恰好存在着一颗行星，拥有化学活动最丰富的液态水环境。那里有希望存在生命，甚至是文明。恒星处在中年主序星阶段，能提供稳定的能量来源和丰富的地质能源储量。如此优渥的环境，那里的文明有可能具有高度发达的技术水平，以及很高的文明程度。”

他就像在讲述一群天神，会场寂静无声。“恒星系拥有八颗中等大小以上的行星，与恒星距离形成梯度序列，也就是我们所称的‘天庭的阶梯’。触手可及的新世界就像我们祖先头顶上的地表一样激励着他们。如果那里的文明足够发达，几乎必然会利用这条太空之路发展成扩张型文明。也就有那么一线希望，我们可以与他们的远航者相遇，有机会获得帮助。我们走得越远，他们走得越远，相遇的可能性就越大。这些可能性组合起来，也只是宇宙中的一个极小概率，但我们的先辈就是这样走过来的，告别温柔的热乡，把生命换算成距离，抓住一个个极小的概率。我们已经忘了这点。”

工业部部长表情凝重，谨慎思考后，又问了三个问题：“在一个我们这样的孤星系统里，没有其他天体借力能走多远？怎么解决信号和延迟问题？我们的航天员能存活的预期距离是多远？”

“他们会用一生去回答这几个问题，也可能他们最终都无法回答。这，就是那一队勇敢者要承担的风险。”科技部部长的声音黯淡下来。

最高执政官说道:“宇宙从来就不是温暖的热乡。未来五十到七十年,目标恒星系处于相对我们最近的距离上。那是决定我们文明生存的窗口时间,我们需要更早地做好准备。”

这就像把整个文明的希望寄托在一个走钢丝过悬崖的人身上。他们现在要做的,就是尽力帮这个冒险者照亮前方。

决议获得了通过。最高执政官站在下沉大厅的中心宣布:“为了我们的后代能见到光和热,我们将像前辈那样进入黑暗里前行。”

会议大厅的灯光暗下来。

工业部部长走在散去的人群中。他的心中压着更多的重量。由于核燃料被调集去核热站,全球的能源已经很吃紧,一些制造业停顿了,他们的经济面临衰退甚至崩溃的危险。如何在逆行的电梯上前进,即使他的老师也没有教过他。但是他没有再发问,只是默默混入人群中。他渴望走到大街上,混入街上的人群,成为这个星球上普通人的一员。

他看到科技部部长走在斜前方,于是走上去,问了一个压在心中很久的问题:“为什么宇宙对我们这么不公平?”

科技部部长停下,转过身,想了片刻,真诚地回答道:“也许是为了让我们学会告别和上路。”

走向你

一对老人在一架巨大的半球形天线下坐下,放下营地灯,开始摊开野餐布。他们的动作慢得像在太空中展开一张氢原子捕捉网。他们缓慢而默契地配合着。终于,野餐布铺好了,老人又用机械臂一样细瘦的手从背包中拿出一件件野营用品,精确地摆在野餐布上。

没有人来打扰他们。天线周围只有几个工作人员在巡视,时不时仰头检查一下。工作人员只知道这是一对被允许待在这里的老人。

距离危机会议已经过去了三十多年，没有人认识这对瘦小的老人。这次政府邀请他们去发射场观看，他们没有去，而是来到了这个他们曾经和小女儿野营过的地方。

各单位就位的警戒声响起来，外面的几个人匆匆跑回建筑里。现在这块空间只属于两个老人了。

静谧海发射场。

三盏探照灯射向“飞渡号”的庞大箭体。这是这颗星球有史以来最大的载人飞船和运载火箭，它的高度超过了发射场的其他所有塔架，甚至傲视着远方的山峰。由于过于庞大，它是在地井中垂直组装好再升上来的。围绕它的制造，运输线上形成了两座中型城市。发射场外很远的距离开辟了安全区，围观的人群使发射场沐浴在犹如半个世纪前的节日般的光亮中。记者，摄像机，乘着轮椅来的老人，驱车高歌而来的年轻人，宗教的教徒，荒野上惊疑不定的奔跑兽，所有能够观看的主体都把目光投向那个指向天空的硕大箭头。

警戒声响起，地面上安静下来。片刻后，投射在箭体上的激光倒计时开始倒数：10，9，8，7……倒计时结束的时候，一团刺眼的光亮震撼了大地。

十年前，一颗小行星被观测到将要掠过星球附近，这是千年一遇的机会。“飞渡号”被赶工制造出来，它将借助小行星的引力弹弓加速，飞向“天庭的阶梯”恒星系。这是一次没有返程的任务。以星球上的科技水平，要将飞船在一代人的时间里加速到足够的速度，只有一个简单粗暴的办法——核爆炸推进火箭。

火箭尾部释放出的小型核弹在地下井里爆炸，把火箭推上空中。地下井在承受爆炸后坍塌，它只为这一次发射存在。地下井周围是一圈缓冲池，热空气和汽化的缓冲液从四个导流槽中喷出地面。地面的温度迅速升高。缓冲液的气团在半空的高度重新凝结成白色的水雾，追着火箭膨胀过去，再次被新抛出的核弹汽化，像不断绽放的红白交错的熔岩花朵。带有辐射吸收剂的冷凝气团最终会形成一堵减辐射墙，缓缓下落。此刻，火箭的速度要远远快于水汽，它的尾部展开一个推进盘，以承接被定向核弹的冲击波加速的淡蓝色等离子浆。小型核弹不断被抛出，爆炸，天空被震裂。庞然大物冲上苍穹。轰隆隆的声音滚过平原，就像火山喷发。爆炸的闪光一次次把大地点亮。

奢侈的光和热倾泻出来。人们想象着，沐浴在恒星的光芒下大概也是这般景象。观看的人群里有人哭起来。唱歌的年轻人们跳上车顶，伴着核闪光起舞，隆隆的声波滚过他们头顶。往后艰难平淡的日子里他们会无数次回想起此夜。一块空地上，数千名教徒匍匐在地，念诵祈祷，蓝色的罩袍如热海的海浪一样在气浪中猎猎作响。他们是三十年前成立的宗教，不为信仰，只为祈祷"天庭的阶梯"恒星系里可能存在的文明繁荣昌盛。

在尘世的众生上面，核弹的闪光像一道天梯攀上夜空。

曾经的科技部部长握住老伴的手，他们一起望向头顶上的星星。他们曾经和小女儿一起坐在这里望向大天线所指的天区。现在那里能隐约看到一串闪烁的移动的亮点。那是"飞渡号"，他们的女儿就在上面。这架天线和女儿的飞船保持着通信连接，女儿和另外六个人的意识信号从脚底发出，经由这里投射向茫茫宇宙。对两个老人来说，这里就是离女儿最近的地方。

对于他们的文明来说，"远方"永远是带着恐惧的。他们曾经想教给小女儿面对这个恐惧的勇气，没想到女儿走得更远。

他们的家庭爆发过争吵，老科技部部长毫不掩饰地承认自己的自私。

女儿在空间站上发来的信说："爸爸妈妈你们知道吗？这几年我在空间站上看到的地面灯光，已经比十年前的照片稀疏了很多，跟你们年轻时更是没法比。我看着我们的文明渐渐沉入黑暗。今天我再次看到自己的眼泪飘在空中，就像宇宙中的星星，我能摸到它们。爸爸妈妈我决定了，我要去抓住那一线希望。请你们在地上为我抓住最后的灯光。”

从那次起，女儿的坚强就远远超过了一切阻拦。她终于航向了远方。

老人摩挲着一枚和女儿一样的徽章，流下一滴眼泪。眼泪在脸颊划过一条轨迹，很快被夜空中的寒气冻结在毛尖上。他吸了一口寒气，吐出白雾，夜空中的星星也仿佛闪烁起来。

老伴把头靠在他的肩上，“还记得那首诗吗？”

当然，那首古代吟游诗人流传于今的诗，流淌在文明的血脉中，照耀过决命者的热血，也静静地见证过两个老人的爱情。他从来不敢把那首诗赠给女儿。女儿现在也变成了那个吟游诗人。他轻轻地，对着老伴，也向着他们远去的女儿，念起来：

我制作一把舵，
它可以去往远方，
也可以返回家乡。
沙暴是那么危险。
我用它掉头，回到所有人身旁。
我猎获一只龙角，
它可以劈斩荆棘，
也可以被人颂扬。
荒野是那么危险。
我带着它掉头，回到英雄的故乡。
我远远看到了你，
你可以点燃一切，
也可以熄灭光芒。
你是那么危险。
我砍断了舵，烧掉龙角。

一切都已无法挽回。
我告别自己，
走向你。

抬头看去，那个亮点已经隐入群星间了。

走入群星的人

“飞渡号”上载着七名船员。这不是一艘星际飞船，它最近也只能到达距离目标星系三分之二的距离，之后就会交错远离，生命维持系统的运行寿命会更短。“飞渡号”利用小行星的引力弹弓曲线加速后，再次释放小型核弹直线加速，带着星球上十分之一的能源彻底飞向深空。在地面上看去，远去的航迹就像一根嵌入群星间的钢丝。

走钢丝的人走入了群星间。

原之息看着家园远离，这次是永别，她和其他人一起哭了。飞船调整姿态后，母星就被大天线挡住了。飞船尾部是一架直径比飞船还长的天线，进入深空轨道后就完全铺展开来。飞船头部还有一架大天线，用于跟可能存在的文明联络，它将在飞船加速到最大速度后展开。

数千年来用于纪年的变星伴随在船舷一侧。对于这队远行者来说，每走出一步都在创造历史。距离是最大的财富，也是最大的敌人。原之息在延迟箱里训练过上百天，那种撕裂和呕吐的感觉至今还像噩梦缠绕着她，而他们将要面对的是几十年的长延迟生活。没有人清楚延迟一直大下去会发生什么，也没有人能估计意识信号能维持多远。这对于船上的人来说是漫长的等待，对于星球上的人来说更漫长。

群脑中心来了个怪老人，他被上级介绍来当一个义务维护员。技术岗位都用不上他，他还愿意干一些打杂的活儿。后来中心的人都习惯了有一个老人每天拖着拖把闲逛，反复擦着本来干净无尘的地面。他们都不会派活儿给他，见了他会说干得真好。有时，人们看见老人徘徊在下层空间的树林中，救治生病的小动物。有时他会捡起海滩上的石子，扔进热海里化掉。更多的时间里他面对着群脑出神，眼睛里像有东西涌动。人们没有多在意，因为群脑的维护工作越来越难了。

飞船达到了最大速度，船头的天线展开了，这时，飞船的外观看起来像两个对接的漏斗。前置天线每隔一天会发射一次接触信号，原之息和一个小伙子组成二人小组负责轮班监听。

有一天她想告诉母亲自己可能恋爱了，这个念头很快消失在邈远的信号中。为了保证基本安全，每一个动作都要反馈确认后才能进行下一个，可行动的时间称为指令窗口，每一个指令窗口的动作都要精确规划。他们只有动作传达到的那一刻是有生气的人，其他时候都是静止的雕像，从数小时，到数天，再到十几天。前一刻的悸动冷却为下一刻的冷静，还有被死亡笼罩的永恒悲伤，那种情愫随即消失了。

在无人的时候，她才会拿出那枚黄铜徽章，利用短暂的指令窗口时间，分开，又合上。父亲接受了她的选择后，痛哭了一天，而后含着泪把这枚徽章交给她。在一旁见证的还有十六位决命者成员。那时她才知道，这群人真的存在，他们潜伏在文明的血脉中，跨越了千年，把温度传递到她的身上。

只要还有一人活着，决命者就活着。

对母星的思念总不会飘散。对父母的感情，对朋友的惦念，对儿时玩闹过的公园的记忆，都融入了那颗星球。现在加上了对决命者同伴的责任。那颗星球在暗的彼方，早已不可见。等待指令的时间里她望着那片星空，想着自己的源头躺在母星的怀抱里，把自己的身和心送往宇宙深处；想着自己在黑暗的异乡，遥望着故乡的自己。两个撕裂的自己对望着。

啊，她意识到，自己就这样告别了自己。

飞船在途中朝后方抛下一个中继站，在前路上还将抛下两个。多亏科研人员多年的技术攻关，信号质量维持得很好，但是延迟带来的问题渐渐显现。脑身撕裂的痛苦伴随着每一个人。由于延迟障碍导致运动缺乏，船员饱受骨质疏松、肌肉萎缩的困扰，关节刺痛难忍。

飞船上的所有操作界面都是按照高延迟容错性设计的，但宇宙不是。出舱维修的人因关节问题造成的误判进入了高速旋转，在下一个操作到达之前船员的身体接收了太多感官过载，导致大脑掉线。原之息眼睁睁地看着喜欢过的小伙子缠绕着安全绳撞断了脖子。一年后，又有人因延迟症去世。

死去的同伴被发往群星间。没有黄铜徽章留在他们身上，但原之息明白他们和自己是一样的人。

船员们重新编排好岗位分工，继续向前驶去。

地底下的人不能做什么，只能看着船员的脑电波陷入混沌，大脑逐渐萎缩。“他归于大潮了。”这时就会有人说道。众人低头抽泣。

每当有噩耗传来，群脑中心的那个怪老人就紧张地打听是哪个船员。

地上的老人毛发渐稀，天上的年轻人身体日衰。三个中继站都已经抛出，从此信号强度只减不增，每迈出一步都是向死亡又靠近了一步。

在一场陨石雨撞击中，飞船的前置天线被砸坏。身体机能老化加上高延迟，以及信号杂音时不时带来的感官模糊，船员们已经没有能力出舱维修。

不能在宇宙中发出呼喊，航行下去还有意义吗？这一次命运占了上风。原之息站在舰桥上，看到同伴在星星投下的影子里苦笑。每个人背后的膜翼都张得大大的，像在岸上喘气的岩鱼的嘴。雪花点在视野里蔓延开又收缩往复，快要连同伴也看不清了。在等待下一个指令的时间里，苦笑在他们的脸上游移，同星光一样久远。

原之息站出来，用一个指令窗口说服了同伴，用下一个指令窗口布置了应对方案。在下几个指令窗口，他们计算出了所有需要的数据。任务被分割成上百块实施。船员们利用船上的机械改造船里的配重，然后把姿态发动机的喷口调整到一个诡异的方向，利用剩余的一点燃料施加一个推力。船体看似无序地转动起来，意识信号时有时无。继续调整船内的配重，每一步都精确计算了行动和船体姿态的对准时间，不能有一个动作失误。

他们成功了。飞船以首尾为两端、重心为中心徐徐旋转起来，使得尾端天线交替地朝向前后，轮流承担两架天线的功能。船员们破例使用了一个指令窗口紧紧拥抱在一起，倒在地上，直到下一个指令窗口才分开。

旋转不是很优雅美观，至少飞船还能继续向前。旋转也不会让人很舒适，船员们只有努力去适应。比延迟更令人害怕的信号中断，从此伴随着他们。指令窗口间隔更长了，飞船上的人造重力方向发生了改变，船员们的日常活动比以前更危险重重。

每当天线转向前方，船员就会集体陷入“沉睡”。这期间他们的大脑失去了一切感官，意识飘浮在混沌的黑暗深渊之上，无法真正入睡。古代的决命者在岩层中和命运搏斗时就经历过长长短短或是永远的掉线。由于天线只剩下一组计算处理单元，如果计算机识别到可疑信号需要进一步分析，下一个指令窗口就会自动取消，“沉睡”的时间还会延长。船员们不知道每一次“沉睡”面临的是希望还是故障。

船员从五个又减到四个，三个。剩下的人总会把死者体面地送向太空，念着“众灵与我们同在”。告别同伴的悲伤不会停留在脸上很久，它化入生命信号的底色，穿过群星。

只要还有一人活着，决命者就活着。

在一次掉线中，原之息在意识被卷走之前，想到了那位在黑暗中登上地面，第一次看见星空的祖先，又想到了同伴送她登上塔架的那个星光灿烂的午后，恍惚中前方出现了一颗蔚蓝色的星球，一闪就消失了。

这一次“沉睡”比往次都更长更长。船员们的身体斜靠在操作台旁，船舱里安静安详，如一个日常。星光洒在机器的金属边缘，电源发出微小的爆鸣。这艘精巧又残破的飞船以一种奇异的运动方式，在广阔无边的宇宙中奋力划出它的一点点距离。

在星球的地下，怪老人也靠着群脑的舱壁睡着了。拖把斜靠着他的肩膀，口水从他的嘴角流出，挂在稀疏的腮毛上。胸口的徽章被擦得锃亮。工作人员匆匆绕过他的身旁，去抢修老化故障的设备。

在老人的梦里，另一个文明带来了巨大的运输飞船。一座超引力加速站像阶梯从低轨道向外空间延伸，搭建起一条通往太空的路。星光也被扭曲出绚烂的光华。群脑包裹在恒温营养舱里，被巨大的升降平台托上地面，渐渐告别暗红色的热乡。在地面上，群脑第一次沐浴在星光中。星星在冷峻的山峰上燃烧，和护航舰队喷出的蓝色尾焰混在一起，铺满天边。移民的队伍从天边聚集，走向运输飞船将要降落的地方。老人已不存在于世上，但他透明的身体仍然行走着，穿过人群，跟着同胞一起，向那条隆隆落下的尾焰走去。两个被黑暗分隔的宇宙的孩子终于会合在一起。两个文明将航向一个拥有温暖恒星的星系。他们的一部分后代也许还会以从未有人想到过的方式成为星际种族，那已经是很久很久以后的事了……

《银河边缘》第8辑，2021年12月，人民文学出版社

作者的话：

正如同这篇小说所寓意的那样，它属于一种跨越两端的尝试。

科幻小说介入现实的方式,可以划分成两端。一端是创造变局来直接介入现实,推演世界的变形,革新现实问题的打开方式,打造出新颖有力的观看和理解世界的工具箱。另一端是跳到虚空中去开辟一块“飞地”,去探索平时更难实现的重塑世界的方式,经历一番新世界冒险后,用一种新的方式轻轻落回现实,打量着这个似乎熟悉又似乎陌生了的故土。这两端之间,就是科幻穿梭的空间。

2021 年是我时隔十年第二次获得全球华语科幻星云奖的奖项,十年两头的两篇小说,《三界》和《一座尘埃》,有一个奇妙的共性,它们都偏向于去虚空中开辟出另一个新世界。也许这种作者性极强的小说更容易被承认它的某种价值。

但是另一个奇怪的共性是,这两篇作品在获奖之前我都尝试过投稿给纸质媒体,从科幻到童话到纯文学的纸质平台,都不能够发表。前者最终在科幻迷自筹的电子杂志《新幻界》上登出,后者借助一直坚持着的“不存在科幻”网络平台才得以发表。在科幻行业过去的一些标准里,这都不能算正式发表。

它们在日后会被一些读者深深记得,但是被行业提起的机会很有限。这一对矛盾缠绕着继续往前,也困扰着我的创作。我能够与产业的下游建立联系的作品,都是我回到现实主义(狭义)创作的作品,科幻行业呈现出的现实也是如此。直到很后面,我才具备了排除其他干扰因素去判断一篇小说的价值的能力。没错,即使是对于一个被认为是成熟的作者,他仍然很难去判断写作的意义。即使在当下,我仍然对创作方向的选择充满疑虑,并且更加小心翼翼。

《飞裂苍穹》我最初构思了两个版本的故事梗概。一个版本是贴近现实主义的,讲述人类幸存者躲在核末日的地下苟延残喘,失去了梦想,几个工程师冒死偷走了一具远程控制的机器身体重返太空的故事。另一个版本就是现在呈现出来的这个版本。前者当然也不逊色,但是一旦作品坍缩为其中一种状态,另一个故事就宣告了死亡。

我必须慎重做出选择。我在很长时间里都没法做出选择。

我知道前一个构思更容易被行业接受，我能想象它的影视化可能，却不能想象后一个构思可以被视觉化呈现。对于希望以科幻谋生的我，这个理由是很难拒绝的。况且，我创作过的几篇不是以人类为主角的作品，都没有好“下场”，有的甚至连稿费都换不到。最终我还是选择了讲述第二个故事，它能打开的视角是全新的。幸运的是，它似乎被认可了。它值不值得被阅读还由读者来判断。写作就是这样一件神奇的事情，有些东西不会带给你更好的活下去的机会，却能带给你更好的活下去的理由。能够对抗矛盾的，唯有矛盾。

这篇小说仍然是属于广义的现实主义的，它创造的那一块“飞地”，通过一条微弱的丝线和我们的现实联系起来。这条丝线伸向那个朦胧、晦暗、忐忑阻隔的我们的世界。

在这个世界，每一篇小说都是我活过的证据，希望有人在很久以后还记得。

蝠　王

| 江　波

江波，1978年生于浙江杭州千岛湖镇，1996年考入清华大学电子工程系，2000年继续在清华大学微电子所攻读硕士学位。在校期间，受到科幻征文活动的影响，开始尝试科幻小说创作。2003年毕业进入半导体行业，同年于《科幻世界》发表科幻处女作《最后的游戏》。此后笔耕不辍，累计发表中短篇科幻小说六十余篇，代表作有《时空追缉》《湿婆之舞》《宇宙尽头的书店》等。2012年出版首部长篇小说《银河之心·天垂日暮》，2016年《银河之心》三部曲完结。2018年出版《机器之门》，2020年出版续作《机器之魂》。另参与多人共创太空史诗，著有《欧菲亚战记》。2021年，根据江波中篇作品《移魂有术》（2012）改编的科幻悬疑电影《缉魂》上映。

江波六次荣获银河奖、两次荣获星云奖金奖、一次荣获京东文学奖科幻专项奖。他认为科幻最吸引人的地方，在于穷尽未来的各种可能性，同时认为科幻作者要在绚丽多彩天马行空的想象和出人意料感人肺腑的故事间寻觅可能的空间。因此，他的小说不仅不乏汪洋恣肆的奇想，还蕴含着对科技与未来的深度思考。

江波的《桃源惊梦》《机器之道》曾入选2014、2015年度《中国最佳科幻作品》。今年入选的《蝠王》是一篇典型的惊悚科幻，涉及基因工程、永生、火星移民，与当下的社会现实也有所关联。蝠王不仅仅是疯狂的科学家，他的命运，也是社会变革往复冲突中某类人物在今天这个节点上命运的象征。

金水镇

“来了，来了！”桥上挤挤挨挨的人群欢呼起来。

伊莎抬头望去，只见远方黑漆漆的树梢上，正涌起一团黑色的云朵，数以万计的蝙蝠用完晚餐，正从树丛间赶回洞穴去。

褐色的古堡立在沙洲上，沙洲位于金水河中央，水流缓慢，映出古堡的倒影。蝙蝠群黑压压一片飞过，惊动了古堡中的同类。堡中的蝙蝠如一缕青烟般升起，汇入归巢蝙蝠的洪流之中。落日正红，映在水上，水面波光粼粼，古堡的影子漆黑如墨，蝠群翻飞，如一层轻纱在金光之上飘动。眼前的情景牢牢地吸引着伊莎的注意力。她不停地点击手机，拍了一张又一张照片。

几只蝙蝠很快靠近了桥边。它们快速地扇动着小小的翅膀，从人们头顶一掠而过，带起微风。庞大的蝠群接踵而至，遮天蔽日，像是一张无边无际的巨网，蝠群搅动的风变强了，一阵阵吹在脸上，带着一股暖烘烘的气息，那是蝙蝠特有的臭味。

伊莎捂住鼻子，一只蝙蝠并没有太强的气味，一大群蝙蝠就很臭，这是这些小东西唯一让她受不了的地方。

“哪有那么臭！”杰克转过头来，嘲笑她，“你的鼻子灵过头了！这么多蝙蝠，看看，你猜有多少只？”他向着蝠群张开双臂，像是要把它们都揽进怀里。

伊莎不想理他，别过脸去，尽量把鼻子捂得紧些，只想这浩大的蝙蝠队伍赶紧过去。

不经意间，她看见了金。金正抬头望着天空中不断涌过的蝙蝠，眉头紧蹙，满脸严肃。

“出了什么问题吗？”伊莎好奇地问。

“哦？”金扭头看了伊莎一眼，“没啥，就是蝙蝠群的密度比预期小很多。”

金扬了扬手中的小机器。

“怎么了？”伊莎更加好奇，“蝙蝠群密度有什么不对吗？”

“往常这个蝙蝠群每秒钟可以点出十二只，这一次只有八只。”

伊莎凑了上去，看了看机器的小屏幕。小屏幕上，一条曲线歪歪扭扭地向前走着，时高时低，围绕“8”这个数字起伏。

“应该有十二吗？那数量减少了不少啊。”伊莎说。

“是啊，之前做过的统计数据一直保持在十二左右。”

“蝙蝠的确少了许多。”一个声音插入了两人的对话。

伊莎循声看去，只见一个小个子正站在一旁，凭栏而立，看着自己和金，脸上似笑非笑。他穿着黑色的套装，衣襟笔挺，皮鞋锃亮，斜纹的蓝色领带打得整整齐齐，头发经过精心梳理，根根泛着光……这小个子身上透着股一丝不苟的精致味道。

“你们是在研究蝙蝠吗？”小个子问。

“我们是蝙蝠研究中心的。”金回答。

“哦，我知道那个研究中心，”小个子向前走了几步，靠近两人，“是刘恒教授的团队吧。”

“哦？你知道刘恒教授？”金有些惊讶。

伊莎理解金的惊讶，蝙蝠研究可不是什么热门话题，知道金水镇上有蝙蝠研究中心容易，说出刘恒教授的名字就难了。

小个子点点头，“我是个蝙蝠爱好者，也偶尔读一读研究论文，刘恒教授的论文我读过几篇。”

“你也是来研究蝙蝠吗？”伊莎问。

“当然不是，”小个子笑了几声，“我是来看风景的，我只是个爱好者而已。蝠群在夕阳下飞舞,这景象百看不厌!”他说着向水上望去,目光落在远处的古堡上,随即沉默下来,似乎陷入了深深的思索,完全忘了刚才和两人的对话。

蝠群仍旧在金水河上飞舞。

这真是一个怪人,伊莎心想。

她低下头,继续看仪器上的显示,皱起了眉头,“如果数量下降这么厉害,恐怕我们要更抓紧时间找到办法。”

“教授让我采集数据回去分析,可能我们要再抓几只标本回去看看。发现传染病也就是几天的事,如果蝙蝠数量降得这么快,那可不是开玩笑。”

“真是太好了,我们一会儿就上山?”杰克的声音从背后传来。

伊莎暗自叹了口气。杰克和自己一起在特鲁西实验室工作了四年,一直积极追求自己,然而不知道为什么自己就是特别讨厌他,大概自己天生性冷淡吧。但杰克从来没有放弃,这次来刘恒教授的实验室,他软磨硬泡,也跟着来了。伊莎不知道杰克究竟喜不喜欢研究蝙蝠病毒,但知道杰克总喜欢在自己面前出头。

“今天有点儿晚了,也没有带好工具,我们明天再去。”金说。

“听你的!”杰克随口回答。

伊莎转过身,风吹动发梢,入了眼,她抬手把头发撩开,不经意间抬头,只见刚才交谈的那个小个子男人正向着桥头离开。蝠群在他的头顶飞舞,他却丝毫不为所动,步履快捷,行动如飞。

他一身黑色倒是和蝠群很配。刚才还说特意赶来看蝙蝠,蝠群还没有过去就走了。

这真是个怪人。伊莎望着他的背影,有一种怪怪的感觉。

“快看!”杰克惊叫了一声,指着空中。

伊莎抬头看去,漫天飞舞的蝠群中现出了一个空洞,似乎那儿存在一个看不见的漩涡中心,蝙蝠感知到危险,都绕开它飞。

“那是猎蝠!”金也抬头看了一眼,平静地说了一句。

“在哪里？”伊莎努力向着空中张望，想要找到金所说的猎蝠。昨天在研究中心，金在情况介绍的时候展示过猎蝠，甚至亲手示范了怎么揪住猎蝠的脖子把它提起来。那是一种大型蝙蝠，以捕猎小型蝙蝠为生，偶尔也会捕食小鸟。它的起源很神秘，至今没有定论。

“就在那儿。”金指着天空中的某个位置。

伊莎顺着金的指点努力寻找，漫天的黑色小生灵翻飞，找不到什么特别的蝙蝠。金一直跟着刘恒教授研究蝙蝠，大概练就了一双敏锐的眼睛吧。

铺天盖地的蝙蝠大军已经渐渐变得稀疏，空气中那臭烘烘的气味似乎也随之散去。

金开始收拾仪器。

桥上看蝙蝠的人们三三两两走了。

十来个人聚在桥头，似乎在围观什么，伊莎好奇心起，走过去看个究竟。

人们正交头接耳，小声地议论着：

“这蝙蝠是不是病了？”

“这样子恐怕活不了。”

“好恶心！”

“别看了，快走吧！”

……

窃窃私语涌入伊莎的耳中，让她更感到好奇。

一对男女相拥着挤出人群，向着河边的停车场走去。伊莎从他们留下的空当里挤了进去，她一眼就看见了人们围观的对象。

一只蝙蝠正趴在地上，发出吱吱的尖叫，毛茸茸的黑色躯体像极了老鼠。它用翼手支撑着躯体，在地面上爬动，动作笨拙，仿佛在尽力挣扎。

伊莎心头咯噔一下。这蝙蝠的口鼻处，有一丝丝白色的痕迹，正和刘恒教授展示过的症状相同。这是一种真菌感染的痕迹，菌丝从蝙蝠的身体内长到了口鼻外，意味着它已经完全被真菌占据了躯体。

吱吱的叫声传来。它在哀号！它感到痛苦！一刹那间，伊莎感到心头一阵阵疼。这可怜的小家伙！

蝙蝠翻过身子，两翼张到最大，整个身子都挺了起来，不停扑腾。

它真的很痛！

痛是会传染的。

伊莎只觉得自己的心快要被那凄厉的叫声撕碎了。

这是一只雄性，它的生殖器暴露在众人眼前。生殖器上，密密麻麻爬满了菌丝，看上去已经成了一个白色的囊袋，触目惊心。

人群突然一阵骚动，有人在喊："小心！"

伊莎还没有明白过来怎么回事，眼前黑影闪动，一只蝙蝠从头顶掠过。这是一只较大的蝙蝠，带着从天而降的气势，颇有几分吓人。它冲着地上的蝙蝠而去。

伊莎本能地缩起身子，只听见耳边一股劲风，紧接着啪的一声，然后是众人的惊叫。

伊莎抬头一看，只见那大蝙蝠已经掉落地上，杰克站在一旁，满脸兴奋地看着自己，"没吓着你吧！差一点儿它就撞到你了！"原来他把猎蝠打了下来。

掉落地上的猎蝠翻身而起，发出吱吱的叫声。叫声和小蝙蝠相比更为低沉，它的翼膜展开，足足有一米长，左边的翼尖垂下来，似乎断了一根骨头。猎蝠警惕地四下看着，不断扬起翼膜上的爪子，向着一旁爬行。如果不是长着一对硕大的翅膀，它看上去就像一只娇小的黑猫。

"别怕，有我呢！"杰克上前，抬脚就向那蝙蝠踢去。蝙蝠被踢得飞了起来，发出凄切的叫声，围观的人们纷纷闪避。

"你干什么！"伊莎大喊一声，上前拉住杰克。

落在地上的猎蝠继续向一旁爬去。

杰克笑嘻嘻地，"我怕它吓到你。不过也正好，这只猎蝠正好带回去给金做标本。"杰克说着就要上前。

伊莎再次拉住他，狠狠瞪了他一眼，“金说过要猎蝠的标本吗？就算要标本，也不是你这么蛮干的！”说完她挡住杰克，关切地看着那蝙蝠爬行。

猎蝠爬到了栏杆边。栏杆的基底太高，它尝试了两次，都没能上去，吱吱的叫声变得更加急切。

两个黑影脱离了漫天飞舞的蝙蝠群，向着这边落下来。那两只也是猎蝠，似乎被同伴的叫声吸引而来。它们倒悬在栏杆上，冲着受伤的猎蝠不住鸣叫，十足哀切，却又无可奈何。

围观的人们兴奋起来，这么近距离看到三只大蝙蝠，可是稀罕的事！

伊莎的目光始终停留在受伤的蝙蝠身上，那蝙蝠又尝试着爬上基台，没有成功，像是放弃了，趴在角落里，向着两个同伴哀鸣。

要帮帮它！伊莎再也看不下去，她戴上塑胶手套，缓缓向前走去，生怕惊扰了蝙蝠。三只蝙蝠见她靠近，都扭过头来，红色的眼珠中充满警惕。

“别怕！”伊莎轻声说着，继续向前。

两只蝙蝠见伊莎靠得太近，松开了脚爪，翻身飞起，在空中盘旋飞行，不肯离去。

受伤的蝙蝠拼命扭动躯体想要攀上栏杆，却几次滑落，只是徒劳。

伊莎捉住猎蝠的颈部。猎蝠顿时安静下来，任由伊莎抓着，仿佛一只温顺的小猫。伊莎提起它，轻轻放在栏杆上。

猎蝠的脚爪一触到栏杆，就抓住栏杆不放。

伊莎松开手。

猎蝠的身子晃了晃，突然松开脚爪，向着桥下坠去，眼看就要掉进水中，却一个翻身，擦着水面飞了起来。

围观的人们同声惊呼。

“你放了它干吗？”杰克不知道什么时候又凑了上来。

伊莎没好气地白了他一眼，“你什么都不懂！”

蝙蝠飞起，一只翅膀受了伤，飞得有些歪歪扭扭。它掉头飞了回来。

“哈，它来感谢你了！”杰克哈哈笑着，指着伊莎，“你可是它的救命恩人！”

话音刚落，一股液体从天而降，正正地浇在杰克的脑门上，一股腥臊味顿时散开。

“它撒尿了！”人群中有人喊。

杰克满脸都是蝙蝠的尿液，脸上的表情僵硬。伊莎忍着不让自己笑出来。她抬眼一看，只见那蝙蝠顺着金水河向下游飞去，转瞬消失在金色的阳光之中。

耳边突然传来众人的惊叫。伊莎扭头看去，大吃一惊。原来杰克满腔的怒火无处发泄，狠狠一脚踩死了落地的小蝙蝠。蝙蝠成了一摊肉泥，红色的血浆从杰克的鞋底缓缓流出，顺着膜翼向外渗透。

“你神经病啊！”伊莎被这血肉模糊的场面激怒了。

“它已经快死了，让它少点儿痛苦。”杰克淡然回答，随后抬头向着围观的人们说了一句，“这只蝙蝠害了艾滋病。”

围观的人们立即一哄而散，只剩下杰克和伊莎两个人面对面站着。

“近距离接触蝙蝠，要注意消毒。”杰克打破沉默，从口袋里掏出了酒精消毒喷剂，递了过来。

伊莎别过脸去，不想理睬杰克，自顾自脱下一次性手套，掏出密封袋塞了进去。然而她还是忍不住扭头对着杰克，挖苦了一句，“你应该用消毒水洗个澡！”

杰克有些尴尬，又像是有些后悔，伸着的手犹豫一会儿，缩了回来，往自己的脚上、额头上喷消毒酒精。

“发生了什么事?”金走过来，手中提着装仪器的手提箱。

“杰克踩死了一只蝙蝠。”伊莎把那一团模糊的血肉指给金看，“这只蝙蝠被僵尸菌感染了，但杰克居然把它踩死了。”伊莎余怒未消。

“杰克有点儿莽撞。不过如果真被感染了，死掉反而是一种解脱。”

“你怎么也这么说!”伊莎感到不悦。

金摇摇头,语气很沉重,“这种感染发作起来大概比癌症更痛! 这段时间见得太多了。”

伊莎的心情顿时也变得沉重起来。刘教授把自己找来,就是为了调查金水镇的蝙蝠群落为什么会突然染病。刘教授推测这是一次大规模传染病,可能整个大区有百分之十以上的蝙蝠都受到了感染,甚至更多。好巧不巧,在金水桥上居然就看到一只犯病的蝙蝠。这也说明,瘟疫在蝙蝠的群落中可能很普遍,刘教授的猜测是对的。

“你们是病毒专家,要靠你们了。”金说。

金的声音像是飘得很远,完全没有引起伊莎的注意。她正抬头看着独眼峰。这座山峰又被称为蝙蝠山,因为靠近山顶的位置有个巨大的溶洞,洞里生活着数以千万计的蝙蝠。

蝙蝠都归巢了。黑乎乎的岩洞像是一张大口,向着西方的天空张开,又像是一只巨眼,深不可测,漠然望着山脚下的浅滩、河流、百年的石桥,还有桥上的人们。

洞里密密麻麻的蝙蝠倒挂着挤在一起,地面上粪便到处流淌,恶臭刺鼻,无处不在的真菌在洞中盘结,仿佛蛛丝一般把整个洞穴包裹得像是木乃伊。

伊莎不由自主打了一个寒噤。

这些蝙蝠的免疫系统被破坏殆尽,身体成了真菌的乐土。这是怎么发生的?

艾滋病怎么能从人身上传给蝙蝠?

“伊莎,上车了!”金站在停车场的入口招呼她。

麦克斯

一辆形状奇特的宝蓝色汽车挡住了去路。

这是一辆豪华的卡迪伽加长车。一个戴着墨镜的男人从车里探出头来，冲着金喊："这边来，我们谈谈。"

这要求简直有些无理，然而那男人气势十足，让人摸不清虚实。

金靠边停车，走过去和那男人交涉。

过了一小会儿，伊莎忍不住推开车门，和杰克一起下车过去看个究竟。

戴着墨镜的男人扭头看过来，他的墨镜大得夸张，像是一张面具遮住了他的半张脸。

"这两位一定是伊莎女士和杰克先生。"他彬彬有礼地说，微微颔首致意。

伊莎仔细辨认，眉眼之间看不出是什么熟人。自己的熟人也从来不会坐这种豪华轿车，看样子似乎还是自动驾驶的款式，连驾驶位都没有。

"你是谁，怎么会认得我们？"杰克冲着车里的人发问，"你是故意在这里等着我们？"

"如果你们有时间，不妨进车里来谈。"戴着墨镜的男人微笑着说，"我的确是在这里等你们，我知道你们都是最好的专家，这条路是你们回研究中心的必经之路。请放心，我不会耽搁你们太久，只需要十五分钟。可否赏光到我的车里？"

三人彼此望着，有些拿不定主意。

"你们去谈吧，我不想进他的车。"伊莎说。她对这个戴着大墨镜的男人有一种本能的反感。

"伊莎女士可以慎重考虑一下，我希望和你们三个一起谈。"那男人接过了话头，"伊莎女士，我对你的导师有一点儿小小的了解，特鲁西博士一直在寻找新的实验室，你今年即将毕业，虽然前途远大，但一定不介意给你的导师帮一个小小的忙，让他可以有个安稳的地方研究他的噬菌体免疫法。我一直都很仰慕特鲁西博士在免疫学方面的成就，一直想向他表达由衷的敬意。"

男人向伊莎微笑着，笑容中仿佛一切都在他的掌控之中。

有钱人总是带着与生俱来的自信。伊莎向着那男人看去，想从他的眼睛里看出点儿什么，然而黑黑的镜片后边，什么都看不清。

“去谈谈，他也不能吃了我们。”杰克说着走上前去，卡迪伽的车门自动打开，杰克弯腰钻了进去。

“金先生，如果没有额外的资金支持，金水镇的蝙蝠研究中心最多还能维持六个月就要关闭。如果我说有一个机会，可以让研究中心一直开下去，您愿意尝试吗？”

这显然打动了金。

“去了解一下情况也好。”金向着伊莎说。

伊莎默认了。

卡迪伽加长车的内部很宽敞，能摆下一张两米见方的办公桌。两张皮沙发隔着办公桌相对，伊莎和金、杰克并排坐在一张皮沙发上，戴着墨镜的男人坐在对面。桌子的材质很特别，像是贵重的石材，摸上去温润光滑，并不像石头一样冷硬，伊莎扶着桌面，让自己坐得稳当一点儿。

“多谢光临。”那男人说。

说话间，汽车开动起来。

“你要干什么？”杰克紧握着拳头，带着几分怒意质问。

“不用紧张，你们到了车里，就是我的贵客。我只是找个地方停车。”男人的手指在身旁的一个屏幕上划拉了几下，然后抬头看着对面的三个人。

“要请三位到车里坐着，因为只有在车里，我才觉得安全。”

“你这是防弹车吧！”伊莎不无讽刺地说。

男人扭头看着她，脸上一本正经，“伊莎女士说得没错。我这辆车的确可以防弹，但重点是它可以屏蔽任何窥探。无论做什么事，小心谨慎总不是错。”

伊莎很想翻一个白眼，然而最后忍住了。

“这位先生，我们直接步入正题吧，你特意挡住我们的路，把我们请到车里来，究竟是要做什么？”金开口问。

车子猛然抖了一抖，外边像是突然间黑了下来。车里的人一惊，纷纷向外看去，却漆黑一团，什么也看不见。

“怎么回事？”杰克微微伏低身子，随时准备扑上去。

“不要紧张，我们只是到了方便谈话的地方。”男人笑着说。

他的话音刚落，车子的四周突然亮如白昼，车厢不见了，只剩下几条黑黑的柱子，短暂的空白过后，车窗和车顶上都显示出了图像，像是在一瞬间转移到了某个地方。

伊莎带着几分惊异四下张望。

这是一个虚拟的场景，然而肉眼看上去极度逼真，车似乎停在一个山顶，视野极佳，高高耸立海边，一眼望去，可以望见海的弧度，几只海鸥在远方天空中盘旋低飞，海面上波涛涌动。

“哇！”杰克发出一声惊叹，“快看！”

伊莎转过头去，只见杰克正仰着脖子，脸上满是惊奇。

伊莎抬头循着杰克的视线望去，一艘巨大的飞船落入眼中。沉重的压迫感扑面而来——那飞船就像是悬在车顶上方，随时可能掉下来。

它没有影子。

那只是一个影像。伊莎暗暗告诉自己，然而影像栩栩如生，肉眼完全辨不出真假。

“影像技术居然能这么逼真！”金发出一声赞叹。

“很多技术都出乎你的意料，如果你真的有钱。”那男人脸上带着一丝得意之色。

“你找我们来究竟要干什么？我们都是搞学术的穷光蛋，可没有钱。”杰克问。

“我当然不是要找你们要钱，我是想给你们钱。自我介绍一下，我叫麦克斯，是一个代理人。我的主顾常年在富豪榜上排名第三，但如果计算真正能支配的财富，他是这个星球上最富有的人。所以我代理的事,通常也会有很丰厚的回报。大家因此都很感激我。”

伊莎皱了皱眉头,她讨厌一个人自吹自擂。

杰克却显得很感兴趣,继续问:“麦克斯先生,你是想要拉我们去做什么项目?”

“研究和蝙蝠有关的病毒,你们三位正好就是这方面的人才,我想请你们加入团队。你们只需要按照技术指导的要求完成项目内容,承诺竭尽全力就行。这是很有意义的项目,往大里说,这是造福人类。”

“病毒研究是要许可证的,我们可不会去做什么违法的事。”

“一切手续合法,我们当然会遵照法规来办事。唯一需要你们配合的事,就是保密,项目进行期间,你们不可以对外联系。你们的合同结束之后,也不可以对外透露任何信息。”

听上去就不像什么好事,伊莎对这乏味的谈话和麦克斯虚张声势的态度完全厌倦了,只想尽快离开,于是冷冷地说:“麦克斯先生,我要求你立即送我回去,我对你说的东西,完全不感兴趣。”

麦克斯点了点头,“我知道对于各位来说有些唐突,但是我还是要恳请你们考虑一下。”他扫视着沙发上的三个人,“这是一个意义重大的项目,也正好符合你们的专业,我想你们一定会感兴趣。每个人的基本酬金是两百万,两个月的时间。如果完成得好,说不定你们每个人都能拿到一千万,甚至更多。”

他停顿一下,接着说:“你们是科学家,对科学有热情,更不应该拒绝这份邀请。”

杰克正想要说点儿什么,金拉住了他,“多谢你,麦克斯先生,我们需要回去考虑一下。你有项目的介绍给我们参考吗?”

麦克斯露出礼貌的微笑,“项目的任务就是研究蝙蝠病毒,具体要做什么,只有项目成员可以了解。如果你们有兴趣加入,明天下午六点,我在金水桥边的停车场里等你们。”

伊莎根本无心听下去,她百无聊赖地四处张望,不经意间抬头,不由一怔。

飞船的腹部很平坦，但不知道什么时候，刻上了一只硕大的蝙蝠，它张着双翼，两只爪子向上翘起，和近乎椭圆的船体搭配在一起，像是一个狞笑的人脸。

“这艘飞船和蝙蝠病毒的研究有什么关系？”伊莎问。

“我的雇主是个疯狂的科技迷，他一直想要把人送到火星去。这属于有钱人的爱好，我想你也明白。”

“他崇拜蝙蝠侠吗？”杰克问了一句，说着自顾自咯咯地笑了起来。

车里的其他人都没有笑。

“不。他只是喜欢蝙蝠。”麦克斯一本正经地回答。

“但这究竟和蝙蝠病毒有什么关系？他造了一艘飞船吗？”

“我的雇主喜欢蝙蝠。”麦克斯简单地重复，仿佛这个简单的回答囊括了一切答案。

伊莎皱了皱眉头，然而也不再说什么。

一瞬间，天空、大海、飞船都消失了，四个人回到了车里。

“记住，明天下午六点，停车场。请慎重考虑，我期待明天下午再次见到各位。”随着麦克斯的话音，车子开动起来，黄昏的光一下子照进了车子里。

“麦克斯先生，你的雇主真的造出飞船了？”下车的时候，伊莎终于还是忍不住又问了一句。

麦克斯像是早就等着这个问题。他递过来一张小小的卡片，“如果你对飞船有兴趣，可以看一看这个网址。”

卡片上是一只巨大的蝙蝠，下边是一个网址。

卡迪伽豪车消失在道路转弯处。三个人在自己的车旁站着，目送它消失。

蝙蝠研究中心

获得性免疫缺乏综合征，这是艾滋病的学名。感染人体的艾滋病毒会在长达十多年的时间里，逐渐破坏人体免疫，最后让人体失去免疫力，暴发出各类疾病。

然而类似的病毒居然能寄生在蝙蝠身上，实在令人意外。

蝙蝠大概是哺乳动物中最不容易感染病毒的一类。它的体温变化很大，飞行时旺盛的新陈代谢可以让它的体温高达四十八摄氏度，对生物体来说是个可怕的火炉。它体内的免疫系统也极高效，一种病毒想要躲过蝙蝠的免疫系统，成功寄生，必须要有足够的效率赶在免疫系统发动之前侵入细胞。因此，蝙蝠是自然界罕见的极少罹患癌症的动物，而且相对于它的体形，它的寿命长得惊人。

不怕病毒的蝙蝠染上了艾滋病，这有些让人难以相信。然而事实就在眼前，蝙蝠的确染上了艾滋病，病毒的DNA分析和感染人类的艾滋病毒相似度极高，只有大约一千个碱基的突变，产生了两种特殊的表面蛋白，让它从适应人类转变为适应蝙蝠。

伊莎反复阅读病毒分析报告，虽然令人难以置信，然而所有的数据分析都指向此结论。她盯着眼前的报告，陷入沉思。

从人类到蝙蝠，这需要一个中间宿主。然而艾滋病并不是可以轻易传染的疾病，它要从一个人传到另一个人，需要体液交换。人的体液要进入蝙蝠体内，这是第一道难关，艾滋病毒能够在蝙蝠体内生存，适应环境，这是第二道难关。第二道难关最难，哪怕一种病毒真的能够从别的动物身上进入蝙蝠体内，蝙蝠超高的体温就是一道鬼门关。

艾滋病毒在蝙蝠超高的体温和强大的免疫力攻击下幸存，在自然界中发生这样的事件，概率实在太低了。

“伊莎！”门口传来一阵敲门声。

伊莎抬头一看，刘恒教授正站在门边，向这边张望。

“刘教授！”伊莎一边说着，一边站起身来。

“还没走啊！”刘教授一边走进来，一边说，“我正好也想找你。”

“找我？”

“是啊。”教授走到了伊莎面前，斜靠着桌子，抱着双臂，“有点儿事想要和你商量。”

“嗯?”

“观察蝙蝠是一件很枯燥的事,但我热爱这份工作。这种小生灵在人类的眼中有些丑陋,带着几分神秘和恐怖,然而它却是这个世界上最成功的物种之一。会飞行的哺乳动物,独一无二,分布范围覆盖了除了南极洲之外的所有大陆。接近它们,观察它们,了解它们,就能发现它们的可爱之处。特别是在金水镇这块地方,我在这里工作生活了二十年,和蝙蝠朝夕相处,蝠群就像是我生活的一部分,不可或缺的一部分……”

刘教授滔滔不绝地说起来,伊莎耐心地听着。

“但蝠群现在染上新的病毒,已经面临灭顶之灾。国家自然基金会已经连续三年削减经费,金水镇上的这个蝙蝠研究中心迟早要被裁撤。如果告诉基金会的官员们,蝙蝠群感染了病毒,还是最凶险的艾滋病毒,他们正好顺水推舟,关闭研究中心。蝙蝠都没有了,保留研究中心干什么。你知道那些官员,他们不喜欢蝙蝠,两年前我曾经和野生动物保护协会的副秘书长提起过蝙蝠保护的事,你知道他怎么回答我吗? 他微笑着说:‘蝙蝠,我知道,就是那种带病毒的小东西。黄昏的时候到处乱飞,捕食昆虫,我们的赞助人不喜欢这种小东西,他们讨厌小东西,喜欢大型动物,或者至少看上去可爱一点儿的动物。’”

刘教授拿捏着那官员的腔调,尖声细气,伊莎不由笑了起来。

“但是他刚才突然给我打电话!”刘教授恢复了常态,脸色严肃,“两年多来,从来不理睬我们,现在突然给我们打电话,说要支持研究中心。他说协会知道这个研究中心就快关门了,但是愿意提供一大笔钱来维护它。但有一个条件……”

刘教授向着伊莎望过来。

伊莎回望着刘教授。看起来这应该是和自己有关。

“他们要求你成为研究中心的员工,承担蝙蝠病毒的研究工作,至少一年。协会可以承担研究中心五年的运营费用,包括出野外的费用，每年至少三千万，总计一点五个亿。”

“我？”伊莎有些不敢相信，“他们怎么会知道我？”

“我也不知道，但邀约里边就是这么说的。”刘教授显得有些困惑，“所以我来问问你的意见。如果你有什么顾虑，千万别犹豫，你不愿意留在这里研究蝙蝠课题，我就如实告诉他们，让他们再考虑一下。”

“我留在这里工作一年不是什么大事，只要特鲁西教授同意，但他们指定我在这里工作，这倒是有些奇怪。”

“是啊，的确有些奇怪。特鲁西教授已经同意了。”

“什么？”

“特鲁西教授给我打过电话，还是在我收到邀约之前。他说如果你愿意留在这里工作一年，他会非常乐意，而且给你保留在实验室的研究员待遇。我有些莫名其妙，但现在算是明白了，他们一定也找了特鲁西。不过这也就是说，你有双份的工资。”

伊莎愣住了。这像是从天上掉下来的好事。

刘教授见伊莎的眼神不对，关切地问：“是有什么问题吗？如果觉得不行，我就回绝他们。我们从其他渠道找钱。”

“啊，不是的。我同意留下来。”伊莎慌忙说。刘教授没有那么容易再找到资金来支持研究中心，特鲁西教授也正在发愁明年实验室的经费……伊莎心头一凛，这像是回来路上那个神秘的麦克斯提到的事。

金钱有足够强大的威力，可以清扫前进道路上的一切障碍。

“金和杰克呢？”伊莎脱口而出，“对他们有什么要求吗？”

“金原本就在研究中心工作，对杰克的要求和你一样。另外，要求我允许你们三个独立研究，不予干预。”

果然是那个麦克斯干的！伊莎断定。那个麦克斯虽然夸夸其谈，但看来他的主顾真的很有钱。

“伊莎，你有什么顾虑尽管说出来。我是你的老师，或许可以给你提供一点儿意见。为什么他们那么在意你们三个人？”刘教授显然也很困惑。

“我不知道……”伊莎缓缓摇头，然后把下午回来路上发生的事说了一遍。

“真的很奇怪。”刘教授皱着眉头，微微沉吟，随即像是下了很大的决心，抬起头，“伊莎，你真能留下来，是帮了我一个大忙。但是如果这里边有任何不对劲的地方，我希望你能立即告诉我。”

伊莎带着几分感激的心情看着刘教授，“我会注意的。看起来那像是一个有钱人资助的独立项目，应该不会有什么问题。”

刘教授再三叮嘱，然后离开。伊莎看着刘教授出了门，立即合上报告，弯下腰，在废纸篓里翻起来。她很快找到了卡片。卡片很精致，一只蝙蝠，翅膀用金线描了一遍，下边是个网址，每一个字母都闪着金光。这张卡片散发着一股令人生厌的浮华气息，那个麦克斯又疯疯癫癫，不像是什么好人。她按捺住自己的好奇心，回来就把这卡片丢进了废纸篓。

然而如果那个叫麦克斯的神秘人真的在短短几个小时内给特鲁西教授的实验室和刘教授的研究中心安排了巨额资金，那么他真的不是在开玩笑。

至少他的钱是真的。

伊莎掏出手机扫描卡片上的二维码。

网页跳了出来，伊莎把它抓到电脑屏幕上。

伊甸的呼唤

伊莎盯着眼前屏幕上显示的信息，感到有些不可思议。这是一个太空项目，看上去还像那么回事。

你是否厌倦了平凡的生活，渴望着不同的人生？

你是否希望超越这个世界，进入非同凡响的境地？

你是否愿意亲手搭建起人间的伊甸园，创造一个完美的天地？

画面上，醒目的宣传语不断地刺入伊莎的眼睛。浮夸的宣传语下面是一个正儿八经的太空计划——造一艘飞船，飞向火星，建设第一个人类殖民地。三家顶级信托基金提供了二十亿作为启动资金，而项目的第一合作方是太空X公司——公认的最有实力的行星矿产公司。还有著名的人工智能公司太一智能参与，要把飞船设计得全智能化。

这个项目真的在进行？然而和蝙蝠病毒有什么关系？

伊莎理不出什么头绪。

那就去看看吧！病毒和太空飞船，这两样截然不同的东西结合在一起会带来伊甸园吗？

不经意间，伊莎的视线落在屏幕的右下角，一个小黑点引起了她的注意。她伸手轻轻触碰。小黑点瞬间增大，覆盖了整个屏幕。

屏幕上，精致的飞船模型不断翻转，它有着银灰色的主色调，整体造型像是一个厚边草帽。当飞船的底部翻转过来，伊莎屏住了呼吸——展翅的蝙蝠刻在飞船底部，和在麦克斯车上所见的一模一样。

或许这个神奇的项目背后站着一个骨灰级的蝙蝠爱好者。

然而蝙蝠虽然是一种飞行动物，却不可能飞上太空！用蝙蝠做标志的飞船，在她的印象中只有儿时看过的蝙蝠侠电影。

伊莎恍惚中觉得这事有些荒唐。

古　堡

账户里边多了一百万。伊莎的账户里从来没有过这么多的钱，在两分钟前，她的账户里曾经的最高数额是三万两千块，那还是每学期父母资助自己的学费，不到两天就被转到了学校账户上去。

一百万！

她认真地点了点，真的是七位数。

虽然麦克斯昨天就说过基本报酬是两百万，然而当一半的预付款在口头同意之后不到一分钟就进入账户，还是让她极为意外。一百万是税后的钱，这相当于比原先所料想的多了百分之三十。

一百万！她再次看了一眼。

虽然只是一个数字，却仿佛有某种魔力，让她的心跳快了几分。

她感到一丝羞愧，偷偷瞄了身旁的两个伙伴一眼。

杰克满脸狂喜，抱着手机不断地亲吻，金倒是很淡定，只是看了自己的手机一眼，就不再理会。

“现在该是开始工作的时候了。从现在起，你们就是调查组的正式成员，工作开始了。”麦克斯宣布。

“我们有什么计划？”金问。

“跟我来。”麦克斯说着迈开了脚步。

他走向了豪车相反的方向——金水桥下的桥洞。

“我们不坐车吗？”杰克冲着麦克斯的背影喊。

麦克斯停下脚步，转身看着杰克，“你得听我的。”他的话气势逼人，毫不客气，甚至有些咄咄逼人。杰克顿时哑了，看着麦克斯，有些不知所措。

麦克斯继续向前走。

“走吧！”伊莎悄声说。她突然意识到，一旦拿了钱，彼此间的关系就发生了微妙的变化。现在麦克斯是老板，是说话算数的人，而他们拿钱办事，要听话。

她不喜欢这样的感觉。

然而她忍了下来。

桥洞下，停着一艘小型游艇，六米多长，恰到好处地掩藏在桥洞中，从桥上或者公路边根本看不见，只有从停车场顺着台阶下到河边，才能发现它。一道铁门锁住台阶，门上挂着一块牌子，印着“私人领域，非请莫入”。麦克斯走过去，铁门自动开了。

“请!”麦克斯彬彬有礼地做了一个手势。

“我们去哪里?”在游艇上坐好后，伊莎问。

“威廉城堡，”麦克斯轻松地回答，“它可是历史建筑古堡，有三百六十年的历史，五十年前区域旅游目的地排名第一。”

“我听说那个古堡是封闭的，不对外开放，早就没有人了。”金接上话。

“它的确不对外开放，但里边有人，”麦克斯回答，“只是外界不知道罢了。”说着他微微一笑，“现在你们就是里边的人了。”

“哪个古堡？是金水桥上能看见的那个？水中间的那个?”伊莎问。

“是的。”麦克斯的回答很快很清晰，像是一个句号让所有人都安静下来。桥洞里回荡着马达嗡嗡的声响，水花四溅，游艇启动了。

游艇顺流而下。

正是日落时分，夕阳恰好落在水面上，映得水面金光闪闪。伊莎抬眼望去，前方的古堡矗立在一片金光之中，像是一个黑色的剪影，充满神秘。

一个仿中世纪的古堡！这目的地让人出乎意料。“伊甸的呼唤”是一个太空项目，应该来一架直升机，把人带到隐藏在地下的机密实验室，或者一个用玻璃和钢铁包裹起来的技术中心，在那里可以看见巨大飞船在高度机械化的工厂中成形。麦克斯却要把他们带到一个古堡去。

在古堡中可造不了宇宙飞船。

但是古堡中可以养蝙蝠！这恰好是船上的三个访客正在研究的东西。

庞大的蝠群从远方的树林间飞起，向着这边飞来，铺天盖地，景象和昨天一样壮观。

伊莎的视线落在古堡上方，凝视了许久。

蝙蝠在古堡上空翻飞，许多蝙蝠落下去，更多的蝙蝠飞起来。

那个被叫作威廉城堡的地方，一定是许多蝙蝠的家。

贴近古堡，高耸的墙体越发崔巍雄壮。四十多米高的墙体，虽然不像摩天大楼一样直插云霄，然而半米多高的花岗岩石层层叠叠，构成外墙，粗糙的表面原始而厚重，反倒比摩天大楼更显气势。

游艇从水门穿过高墙。水门的高度大约在三米，像是一个桥洞，一道金属栅栏隔绝内外。

河水流入城堡，形成一个二十来米宽的小码头。

停好船，麦克斯带着人上了岸。

码头上有人等着。

伊莎抬头看去，逆着光，只看到一个挺拔的身影，身穿常见的实验室白大褂。

"麦克斯！"来人向着麦克斯亲热地喊了一声，热烈地拥抱他，放开之后转过身来向着三人打招呼。

"我叫艾萨克，你们叫我艾克就好。"他看着伊莎，"这位一定是伊莎女士了。"

伊莎看清了他的脸，高挺的鼻梁上一对浅蓝色的眸子，两道眉毛又浓又直，嘴唇很薄，嘴角带笑，下巴上满是浓密的金黄胡须。他的目光深邃，看上去就极有智慧。他简直帅得有些过分了，透着一种古典的美男子气质。

对方一直直直地注视着自己，伊莎有几分慌乱，仓促之间，她伸出手去，说："你好，我是伊莎。"

艾克握住伊莎的手，"非常欢迎，伊莎女士，你在病毒基因相关性方面的研究很有见地，你能来加入我们的研究组，我感到非常荣幸。"他轻轻捏着伊莎的指尖，显得彬彬有礼。

"您比照片上还要漂亮一百倍。"说这句话的时候，他的眼里放射出火热的光。伊莎感到脸上微微一红，尴尬地别过脸去。

杰克在一旁叫了起来，"艾克，别光照顾美女，我们两个也是来参加研究的。”

艾克转过头来，说：“在这里，大家都是合作伙伴，彼此照顾。杰克先生，女士优先是一种习惯，我想你不是反女权主义者吧。”

杰克大大咧咧地笑着，继续说：“什么女权，反女权，我和伊莎一起搞研究四年了，我们不搞性别歧视。我们今天就要进项目组吗？”

“我代表研究组来欢迎大家，大家来得很及时，我们正好需要人手，但也不用这么着急。我先带诸位参观一下这个研究所，你们可以先熟悉环境。我们要在这里一起工作很长时间，希望你们喜欢。”

“麦克斯，艾克就是我们的头儿？”杰克向着麦克斯问。

不等麦克斯回答，艾克先说了，“你们由麦克斯负责，我只是给你们提供技术环境。在这个研究所里，你们有什么需要都可以跟我提。但麦克斯会给你提要求。是不是，麦克斯？”

麦克斯看着三个人，点点头，“欢迎加入，先生们，女士！这是一个空前的大项目，你们的才华在这里会得到回报。”

趁着说话的工夫，伊莎打量着环境。古堡有一圈厚实的外墙，墙内是一个庭院，大约有半个足球场那么大，几幢古典风格的楼房紧贴着外墙依次排开，分别占据了东面、西面和北面。这些楼房的立面材质和外墙一样，也是淡淡泛黄的花岗岩，只不过打磨得光滑平整，看上去精致了许多。墙体间镶嵌着大片的玻璃，让建筑的整体风格呈现出一种混搭的面貌。

一个巨大的球体落入伊莎的视线。那玩意儿夹在东楼和北楼之间，离地大约十米高，看上去灰扑扑的，像是从墙体上长出了一个巨大的瘤子。她仔细看去，灰扑扑的颜色似乎在蠕动。她仔细辨认，那似乎是许多蝙蝠，挤挤挨挨地挂在一起！

“那是蝙蝠的巢穴吗？”她指着那灰色的大球问。

众人的目光都转向她所指的方位。

艾克回过头来，看着伊莎，脸上满是温和的笑容，说：“没错，那是猎蝠巢。”

“猎蝠巢?”金颇为惊讶,“猎蝠是野生的,你们驯养猎蝠?”

“我们只是筑起了巢穴,”艾克耸了耸肩膀,“它们大概认为这是个适合聚集的地方。”

金没有追问,只是看着那猎蝠巢,若有所思。

北楼和另外两栋楼相比,显得更大一些,也安装了更多的玻璃,尤其是第三层,几乎整个楼层都是玻璃材质,看上去就像一条颜色暗沉的腰带。依稀间,伊莎发现那宽大的暗色玻璃窗后边似乎站着一个人,身材异乎寻常地高大,正透过玻璃注视着自己。伊莎眨了眨眼,想看得更清楚些,那人影却不见了。

那看上去像个巨人,或许是自己看花了眼。

伊莎仔细盯着那暗色的玻璃,想要确认是自己看花了眼,还是真的有那么一个人影。暗色的玻璃沉静得像一潭深不见底的水,她没有见到任何踪影。

“我们走吧! 我带你们熟悉一下环境。”耳边传来艾克的声音。

怪　人

一个星期很快过去,伊莎熟悉了这个带着神秘色彩的地方。这座有着古老外貌的城堡内部极其现代。负压实验室,DNA快速分析仪,培养房、基因编辑筛选机,甚至包括一个实验动物舱……这里简直是病毒研究者的理想之地。

然而更让伊莎震惊的,是这里的生活服务。一日三餐都有丰盛的供应,德国香肠、法式蜗牛、俄罗斯鱼子、阿拉斯加帝王蟹、日式料理、美式烧烤、广式煲汤、中式点心……有两天甚至有重庆火锅。无论食材还是烹饪,都让伊莎大开眼界。水果的品种竟然有三十多种,各种常见水果不说,有一种奇特的水果,伊莎从来没有见过,像是一根长长的手指,里边藏着石榴般的颗粒果肉,吃起来的味道又像是橙子,回味甘甜,特别好吃,伊莎一口气可以吃掉十个。但有一天她和艾克闲聊,偶然得知这种叫指橙的奇特水果产量极其稀少,拇指粗细的一个就要六百元,此后她就再也没有碰过它。

房间的服务媲美五星级酒店,虽然伊莎大部分时间都泡在实验室,客房只是个睡觉的地方,但每一天她都能感受到无微不至的服务,甚至那天她只是随意地撕掉了一张纸丢在桌上,第二天桌下就出现了一台小巧的碎纸机。

房间有个小窗户,从窗户看出去,金水河的美景就像一张精心修饰的明信片挂在墙上。

餐厅的美景更是无敌。在靠着金水河的落地窗前用餐,清澈的河水缓缓流过,河岸边的榉树林翠绿养眼,再远方,巍峨的山岭如巨墙般耸立,绵延不绝,山上的植被色彩丰富,橘黄、暗红、苍翠、嫩绿……各种色块交错,犹如巨大的碎花地毯。这里大概是金水河谷中风景最美的地方,比金水桥上的观景点视野更开阔,层次也更丰富。

一个星期下来,伊莎总觉得自己像是在一家豪华酒店度假,而且是隔离度假。

麦克斯并没有交代任何实验任务,实验室里的人都很沉默,眼神中总带着拒人于千里之外的冷漠。在实验室,只有艾克会和自己说话。除了交谈工作时的目光交流,艾克总会偷偷注视自己。伊莎对此心知肚明,然而就当作不知道,从来没有回应过。艾克虽然很帅,然而心机深沉,藏着掖着,令人反感。他像这座古堡一样,内外有着强烈的反差。

从第二天起就再也没有见过杰克的踪影。用餐的时候偶尔会遇到金,也只能打个招呼,站在一起聊几句。餐厅的设计似乎故意不让人交流,所有的桌旁只有一张可以调节姿势高矮却不能移动的餐椅,面向窗外的无敌美景。

古堡的规模很大。伊莎住在C楼,绕着楼底的廊道走一圈,就需要二十来分钟。坐北朝南的A楼更是规模庞大,有上千个房间,二层设有电影院和网球场,底层则有一个标准泳池。泳池里的水是活水,从金水河引入，经过消毒净化，流过泳池后进入堡内的排水系统，汇入金水河。古堡内有良好的通风系统，游泳池的水温常年保持三十二摄氏度，然而站在水池边，除了偶尔水上飘来一团湿热，并不像常见的封闭泳池那样闷。

更让人惊讶的是岛上的物流，A楼的地下有一条地道，可以并行两辆卡车。据说这条隧道最低点在金水河河床下六十七米，隧道出口在右岸的树林中，一条私人公路穿过树林接上高速。通过这条隐蔽的隧道，岛上所需要的各种物资源源不断地运进来，垃圾源源不断地运出去，距离古堡近在咫尺的金水镇居民，却没有一丝觉察。撇开工程量不说，神不知鬼不觉地修建一条隧道直通古堡内部，这件事本身就令人惊讶。

拿一笔巨款，在这个风景秀丽、装饰奢华、设备先进的奇怪所在享受悠闲冷清的生活，伊莎对此感到不安。这种不安让她想要尽可能多地了解这个地方。在完成艾克交代的可有可无的工作之余，她到处闲逛，只要用她的身份卡能刷开的门，她就进去瞧个究竟。艾克交代的工作很简单，这让她有许多时间到处看看。

第八天早餐后，她在闲逛中偶然下到了地下三层。

古堡的地下三层和隧道对接在一起，步出电梯，伊莎扫了几眼，这儿连个工作人员都没有，空空荡荡，像是一个巨大的仓库。正当她准备返回的时候，隧道中传来低沉的隆隆声。伊莎循着声响看去，一辆载重卡车正驶出隧道。卡车从她眼前开过，地面微微颤抖，这是她所见过的最大的卡车，简直像是一座移动的小山。卡车在不远处停下，半透明的管道从天花板上落下，恰到好处地和车厢对接，一箱箱的物品像是流水一般从管道里通过，进入上方的孔洞之中，井然有序，令人赏心悦目。

伊莎正看得出神，耳边忽然传来一声轻微的叫喊：

“伊莎！”

伊莎转过头去，只见墙角边紧急通道的门打开了一丝小缝，有人正从门缝里向自己招手。

“到这边来！”那人又喊。

好像是金！

伊莎带着几分警惕走过去，站在两米外，试图从门缝里看清里边的情形。

金就在门缝后边，见伊莎过来，推开门，猛地冲出来，飞快把她拉进门里。

“怎么了？”伊莎问，心中满是疑惑。

“有点儿麻烦，”金回答，语气中带着一种急迫，“我昨天就想找你，但一直没有机会。”

“怎么会，我一直很闲。”伊莎不解地看着金，随即把这个无关紧要的问题撇到一边，“是出了什么事儿吗？”

“那些蝙蝠，他们在这个城堡里养了至少三种蝙蝠，在它们身上试验病毒，金水镇的蝠群疾病，应该就是从这儿泄漏出去的。”

“怎么回事？”

“他们不仅有猎蝠，还有另外两种菊头蝠，一种是大耳菊头蝠，在金水镇原本没有，另一种和金水镇的蝙蝠属于同一种，我们叫它小菊头蝠。我一直在帮刘教授搜集蝙蝠样本，刘教授从前的观察记录里，从来没有出现过大耳菊头蝠，更没有猎蝠。但是我最近收集的样本中，就有大耳菊头蝠。每天蝠群经过城堡，城堡里都会放出一部分蝙蝠，他们故意把实验室里的蝙蝠混到野生种群里。特别是猎蝠，这种肉食性的蝙蝠数量一直很稀少，这个城堡里至少有上百，也许更多。这可不是什么好迹象。”

“哦。”

“这两天我一直帮他们饲养照顾蝙蝠，我怀疑他们在蝙蝠身上试验病毒。”

“试验病毒？”

“对，他们总是会把一些猎蝠带走，而且都是不同的蝙蝠，虽然很难分辨，但我能看出来。这些蝙蝠被送回来的时候，状态都不好。昨天送回来的三只，有些发狂，甚至会主动攻击人。我猜他们一定是对蝙蝠注射了什么药物，说不定就是病毒。你是研究病毒的，这几天有发现什么奇怪病毒吗？”

“我进行了一些基因组分析，一般都是蝙蝠身上的常见病毒类型，有十六种冠状病毒，还有两种DNA病毒。这些都是学校实验室里也会做的内容。”

“有发现蝙蝠艾滋病毒吗？”

“没有。”

“我觉得十有八九，蝙蝠的艾滋病毒就是从这里泄漏出去。”

金的话听上去有几分武断，然而他很认真，伊莎也不由认真起来，“你这么说，有什么根据吗？他们把蝙蝠放出去干什么？让蝙蝠群感染对他们有什么好处？”

“我也不知道，也可能他们并不是要故意感染蝙蝠群，他们只是想从蝙蝠群里采集更多的病毒的样本。”

“还是一样的问题，他们这是要干什么？”伊莎努力想找出一个说得过去的理由。

“我也不知道，虽然没有直接的证据，我还是相信就是他们制造了蝙蝠艾滋病毒，这是我的直觉。你也要留心一点儿，你最近见到杰克了吗？”

“没有。杰克怎么了？”

“我也没有见到杰克。”金皱着眉头，“我很担心，自从我们上了这个岛，我就再也没有见过他。”

“杰克不会有事的，他虽然做事总是很冲动，但是个好人。”

“我觉得我们不应该来这里的。”金忧心忡忡的样子让伊莎很不安。

“那我们想办法离开？”

“恐怕没什么指望。”金摇摇头，说：“我试着向艾克提出，是不是能离开几天，就当是请假，他说除非得到麦克斯的批准，但麦克斯已经快一个星期都没出现了。这个岛上根本没有手机信号，没法对外联系。我觉着我们掉进了一个陷阱，要格外小心。”

手机信号的事伊莎一早就已经注意到，但也没有多想，“你是不是太多虑了？也许没那么糟。他们只是对项目严格保密。”

金摇头，“真的希望是我太多虑了。但小心没有什么不好的，如果你在病毒实验室里发现了什么，就想办法把消息传给我。早餐或是其他什么场合，悄悄给我使个眼色，半个小时内我们就在这里碰头。我观察过，这个应急通道没有摄像头。”

“嗯。”伊莎点头。金是个踏实的人，做事沉稳，在这个神秘兮兮的古堡中，大概是自己唯一可以信任的人。

“我们可能真的掉进陷阱了。”金笑了笑，笑容惨淡，“希望我是错的。”

伊莎不知道怎么安慰这个伙伴，她能觉察到金内心的不安。

他真的有些害怕！

“别担心，我们只是来履行一个合约，合同时间哪怕触发了附加条款，最长也就是三个月。我们不惹事，他们难道还能把我们怎么样？这里的人虽然不爱说话，看上去一个个都很严肃，但至少都是正常人。”

“哦，”金像是想起了什么来，“你进过北楼的三层吗？”

“北楼三层，怎么了？我的权限不能打开那儿的门。”

“前天晚上我在院子里散步，不知道为什么猎蝠群闹得很厉害，不停地叫，我就过去看看。猎蝠的警惕性很高，一般不会让人靠近，我走过去，大多数猎蝠都往高处爬，但是有一只猎蝠爬了几步突然掉了下来，我把它捡起来，发现它受伤了，而且伤得还挺重，一只翼爪都断了，只包着层皮。它发出很大声的吱吱叫声。北楼的一扇侧窗一下子打开了，一个人就在窗户后边，狠狠地盯着我，一句话也不说。我不知道是不是看错了，但他的眼睛是红色的。”

“红色的眼睛？”伊莎顿时感到十分好奇，“你真的看到他有一双红色的眼睛？”

“是啊，不知道是不是我的心理错觉，但是他的眼睛……你知道那种夜行动物，晚上眼睛会发光，他的眼睛就有点儿那个样子，就像两个红点，反正看上去很可怕。这里的人可不正常，你要小心点儿！”

“嗯！”伊莎想起了来到这里的第一天，自己所看见的那个人影。或许，那天自己看到的并不是幻觉？

“那你没有和他说话？”伊莎问。

“他就出现了几秒钟。我把蝙蝠放在猎蝠巢上，他就已经关上窗户不见了。晚上光线不好，我也没看清楚，但是他的眼睛……狼的眼睛是绿油油的，他的眼睛虽然没有那么亮，但红红的，我真希望我看错了。”

“我要走了！”金悄声说，“从现在起，我们都要更小心一点儿。这个鬼地方，绝对不正常！”

金的身影消失在应急通道的楼梯拐角处。

如果他们真的在实验室里制造出蝙蝠的艾滋病毒……这可不像是正常人应该做的事。伊莎的心情一下子沉重起来。

如果真是个陷阱，麦克斯费尽心思把三个人骗进来又是为了什么？

这院子里真藏着一个怪人吗？伊莎的眼前浮现出玻璃窗后那若隐若现的人影。

或许真的有？

内层实验室

回到实验室，伊莎心神不定，时不时向着大门瞄上一眼。她想找艾克聊聊。

艾克高大的身影终于出现在门口，伊莎放下手中的试管迎了上去。

“艾克，我想找你聊聊！”

艾克颇有些意外，“伊莎，这是太阳从西边出来了？”

“我要找麦克斯，我要回去。”

“什么？”艾克的脸色从晴转阴。

“我想要离开两天，我要回学校去处理一些事。”伊莎盯着艾克的眼睛，认真地说。

“哦？”艾克有些迟疑，“我不知道麦克斯怎么和你说的，但到了这个岛上，未经许可是不能外出的，这是个绝密项目。”

“难道和家里人打个招呼都不行？还有，这一个星期，我做的事，和实习生差不多。难道你们雇我来，就是为了让我刷刷试管，照看一下培养皿，对照病毒库？”

“当然不是……”

“那就让我开始做正经事。”

艾克点点头，“当然应该让你开始做事。但是你的任务是由麦克斯指派的，我要先找麦克斯商量一下。”

“麦克斯在哪里？”

艾克露出一脸的无奈，“我只是实验室的负责人，我也几天没有见到麦克斯了。他给我留下的指示就是让你先熟悉环境。”

艾克显然在推托。

“我要见麦克斯，我同意加入这个项目，是因为麦克斯告诉我，我的专长在这里会有用，但现在情况显然并不是这样。”伊莎尽量让自己显得强硬一些。

艾克笑了笑，声音更为轻柔，“放心吧，我会尽快找他的。”

伊莎回到自己的座位上，心神不定。艾克躲进了自己的隔间里，正拿着桌上的电话和什么人通话，不时向自己这边看一眼。实验室里人不多，其他人自顾自做事，似乎对一切都漠不关心。

伊莎等了一会儿。艾克已经打完电话，坐在办公桌前，划拉着身前的虚拟屏幕。

过去追问吗？似乎也不会有什么作用。

纠结了一会儿之后，伊莎放下试管，起身离开。

她想回自己的房间里去静一静。

刚回到屋里，电话就响了。

艾克打来了电话。

“今天好好休息，实验室你不用去了。”艾克说话的声音像往常一样温柔，“明天上午十点，在308碰头，麦克斯要见你。”

“好的。”伊莎木然回答。

艾克的声音停了下来，伊莎感觉到电话那边，艾克正犹豫不决。

她静静地等着。

“你能到培养室来一下吗？我这里有一只生病的猎蝠。”艾克最后说。

艾克的要求有些奇怪。

“我五分钟后过去。”伊莎说完搁下电话。她的目光投向窗外，这是一个景观颇佳的房间，虽然窗口只有二十厘米见方，仿佛一个瞭望孔，然而正好对着河岸边的一块林地，缓缓流动的金水河、绿色的森林、逶迤的山脉、高远的蓝色天空，层次分明，仿佛一张精美的明信片。初到的时候，她为这么好的屋子没有一个观景的阳台而惋惜。此刻，她意识到，那窄小的窗户，并不仅仅是为了古堡的外观符合中世纪的审美，它还可以防止人从这窗口逃出去。

这是个囚笼。她心想。

308房间正是在北楼的三层。那是个神秘的楼层，伊莎的卡根本没有权限。然而当她走到门前，正想着是不是要用自己的卡试一次，门自动打开了。

伊莎忐忑不安地走进屋子里。

这是一个宽敞的会议室，四周的墙全部都是玻璃，地板则近似磨砂塑料，屋子中间放着一张茶几、两把沙发椅。风格极简，完全没有古堡中随处可见的那种带着中世纪氛围的奢华。如果不是看见麦克斯，伊莎简直要疑心自己走错了地方。

麦克斯没有戴墨镜，看上去有些疲惫，瘫坐在圈椅里，见到伊莎进来，只是向着她微微点头，似乎他浑身的力气都已经被抽干，连站起来都困难。

“坐吧！”他的声音有气无力。

伊莎坐下，隔着茶几和麦克斯对望。一个多星期没见，麦克斯简直判若两人。

“你的脸色不太好！”伊莎忍不住表达关切。

“没错，烦人的事太多了！”麦克斯笑了笑，笑得有些力不从心。

“发生什么了？”伊莎继续问。

“老板总是很难伺候的。”麦克斯从衣服口袋里掏出一张卡，放在茶几上，“本来我觉得还有很多时间，但现在只能这样了。”

伊莎盯着茶几上的卡片，问：“这是什么？”

“门卡。”

“要我做什么？”

“从今天起，你要换个房间，住到隔壁。”

“隔壁？”伊莎疑惑地看着麦克斯，“有什么不同吗？”

“当然不一样，你要去给老板服务。”

“老板？”

“是的，就是雇佣我的人，也就是为一切买单的人。”

“就是那个喜欢蝙蝠的人？”

“你很快就知道了。我希望你把他看成一个病人，看作一个可怜人，带着你的同情心去照顾他。他就是一个病人。”

“病人？”伊莎的头脑中冒出一个双眼血红的形象，顿时明白过来为什么艾克昨天要和自己讨论那么久。

艾克在培养室和自己讨论了一个小时，一直都在讲蝙蝠身上携带的各种病毒，尤其是最近出现的蝙蝠艾滋病毒。这虽然很符合自己的专业，然而并不像是一个需要紧急讨论的话题。他还打开了一个加密的病毒数据库，告诉自己如何才能访问这个数据库，如何进行历史样本的对比和三维模型的构建。

“我同意你的判断，蝙蝠身上的病毒，只能是从人身上来的。”艾克最后这么说，“我们一直关注蝙蝠研究中心的情况，你们曾经在内部论文中提出病毒源自人类的观点，但是没能完成大量的病毒样本对照。这个数据库是我们项目的核心，可以帮助你分析病毒的演变路径。病毒从人传染到蝙蝠并不容易，应该只有在人感染了艾滋病毒并且和蝙蝠长期亲密接触的情况下才可能发生。”艾克似乎是在提示自己，有一个“中间宿主”，他是个艾滋病患者。

现在麦克斯宣告，要把自己送去照顾一个病人。那么……

“是艾滋病人吗？”伊莎单刀直入。

“并不是这样。”麦克斯露出一丝惊讶，随即又恢复了镇定，“他的病很复杂，但并不是艾滋病，你要做的事，就是照顾他，给他进行检查，分析他的身体状况，照顾他的起居……”

“等等！”伊莎抬起手来，不让麦克斯继续说下去，“我不是家庭医生，这些事我做不了。”

“这个城堡里所有的人都是你的后援队，整个古堡都绕着他转，有任何解决不了的问题，我们都会帮你解决。”麦克斯不紧不慢，“你只是被选中了，作为所有人的代表，和他面对面。”

“如果我不去呢？”

“我相信你会做出正确的选择。”

伊莎用沉默表示抗议。

“好吧！”麦克斯打破了沉默，“伊甸在呼唤你，不管怎么说，我不会用枪逼着你的脑袋让你去。但我想，你应该不会拒绝一个绝佳的机会，看看一个人响应伊甸的呼唤。他是接近永生的人，这是基因工程的奇迹。错过这个机会，你永远再也没有机会。”

永生！伊甸的呼唤！

伊莎心头一动。

金说那人有一双红色的眼睛。艾克暗示那人是蝙蝠艾滋病毒的源头。麦克斯却说那人接近永生。

伊莎的眼前浮现出印着蝙蝠纹章的飞船。那飞船的形态正如一张人脸,带着令人捉摸不定的微笑。

伊莎伸手拿起了卡片。

“我可以去。但你要告诉我,‘伊甸的呼唤’和这个城堡有什么关系?”

“你可以从他口中得到答案。”麦克斯回答,他露出一丝忧郁,“我已经不知道我所知晓的情况是不是事实,还是让他告诉你比较好。我真的不知道。”

伊莎直视着麦克斯的眼睛。麦克斯的眼中透着彷徨和疲惫。他一定经历了什么,才会变得如此。

短短一周多的时间,究竟是什么事可以让一个人判若两人?

答案或许就在墙的那边。

“他应该有个名字。”伊莎说。

“我们都叫他蝠王,国王的王,蝙蝠的蝠。”

蝠王?伊莎的视线越过麦克斯,注视着玻璃的墙体。她仿佛看见一个双眼赤红的人正透过玻璃看着自己。

蝠　王

门在背后自动关上。

从门打开的一刹那,伊莎就感到非常不安。这扇门和一般的门不同,异常厚重,还带着气密装置,打开的时候,有一些仿佛漏气的声响,同时脚下的楼板都在微微颤动。

当门在背后关上,伊莎的不安也升到了顶点,她猛然转过身,用力推门,想要让它开着。然而她毫无悬念地败下阵来,门很快合上了,严丝合缝。伊莎整个人都贴在门上，用力顶着，然而门就像一块巨大的钢铁墓碑，沉默而冷硬。

她掏出门卡，却找不到刷卡的地方。正茫然间，背后传来一个声音，“这张卡片可以让你进门，但并不能让你出门。如果你想出去，就要得到我的许可。”

伊莎像是触电般转身，紧靠着门，双手贴壁，全身紧绷。

一个男人站在不远处，他从里门走出来，飘然而至，悄无声息。眼前的男人身材高大，裹着一袭白色长袍，头发散开，披落肩头，脚上趿着一双拖鞋。这装扮简直像是从古罗马时代穿越而来，和周围的环境格格不入。

伊莎看着他，惊恐变成了惊讶。

“你是蝠王？”伊莎问。

“这是我最喜欢的称呼。我的名字叫奥雷里亚诺，你可以叫我的英文名，帕加索斯。”

帕加索斯，Pegasus。这名字听上去像是希腊神话中的天马。

“帕加索斯，是希腊神话中的帕加索斯吗？”伊莎不假思索地问。

“对。这几年来见我的人不少，你倒是第一个说出我这名字来由的。”蝠王点点头，“这真是太好了，他们终于能送一个有点儿文化的人来。”

伊莎留意观察蝠王的眼睛，他的眼睛看上去挺正常，蓝色的眸子，清澈透明，完全不像金描述的那么可怕。

“跟我来吧。”蝠王说着转身走进了里门，“希望我们在这里相处愉快。”

伊莎疑虑重重，然而还是跟了上去。

里门看上去不起眼，里边却大有千秋。

这里是北楼的整个三层，有近两万平方米，分割成大大小小的房间，活脱脱像个迷宫。大部分房间都有透明的大窗户，里边的一切一览无遗。

洁净室，消毒室，数据库，休息室……这里简直就是一个独立的实验室，各种设施一应俱全。经过卧房的时候，伊莎进去看了看，这个卧房和自己在外边的房间几乎一模一样，唯一不同之处是没有窗户。

忽然间，她嗅到一股熟悉的气息。

蝙蝠！

屋子里居然有蝙蝠！

伊莎警觉地抬头望去，只见蝠王正打开走道尽头的一扇门。随着那微微发臭的气息，蝙蝠吱吱的叫声也传了过来。

“你在这里养蝙蝠？”伊莎有些惊讶。

“要不然他们怎么叫我蝠王呢？”蝠王转过身来，“你要进来看看吗？”

“我没有怎么接触过蝙蝠。”伊莎说，“蝙蝠身上带着很多病毒，和它们接触需要专业防护。”

“它们都是我的伙伴。”蝠王的眼中带上了一层倨傲，“如果你担心病毒，那就离得远一点儿。”说完便走进门去，把伊莎晾在那里。

门并没有关上，蝙蝠的叫声仍旧不断传出来。

伊莎正犹豫着不知道如何是好。忽然见到一旁的房间里，整齐地挂着几件白色的防护服。她立即进了屋子，挑了最小尺码的一套穿在身上，确认防护没问题后，回到走道里。

蝠王的屋子门仍旧半开着，伊莎小心翼翼地走过去，敲了敲门。

“进来吧，这里没有别人。”蝠王的声音传来。

伊莎推开门进去，一进去就立即退了出来，带上门挡住自己的视线。蝠王脱掉了罩袍，里边什么都没有穿，赤身裸体站在屋子中央。

伊莎满脸通红。她没有想到居然会在这样的场合见到男人的裸体。

“你穿上衣服！”伊莎向着蝠王叫喊。

“这里没有别人。”蝠王漫不经心地说，“我不介意你看到我的裸体。”

“但是我介意！”伊莎感到受到了冒犯，声音也不自觉地提高了，“至少你要把袍子披上，盖好你的私处。”

片刻之后，蝠王传来了他的回答，“你进来吧！”

伊莎小心翼翼地推开门，见到蝠王重新披上了罗马式长袍，这才松了一口气，跨进门去。

房间很大，天花板上垂下各种枝条，纵横交错，像是杂乱的丛林。蝙蝠倒挂在枝条上，密密麻麻，看上去让人头皮发麻。它们吱吱地欢叫着，时而翻飞，在伊莎眼前一掠而过。宽敞的窗户朝向外边，蝙蝠从窗口进进出出，掠过波光粼粼的水面，顺着金水河边的树林寻找食物。

“欢迎到我的蝙蝠洞来。”蝠王坐在一张藤椅上，向着伊莎微笑。

伊莎压抑着惊惧的心情，“你竟然和蝙蝠生活在一起！”

“你不也是吗？”

“我？”

“你是研究蝙蝠的专家。”

“我是研究病毒的，只是最近才开始在蝙蝠中心工作。”

“至少你并不怕蝙蝠。”蝠王说着伸出胳膊，一只蝙蝠从枝条上翻身而下，恰好落在他的胳膊上，顺着胳膊爬到了他的肩头。小小的脑袋蹭着蝠王的脖子，显得亲密极了。

伊莎心头仍旧惊疑不定。如果这个人就是幕后的老板，就是城堡中所有人服务的对象，他显然已经有些人格变态——在蝙蝠群中生活，赤身裸体，泰然自若，甚至和它们亲密接触。

他居然不怕病毒感染！蝙蝠身上带着许多病毒，偶尔接触蝙蝠，病毒感染的概率很低，然而他长期和蝙蝠生活在一起！

伊莎正想说些什么，一只蝙蝠从洞开的窗口里飞了进来。从蝠王的头顶飞过，脚爪一松，丢下一样黑色的东西。蝠王伸手接住了那落下的东西。

蝠王伸手的动作很快，快到伊莎根本看不清。然而伊莎看清了蝠王手中抓着的东西——那是一只蝙蝠！

这屋子里的蝙蝠都是猎蝠！伊莎一下子回过味来。猎蝠的体形比较大，躯体像是一只小猫，翅膀展开能有人的胳膊那么长。它们是捕猎蝙蝠的蝙蝠。

猎蝠抓来一只菊头蝠，它把蝠王当作了它的王，把猎物贡献给他。

落在蝠王掌中的菊头蝠显然已经死了，一动不动。捕获它的猎蝠在屋里转了一圈，倒挂在一根枝条上，向着蝠王吱吱地叫。蝠王把菊头蝠抛了过去，猎蝠带翼的爪子灵活地接住，张嘴开始撕咬。

伊莎别过脸去，不忍心看，然而忍不住好奇地偷瞄蝠王的举动。

蝠王似乎极有兴致，津津有味地看着猎蝠把蝙蝠撕裂成碎片，吃下肚去。血滴落在地，骨头和毛皮也掉在地上。当猎蝠吃掉了大半的猎物，蝠王从身旁的盒子里拿出了一片肉干，高高举起。猎蝠立即丢掉了爪中残余的肢体，飞身而起，从蝠王手上一掠而过，抓住了肉干，倒挂在枝头，三下五除二把肉干撕碎，吃了下去。

眼前的情景让伊莎隐隐作呕。

蝠王并不是一个戏谑的称呼，这个人和蝙蝠之间建立了亲密的关系。他能操纵蝙蝠的行为，是名副其实的蝠王。

然而这可不是什么值得炫耀的事。

伊莎正想离开，一只猎蝠突然从天花板落下，翻飞而起，向着自己冲了过来。伊莎大吃一惊，伸手挡在脸上。蝙蝠贴着伊莎的头顶掠过，冲向天花板，立即抓住一根枝条，身体倒挂下来。

蝙蝠向着伊莎嘶叫。

蝠王咯咯笑了起来。

伊莎受到惊吓，满脸怒容，向着蝠王瞪了一眼。

“它喜欢你！”蝠王说。

伊莎根本不想听这种话。

“如果没什么事，我就先出去了。”伊莎只想离这个怪人和这群面目可憎的蝙蝠远一点儿。

蝠王脸上却露出疑惑的神情，“它怎么会喜欢你呢？”他说着向前走来。

蝠王高大的躯体颇有压迫感，伊莎不由自主往后退了一步。

蝠王举起胳膊，蝙蝠落在他的胳膊上，收拢翅膀，一对翅膀包住蝠王的胳膊，就像一只紧紧抱着树枝的树袋熊。

“来，看看我的宝贝。”蝠王把胳膊伸到伊莎面前，“它可是真的喜欢你呢！”

蝙蝠吱吱地叫着，似乎在回应蝠王的话。

伊莎不以为然，正想说点儿什么让自己不失礼貌地离开，却不经意间瞥见了蝙蝠的左翼。这只蝙蝠的左翼似乎折断后痊愈，稍稍有些歪。

蝙蝠见她看过来，扭头吱吱地叫着。

这是桥上那只猎蝠，在杰克头顶上撒尿的那只！伊莎心中满是惊诧，不由喊了一声。

“怎么了？”蝠王望着她。

“这只蝙蝠……我见过。它翅膀上的伤，是一周前的吧！”

“哦，是怎么回事？”

伊莎一五一十地把当天的经过说了一遍。蝠王侧耳倾听，当伊莎说完整个故事，他露出微笑，“原来是你救了它。我要多谢你！那个叫杰克的人，他弄伤了我的宝贝，对吗？”

“他不是故意的……”伊莎想要替杰克辩护，尽管杰克不讨人喜欢，但她也不想旁人误会，认为杰克是个坏蛋。

“他打伤了我的蝙蝠，然后还拿它取乐，对吗？”蝠王打断伊莎。

蝠王的话语充满着居高临下的支配感，根本不容置辩。

伊莎放弃了为杰克辩护，只是沉默着。她看着蝠王胳膊上的猎蝠，小东西毛茸茸的，头比一般的蝙蝠更圆，看上去有几分像是小奶猫。

眼前忽然阴影一闪，原来是蝠王伸手来揭自己的面罩。

伊莎吃了一惊，伸手一推。蝠王的长袍滑落下来，赤条条的躯体一览无余，白的晃眼，黑的扎眼。

伊莎的脸一下子红到了耳根，掉头就跑。

她冲进消毒室，关上门，脱掉面罩，靠在门上直喘气。过了片刻，她缓过劲来，开始考虑眼下的处境。

麦克斯说蝠王是个病人，然而这个病人和自己想象的完全不一样。他的毛病，大概是和蝙蝠待在一起太久了，把自己当成了蝙蝠，连衣服都不想穿。

蝠王赤裸的身子浮现在脑海中，强壮而结实的躯体充满阳刚之气。

她的脸再次红了起来。

病　人

然而蝠王后来再也没有裸露过，而是穿上了宽大的无袖T恤和一条大裤衩，T恤和裤衩都是碎花拼接的样式，让他看上去像是刚从夏威夷海滩度假回来的游客。

至少这像是个正常人。

伊莎稍稍感到放心。她开始履行自己的职责。

麦克斯交代的任务是照顾病人，然而她没有看到任何必要，除了第一天的表现让人有些惊悚，之后蝠王就像一个再正常不过的人，只是有些自闭，不爱说话，总是一个人站在宽敞的落地窗前，向着远方眺望，一望就是几个小时。不自闭的时候，他喜欢和蝙蝠打交道，模仿它们的声音，吱吱吱地叫。他似乎根本不需要任何人存在于身旁，有这些蝙蝠陪着就够了。

麦克斯并没有其他的指示，实验室倒是发来一些采样要求，主要是从蝠王身边的蝙蝠身上采集组织样本，进行基因分析。这是伊莎熟悉的工作，然而她只熟悉一半，从蝙蝠身上采集组织样本是一件高风险工作，需要专门人员来做。但实验室坚持要让伊莎去采样，因为他们不能再送一个人到蝠王身边。伊莎迫不得已答应尝试一下。

这项工作原本很有挑战，因为抓住蝙蝠并从它们身上采集组织样本是一件极麻烦的事，首先要做好自己的防护，其次要稳住蝙蝠，蝙蝠总是会试图挣扎逃脱，极难把握。然而在蝠王这里，蝙蝠们异常温顺，虽然它们总是吱吱地叫个没完，但一旦停在蝠王的胳膊上，就一动不动。她救下的那只猎蝠有名字，叫作“小东西”。蝠王让“小东西”爬到伊莎胳膊上，伊莎没有拒绝。

“小东西”用翼手抓住伊莎的胳膊，头部不断蹭来蹭去。隔着防护服，伊莎也能感觉一阵阵的痒，不由咯咯笑了起来。一抬头，只见蝠王正直直地盯着自己，不由脸上一红，低下头去忙活手中的事。

伊莎把采血盒放在小东西的耳朵上，它也没有丝毫闪避。原本麻烦的工作简单得出乎意料。

伊莎采集了六只蝙蝠的血样。

这些猎蝠身上的确存在艾滋病毒。

伊莎第二天就分离出了毒株。然而这些病毒在蝙蝠身上根本没有什么活性，它们就像猎蝠身上的其他病毒一样，被强大的免疫系统压制得死死的。这些猎蝠并没有艾滋病，它们只是携带者，然而它们把这种病毒传播到了金水镇的蝙蝠群里。伊莎按照实验室的要求把分离出来的毒株和蝙蝠血样一起放进密封管，通过自动管道送到外边。

蝠王通常在他的蝙蝠洞里待着，然而伊莎采了血样之后，他跟到了实验室，饶有兴致地看着伊莎忙碌，时而和伊莎聊聊天。他一下子像是换了个人，变得极为热情外向。

几天接触下来，伊莎意识到自己面对的人极不简单，简直像个行走的百科全书。他像是在给自己上课一样，滔滔不绝。从古罗马兴衰史，到二十世纪美国探月工程，从莎士比亚的戏剧到中国的格律诗，他甚至即兴朗诵了几首中国诗，虽然伊莎一个字也听不懂，然而那抑扬顿挫的格律让她毫不怀疑其中存在着令人陶醉的美感。蝠王对各种学科的兴趣之广，也让伊莎自惭形秽。他居然能够拿出一张白纸来用铅笔验算薛定谔波动方程，解释什么叫作粒子的波动概率，从波粒二象性讲到引力现象的涌现……伊莎听得半懂不懂，都不知道该怎么提问。渐渐地，她看着蝠王的眼神带上几分敬畏，几分仰慕。

蝠王也和她探讨基因编辑和遗传工程的话题，这正好是她的专长。蝠王的遗传学一定受过专门的培训，所说的内容偶尔有些不够准确，但只是口头语义的问题，解释一下更显示出他的深刻理解。伊莎偶尔有种错觉，眼前的这个男人仿佛是从古代的博物学博士穿越而来，而不是在现代大学接受的专业教育。

到最后，她用崇拜的眼神看着他，听他演讲。

"借助这种异构酶的作用，基因嵌入的效率可以提高十倍。这就是大自然给人类的馈赠，它们早就准备好了一切，只等待人类去发现。"蝠王用一段抒情般的语言结束了自己的发言。他所说的内容，是一种从巨型病毒身上发现的特殊酶蛋白，这种酶蛋白的唯一作用，是让病毒的基因片段更有效地结合在宿主身上。伊莎听都没有听说过这种蛋白酶，毕竟在基因工程的领域内分支众多，彼此间并不是太了解。然而从基本原理来说，蝠王所说的异构酶的确有可能存在。

"你说的这个，有发表论文吗？"伊莎把手中的一支试管放进支架，转头问道。

"当然没有。"

蝠王的回答出乎意料。如果真的存在这种蛋白酶，这是一个重大发现，发现者不可能不去发表论文。

伊莎看着蝠王，露出疑惑的表情，"怎么会呢？这么重要的发现！"

"我以十二亿的价格买下了这家实验室和所有的研究员。"蝠王微笑着说。

伊莎的脸色沉了下来。又是钱！这个世界像是被金钱支配了。

"科学发现应该属于全人类。"伊莎冷冷地说。

蝠王笑了，"最初实验室里的人也是这么说的，但后来价格从一亿不断升级，到了十二亿的时候，他们就改口了。”

“他们怎么说？”

“他们说，‘我相信这项发明在您的掌握中能够发挥出它最大的作用。’”蝠王模仿着某个人的语音和语调，听上去有几分滑稽，然而伊莎根本笑不出来。

“我相信你不能用钱买到世界上所有的东西，你不可能收买爱因斯坦。”伊莎严肃地说。

“你说得对，”蝠王的笑意更加浓烈，“然而绝大多数人都不是爱因斯坦。你知道吗？你这么严肃的时候，真的很让人心动。”

伊莎不声不响地转过身去，开始整理试管架。

“我相信我不能用钱买到你，”蝠王继续说，“你是一个真实的人。”

伊莎心头一颤，扭头看去，只见蝠王收起笑容，正盯着自己看，他的眼神像是有着莫大的魔力，洞彻人的心扉。伊莎的脸一下子红到了耳根，再也不敢看蝠王，梗着脖子回过去，“别胡说八道。你垄断至关重要的科学发现，根本就是对全人类犯罪。”

“我不是犯罪，我只是防范犯罪。这种技术落在不负责任的人手里会是一场灾难。当然技术发现是无法封锁的，但其他人想要独立开发出这种蛋白酶，可能还要再等十几二十年吧。”

“你要防范什么？你怎么知道别人会不负责任？”

“如果这种技术流入市场，会有许多人铤而走险，它是个大加速器，很多人会用它来加速基因工程研究。会发生许多悲惨的事，你根本不能想象。”

“你对人们的预期太悲观了！”

蝠王摇摇头，“我比你更了解这一点。”他说着把手伸在伊莎眼前。

伊莎仍旧裹着防护服，她警惕地看了蝠王一眼，“你要干什么？”

“我想摸一摸你的脸。”蝠王说。

伊莎皱起眉头，“不要这么不正经！”

“如果你不愿意，那么就和我握个手，隔着手套也行，但是时间要久一点儿。”

这是一个奇怪的要求。

伊莎带着几分迟疑，握住了蝠王的手。蝠王一下子将伊莎的手抓得紧紧的，如一个铁钳般根本无法挣脱。

伊莎挣扎着想要把手抽回来，蝠王却纹丝不动，只是死死地抓住她的手。

蝠王的掌心像是有无穷的热力，隔着手套都能传过来。

伊莎停止挣扎，惊奇地看着蝠王。他的身体像是一团火，体温至少超过四十摄氏度。

“你发烧了！”伊莎说。

“不，这是我正常的体温，别忘了，我是蝠王。”蝠王微笑着。

伊莎瞪着眼前的男人。

这个男人的身体显然不同于常人，体温超过四十摄氏度，一般人早已经意识昏迷。然而蝠王看上去一切正常。

“你把这种技术用在你自己身上了？”

“有时候我觉得自己成了一只蝙蝠。”蝠王松开手，答非所问，“人的欲望很可怕，为了得到想要的东西，可以把自己变成魔鬼。”

他看着伊莎，“你觉得我是个魔鬼吗？”

伊莎尴尬地笑了笑，“怎么会呢？”

蝠王摇摇头，“你不懂，你无法理解我。”他摇摇晃晃地向门外走去。

“你可以相信我。”伊莎向着蝠王的背影喊了一句。

蝠王停下脚步，转过身来，他注视着伊莎，长久没有说话。最后他开口了，“你是个好人，伊莎！谢谢你！”说完他消失在门外。

蝙蝠吱吱的叫声通过通道传来。伊莎揭开面罩，望着空荡荡的走廊出神。

蝙蝠！蝠王是给自己进行了基因改造吗，以至于具有了蝙蝠的生理特征，体温超高？她想起麦克斯的话，蝠王是个需要照顾的病人。

事情的来龙去脉在她的脑海中逐渐成形：蝠王为了追求长生，改造了自身的基因，改造显然成功了一部分，他超高的体温就是一个证明。然而失败的地方可能更多，至少他的心理已经有严重问题，极端敏感，摇摆不定。

她想起蝠王走出门去时的神情，生命的活力从他的眼中退去，高大的身躯也佝偻起来，显得萎靡不振。

她的内心充满了同情。

这可怜的人，应该帮帮他！

然而又能怎么帮他呢？伊莎有一种无力的感觉，她忽然很想离开。如果看不见，大概会好些吧！

基因序列

伊莎要求麦克斯放自己出去，然而麦克斯毫无回应。伊莎在实验室的公共平台上发出消息，几分钟后有人私下回复了她。

“只有麦克斯可以授权放你出来。”

这句话简直太无理了！

“难道麦克斯不出现，我就要一辈子被关在这屋子里了吗？”伊莎立即戗了回去。

“我明白你的感受，但是在麦克斯回应你之前，你只能在里边待着。”

伊莎看着这一行回答，心中像是有团火开始燃烧。虽然在这个小岛上居住，也和软禁差不多，然而至少名义上自己还是一个自由人，不能允许这么明目张胆地侵害自己的人身自由。

“你是谁？”她发出消息。

“我是艾克。”

“你是实验室的负责人，难道不能暂时放我出去？”

“我没有这个权力。进入内层实验室的人，只有经过麦克斯的授权才行。”

艾克毕竟不是麦克斯，伊莎不想和艾克继续争执，她做了个深呼吸。心头烦躁的火焰稍稍下去一点儿。

“你知道蝠王的身体经过怎么样的改造吗?”伊莎换了一个话题。

“我不能回答你的问题。”艾克的回答直接而生硬。

“你们把我放进来,又什么情况都不告诉我,那究竟是要我在这里干什么?”伊莎更加生气,重重地敲击键盘,仿佛怒火能够透过键盘传递给对方似的。

“只有麦克斯才能给你布置任务,我只能给你提供技术指导,如果你对病毒或者基因的研究有什么困惑,我可以给你解释,或者是你对数据库的使用上遇到什么问题,也可以向我咨询。但只能在特定时间内。”

“比如现在?”

“每天的九点到九点半之间,这是留给你的时间窗口。”

伊莎看了看时间,现在是九点零五分。

“你们研究过蝠王的基因序列吗?”

“和蝠王有关的问题我都不能直接回答你,我只能回答你具体技术问题。”

“好吧!”伊莎有些无奈。

“你前些天收集的猎蝠病毒样本,都已经归入数据库。”艾克说。

艾克又一次提到数据库,这似乎是种暗示。

伊莎打开数据库,随意浏览。她很快发现,这个先进的数据库汇集了各类生物的基因组,并不仅仅只有病毒,艾克所展示给她的只是一点儿皮毛。南极冰川下挖掘出来的古菌,海底热泉中捕捉到的甲壳类,从大王乌贼到抹香鲸,从东北虎到狨猴……光看目录索引,简直就像是地球生物大全,光昆虫的基因组就有两百多万种,至于各种基因组彼此之间如何组合,发育如何受到调控,那更是洋洋洒洒,令人眼花缭乱。数以万计的论文隐藏在成百上千种组合模式之后,可以随时查询。

最令人叫绝的,是这个数据库可以进行基因组合,产生模拟生物。在特定模板的基础上,添加各类基因组,如果能够成功地结合在模板中,就能产生一个新的生物。随机添加的基因组往往会失败,偶尔也会成功，却会生长出异常的结构。伊莎查看了一个模拟生物，它以田鼠为模板，在田鼠的背上长出了一只人的耳朵；还有一只猫，长出了一对翅膀，活脱脱像个神话生物。

伊莎的手指不断在屏幕上滑动着，动作却越来越慢。

这么一个基因库，不仅存储了人类从地球上能够搜罗到的基因，而且能够模拟随机突变，对各种可能进行探讨。这是人类知识的瑰宝，探索生物工程的利器。

伊莎停下手中的动作，数据库中的信息不断滚动，新的数据还在源源不断地从世界各地汇集而来。她默默地看着，像是面对着信息的汪洋大海，与之相比，一个人的智识实在太渺小了。

“这数据库是谁建的？”沉默了几分钟后，伊莎给艾克发送了一条消息。

艾克没有回应。伊莎看了看时间，已经是十点三十五分，不知不觉自己已经在这基因库里逛了一个多小时。

已经过了窗口时间，艾克大概不会来了。

基因库引起了伊莎强烈的兴趣，她打开一个又一个看上去有点儿意思的模板，观察那些离奇的虚拟生物。

战士黄蜂是巨大化的昆虫，它的呼吸系统经过优化，不再依靠气孔扩散获得氧气，而是采用气囊辅助呼吸。空气可以在它体内高速流动，个体可以长到将近三十厘米长，大颚经过强化，像是一对锋利的剪刀，尾部的刺针极为细小，毒液包含毒性极高的神经毒素，只需要六微克就可以杀死一个体重正常的成年人。尾针居然可以反复使用！这是一种丧心病狂的生物武器。

迷你狗是一种设计宠物，控制生长激素让狗长到十五厘米左右就不再生长，它的牙齿和咀嚼肌全面退化，只有人类幼儿乳牙的咬合力，极其温顺，没有任何攻击性，毛色可以在十三种颜色中任意选择。

肉牛是另一种极端，它的四肢和脑袋都退化不见，只剩下躯干。不需要进食，消化道中长满绒毛，可以从富含微生物的水中过滤藻类。这种肉牛的饲养方案，是把消化道和一条水管接在一起，不断催动水的循环，它就能自动生长。调节水中的激素成分，就可以生长出不同类型的肉质。除了名字和基因，它和牛大概没有任何相似之处。伊莎好奇地点开生长预览。

一小块肉展示在伊莎面前，标志着消化道的细管扭曲盘结，随着其中液体的流动，肉块飞速成长，最后成了圆滚滚的一团，像是无手无脚的婴儿。伊莎差点儿吐了出来。

她立即关闭了预览窗口，关闭所有浏览界面。

一个对话框弹了出来。

确认退出伊甸？

伊莎愣住了。伊甸，那个火星移民计划恰好名为“伊甸的呼唤”，这是有什么关联吗？

她摁下“确认”的按钮，关闭了数据库。

这是个无比强大的工具，怪不得艾克说这是项目的核心。这个数据库所提供的工具，可以设计出形形色色的生命，这是上帝创造万物的工具箱。

伊莎按着自己的额头，让自己冷静一点儿。

“永生”！伊莎突然想到这个词，基因工程如何让一个人接近永生，麦克斯就是这么告诉自己的。只不过这几天在蝠王身边生活，自己被蝠王吸引，以至于忘了这个重要的茬。

蝠王有接近永生的生命。想到这个，伊莎像是看到了一丝火光。人类所了解的生命奥秘，大概都隐藏在这基因库里。基因库的名称是伊甸，飞向火星的太空计划叫作“伊甸的呼唤”。这么说起来，这个基因库，其实是为飞向火星做准备？

这一切都围绕着蝠王，蝠王是这一切的核心！

蝙蝠隐约的叫声从走廊里传来，伊莎站起身来，从无菌柜里取出一个采血盒，向着通道走去。到了门口，她发现自己没有穿上防护服，稍稍犹豫之后，她还是向着通道尽头的那扇门快步走去。

秘　密

伊莎从采样盒里取出试管，拿在手中仔细端详。

这是蝠王的一滴血，不足十毫升。它会告诉自己什么样的秘密？

好奇？期待？渴望？敬畏？害怕？崇拜？

伊莎也说不清自己心头究竟是一种什么情绪，甚至说不清自己究竟是想要干什么。她把试管塞进了分析仪里，心情复杂地看着指示灯从红色变成了绿色。

嗡嗡的声音响起来，机器开始运作。

伊莎盯着机器上闪烁的绿色灯光，有几分恍惚，刚才在蝠王那儿的情景浮上心头。

……

“你终于想起来要给我采血？”蝠王是这样对她说的，“我希望你不是被吓坏了！”

伊莎当然不会承认自己被吓坏。

“我要了解你的身体情况。”伊莎认真地说。

“看看我是不是还有救？”蝠王像是开玩笑一般伸出了胳膊，“他们一般会送一个什么都不懂的护士来，你是什么都懂的护士，我喜欢你！”

那种颓唐消极的沉郁感消失了，蝠王像是换了一个人，浑身上下洋溢着无尽的活力。

伊莎抓住了蝠王的手。他的手仍旧是那么滚烫，一种异样的感觉涌上心头，伊莎尽量让自己显得平静一点儿，把采血盒套在他的食指上。

“你不敢看我。”蝠王突然说。

“你瞎说什么！”伊莎反驳，然而却真的没有勇气抬起头来看。她匆忙摘下采血盒，转身就走。

蝠王一把拉住她的胳膊。

伊莎觉得自己的心跳都快了几分，慌忙一甩手，想要挣脱。然而蝠王的手就像铁钳一般，根本挣脱不开。

“放手！”伊莎带着几分嗔怒说。

蝠王反而把她拉到自己面前，仔细端详。伊莎又气又急，顾不上手中还握着采血盒，扬手就在蝠王胸口上打了一拳。

“你终于不用套在防护服里和我面对面，这真是太好了！”蝠王说。

“放手！”伊莎再次叫喊。

蝠王松开了手。

伊莎一愣，随即回过神来，立即转身向门外走。

耳边响起一阵风声。

小东西落在肩头。它的翼手钩住了伊莎的衣服，小小的脑袋仰起，发出吱吱的叫声。

“它让你别走。”蝠王的声音从身后传来。

伊莎轻轻推动小东西的翼手，把它从肩头推落，让它飞起来，然后快步走出门去。

……

分析仪的绿灯闪了三下，发出嘀嘀的蜂鸣。

伊莎从恍惚中回过神来。

初步结果出来了。

她打开基因库，把第一批数据传输进去。

灵长目人科人属人种

模型匹配的第一个提示让伊莎不禁笑了出来。然而她的笑容立即凝固了。

翼手目狐蝠科无匹配属种

屏幕上显示了这样的提示。

虽然有所预期，然而当这个结果显示在伊莎眼前，她还是感到有些沉重。蝠王看上去一切正常，只是偶尔情绪起伏很大，然而从基因的角度来看，他的一部分是蝙蝠，超高的体温就是一个表征。

伊莎点开了指示翼手目的那个单元。

基因图谱显示蝠王的血样中至少包含上千个翼手目基因组，表达了两百多种翼手目特有的蛋白，包括细胞膜上的三种大蛋白质分子通道，线粒体质粒，还有确保细胞在较高的体温下保持细胞膜完整性的一种丝状蛋白……分析显示，他的细胞线粒体并非人类的线粒体，而大体接近狐蝠，这个细胞内的能源工厂效率是人类线粒体的一倍有余……

和人类匹配的基因组有两万多个，被插入的蝙蝠基因组切割得支离破碎。

样本中还有一些来自其他生物的基因组。一种来自甲壳动物的蛋白体可以不断生成血清素，维持浓度，从而保持神经系统的活性；一种来自蜥蜴的生长素可以促进伤口愈合，甚至促成断肢再生；真菌的抗菌分泌被移入到免疫系统内部，整个淋巴系统因此百毒不侵；夜行动物的眼底结构，可以在微光环境中视物……

眼前的各种基因组展示着发生在蝠王身体内的巨大变化，伊莎默默地翻看着，心头惊疑不定。要把一种生物的特性移植到另一个生物体内，要克服极大的障碍，每一例成功的移植都可以看作生物学上的重大突破。然而蝠王的基因组就像是一个巨大的杂合体，集中了各种生物的优点，彼此间还能相容。

这真是一个奇迹！

伊莎大约能猜到奇迹是如何发生的。把各种生物的特性杂合在一起，需要高超的基因编辑技术，在自然界中，艾滋病毒能以极高的效率把自身基因编辑到人类的DNA之中。而蝠王提到过那种特殊的酶蛋白，可以让基因结合的效率提高十倍，艾滋病毒与之相比也要相形见绌。

蝠王的身体，大概经历了许多许多次的实验，不断地修正DNA，才能变成今天的样子。从基因的角度来说，他早已经并非人类。

伊莎在基因库中找到了和蝠王完全相符的基因组序列，这个序列有加密，然而用艾克告诉自己的密码可以打开。

她的心跳加速，手也微微有些颤抖，最终还是点开了这个基因组，开始阅读关于它的说明。

他的预期寿命是三百岁！

如果进行细胞替代修复，他可以一直活下去，接近永生！

麦克斯说的是真的，蝠王是个接近永生的奇迹。

这大概是古往今来，那些手执权柄的帝王、富甲一方的豪杰梦寐以求的事。这真的在蝠王身上实现了！

数据是不会撒谎的，蝠王的血样和这个基因组序列吻合。

“吓到你了吧。”蝠王的声音突然传来。

伊莎猛一哆嗦。

扭头看去，蝠王正倚着门框站着，似笑非笑地看着自己。

他看上去光彩照人，却是个不折不扣的怪物。伊莎下意识地向后缩了缩身子。

蝠王露出一个笑容，“我会让麦克斯带你出去，你用不着害怕。”说完他转身要走。

“这就是伊甸，是吗？是你召集的计划。”伊莎喊住了他。眼前的这个人身上，还有更多的秘密。他以雄厚的财力打造了一个可以改变人类命运的科学工程，把这些科学的发现应用在自己身上，然而却像穴居动物一般隐藏起来，和蝙蝠为伴。这背后必然有原因。

她相信那个渊博睿智、谈笑风生的形象，才是他的本来面目。

蝠王停下脚步，回过头来，说：“没错，这是伊甸，然而伊甸不是什么幸福乐土。”说完他继续向外走。

“那艘飞船呢？你真的造了飞船？那是伊甸的呼唤吗？”伊莎再次喊住他。

这一次蝠王没有回过头来，他站在那儿，像是在思考什么，过了片刻后，说："我几乎都忘了。"

蝠王的身影消失了。

通道里蝙蝠隐约的吱吱叫声也平息下来。

应该是蝠王关上了通道尽头的那扇门。

伊甸的呼唤

当伊莎从那扇厚重的门后走出来，麦克斯正站在门前等着她。

"伊莎女士，恭喜你！"麦克斯说。他戴着墨镜，室内的灯光昏暗，他的脸庞更让人看不清楚。

伊莎板着脸，一声不吭地向外走。

"特别感谢你对蝠王的照料！"麦克斯不以为意，跟伊莎并肩走。

"是他把我赶出来的！"伊莎冲着麦克斯嚷了一句。

"不，他只是让我请你出来，并不是要赶你出来。你让他很在意。"

"在意？"伊莎感到一阵窝火，"我真的搞不懂你们究竟是什么意思。那么你告诉我，我的工作完成了吗？是不是可以离开了？"

"是的。"

麦克斯沉静的回答让伊莎一愣。

"你说什么？"

"你在威廉城堡的工作已经完成了，我会兑现承诺，把剩下的一半酬金支付给你。但重申一下条件，你不能泄露关于这个城堡的任何情况，无论是关于事，还是关于人。你不能再对人谈及你在这个城堡中的任何工作。"

一切就这么结束了？伊莎有些不敢相信，这才刚开始了解蝠王，却结束了？再也见不到那个人了吗？蝠王怎么能这么对自己！伊莎刹住脚步，站在原地。

"伊莎？"麦克斯提醒她。

"哦……万一，万一我说漏嘴怎么办？"伊莎捋了捋头发，掩饰心头的失落。

麦克斯露出一个微笑，“你不会的。”

“好的，”伊莎抬头正视着麦克斯，“什么时候送我回去？”

“原本现在就可以送你走，但是艾克说他还需要你完成一项分析工作，他需要和你讨论蝙蝠病毒的变异问题。我首先声明，这和你的工作约定无关，你完全可以现在就走。如果你愿意留下来完成艾克想要你完成的工作，那么我两天后来接你。”

“我要先见一见艾克，问问他究竟想要我做什么。”伊莎回答。

麦克斯似乎早已经预料到伊莎的选择，微微点头，“那么伊莎，我们两天后见！”

麦克斯走了，屋子里只留下伊莎一个人。她盯着实验室的门看了一小会儿。厚重的大门已经关闭了，她仿佛看见门的那边，蝠王坐在他的蝙蝠洞里，像雕塑一般沉默，蝙蝠围绕着他，上下翻飞。

艾克并不在实验室。

在院子里，伊莎遇见了金。金见到伊莎不禁欣喜地叫了起来，“伊莎！你到哪里去了？这么多天没有见到你。”

“我被麦克斯指派到北楼的三层实验室了。”见到金，伊莎感到很亲切。

“真的？那你见到他了？他的眼睛是红色的吗？”

“哦，”伊莎突然想起麦克斯的告诫，不该向任何人谈及在城堡中的工作，很快就要离开这里，那么也不应该告诉金，“没什么，里边就是一个高等级的实验室，独立隔离。我没有见到红眼睛的人，可能你看错了。”

“哦！”金顿了顿，“你见到杰克了吗？他也在里边？”

“没有。”听到金提起，伊莎才突然发觉自己几乎都把杰克给忘了，“你后来也没有再见过他？”

“没有。”

两个人对望着，眼里都有一丝疑惑。

“麦克斯说我可以走了。”伊莎打破沉默。

“走？不是要两个月吗？”

“我进了隔离实验室，他们对我的表现很满意，说可以提前结束工作。”

“那要恭喜你了，这才两周的时间，就完成了两个月的合同。”

“你也很快的。”

两人友好地告别，伊莎回到自己的房间。

从窗口望出去，金水河谷仍旧风景如画。伊莎坐在窗前，望着窗外的河水，怅然若失。

那被人称为蝠王的人，喜怒无常，他挑选了这个古堡作为禁闭之地，大概是因为这里有大群的蝙蝠，而他喜欢蝙蝠。毫无疑问，蝙蝠群里传染的艾滋病是从这个岛上流出的。艾滋病毒被当作一种工具使用，在某些情况下就有可能从感染人类跳跃到感染蝙蝠。蝠王这么喜欢和蝙蝠混在一起，大概也极大增加了传染的概率。

他的DNA是个蝙蝠人，是个杂合体，然而他仍旧是个人。

“我喜欢你。”她记得他说的这句话。

她相信这句话是真的。

然而，他选择关上了门。

我并不害怕，只是有些不习惯。她很想这样告诉蝠王。

现在说什么也晚了，大约永远也不会再见到他了。

正当伊莎怔怔出神，一个黑影突然从窗前掠过。伊莎一惊，还没等她反应过来，那黑影已经趴在了窗口，隔着玻璃冲着伊莎叫着。

是一只猎蝠。

是小东西！

“小东西！”伊莎又惊又喜，急忙站起身来，推开窗户。

小东西一下子从窗户的间隙钻了进来。伊莎伸出手去，小东西笨拙地爬上伊莎的手臂。伊莎轻轻抚摸猎蝠短短的绒毛，绒毛光滑顺溜，带着暖暖的温度。

蝠王的体温，就和这小东西一样。

小东西温顺地在伊莎的胳膊上趴了一会儿，又爬回窗台上，回头向着伊莎吱吱叫了几声，然后钻出窗去，一跃而下，消失在河谷中。

伊莎贴在窗玻璃上，想要再看小东西一眼，只见古堡上空，到处都是翻飞的蝙蝠，哪里还能分得清哪一只才是它。

或许将来，还有机会再见到这小东西！如果它不吃蝙蝠，倒是蛮可爱的动物。

晚上九点时分，伊莎正打算睡觉，门铃突然响了起来。

这么晚还能有谁来？伊莎打开房门，刚一抬头，身子顿时僵硬了。

蝠王站在门外，穿着黑色的罩袍，仿佛一个中世纪的牧师。见到伊莎，蝠王一言不发，一把抓住她的手，拉着她就走。

蝠王的手灼热滚烫。伊莎没有丝毫抗拒，很快跟上了他的脚步。

“要去哪里？”伊莎问。

“我带你去看看什么是伊甸的呼唤。”蝠王边说边加快脚步。

伊莎努力跟上，然而蝠王走得像是要飞起，她的脚步逐渐凌乱，正感到力不从心的时候，突然身子凌空而起，回过神来，已经躺在蝠王的怀里。

“我带你走。”蝠王轻轻地说。

隔着衣物，伊莎能够感觉到蝠王身上透出的热力。他的身上有一股浓郁的气息，很好闻。伊莎没有出声，默默地任由蝠王抱着自己疾步快走。她伸手环抱着蝠王，紧紧地贴住他。

“我以为，再也见不到你了。”她低声说。

“我以为，让你离开是个好的选择，但我发现这是个错误。”蝠王这样回答她。

夜晚的风带着寒意，蝠王的躯体就像温暖的避风港。伊莎依偎在蝠王怀里，从身体到心里，都暖融融的。

蝠王下到了地下三层。空旷的地下仓库里，赫然停着一辆黑色跑车。蝠王把伊莎放进车里，自己坐在驾驶位上。

跑车像是得到了无声的指令，自动开始滑行，向着黑黢黢的隧道而去。

“我们去哪里？”伊莎问。

“伊甸的呼唤，你不是想要知道吗，我带你亲眼去看看。”

“你说你忘了。”

“是的。”蝠王转头看着伊莎，“但是你让我想起来了。”

蝠王突然爆发出一阵大笑，“曾经我也是个大好青年，梦想改变世界。”

“蝙蝠侠吗？”

“蝙蝠侠？我怎么会是那种形象，他们都说我是钢铁侠。不过，我从来不看那种小孩玩意儿，那些都太幼稚了。”

伊莎也随着蝠王笑了起来，“钢铁侠是什么故事？”

车子进了隧道，车灯将前方照得雪亮，一个个交通警示牌飞快闪过。

“我也不知道。听他们的意思，那就是一个帅气的富翁用高科技拯救世界的故事。”

“所以你要开始拯救世界了？”

“我能拯救自己就不错了！世界轮不到我来拯救。”

对话沉寂下来，跑车如一道黑影般穿行在隧道中。

往　事

黑色跑车钻出地面的时候，伊莎看见了漫天的星星，深邃夜空下，一颗颗如钻石般璀璨。

“哇！”她情不自禁地赞叹。

跑车上了高速继续奔驰，速度达到了二百四十千米每小时，路旁的一切都像是风一样掠过。伊莎害怕起来，“能不能开慢点儿？”

“不用怕，如果进了太空，速度要快得多。”蝠王随口回答。

“上太空?”

“伊甸的呼唤,那是一艘太空飞船,当然是在太空里飞。”

“我们要上太空?”

“不好吗?”

伊莎有些蒙。难道蝠王深夜带自己出来,就要带着自己上太空?这实在有些太夸张太荒诞了。

“我从来没有想过……”伊莎琢磨着怎么才能把自己的想法表达清楚。

“你不用想,我会带你去的,但不是今晚。”蝠王扭头看着她,“发射飞船可不是吃顿便饭,需要时间准备。”

伊莎悬着的心稍稍放下一点儿。

“所以伊甸的呼唤,真的有这么一个计划?”

“看到了,你就不会再怀疑了。”

“和我说说你的计划。”

“说来话长……”蝠王开始回忆。

“我小时候有一个梦想,造一艘飞船,浪迹天涯。这个天涯可不是地球上的角落,是火星,是太空。我不知道能不能飞出太阳系,现在看起来不太可能,但至少我还可以飞向火星。我是幸运的,我有数不清的钱,我的爷爷和父亲给我留下了巨额财产,我的母亲是个伟大的人,她听到我的想法之后,非常支持我。我很高兴,就真的开始造飞船。

“飞船建造到一半的时候,我意识到,飞向太空光有飞船还不行,还要有生物。地球上的生物圈才是人类栖息的环境,一个寸草不生的星球并没有什么价值,一个能够适应人类的星球才有价值。基因技术就成了另一个重点方向,我出资打造了最强大的基因数据库,和这个基因库配套,我们可以在飞船上生产任何已知基因组的生物,也包括人,甚至一些设计生物。这是个庞大的计划,到了火星上,我们要生产出大量藻类和细菌,利用火星地下的水建造一个初步的小型生物圈,然后再根据情况,把不同类型的生物投放在这个生物圈里,让它和地球上一样适宜人类。

“我觉得我就是为了全人类而漂流的鲁滨孙，去到一个无人岛，建设一个新世界。这个梦想一直支撑着我，直到那天有个科学家突然向我建议，可以改造人，让人拥有更完善的躯体，更长的寿命。

“这是一个疯狂的主意，大概就像潘多拉的魔盒，里边不知道会飞出什么玩意儿来。但是我同意了，因为当时我的母亲去世，对我影响很大……”

伊莎抓住了蝠王的手，表示安慰。

蝠王也抓住伊莎的手，十指相扣。

“而且我也相信，上天给我的使命，是成为火星的造物主。要成为造物主，我需要尽可能长久的生命，更强壮顽强的躯体。我同意他们在安全的基础上，在我身上进行试验。他们说到做到，我的身体的确变得更强大，更有力量，更有活力。但是我也发现，有些其他的变化，我开始喜欢蝙蝠，我养了许多蝙蝠，整天和它们在一起，如果我有翅膀，我想跟它们一起飞；我让人抓来昆虫给我吃，生吃；有时候我想我应该是一只蝙蝠，而不是个人。这种妄想的症状很严重，让我整夜失眠，只有在蝙蝠群里，嗅着它们的气息我才能平静。也就是从那时候起，我搬到了金水河城堡，一直住在那里。”

蝠王笑了笑，“你知道在你之前，有多少护士来照顾过我吗？”

“我不是护士。”

“我知道。你猜有多少护士来照顾过我。”

“我不知道。”

“我也不知道，记不清了。至少也有三四十个吧！可能是上百个。她们都怕我，她们也怕蝙蝠。她们看我的眼神，虽然极力掩饰，但我还是能看出来，她们当我是个怪物。她们当我是个怪物，还当我不知道……”蝠王发出一声冷笑，“但我比她们可聪明多了，我造了飞船，我可不只是出钱的那个人，我是飞船的总设计师。你相信吗？”

“当然相信。”伊莎望着蝠王。他的情绪似乎又开始失控，基因技术让他获得生命的活力，却也深刻改变了他的秉性。他深刻地怀疑自己，活在挣扎之中。他自闭的心灵中，曾经有过多少撕裂般的风暴？

伊莎摸了摸蝠王的额头。他的额头滚烫，生化之火在他的体内熊熊燃烧。

蝠王抓住了她的手。

两只手都被蝠王抓着，伊莎动弹不得。星光下，蝠王的眼底开始发亮，透出红光。这奇异的眼睛一点儿也不可怕，反倒散发着温柔的光彩，像是有着致命的吸引力。哪怕是个陷阱，也是个甜蜜的陷阱。

她闭上眼睛，微微抬起嘴唇。火热的唇贴在她的脸颊上……

在以每小时二百四十千米的速度飞驰的跑车上，在漫天繁星下，伊莎体验到从未感觉过的美好。

阴　谋

第二天一早，伊莎醒来的时候，昨晚的情形还历历在目。

“看，这是我的飞船。”蝠王骄傲地说。

灯光打开的一刹那，一个庞然巨物出现在伊莎眼前。十层楼高的飞船包裹在钢铁构成的发射架里，像是一只巨鸟蹲在巢中。

“政府的飞船远远不如我。”蝠王说。

那飞船和在网页上所见的一模一样，像一个厚边草帽，中央高高凸起，周围是薄薄一圈，到了最外缘，又变得很厚实。它没有一点儿火箭的架势，而像是飞碟。

居然有人真的造出了这样的飞船，“伊甸的呼唤”是一个真的项目！

“它能飞吗？”伊莎问，目不转睛地抬头仰望。

“想试试吗？”

“别开玩笑！”

“它当然能飞。这是一艘全自动的飞船，要它起飞，只需要一个指令。”

“别开玩笑了！”

“这不是玩笑，飞船全自动控制，人在飞船上，只要做发号施令的主人就行了。人工智能能干的事，人就不要掺和。人只需要确保人工智能在干正确的事。”

“它能飞多远？”

“足够到火星，它分解水，用氢做核燃料。”

“它在这儿很久了吗？”

蝠王原本兴致勃勃地看着自己的杰作，回答伊莎的问题，听到这个问题，情绪忽然一下子低落，沉默了片刻，回答说：“大概有三年了。”

这显然触到了蝠王的痛处，伊莎挽紧他的胳膊，似乎这动作能表示自己的歉意。

敲门声传来。

是蝠王！

伊莎跳下床，光着脚兴冲冲地跑去开门。

站在门口的不是蝠王，而是艾克。

伊莎颇有些尴尬，拉了拉睡衣，“啊，对不起，我刚起。”

艾克扭过头去，“对不起，一早没在实验室见到你，就冒昧来找你了。”

“哦，没事。是我不好，忘了实验室的事，请等我一会儿。”

伊莎说着正要关上门，艾克拦住了她，“你直接去实验室吧，我要先去西楼，办完事马上过来，你等我一下。”

“好的，一会儿见！”伊莎忙不迭地答应。

实验室里空荡荡的，一个人也没有。

往常这个时候，是实验室最忙的时刻。伊莎感到有些奇怪，找到自己的位置坐下，等着艾克。

艾克的办公室里,电脑屏幕亮着。

伊莎好奇地望了一眼。屏幕的右下角,是一个视频窗口,画面静止,像是播放的半途被中止了。

画面的景象似乎是蝠王的蝙蝠屋。

伊莎心头一动。难道蝠王在蝙蝠屋里的生活一直被监控?

她绕过自己的座位,走进艾克的办公室。电脑并没有锁屏,伊莎轻轻触动,一个虚拟屏幕顿时跳了出来。

果然是蝙蝠屋。镜头正对着宽大的落地窗,蝠王正站在窗前,眺望着远方,蝙蝠飞进飞出,绕着他舞蹈。伊莎露出微笑,几天下来,她对这样的情形再熟悉不过。她喜欢蝠王站在窗边远眺的样子,那是一个深沉的灵魂该有的样子。

一个人走进了镜头里。那竟然是杰克!伊莎感到万分惊奇。杰克什么时候到了蝙蝠屋里边?

蝙蝠乱飞,一只蝙蝠向着杰克冲过去,杰克伸手挡在自己的面前,像是喊了一声。蝠王转过身来,他的两只眼睛里透着红光!杰克被蝙蝠攻击,踉跄着想要逃跑,蝠王突然像狮子一般扑了上去。他抓住杰克,张口就咬住了杰克的喉咙……

伊莎惊呆了,双手捂着嘴,向后退了两步。

蝠王满嘴是血,血顺着他的嘴角流下,他噗一声,吐出一块肉来,伸手抹了抹嘴角的血迹,冷冷地看着躺在地上的杰克。

杰克在地上抽搐,血染透了他的衬衣。他还活着,张着大口,想要呼吸一口空气,然而颈部的气管和血管都被咬断,成了一个血肉模糊的窟窿,血冒着泡从窟窿里不断涌出来。

他很快就死了,张着眼睛,一动不动。画面静止了,杰克死去的样子就一直停留在屏幕上。

一阵恶心涌了上来。伊莎扶着桌子,对着垃圾桶大口大口吐起来。

蝠王一口咬断了杰克的脖子,就在昨晚,他还亲吻了自己,伊莎还能回想起蝠王火热的嘴唇在自己脖子上游走的感觉。昨晚唤醒的是饥渴和美好，此刻却唤醒了惊疑和恶心。

伊莎怎么也想不到，长久没有见到杰克，原因竟然是这样！杰克虽然并不讨人喜欢，然而他是个伙伴，是个活生生的人。一个人竟然就这样活生生被咬死了！伊莎从未见过这样的场面。这实在骇人听闻！

门口传来一阵响动。

伊莎关掉屏幕，想要离开艾克的办公室，然而不等她走出来，艾克已经迎面走来。

“你看见了？”艾克看了看打开的屏幕，又看了看伊莎。

伊莎艰难地点点头。

“既然你看到了，我就直说，我找你来，就是为了救你一命。”艾克拉过椅子，按着伊莎的肩头，请她坐下。

伊莎木然坐在椅子里。

艾克半蹲在她身前，注视着她的脸，“听我说伊莎，杰克已经死了，在外边，这件事是个意外，他的尸体早已经火化，而死亡的原因是交通意外。你记得麦克斯很久没有出现吗？他去处理这件事了。虽然很棘手，但是他搞定了。原本你也应该死了，他是个怪物，你应该知道他是个怪物，但是你能活着出来，这大大出乎麦克斯的意料。所以你明白吗？这是个陷阱，麦克斯让我留你两天，他需要一点儿时间。你明白了吗？”

“这不是真的！”伊莎难过地说。

就在昨晚，蝠王拉着她的手，许诺她一个伊甸园的乐土，她还想着可以和蝠王一起登上伊甸号，一起相伴一生。他的确是个怪物，然而只是基因出了一点儿差错而已，只要能够容忍他对蝙蝠的痴迷，就不是太大的问题。

自己付出了真心去爱的那个人，竟然如此凶狠残暴，连禽兽都不如。

伊莎瞥了一眼那残忍的画面，摇着头，“这不是真的！”

“这就是真的。”艾克冷酷地打击伊莎天真的想法，“你们三个人，你、杰克和金，都是被找来的牺牲品，你没有死，那是你的幸运。但是你不可能一直幸运。你有机会逃走，找到法律机关的庇护，只要你能找到合适的人，他们就可以保护你。”

“我该怎么做？”

“你有什么可以信任的人吗？”

“金，我可以找金商量一下。”伊莎的思绪已经有些乱了。蝠王是个杀人恶魔，千万不能再和他在一起，然而他有着无穷无尽的财富，能支配庞大到可怕的力量，要对付一个无权无势的人，那再简单不过。

“金自身难保。”艾克冷冷地说，“如果你和杰克都出了意外，他也逃不掉。”

“那……我和他一起逃跑。”

“逃跑之后呢？你们需要一个盾牌才能保护自己。”

“你能帮我们！”伊莎抓住艾克的手，“帮帮我们！”

艾克抽出自己的手，“虽然从同情的角度，我很想帮你们，但我是个雇员，薪水极高。”他冷笑了一下，“高到可以出卖我的良心。我不可能帮你说话的，而且我会否认一切。”他顿了顿，“这个录像只是冰山一角，还有很多事……我真不忍心像你这样的好姑娘竟然会死在一个变态手里，所以才对你说出真相。但是如果你真的想要保住性命，要靠你自己。”

“我该怎么做？”伊莎几乎要哭了出来。有生以来第一次，她感到深深的恐惧和无力，血淋淋的画面像是唤醒了意识深处的怪物，让她完全失去了思考的能力，只想找个人依靠。

“找一个人，最好是找个人采访你，申请司法保护。你要把事情闹大，只要把事情闹大，你就安全了。”

“把事情闹大？”伊莎像是抓住了一根救命稻草，“这样就能安全吗？”

“世界上没有百分之百的事，但只要引起了关注，你被偷偷干掉的可能就降低了许多。”

伊莎含着眼泪点头。大概艾克说的法子是唯一的活路。

“但这事和我无关，你明白吗？是你自己发现了基因库的秘密，是你自己发现了录像，是你自己想办法从城堡逃了出去。”

“嗯。”

艾克笑了笑，“伊莎，我想尽力帮你。但是一旦你把我扯到这件事里，那么我想帮你也没有任何办法。所以你要发誓，不会牵扯到我。”

“我不会把你牵扯进来。”伊莎慌忙说。她生怕眼前的这个人改变主意，不再帮自己。

“你应该会游泳，能下潜八米深吗？”艾克问。

伊莎一下子猜到了艾克想告诉她的逃走办法，她的眼中放出了光。

“能！”她带着一丝庆幸回答。

逃　亡

从城堡潜水而出并不是一件简单的事，金水河的水流虽然平缓，河水却很冷，而且很深。

伊莎紧紧地跟在金身后，努力划水。当她看见金开始向上浮起，心头暗暗松了一口气，也立即跟着浮了上去。在水下闭气潜行的时间太久，她已经有些憋不住了。

穿出水面的一刹那，伊莎大口呼吸空气。扭头一看，他们正在城堡的墙边，距离水门相隔不到两米，粗大的铁栅栏隔绝内外，像是要迎面倒下来。

至少已经逃出了城堡。伊莎一边划水，一边暗自宽心。

“伊莎，接住！”金丢过来一个小小的浮子。刚浮上水面，金就把它吹起来，一个绑在自己身上，另一个丢了过来。

伊莎抱着浮子，心中顿时笃实了不少。

“我们怎么办？”她向着金问。

“顺着金水河漂下去，想办法靠近河岸。”金说。

艾克也是这样跟她说的。艾克给了她两个吹气的浮子，让她找到金一起逃。她找到了金，把前因后果说了一遍，金原本就深刻怀疑这座城堡的一切，听完她惊恐万状的陈述立即带着她从水门潜了出来。

“准备好了吗？”金问。

伊莎点点头。

两人一前一后，从城堡的墙根边扎进水里，紧紧抱着浮子，保持身体的平衡，顺流而下。

半个小时后，他们湿漉漉地爬上了河岸。

出逃进展顺利，接下来就应该是找人把事情闹大。

她回头向着城堡那边望去。孤零零的城堡立在水中，静默无声，一个个小小窗口像是一个个幽深的洞。A楼最大的窗口看上去格外醒目，占据着墙体的中部，看上去像是一只巨大的眼睛。那是蝠王的蝙蝠洞。距离遥远，看不清那儿是否站着人，然而伊莎依稀中仿佛看见蝠王就站在那儿，正远远地望着自己。她想起蝠王抱着她疾走时的温柔感觉，如春风吹皱的水波荡漾在心头。

“伊莎，你还在犹豫吗？别傻了，虽然他对你很好，没有伤害你，但他随时可能变得狂暴，这是一种精神变态，很危险！”金拉了她一把。

“我知道！”伊莎使劲摇头，想要把那些美好的东西统统甩出去。

“一切都会好的，我们会没事的。”金抱住她，安慰她。

“你不知道！”伊莎几乎要哭起来。她抹了抹眼睛，把内心升腾的各种念头都压制下去。现在要做的唯一一件事，就是自保。杰克已经死了，死得很难看。自己和金不能再落得那样的下场。这是一场噩梦，她必须保持清醒。

“我们走吧！”她对金说。

“我们赶紧到公路上，看看能不能拦到车。”金拉着她跑进了岸边的榉树林里。

一对老年夫妻停车带上了他们，把他们送到镇上。

进了蝙蝠研究中心，伊莎悬着的心终于放下了一半。两人直接闯进了刘教授的办公室。

刘恒教授正伏案工作，见到两人格外诧异，“你们怎么回来了？怎么回事，身上这么湿？”

“教授，情况紧急！”金把事情的来龙去脉说了一遍。伊莎仔细听着，金说的一切都是自己告诉他的事。在金的叙述中，事情经过是这样的：麦克斯用重金聘请了三人上岛，岛上关着一个疯子，整天和蝙蝠为伍，杰克被派去照顾他，结果被这个疯子活活咬死；伊莎也被派去照顾疯子，幸运没有被咬死，而且发现这个疯子利用基因工程把自己改造成了蝙蝠和人类的混合体，伊莎看到了监控录像，发现了杰克死亡的真相，于是就和金一起，马上逃了出来。

刘教授双臂环抱，听着金的讲述，眉头越皱越深。

金说完之后，办公室里陷入沉寂。

“他们谋杀了杰克？”刘教授的声音听上去有些发颤。

“何止是谋杀杰克，他们还想杀了我和伊莎。说不定还有人早就被他们杀了。”金激动地说。

“您有什么值得信任的律师吗？我们必须马上寻求司法保护。他们有钱有势，单凭我们自己没有办法和他们斗。”伊莎着急地说。

“没错。”刘教授抿了抿嘴唇，像是下了很大的决心，“我倒是认识一个律师，我联系他。你们暂时不要出去，也不要随便联系人，说不定他们已经发现你们失踪了，正在到处找你们。”

“嗯！”金和伊莎都使劲点头。

“你们赶紧去换身衣服，我先打电话找人。”刘教授说着拿起了电话。

伊莎回到宿舍，擦干身子，换了身衣服，就匆忙赶回刘教授那里。在走廊里，窗外忽然阴影闪过，伊莎抬头一看，一群蝙蝠正从小镇的天空中掠过。

蝙蝠一般不会来镇上，它们都在独眼峰和金水河畔的树林间活动。现在也不是它们的活跃时间，它们应该在黄昏时分才会成群结队地大肆活动。

这些蝙蝠都是猎蝠！伊莎很快认了出来。

它们是从城堡飞来的？小东西也在里边吗？

“伊莎！”金在喊她。

伊莎赶紧奔向刘教授的办公室。

刘教授打开了一个通话窗口，一个满头银发的老者端坐在视频的那边，正看着自己。他穿着一身银灰色的套装，衣料看上去就很考究，红色领带整整齐齐，一眼看上去就让人感到放心。

“这位是彭罗斯先生，他是著名的大律师，他愿意接手你的案子。”刘教授介绍完向门外走去，边走边对伊莎说，“你把情况原原本本地告诉彭罗斯先生，他可以帮你主持公道。”

刘教授走出门去，带上了门。

“伊莎女士，你控诉的对象是奥雷里亚诺先生，对吗？”

这个拗口的名字听起来好陌生，然而伊莎能记得。

“他说他叫奥雷里亚诺。”

“嗯，那么是这个人吗？”彭罗斯出示了一张照片。

伊莎仔细地看了看，面目和蝠王很像，但显得更成熟老成。大约是从哪里找到的宣传照。

她点了点头，说：“很像。”

“好的，那么你把事情的经过向我叙述一遍，我会记录，如果有疑问，我会问你，”彭罗斯向着伊莎伸了伸手，“请开始吧！”

伊莎定了定神，从在金水桥看蝠群那天开始讲，如何和麦克斯签订了协议，如何去了那个被称为威廉城堡的神秘之地，那里超级奢华的生活，杰克奇怪地失踪。她讲到在实验室和蝠王的亲密接触的那几天，在那些天里，蝠王没有任何攻击性的样子，那是一段温馨的时光。

她跳过蝠王带着自己出去的那个晚上，和一个怪物一个凶手发生了亲密关系，绝不是什么值得公开的事。然后她说出了最重点的信息，她无意中发现了监控，在监控里看见蝠王咬死杰克。于是她和金就设法逃了出来。

“事情就是这样。”她最后做了总结。

“很好，伊莎女士，你的这个案子牵涉很广，因为杰克·奥特斯先生在一周前已经火化埋葬，他有完整的死亡证明，如果你的指控是真的，那么这就是个巨大的丑闻。”

“我知道。”伊莎摇了摇头，“杰克是我们的同伴，他是被咬死的，他应该得到公道。”

“你知道奥雷里亚诺是谁吗？”

“知道。他很有钱，对不对？”

“他比你想象的更有钱。他的家族掌握着这个世界百分之三的财富，而通过家族的影响力，他能影响的资产保守估计也在十万亿以上。富可敌国，对他们家族来说，是千真万确的事。”

伊莎听这个律师的意思，像是在劝自己不要打这场官司。“那我该怎么办？”伊莎试探着问，“我很害怕。”

“我明白你的感受，我只是想提醒你，如果你真的想要把这件事当作一场官司来打，我可以帮你联系检察官，也可以给你提供法律咨询，但这将是一场旷日持久的官司，法庭会保护你，但是你可能会面对很多不确定的情况。你确定要提出诉讼吗？”

“如果不诉讼，杰克的公道呢？我和金的安全呢？他们有钱有势，除了法庭，我们还能有什么指望？”

律师点点头，“的确，他们有钱有势。他们为了掩盖丑闻，可能什么事都能做得出来。”

“现在，伊莎女士，我接受你的委托。我会派专人给你送委托函，同时，我建议你接受司法保护。司法局的车就在外边，你和金可以去司法局的专门基地，会有警察保护你们。”

“专门基地?”

“是的。司法局为了保护关键证人而设立的安全基地,我有特许权,所以提前申请司法保护。现在我们要打赢官司,你们的安全是最重要的。你们在司法局的保护下,不会有事。”

“那太感谢您了!”伊莎由衷地说。就算蝠王的家族势力再大,也不可能大过政府,自己和金至少暂时安全了。

两辆防弹的警车在研究中心门口停着,四名五大三粗、全副武装的警察护送着伊莎和金上了车。

伊莎在车里坐好,扭头向着窗外看去。街道的拐角处,一辆宝蓝色的卡迪伽加长车露出车头。那是麦克斯的车,难道麦克斯这么快就追到研究中心来了?伊莎的心不由抽紧。她不由暗自庆幸能坐在一辆警车里。

回过头去,只见刘教授正向着自己挥手。她也向着刘教授挥手,心头满是感激。

一群蝙蝠忽然飞了过来,从众人头顶上一掠而过,向着金水河的方向而去。众人的目光都被蝠群吸引。

“那是猎蝠!”金说,“大白天这么成群行动,这倒是很少见。”

伊莎点了点头,盯着那翩飞的蝠群,若有所思。

警车载着他们出了金水镇。

发射场

警车在高速上奔驰,伊莎昏昏欲睡。

恍惚中,她听见金在和警察说话。

“警官,大概还有多久?”

“还有半个小时吧。”

伊莎睁开眼睛,睡眼惺忪,随口问了一句,“我们开了多久了?”

“大概有三个小时了。”金回答。

三个小时！竟然要去这么远的地方吗？

伊莎向着窗外看去，不知不觉，天色已近黄昏，太阳下山，星星和月亮逐渐显露。眼前的星空似曾相识。她坐直身子，凑近车窗，仔细辨认。

天空中，猎户在天顶附近，而北斗的斗柄正好指向猎户座腰部的三颗亮星。伊莎想起昨晚的情形，她骑在蝠王身上，沉浸在欢愉之中，醉眼迷离之间，看见的便是如此的星空。只是昨晚的夜空更黑，星星更美，耳边的风更为狂野，涌动的快感仿佛要将她完全吞没。

她握了握拳头，手心微微出汗。

光是回想那旖旎的场景，她的心头就波澜荡漾。

不该如此！她正告自己。他是个怪物，是个凶手！

前方露出巨大的路牌，霓虹灯点亮了"铁木市"三个字。伊莎一怔！昨晚也正是如此，黑色跑车载着她和蝠王，如风一般驰过。她清楚地记得这招牌。那时她瘫软在蝠王的怀里，摸着他滚烫的胸膛，回味无穷。

"我们这是去哪里？"她立即开口问道。

"司法局保护基地。"警察回答。

"还有多久？"

"大概半个小时。"

警察的回答仍旧和早先一样，然而伊莎更加不安了。这条道路和昨晚的记忆重合了。她忧心忡忡地望着前方。

基地像一座小山一般出现在道路的尽头，它像是一个巨大的银灰色的蛋，半埋在土中。伊莎心头一沉。

就是这里！

她清楚地记得昨晚的情景，星光之下，这银灰色的蛋形建筑散发着柔和的光，黑色跑车没有丝毫减速，向着前方直冲，径直冲进了那蛋形建筑之中。

警车在一人多高的自动路障前停了下来。

一名警察从车窗里探出头来，把脸正对着一旁的监控器。

路障缩入地下，警车开进了园区。

“我们到了？”金问。

“停好车我们带你们过去。”

伊莎紧紧地握住拳头，手心里都是汗。如果连警察都被蝠王收买了，那自己和金哪里还有什么活路？

“伊莎，你怎么了？”金觉察到了伊莎的异样。

“没什么！”伊莎强作镇定。现在说什么也太晚了！应该和金一起离开金水镇，跑得越远越好，然后再找个靠谱的大律师来打官司保护自己。究竟是哪里出了问题？是刘教授？还是那个律师？或者是警察？她对着金露出一个勉强的笑容。

“你的脸色很差。”金关切地说。

“可能刚才还没睡醒。”伊莎转过脸去。这里是蝠王的梦想之地，是他最珍视的东西。如果蝠王收买了警察把自己带到这里来，很可能他想用一种特别的方式来嘲弄自己。

只能见机行事了。如果蝠王真的想要羞辱自己，他不会得逞！伊莎深吸一口气。

四名强壮的警察护送着两人走向一座两层楼高的小楼。伊莎回头看了一眼，那银色巨蛋就在百米开外，卷闸门紧闭。没错，就是那里，伊甸号就在那里边。

“伊莎女士！”一个警察喊她。

伊莎慌忙转回身来，在警察的注视下走进门去。

警察都退了出去，把伊莎和金留在屋里。伊莎四下张望这陌生的所在。

这是一幢小小的别墅，枝状的水晶吊灯从近五米高的天花板垂下，给整个大厅打上一层柔和的光，厚厚的地毯踩上去很舒服，毯上绣着大朵的红色曼陀罗花，在灯光的映照下，格外妖艳。一个置物架摆放在靠右的墙边，架子上各种摆设琳琅满目，造型各异，看上去都金光闪闪，大多数都是奇怪的人像。两列沙发摆放在客厅中央，中间放着一张椭圆的玻璃茶几，茶几上两个果篮里摆满了水果。所有的物件看上去都很精致，透着奢华感。

“二位好……”楼上传来一声招呼。

伊莎抬头看去，只见一个矮个男人正靠着栏杆，俯瞰着自己和金。

这男人的面孔似曾相识，然而伊莎想不起在什么地方见过他。

“你好，你是……？”伊莎问。

“我来保护你们的安全。”矮个男人笑了笑，一边顺着楼梯走下来一边说，“请坐，不要客气，就当这里是自己的家。”

他的话音刚落，客厅正面的墙上一幅巨大的屏幕显露出来。屏幕上正在进行现场直播。

“这里是有线电视频道前线记者丽贝卡·卡尔玛，正向您通报金水镇的紧急追捕现场情况，根据伊莎·汉斯女士的控告，省检察院和警察局联手对金水镇的威廉城堡进行封锁，准备拘捕威廉城堡的所有者，著名的亿万富翁奥雷里亚诺。根据消息人士透露，伊莎女士的控告中包含严重的罪行，其中包括两项一级谋杀。奥雷里亚诺曾经发起令人瞩目的太空移民项目——伊甸的呼唤，但自从五年前开始就逐渐淡出公众视野，行踪一直是个谜。这一次警方确认他就藏匿在威廉城堡里……”

伊莎转头看着矮个男人，眼神中闪着惊讶的目光。这和自己料想的不一样，蝠王并不在这里，而且看样子根本不是蝠王要把自己带到这里来。而蝠王竟然被通缉了！

什么地方出了问题？她意识到有些不对！

“警方的行动很快，你们放心，这里会很安全。”那男人笑着说。

“你究竟是谁？”金问。

“我是保护你们安全的人，我的姓名并不重要。”

“你不是警察。”伊莎说。

“对，我不是警察。但这又有什么关系呢？我在帮你们，你们在这里，绝对不会有人能找到你。”

“你和帕加索斯是什么关系？这里是伊甸号飞船的基地，你怎么会把我们带到这里来？”伊莎大着胆子问了一句。

矮个男人的脸上露出一丝惊诧，“你怎么知道这里是飞船基地？”

“帕加索斯给我看过。”伊莎半真半假地说了一句。

“哦，他居然给你展示过这个基地？我还以为他早就忘得干干净净了。他在城堡里给你看了录像吗？”

“你究竟是谁？”伊莎盯着眼前的男人。金不解地看着伊莎，然而很快和伊莎站在了一条战线上，盯着矮个男人看。

矮个男人并不回答，自顾自看着电视屏幕。抓捕现场很热闹，直升机在天空中盘旋，警车在金水河边排成一列，水面上，摩托艇载着全副武装的警察正冲向沉默的古堡，水花飞溅。

丽贝卡·卡尔玛再次出现在屏幕上。

“根据内幕人士消息，这次声势浩大的行动可能提前走漏了风声，警察在城堡里并没有找到奥雷里亚诺本人。搜查还在进行中，但是据称有警察已经开始在高速上试图拦截一辆黑色跑车，据说奥雷里亚诺就在车里……”

矮个男人挥了挥手，关闭了电视。他转过头来，脸上带上了一层寒意，说：“原来想让你们等一等，等警察把人抓到了再说。但如果你知道这里是飞船基地，说不定你还知道一些别的东西，我们就提前把事情办了吧。”

矮个子男人说的显然不是什么好事！伊莎顿时紧张起来。

门开了，进来两个身穿黑色套装的大汉。

“警察呢？”伊莎问。

“警察已经走了，在基地里，你们很安全。”矮个子男人向着两个大汉使了个眼色。

“请跟我来。”其中一个大汉说。

没有其他选择，伊莎和金只能乖乖地跟着大汉走。快出门的时候，伊莎回头望去，只见那矮个子男人正背对着自己，全神贯注地看着墙上重新打开的大屏幕。这背影格外眼熟，一刹那间，她想起来什么时候见过这个人。是的，就是在金水桥上看蝠群的那天，他也在那里，而且还和自己说过话。他自称是个蝙蝠的爱好者，甚至知道金水镇上有个蝙蝠研究中心，知道刘恒教授的名字。

伊莎心头一阵冰凉。如果真是他，那么从麦克斯开始来请自己上岛，就是一个巨大的阴谋。阴谋的终点应该就在这里，就在这个人身上。

蝠王也是阴谋的一部分吗？看这个小个子的行为，似乎特别希望警察把蝠王抓起来，那么蝠王应该和这个阴谋没有关系。她的心头生出一丝希望。

“快走！”大汉推了伊莎一把。

伊莎心头纷乱如麻，如果蝠王是无辜的，难道逃出城堡，向律师求救，这一切都错了吗？自己被人利用了？那些警察都是假的？但是刘恒教授不可能和他们串通了来骗自己啊！

她魂不守舍地走出门。

巨蛋场馆就在眼前，里边停着伊甸号。那是蝠王的梦想，他把自己带到这里，展示了一切。他没有理由陷害自己，然而自己却害了他。伊莎又怕又悔。

然而他杀死了杰克！那视频千真万确……如果那是一个假造的视频呢？

这究竟是怎么一回事？伊莎感到困惑，这困惑和恐惧悔恨混杂在一起，让她像梦游一般走着。

“我们要去哪里？”金向着一个大汉问。

“我们按照指示办事。”大汉冷冷地回答他。

“你们是要杀死我们吗？”伊莎问。这个问题如此突兀，金愕然地看着伊莎，万分不解。

大汉也没有预料到伊莎会这么问。

“我们要把你们带到屋顶去，”大汉微微迟疑后说，“你们最好合作。”

“屋顶？你们要干什么？”金正想质问，站在他身后的大汉伸手一掌斩在他的脖子上，金顿时瘫软在地。

伊莎大声尖叫起来。

大汉一把抓住了她的胳膊。

“我跟你们走，不要动我！”她大声喊。

一个大汉把金扛在肩膀上走在前边，伊莎跟在他身后，另一个大汉在后边监视。一行人向着那银色的巨蛋走去。

远方传来低沉的马达声。

马达声听上去有些熟悉。伊莎不禁停下脚步，向着声音传来的方向望去。

两个大汉显然也听见了响动，扛着金的那个把金放在地上，把手放进衣兜里。

声音是从园区外传来的，园区门口的路障突然开始自动下降。两个大汉更是紧张，猫下腰，向着一旁的建筑寻找遮蔽。

这声响是蝠王黑色跑车的马达！伊莎心头一阵欢喜。

马达声很快逼近，听上去就像是在咆哮！

一辆黑色跑车冲了进来。

真的是蝠王！一时间，伊莎欣喜万分。她本能地想要向着跑车跑，一只大手抓住了她，大汉拉着她，想要把她拉进楼旁的隐蔽处。

“我在这里！救命！”伊莎用尽全力挣扎，同时大声喊叫。喊声显然引起了跑车的注意，黑色跑车急速打转，车轮和地面摩擦，发出刺耳的声响。跑车掉头向着伊莎这边冲了过来。

砰砰的响声震耳欲聋。

有人开枪了！

子弹打在车窗上，被弹开，只留下一个小小的白点。黑色跑车转眼冲到了伊莎身前，一个急刹车，就在几乎要撞到伊莎的时刻停住了。

拉着伊莎的大汉早已经松开手跳到一旁。

更多的黑衣人从各处探出头来，见到这边的情景，纷纷掏枪赶来。

突然间，跑车的顶棚打开，乌压压一大片蝙蝠从车里涌了出来，它们迅速散开，向着黑衣人扑去。黑衣人猝不及防，对着空中胡乱开枪，然而还没能打下两只蝙蝠，就已经被十多只蝙蝠扑在身上，惨叫连连。

跑车在伊莎身侧停下。车门打开，车里坐着的果然是蝠王。

"快上车！"蝠王一边打量车外的情形，一边说。

伊莎毫不犹豫，立即钻进了车里。

跑车冲向了巨大的发射馆，原本紧闭的卷帘门正缓缓升起。

"你怎么会到这里来？"伊莎问。她几乎是在叫喊。

"这里原本就是我的地方。"蝠王回答，"我不来，谁该来呢？"

话音刚落，车子已经冲进了发射馆。

蛋形巨馆封闭的巨大穹顶正逐渐打开。从地面望上去，它像是一只巨大的眼睛正缓缓张开，眼睛里装着星空。

蝠王一直把车开到了支架下。

隐约的警笛声传来。

"警察在追你？"伊莎问。

"是的。快到的时候，他们开始堵截我，我的车撞开六辆警车才跑出来。现在他们至少还要十分钟才能追到这里。"

"那你还不快跑？"

说话间，蝠王已经下车，转到了伊莎这一侧，打开车门，"现在就跑。"他向伊莎伸出手去。

伊莎抓住蝠王的手，一用劲，从车里钻了出来。蝠王的手很热，甚至可以说有几分滚烫。伊莎站直身子，一抬眼，却见蝠王的两只眼睛血红，像是要喷出火来，在昏暗的灯光下如同两盏灯。她不由一愣。

"你的眼睛！"她喊了一句。

"充血了吗？"蝠王不以为意，拉着伊莎边走边说，"我的眼睛就是这样，在夜晚会发亮，如果有什么事情让情绪激动，就会变得更红。"

他们在电梯前等着。

“你为什么会在这里?”蝠王问。

“我……我被警察带来的。”伊莎不知道怎么向蝠王解释。

“是因为你告发了我吗?”蝠王继续追问。他的脸色很平静,没有一丝变化。伊莎的手却一抖。

“不用担心,我都知道。”蝠王拉了拉伊莎的手,“这事迟早会发生,其实跟你没有什么关系。但你正好在这里,大概也是天意。”

蝠王的话让伊莎感到万分惊讶。

电梯来了。蝠王松开伊莎的手,走进电梯里。

“要来吗?”他向着伊莎问。

他的声音带着强烈的吸引力,他红色的眼睛透着真诚,他身上散发的气息让人无法抗拒……伊莎像是着魔一般一言不发,走进了电梯里。

这像是一杯毒酒,然而却甘甜可口,让人无法拒绝。

“我见到一个人。”伊莎说,“我曾经在金水桥上见过他,是他把我们从金水镇带到了这里。哦,是警察把我们带到这里,交到他手里。你认识他吗?”

“我想我应该认识他。”蝠王叹了口气,“我认识他很久了,从他一出生我就认识他。”他转过脸来,看着伊莎,“他是我弟弟,阿尔贝托家族的第二继承人,如果我有什么事,无论是死了还是疯了,他就会接管家族的所有产业。”

“啊!”伊莎惊讶地轻叫一声。

电梯到了目的地。这是一个平台,足足有三十米高,没有栏杆,望下去让人感到眩晕。平台和飞船对接,飞船的舱门已经打开,里边黑漆漆的,一丝光也没有。

下边,一大群身穿保安制服的人已经涌进了发射舱里,围在飞船发射架旁。一些穿着黑色西服的人混在保安中间。

伊莎看见了那个矮个子的男人。

“那是你的弟弟吗?”她问蝠王。

“没错,就是他。他的名字叫阿尔卡蒂奥,英文名叫伊卡洛斯。”

“翅膀被太阳熔化掉进大海的伊卡洛斯?”

“对,就是那个希腊神话中的人物。但这只是一个名字而已。”

“这可不是什么好名字。”

“他也这么认为,所以他给自己改了一个名,叫忒修斯。”

这一家人都热衷于从古希腊神话中取名字。名字往往带有某种意味,尤其是那些从众人熟知的典籍中借来的名字。

伊莎远远望着那不知道该被称为伊卡洛斯还是忒修斯的矮个男人,忽然感到这一对兄弟一定为了名字没少吵过。

警车在大门外聚集,警察很快冲了进来。

“帕加索斯先生,我们只是奉命请你去参加调查,你不用这么抗拒,这只是一个执法流程。”一个警官拿着大喇叭在下边喊话。

蝠王跨上了平台。

“我只和律师谈,”他向着下边的人们喊,“我已经无路可逃了,让律师来。”

“帕加索斯先生,我们在进行执法活动,您的法律保护会有司法系统来保证。”

蝠王回头向着伊莎,悄声说:“这些人就想抓到我交差,我其实也不想为难他们。别管他们了,我们走吧!”他拉住伊莎的手,沿着平台内侧向飞船走去。

一阵熟悉的声响从天空中传来,伊莎抬头望去,只见成群的猎蝠正从洞开的穹顶钻进来。它们在偌大的发射馆里四处飞舞,原本沉闷的空气似乎被这些小东西的翅膀驱散了。聚集在下方的人群纷纷挥手驱赶这些不速之客,蝙蝠在人们的头顶上方灵活地躲避。

“不能让他进飞船!”小个子男人在下边向一个警察说,大概是因为场馆中声波的反射,虽然隔得很远,伊莎居然听得清清楚楚。

“你没看到他还有人质吗?”警察回答。

警察至少还顾及自己的生命。伊莎转头看去，只见小个子男人正向警察头子比画着什么。忽然间，啪啪啪几声枪响，伊莎浑身一哆嗦，被蝠王拉着趴在地上。

“站在原地不要动，否则你的拒捕行为将引发严重后果。”警察继续喊话。

“我要冲过去！”蝠王对伊莎说，“你可以留在这里。”

“我跟你一起过去。”

“你不用冒险。”

“但是你弟弟可不想让我活。”

“这倒是很有可能，如果你永远不再说话，那么对我的指控就永远不会撤除，对他来说是个风险最小的选择。”

“所以我跟你过去，你是要用飞船逃走，是吗？”

“我可不会逃走。”蝠王说，“但你可能需要逃走，做好准备吧！我先来！”他说着躬起身子，准备向前冲。

“杰克是你杀死的吗？”伊莎问。

这个问题根本没有影响到蝠王，他淡淡地回了一句“是的”，然后猫着身子，向前冲去。

从平台到飞船的舱门不过十多米远，蝠王冲出五六米，随着一声沉闷的枪响倒在地上。漫天的蝠群飞行的节奏骤然加快。

伊莎站起身来，向着蝠王跑去。

蝠群冲向人群，猛烈攻击，惨叫声接二连三响起。有人向着门外跑去，这引起了恐慌，几乎所有的人都在寻找遮蔽的地方，想要离这群疯狂的蝙蝠远一些。

伊莎查看蝠王的伤势。伤口在大腿上，是一针麻醉枪。见效很快，蝠王已经完全昏迷不醒。伊莎抓住蝠王的衣领，用力拖动他。

发射架下边，人们纷纷抱头逃跑，想要躲开蝙蝠的攻击。蝙蝠的力量并不强大，然而病毒聚集体的名声在外，人人都怕。何况这些猎蝠生性凶猛，齿尖爪利，扑上去就是一顿撕咬，转眼就让人挂彩。这更让人们唯恐避之不及，乱作一团。

在乱纷纷的人群中，伊莎看见了那矮个子男人。他虽然抱着头躲闪，却逆着人流，向着电梯前进。

他想上来阻拦，必须快一点儿！伊莎用尽全力，拖着蝠王沉重的身子向飞船洞开的舱门移动。情急之下，她连续滑倒两次，又爬起来，继续拖动蝠王。

好不容易把蝠王拉到了门边，矮个子男人已经站在了平台的对面。

“你应该把他留在那里。”矮个子男人一边说着一边走过来。

“你不要过来！”伊莎站起身，双手空空，不知道该怎么对付眼前的人。

“你跟我下去，警察会保护你的。”

“你是个骗子，你想杀死我和金！”

“你误会了！别担心，一切都不会有问题！他是个怪物，杀人犯，你不能和他在一起。”矮个子男人伸出手来，想要抓住伊莎。

伊莎向后一退，进到了飞船里。

飞船内的灯光顿时亮了起来，光线刺眼，矮个子伸手遮挡。灯光中，一个黑影吱吱叫着掠过，向矮个子扑去。平台上顿时热闹起来，矮个子手忙脚乱，试图拍打蝙蝠。又有两只蝙蝠加入了战团。它们落在矮个子身上，抓住了他的脖子。鲜血顺着矮个子的脖子流了下来，染红了他的白色衬衣，格外醒目。

“该死！”矮个子大声咒骂，和蝙蝠纠缠在一起。他退后两步，慌乱中向旁边跨出一步，这是致命的失误，伊莎眼看着他的身影直直地翻下了平台。

惨叫声悠长，随着一声沉闷的响声终结。

这突然变化的形势让伊莎愣住了。

“快来人，有人摔死了！”下边的人大声喊叫。

伊莎回过神来，她使劲把蝠王拉进了飞船里。

门自动关上了。

伊莎大口大口地喘气。接下来该怎么办？呼吸稍稍平静后，她开始想自己的处境。

“带我去驾驶舱。”蝠王的声音传来，虽然声音很虚弱，但那的确是蝠王在说话。

伊莎又惊又喜，低头看去。蝠王的眼睛微微张开，两眼无神，正看着自己，嘴唇翕动。

他居然醒过来了！

“快带我过去，不然就晚了。”蝠王催促她。

伊莎没有动。她要弄清楚究竟蝠王是不是杀死了杰克。

“是你杀了杰克？”她再次问。

“伊莎，现在不是我的事，是你的事。我真的想你活着，平平安安。带我去驾驶舱，飞船等着我，你的命运也等着我。”

情况紧急，顾不上那么多是非，只能选择信还是不信。

伊莎一咬牙，扶起蝠王，让他的身子压在自己肩膀上。蝠王瘫软的身子格外沉重，几乎要将她压垮。她硬挺着一点一点地挪动，最后终于撑到了驾驶舱。

两个人摔进了门去。

“伊甸一号，身份扫描通过，请问需要我为您做什么？”一个柔和的声音响起。

“起飞。”蝠王躺在地上，仰面朝天，宽慰地说出这两个字。

“指令接受。您要在二十分钟内下达第二指令，否则飞船将进入预设航线，飞向火星。”

伊莎原本侧卧着摔倒在地，她转过身子，也仰面朝天躺着。驾驶舱在飞船的中央，舱顶是一大片透明的玻璃。外边的星星很亮，很美。

一股推力从背后涌来，算不上很猛烈。依稀间，伊莎感到星空近了许多。

尾　声

伊莎坐在窗前，打理一朵玫瑰花。她小心翼翼地剪掉多余的刺和叶，只留下直直的茎秆和两片较大的叶子，然后把它插在长颈瓶里。

她默默地看着瓶子里孤零零的玫瑰。

小东西原本倒吊挂在窗上，此时顺着窗框爬下来，爬到伊莎的手臂上趴着。伊莎轻轻地抚摸它的毛皮。

门铃响了。

应该是麦克斯。

果然，进来的人是麦克斯，他仍旧戴着那遮住半张脸的墨镜，花白的头发梳理得一丝不苟。见到伊莎，他摘下了眼镜。

“金同意了？”伊莎问。

“是的，他同意永远不再提及任何关于威廉城堡的事，举家搬回韩国，他在那里会有极好的生活。”

“整件事情总算能平静下来。”

麦克斯笑了笑，“我从来没有想到，这件事居然会用这种方式平静下来。”

“你原来的设想是什么？我和金都会死？”

“我原来以为，坐在这里的人，会是帕加索斯。只要他的心智恢复正常，他在这个位置上再合适不过。”

麦克斯为阿尔贝托家族工作了三十多年，看着蝠王长大，对他不仅仅只是在尽总管的义务，更有一种父辈的爱。哪怕蝠王杀了人，麦克斯也会包庇他。

“蝠王杀了人，他应该付出代价。”伊莎说。

麦克斯点点头，“这么说也没错，现在这个结果也挺好的，至少他也自由了。”

蝠王开走了伊甸号飞船，在太空里，地球上的法律完全失去了意义，蝠王不会再为他所做的一切受到惩戒。然而事情并不像麦克斯想的那样。

伊莎岔开了话题，“艾克呢？他说了什么？”

“他说谢谢你宽宏大量，宽恕了他。”

伊莎想起艾克扑倒在地上，抱住她的腿的样子。她没有想到，生死关头，这个相貌堂堂的人居然没有丝毫男子汉的硬气。艾克是躲藏在忒修斯背后出谋划策的人，杰克的死，他至少要负一半的责任，他甚至打算害死自己和金。

她不想任何人死。这不该是个你死我活的世界，然而真相就这么残酷，几个人的生命在权贵的眼中，只是用来布局的棋子。

艾克做了污点证人，证明一切罪过都属于忒修斯，而他是个从犯。他的余生都会在设施豪华的监狱里度过。这是宽恕吗？或许是吧，至少没有流血。

“刘恒教授那里呢？”伊莎很自然地带出了“教授”两个字，她习惯了。她原谅这个人，虽然根据艾克的说法，刘恒教授主动出卖了自己和金，然而她宁愿相信教授是善良的，况且他还付出了生命的代价，被伪装成了自杀。死人无法证明自己，但伊莎相信他。

“我通过慈善基金会交给他的遗孀三百万。”

“蝙蝠研究中心要找到人来维持下去。”

“这个好办。”

小东西像是明白他们在谈和自己有关的事，在伊莎的手臂上蹭了蹭，叫了一声。

伊莎摸了摸小东西的头。

忒修斯和艾克的图谋差一点儿就成功了。他们创造机会，让蝠王犯下罪行，故布疑阵，让自己和金逃走揭露，然后用死亡抹除一切痕迹。在他们的原计划中，杰克和自己都会被蝠王杀死，而金则会逃出岛去，招来警察，揭露蝠王的罪行。自己安然无恙地从蝙蝠屋出来，他们才调整了计划，让自己和金一起承担了原本金来承担的角色。他们认为这样可以顺利地剥夺蝠王的继承权，让忒修斯成为财富帝国的主人。

然而他们万万没有想到，因为小东西，蝠王竟然会对自己产生感情，蝠王甚至向自己展示了他珍藏的梦想。因为如此，自己的失踪让蝠王万分迷惑，指令麦克斯进行调查。这才有了蝠王奔赴伊甸号发射场的一幕。如果他没有提前一个小时离开古堡，那些大张旗鼓的警察就应该把他从古堡直接押往检察院羁押。故事就会按照他们所预想的方式展开。

说起来，是小东西破坏了他们的美梦，救了蝠王，也救了自己。

伊莎把食指伸在小东西的嘴边，小东西张开嘴，露出满口白牙，轻轻咬着伊莎的手指。

蝙蝠身上有很多病毒，然而伊莎并不畏惧。做好足够的防范，病毒就没有那么可怕，伊莎也不想因为那不足百万分之一的可能和小东西分开。它像是一个亲密的伙伴，有了同生共死的经历之后彼此间像是亲人。

麦克斯很快告退了。

伊莎把小东西放在肩上，打开大门，穿过走廊，走向通道尽头的房间。

推开门，房间里空空荡荡。

这是曾经属于蝠王的屋子，现在属于她了。所有曾经属于蝠王的东西，现在都属于她了。

她摸了摸微微隆起的小腹。

肚子里孕育着小小的生命，那是她和蝠王爱情的结晶。

蝠王杀死的人不仅仅只是一个杰克，面对她的诘问，蝠王坦然承认，过去的三年多时间里，他杀死了许多来照看他的护士。那些柔弱的女子因为害怕而激发了他的兽性，让他无法控制自己。这也是他知道忒修斯在谋划陷害自己，却没有反抗的原因。他知道自己有罪，清楚明白。

她坚决要离开飞船回到地面，她无法忍受和血债累累的杀人魔在一起。蝠王同意了。

“我已经告诉麦克斯执行继承程序，我的所有财产都会归入你的名下，你怀了我的孩子，会把他生下来。有你在，他不会像我一样，变成一个怪物。”

告别的时候，蝠王这样告诉她。她万分惊讶。

“我没有怀孕。”她否定。

“我知道你会怀孕，别忘了我是一个怪物。”蝠王的脸上挂着笑，“我的精子可以在你的身体里停留一个月，只有来月经才可能把它们清除掉。你会怀孕的，而且还会生下孩子。”

伊莎简直不敢相信自己的耳朵。

然而事实证明，蝠王并不是在胡说，自己真的怀孕了。

蝠王并没有提出继承财产的任何条件，麦克斯也没有提及。自己肚子里的孩子，一定有着非同寻常的基因，就像蝠王一样和常人迥异。生还是不生，只在自己的一念之间。

她回想起那个美妙的夜晚，蝠王火烫而深沉的吻。她明白，蝠王把选择的权利交给了她，然而却知道她别无选择。她会生下孩子，就像她会选择呼吸。

孩子生来就会不同凡响，如同他的父亲。然而孩子不会像他的父亲一样孤僻自闭，不近人情，甚至残暴不堪。

伊莎站在落地窗前，向着金水桥那边远眺。时近黄昏，金水河上蝙蝠飞舞，桥上挤满了看热闹的人，看过去像是黑黑的一条线。桥后的独眼峰上，蝙蝠洞仿佛一只巨眼，望向天空。

伊莎望向天空。

目光所不及的地方，有一个男人，正驾驶他的飞船向着火星进发。旅途需要四个月，然而他今天就会死。伊甸号并没有携带足够的给养，这艘自动飞船被设计成降落在火星的极地，向下挖掘获取水源，然后建设一个能够自给自足的基地。那儿原本应该成为伊甸园，成为人类跨向太空的桥头堡，然而蝠王虽然完成了飞船，却并没有继续执行计划，没有给它配上相应的给养。如果不是因为忒修斯的图谋突然爆发，或许自己会和他一起，坐在装满给养的飞船上，飞向火星，去寻找伊甸园。

然而事情的发展并非如此。当蝠王飞向太空，他并不是奔向希望，而是奔向死亡。

他不想活在异样的眼光里，也不想活在自己的罪孽中，伊甸号是个最好的归宿。

这些真相，是蝠王在伊甸号飞出了大气层，再也无法回头后，才告诉自己的。这将是一个永远的秘密。在世人的眼中，这个传奇一般的超级富豪，会在火星开始他的新生，地球上将永远传颂他的传奇。直到有新的飞船登上火星，人们才会发现事实并非如此。

伊莎的眼中饱含泪水。那个男人是个怪物，是个罪人，然而他带走了她的心。她伸手抓着小东西，轻轻放手。

小东西振翅而起，掠过水面，向着远方的蝠群飞去。

蝙蝠的种群在经历了急剧的数量下降后找到了对付病毒的办法，正逐渐恢复规模。猎蝠只剩下以小东西为头领的一小群，这金水镇附近的蝙蝠群落，成了它们的猎场。万物总能够找到自己的生存之道。

你也可以。

伊莎轻抚小腹，仿佛在和未来的孩子对话。

《科幻世界》2021年第3—4期

作者的话：

《蝠王》这篇小说，最直接的想法根源是这次疫情。新冠病毒肆虐全世界，源头到现在还没有被查清。最普遍的怀疑，认为就和SARS一样，病毒是在蝙蝠身上变异之后，再通过某些中间物种，最后传给人类。

在哺乳动物这个大类中,蝙蝠非常独特。它的寿命极长,能活三四十年,而同体形的老鼠,则只有三五年的寿命。它还是唯一一种能飞的哺乳动物。尤其值得关注的是它的免疫能力,异常强大,让别的哺乳动物相形见绌。很多病毒在蝙蝠身上并没有什么毒性,被它的免疫系统压制得死死的,但一旦传染到别的动物身上,就可能造成疾病,甚至演变成像SARS一样的烈性传染病。

但如果把事情反过来想一想,或许会让人感到振奋一点。如果人类能够拥有类似于蝙蝠的生物特性,会不会变成一种超人?当然不是像蝙蝠侠那样的超级英雄,而是具有某种现实可能性的超越普通人的存在。更健康的躯体,更长久的寿命,面对病毒有更强的抵抗力。不能奢望肉身飞行,因为要让人这么大型的动物飞上天空,那将需要一个巨型的翅膀和无比发达的胸肌,还有超级强有力的心肺功能,这完全是另一个物种,不可能再称之为人类。在《蝠王》中,我设想了借助于基因工程能够从蝙蝠迁移到人类身上的生物特性,并且希望这些生物特性的出现并不会极大地改变人的基本属性。这可能只是个美好的愿望而已,在真正的基因工程中并不能实现。但即便是那些能被实现的基因改造,也面临同样的问题:有所得必有所失,生命有着微妙的平衡,某种改良,往往会引起意料不到的后果,从而产生新的平衡。

技术无时无刻不在改造着人类社会的面目,到了今天,它开始改造人类自身。这是个令人着迷又令人畏惧的时刻。当改造真正发生了,人将如何面对它,《蝠王》也算是一种探讨。希望这篇小说能给读者带去惊险情节的同时,也能带给读者一些思考。如此,大概才算是一篇成功的科幻小说吧!

也衷心希望科学家们早日找到抗疫良方,早日终结这场大流行。那些毁天灭地人间涂炭的场景,就让它永远停留在科幻之中吧!